aufbau taschenbuch
AUFBAU VERLAGSGRUPPE

Nino Filastò, geb. 1938, lebt in Florenz. Ehemaliger Rechtsanwalt, zuzeiten auch Schauspieler und Theaterregisseur, wurde er international bekannt als Autor sehr geistvoller Kriminalromane, die immer auch eine sarkastische Sicht auf die italienische Gesellschaft bieten. In der Aufbau Verlagsgruppe sind bisher erschienen: »Alptraum mit Signora«, »Die Nacht der schwarzen Rosen«, »Forza Maggiore«, »Fresko in Schwarz« sowie – außerhalb der Avvocato-Scalzi-Reihe – »Swifts Vorschlag« und »Das Eden-Alphabet«.

In einer noblen Villa auf den Hügeln der Toskana lebt Elvio Gambassi, »il dottore«, mit seiner sechzigjährigen, Science-fiction-Romane lesenden Schwester Magda. Was treibt ihn, den betuchten Geschäftsmann, in dieser stillen bäuerlichen Landschaft bei Grosseto mit fieberhafter Eile eine Schnellstraße zu bauen? Der geschichtsträchtige Boden birgt hier noch manche Schätze der Etrusker, die bei Bauarbeiten ans Licht kommen – das wissen die Leute. Doch nur der Dottore wußte bisher um ein unterirdisches sakrales Gewölbe, das er für sehr unheilige Zwecke nutzt. Nun aber ist ein ägyptischer Altertumsforscher dem Geheimnis dieser Basilika auf die Spur gekommen … Nichts war leichter für Gambassi, bei seinen Verbindungen zu Politik und Justiz, als den gefährlichen Mitwisser durch eine inszenierte Mordanklage handlungsunfähig zu machen. Aber ein Mordverdacht – und keine Leiche? Kein Motiv? Kein Tatort? Das beunruhigt den Florentiner Anwalt Corrado Scalzi, der die schwierige und von Tag zu Tag unheilvoller werdende Verteidigung des Ägypters übernimmt.

Nino Filastò

Der Irrtum des Dottore Gambassi

Ein Avvocato Scalzi Roman

Aus dem Italienischen
von Julia Schade

Aufbau Taschenbuch Verlag

Titel der Originalausgabe
La moglie egiziana

Um dem deutschen Sprachempfinden entgegenzukommen,
hat sich der Verlag entschlossen, das korrektere »Dottor Gambassi«
im Titel abzuwandeln in »Dottore«.

ISBN-10: 3-7466-2248-4
ISBN-13: 978-3-7466-2248-4

12. Auflage 2006
Aufbau Taschenbuch Verlag GmbH, Berlin

Umschlaggestaltung Dagmar & Torsten Lemme
unter Verwendung eines Fotos von Taxi/getty images
Druck Oldenbourg Taschenbuch GmbH Plzeň
Printed in Czech Republic

www.aufbau-taschenbuch.de

Vorbemerkung

Die Anregung zu diesem Roman erhielt ich – im allerweitesten Sinne – durch einen Prozeß, und zwar in so weitem Sinne, daß ich meine Inspirationsquelle (um diesen kleinen Baum in den Schatten einer mächtigen Eiche zu pflanzen) mit jener vergleichen könnte, die einem Gelehrten zufolge Manzoni zu dem Roman *Die Verlobten* angeregt haben soll: der Prozeß nämlich, den die Republik von Venedig im Jahre 1607 gegen den kleinen, gewalttätigen Tyrannen Paolo Orgiano geführt hat (Staatsarchiv Venedig, Rat der Zehn, Prozesse der Rektoren, Umschlag 3).

Die Handlung, die Figuren und die Situationen dieses Romans können daher zu Recht als »frei erfunden« bezeichnet werden.

Es entspricht allerdings den Tatsachen, daß in den siebziger Jahren ausgeführte Straßenbauarbeiten die geographischen Gegebenheiten um die Anhöhe, auf der sich die Rocca Aldobrandesca in Sovana erhebt, verändert haben und daß vor noch längerer Zeit, in den Dreißigern, ein größerer Fund nicht verzierter etruskischer Keramik als Schotter für eine Straße in dieser Gegend verwendet wurde. Aber das habe ich erst erfahren (und das ist die reine Wahrheit), als ich dieses Buch bereits geschrieben hatte.

N. F.

Erster Teil

I

Natale

Natale legt die rechte Hand auf den Schaltknüppel, und das Vibrieren des Motors überträgt sich auf seinen Körper.

»Blöde alte Kuh! Wildsau! Wirst schon sehen, wie ich dich dreiteile!«

Natale brüllt, als ob Signorina Magda direkt vor den Zähnen am Löffel des Radladers stünde.

Aber das Tal ist menschenleer, regungslos ragt der Kran über dem Wald auf. Natales Wutausbruch bringt den Chor der Vögel zum Schweigen, der zwitschernd das erste Tageslicht begrüßt. Einen Augenblick lang herrscht Stille, und man hört nur das Rattern des Motors im Leerlauf.

Signorina Magda ist die jüngere Schwester von Dottor Elvio Gambassi. Sie ist sechzig Jahre alt, und dafür hat sie sich gut gehalten, aber sie hat ja auch ihr Leben lang keinen Finger krumm gemacht. Verglichen mit ihr hat Natales Ehefrau, die mit Fünfzig gestorben ist, ausgesehen wie eine siebzigjährige Greisin.

Signorina Magda hat immer ein Buch in den Händen. Gegen Mittag steht sie auf und frühstückt im Park, ganz hinten auf der Wiese. Annetta, dem Hausmädchen, bleibt nichts anderes übrig, als mit dem Tablett in der Hand zweihundert Meter bergauf zu steigen, von der Küchentür bis zu der großen Steineiche, unter der die Signorina den Gartentisch decken läßt, weil es ihr, wie sie sagt, Freude macht, das Sonnenlicht durch die Blätter fallen zu sehen.

Natale hat erst heute morgen mit der Schinderei in dieser Schlucht angefangen. Vorgestern war er gerade dabei, die Buchsbaumhecke zu beschneiden, die den Fischteich umgibt, der sich an die Wiese mit der Steineiche anschließt. Dottor Gambassi stand neben ihm und kontrollierte jeden einzelnen Handgriff, weil er Wert darauf legt, daß die Hecke schön quadratisch und die Seiten exakt lotrecht sind. Signorina Magda hob die Augen von ihrem Buch und beobachtete die beiden verträumt.

»Natale ist ein Dreiteiler, hast du das gewußt, Elvio?«

»Was?« fragte Gambassi.

Sie winkte ihn zu sich heran. Dann flüsterte sie ihm etwas ins Ohr, deutete auf den Umschlag des Buches, und beide fingen an zu lachen.

Natale legte die Gartenschere auf die Hecke und ging ein paar Schritte auf die Geschwister zu. »Verzeihen Sie bitte, Signorina«, sagte er höflich wie ein englischer Lord, »was soll ich sein?«

»Ein Dreiteiler. Wie die Außerirdischen in diesem Buch.« Die Signorina zog ein wenig pikiert die Augenbrauen hoch. »Du schleichst immer hier herum, sogar in der Nacht, und machst klick-klick und klack-klack mit dem Rasenmäher, der Gartenschere, der Hacke … Du kommst mir vor wie eine der wandelnden außerirdischen Pflanzen, die mal hier, mal da auftauchen, wie die Dreiteiler in diesem Science-fiction-Roman. Du gehst einem auf die Nerven, nimm's mir nicht übel …«

Aber Natale nahm es übel. Er müßte hier schließlich nicht den Gärtner spielen, wenn er mit seiner Pferdezucht nicht pleite gegangen wäre. Es hatte alles ihm gehört, das Land, das Haus und die Pferdchen. Aber dann hatte er sich übernommen und diese blöde Idee gehabt – derjenige, der ihn darauf gebracht hat, soll zur Hölle fahren –, Zimmer zu vermieten und eine Reithalle zu bauen. Er hatte einen Kredit bei der Bank aufgenommen, und die Bank hatte ihn pleite gehen lassen. Hinterher war ihm jedoch zu Ohren gekommen, daß Dottor Elvio seine Hand im Spiel gehabt hatte. Es ging das Gerücht um, daß er den Kredit von der Bank übernommen und dann Natales Konkurs herbeigeführt hatte. Jedenfalls gehören Haus und Land jetzt einer Aktiengesellschaft, deren Hauptaktionär der Kaufmann Dottor Elvio Gambassi ist. Was im Grunde bedeutet, daß alles ihm gehört, inklusive der Pferde, die man wie Schlachtvieh verkauft hat, weil die AG auf dem Land unbedingt eine Kiwiplantage anlegen wollte.

Bei dem Scherz der Signorina Magda schoß Natale sein maremmanisches Blut in den Kopf. »Wissen Sie, wohin Sie sie sich stecken können, Ihre ... wie heißen sie noch mal? Dreiteiler? Die können Sie sich in den Hintern stecken, und das Buch gleich dazu.«

Das war ihm so herausgerutscht, aber Dottor Elvio wurde fuchsteufelswild. Raus aus dem Park! Wenn er arbeiten wolle, könne er ja auf die Baustelle gehen, zu der neuen Schnellstraße. Glücklicherweise war die Baustelle in der Nähe, nur fünf Kilometer von der Villa entfernt.

Auch diese Schnellstraße ist ein Werk des Chefs, denn den Auftrag, sie zu bauen, hat seine Aktiengesellschaft bekommen. Dottor Elvio tut immer so, als sei er ein Habenichts und noch ärmer als Natale, aber er hat die Finger in den verschiedensten und lukrativsten Geschäften der Welt und ist mehrfacher Milliardär.

Heute ist Sonntag, und eigentlich ist die Baustelle geschlossen. Aber Natale hat beschlossen, mit dem bißchen Arbeit so schnell wie möglich fertig zu werden. Zwangsarbeit: Gruben ausheben und wieder zuschütten. Und wozu dieses großartige Werk, diese alberne Straße gut sein soll, weiß kein Mensch. Natürlich wird sie die Landschaft verschandeln, aber der praktische Nutzwert? Eine Schnellstraße zwischen Sovana, Panzalla und Roccavìa, was für ein Blödsinn! Was sollen denn die Leute von Panzalla und Roccavìa mit einer Schnellstraße? Das sind alles arme Teufel, Bauern, die nicht einmal ein Auto haben, wenn es hoch kommt einen Traktor. Wenn sie fertig ist – und das wird bald sein, weil man ein höllisches Tempo vorlegt –, werden die Bauern im Zickzack auf ausgewaschenen Feldwegen zwischen den Betonpfeilern und den Leitplanken herumfahren müssen, um den Asphalt nicht mit ihren dicken Traktorreifen zu ruinieren.

Je weiter die Arbeiten voranschreiten, desto mehr tauchen von diesen Steinen auf: Die Bauern sagen, sie wachsen auf diesem Land; je mehr man herausholt, desto mehr neue kommen nach. Man sieht ja auch gleich, daß das keine normalen Steinbrocken sind. Manche sehen aus wie Menschen mit Kapuzen, sie tragen Inschriften und merkwürdige Symbole, Zeichen, die aussehen wie Schrift. Gambassi hat sie alle auf einen Haufen werfen lassen und will, daß sie vergraben werden. Er hat ein tiefes Loch ausheben lassen, da sollen sie hinein. Und Natale hat jetzt die undankbare Aufgabe, das mit einem Radlader zu bewerkstelligen, weil ein Bagger zu sehr auffallen würde, auch wenn die Baustelle abgeriegelt ist wie eine Raketenbasis.

Natale legt den Gang ein und der Radlader fährt den Abhang hinauf. Die Grube ist trichterförmig, am Rand liegt der Steinhaufen und auf dem Grund befindet sich das Fundament des Pfeilers.

Bei dieser ersten Runde ist es ein sehr großer Stein, den er aufnehmen will. Natale bewegt das Fahrzeug in leichten Rucken vorwärts. Die Zähne graben sich in die Erde, der Radlader schüttelt sich, er schwankt. Noch einen entschlossenen Ruck weiter nach vorn, der Brocken wackelt, löst sich vom Haufen, pendelt und fällt in den Löffel, wobei er die Gitter berührt, die die Ladung hochkant halten. Das war's. Natale holt ein verknautschtes Päckchen Zigaretten aus der Tasche und zündet sich eine an. Jetzt muß er wieder runter. Er legt den Rückwärtsgang ein, fährt langsam an und beißt dabei in den Filter der Zigarette.

Nach wenigen Meter beginnt er zu rutschen. Natale spürt, wie die Räder wie verrückt durchdrehen, und dann wird das Fahrzeug immer schneller. Erdreich stürzt herab, mit dem Radlader um die Wette, überholt den Steinbrocken und reißt ihn mit wie eine Sturzwelle. Natale nimmt den Geschmack von Erde im Mund wahr, er dreht sich um und sieht den grauen Zement auf sich zukommen. Der Radlader knallt gegen das Fundament, aber es hätte schlimmer kommen können: das Gewicht des Erdreichs hat den Druck ausgeglichen, er hat sich nicht überschlagen.

Aber was ist das? Er sinkt ein, immer weiter hinunter … Verzweifelt versucht Natale, sich an der rauhen Wand des Pfeilers festzuhalten, sich mit den Fingernägeln daranzuklammern, aber sie brechen ab, und er sinkt immer tiefer ein. Alles verlischt und verhallt, auch das Zwitschern der Vögel und das Brummen des Motors: Dunkel, Stille, nur ein leichtes Zischen ist zu hören, wie von brutzelndem Fleisch.

2
Scalzi

Während Scalzi auf das Taxi wartet, fällt ihm einer seiner ersten Mandanten ein, ein kleiner Mafioso, der zum Anwaltsgespräch in einem bordeauxroten Morgenmantel erschien, vor fast dreißig Jahren, als das alte Nonnenkloster noch als Gefängnis diente.

Wie streng die Regel dieser Nonnen war, sagt schon der Name des Klosters: »Le Murate«, die Eingemauerten. Das Gebäude in der Farbe schmutzigen Strohs, mit Eisenstangen vor den Fenstern, die durch braungerostete Metallgitter verstärkt sind, nimmt immer noch einen ganzen Block ein, von der Allee bis zu dem kleinen Sträßchen, das an der Umfassungsmauer des ehemaligen Frauengefängnisses Santa Verdiana entlangführt. Heute ist das alles reine Platzverschwendung. Schon seit Jahren tummeln sich hier die Mäuse.

Damals war Scalzi noch in der Lage, seiner Phantasie freien Lauf zu lassen, während er heldenhaft die Atmosphäre dieses romantischen Zuchthauses auf sich wirken ließ. Das alte Vollzugsgebäude, obgleich heruntergekommen und stickig, strahlte dennoch eine gewisse feierliche Würde aus. Die Wände ließen an das trockene Prinzip *Interest civitati ne crimina remaneant impunita* denken, und die schwarze Aufschrift »Vigilando Redimere«* über der Gittertür, die zu den einzelnen Abteilungen führte, sprang einem im gleichen Augenblick entgegen, wie man die erste übelriechende Schwade von Desinfektionsmittel wahrnahm, und sie erinnerte an die Warnung Scarpias: »Dies ist ein Ort der Tränen.«

* (lat.) Durch Überwachung bessern.

Die kleinen Räume, in denen die Gespräche mit den Anwälten stattfanden, gingen von einem unterirdischen Gang ab, der ursprünglich für Andachten in der Fastenzeit gedient hatte. Beim Anblick des Mandanten in seinem bordeauxroten Morgenmantel hatte Scalzi an ein Bordell für arme Studenten denken müssen. Der kleine Mafioso kam mit der Entrüstung des Unschuldigen in seinen Pantoffeln aus Lackleder einher, stank nach einem Rasierwasser mit starker Bergamottnote, seine rabenschwarzen Haare schimmerten von Brillantine, und seine Stirn glänzte bis zu den Augenbrauen. Saladino, Paladino, irgendwie so hatte er geheißen, wie eine Figur aus einem Puppenspiel.

Obwohl er damals noch jung war, hatte Scalzi doch schon Erfahrung. Ihm war von Anfang an klar gewesen, daß Anwalt zu sein nicht bedeutet, als Missionar im Dienste von Unschuldigen zu wirken. Dennoch hatte er sich vorgenommen, seinen Beruf mit Würde auszuüben. Und als der Mafioso, der eine Marlboro nach der anderen rauchte und sie jeweils nach der Hälfte im Aschenbecher ausdrückte, aus einem Filter einen kleinen Zettel zog, den er einem seiner Komplizen draußen bringen sollte, entgegnete er darum: »Ich bin doch kein Briefträger.« Bei seinem nächsten Besuch hatte der Nachwuchsmafioso nicht einmal mehr Platz genommen. »Ich bin überhaupt nicht zufrieden mit Ihnen, Dottore«, hatte er gesagt, »nein, ganz und gar nicht.« Und er hatte ihm das Mandat entzogen.

Während er auf das Taxi wartet, denkt Scalzi darüber nach, wie er seine Termine heute möglichst schnell hinter sich bringen kann. Die Erinnerung an den Mafioso hat ihm die Laune verdorben. Dieser Frondienst im Gefängnis wird im Laufe der Zeit immer unerträglicher.

Vor seinem Termin mit Alex hat er noch drei »Entjungferte«, Delinquenten, die zum ersten Mal hinter Schloß und Riegel sind: einen kleinen Drogenhändler, einen Exhibitionisten, den man vor einer Mädchenschule gefaßt hat, und einen Einbrecher, ein blutiger Anfänger. Das wird nicht allzu lange dauern.

Alex ist kein Unbekannter. In all den Jahren hat sich zwischen dem Anwalt und seinem Mandanten eine Freundschaft entwickelt, ähnlich der zweier Kriegsveteranen, die sich immer dann lockert, wenn Alex auf freiem Fuß ist. Bei jeder Begegnung mit Alex in der Sprechzelle fühlt Scalzi sich ein bißchen älter. Seit er zwanzig war (jetzt ist er dreißig), geht Alex im Knast ein und aus, abgesehen von seltenen Unterbrechungen, während derer er sich redlich bemüht, sofort wieder etwas anzustellen. Er ist zwei Meter groß, und wenn in seinem Heimatstädtchen irgend etwas passiert ist, fragt die Polizei als erstes: »Treibt sich vielleicht eine langer Lulatsch von zwei Metern in der Nähe herum?« Diesmal haben sie ihn dabei ertappt, wie er gerade die Kasse eines Ladens in der Innenstadt aufbrach. Wenn er frei ist, spritzt er sich Unmengen Heroin in die Arme, den Hals oder die Füße. Er stammt aus einer reichen Familie, er ist nicht gezwungen, Straftaten zu begehen. Warum macht er es dann? denkt Scalzi. Faszination des Knasts? Ein Ödipuskomplex?

Auch als Gefangener ist Alex ein unverbesserlicher Querulant. Letzten Monat hat er einen kaputten Fernseher vom Regal über dem Bett gerissen und ihn auf einen Wärter geworfen, weil der das Gerät nicht sofort hatte reparieren lassen. Der Fernseher ist gegen die Gitterstäbe geknallt, und die Explosion der Bildröhre hat Alarm ausgelöst. Drei Vollzugsbeamte in wasserdichten Lederstiefeln haben Alex aus der Zelle geholt und ihn über den Boden auf das Klo im Gang geschleift. Dort haben sie eine nasse Decke über ihn geworfen und ihm eine ordentliche Menge Fußtritte verabreicht. Jetzt soll Scalzi entscheiden, ob man Anzeige erstatten soll.

Das Taxi steht an der Ampel vor der Brücke über den Greve. Von hier aus sieht man schon den neuen Gefängniskomplex in Weiß, Blau und Rosa. Eigentlich ähnelt »Callasicano« eher einem dieser riesigen Hotels in den Ferienorten des Massentourismus.

Das Gespräch mit Alex ist Routinesache. Für Idris Fami hingegen, einen komplizierten Fall von Gattenmord, muß er mindestens eine Stunde einplanen.

Bei einem Aufenthalt in Ägypten ist Famis Frau verschwunden. Der Gatte ist allein nach Hause gefahren und hat behauptet, daß es seiner Frau dort unten so gut gefallen habe, daß sie sich eine Arbeit gesucht habe. Niemand war besonders begeistert gewesen, als dieser große, fette Ägypter in den Dreißigern sich mit einer fünfzigjährigen Florentinerin zusammengetan hatte, die als Weißnäherin in einer Manufaktur in Rovezzano arbeitete. Drei Jahre später war Fami dann plötzlich bei der Firma seiner Frau aufgetaucht und hatte deren Abfindung gefordert. Aber die Vollmacht, die er vorlegte, war ganz offensichtlich gefälscht, also hatte der Buchhalter die Polizei alarmiert. Nach seiner Verhaftung hat der Ägypter vor dem Staatsanwalt so widersprüchliche Aussagen gemacht, daß er jetzt des Gattenmords beschuldigt wird.

3
Olimpia

Scalzi lebt allein, aber mehrmals in der Woche ißt er bei Olimpia zu Abend.

»Bei der FATES glauben alle, daß er sie umgebracht hat.«

Olimpia ist Sekretärin bei der Fabbrica Accumulatori e Trasformatori Elettrici Scandiccese, einer Fabrik für Elektroteile in Scandicci. Sie sagt es nicht direkt, aber sie ist keineswegs erbaut davon, daß Scalzi die Verteidigung eines moslemischen Machos übernommen hat.

Jeden Morgen um acht setzt sich Olimpia auf ihr Moped, wenn es regnet, in eine Art Taucheranzug gehüllt. Sie durchquert die Stadt von Südosten nach Westen und braucht ungefähr eine Stunde, um die Hügel von Scandicci zu erreichen. Olimpia wohnt in Rovezzano, Scalzi hingegen hat seine Kanzlei im Herzen von Florenz, nur wenige Meter von der Kirche Santa Croce entfernt.

Olimpia spricht drei Fremdsprachen und hätte bestimmt keine Schwierigkeiten, einen Arbeitsplatz zu finden, der weniger umständlich zu erreichen ist. Scalzi hat den Verdacht, daß sie nur bei der FATES bleibt, weil sie sich damals, als sie noch Träume hatte, unter allen ihr offenstehenden Möglichkeiten für die Solidarität mit der Arbeiterklasse entschieden hat. Wenn sie sich vorstellt, sagt sie immer: »Ich arbeite in einer Fabrik, in der Metall- und Maschinenbaubranche.«

»Aber wir haben keine Leiche«, sagt Scalzi.

»Und warum soll er sonst das Haus verkauft haben?«

»Welches Haus?«

»Siehst du, du hast überhaupt keine Ahnung. Er hat sie um all ihre Ersparnisse gebracht, aber vorher hat er schon das Haus verkauft. Wenn du mich fragst, dann hat er es wegen des Geldes getan. Was sagt er denn?«

»Er sagt, daß sie verschwunden ist. Punkt aus.«

»Verschwunden? Und die Postkarten?«

Nach seiner Rückkehr nach Italien soll Idris Postkarten aus Alexandria erhalten haben, augenscheinlich von Verena geschrieben. Aber ihre Handschrift, so steht es wenigstens in den Zeitungen, soll gefälscht sein.

»Was ist er für ein Typ?«

»Keiner, dem man seine Enkelin anvertrauen würde, damit er mit ihr ins Kino geht. Er grinst zuviel. Groß und dick. Sein Gesicht habe ich nicht sehen können, es war verbunden.«

»Verbunden? Warum?«

»Eine Gaspatrone von einem Campingkocher ist explodiert, als er ihn gerade anzünden wollte. Er hat Verbrennungen am ganzen Körper. Er kann nicht mal richtig laufen. Zwei Leute mußten ihn stützen, als sie ihn in die Sprechzelle brachten.«

»Und wenn das mit der Gaspatrone nun ein ›Poltergeist‹ gewesen wäre?« Seit einiger Zeit ist Olimpia mit einer gewissen Gertrud befreundet (der sie den Spitznamen »Dolores« gegeben hat), einer Deutschen aus Nürnberg, die sich intensiv und leidenschaftlich mit Okkultismus beschäftigt. »Das kommt häufiger vor, als man denkt. Nach dem Tod von Elizabeth brannte das Theater von Richmond ab, wo sie noch drei Tage zuvor aufgetreten war. Sechzig Menschen kamen dabei um.«

»Was für eine Elizabeth?«

»Die Mutter von Poe. Das Theater brannte wie Zunder.«

»Und was hat das hiermit zu tun?«

»Was das damit zu tun hat? Elizabeth stirbt, und während der ersten Aufführung, in der sie nicht mitwirkt, brennt das Theater ab. Vor vier Jahren wurde eine Familie namens Sithebe in Brasilien monatelang heimgesucht. Jedesmal, wenn

Frau Sithebe versuchte zu beten, wurde sie von der Bibel am Kopf getroffen, die daraufhin Feuer fing. Hat er gesagt, ob die Gaspatrone ihm aus den Händen geflogen ist?«

»Olimpia, ich bitte dich …«

»Doch, ich glaube, daß sie es war. Der Geist Verenas, der sich Gerechtigkeit verschaffen will. Hast du das Foto von den beiden im Boot auf dem Nil gesehen?«

»Welches Foto?«

»Es war heute in der Zeitung.«

Olimpia blättert die Tageszeitung durch. Das Foto ist fünf Spalten breit. Ein Brustbild der Eheleute, die in einem Boot sitzen, anscheinend eine Feluke. Beide lachen in die Kamera. Sie sind ganz zweifellos auf einem Fluß, im Hintergrund ist ein Hochhaus zu erkennen.

Scalzi wird klar, daß Olimpia, ihre zahllosen Freundinnen und die Florentinerinnen im allgemeinen während des Prozesses Front gegen Idris Fami machen werden.

Der Himmel möge verhüten, daß die Geschworenen in der Mehrzahl Frauen sind. Auch wenn Verena wirklich verschwunden ist und es der Verteidigung gelingen sollte, zu beweisen, daß sich ihre Spur in irgendeiner Gegend in Ägypten verloren hat, würde die Damenwelt doch immer noch den habgierigen Ehemann für den Schuldigen halten.

4
Idris

Auf dem Tisch häufen sich die Zeitungen. In keinem einzigen der Artikel kommt der Ägypter gut weg. Auf einigen der Fotos (sie sind bei seiner Verhaftung aufgenommen) hat Idris einen Gesichtsausdruck, der alles andere als vertrauenerweckend ist. Aber er ist keiner von den illegalen Einwanderern: Sein erst kürzlich verstorbener Vater war beim ägyptischen Außenministerium tätig, er hat einen reichen Bruder, hat einen Hochschulabschluß, unterrichtet Literatur und Archäologie, kann Latein und Altgriechisch und beherrscht drei weitere Fremdsprachen, darunter Italienisch.

Idris kommt nach Florenz, als dort gerade die große Etruskerausstellung vorbereitet wird. Er stellt sich den Organisatoren als Experte für ägyptische Archäologie vor und sagt, er habe die Absicht, über die Einflüsse beider Kulturen aufeinander zu arbeiten. Er wird als Berater der Bearbeiter des Ausstellungskatalogs eingestellt. Er macht von sich reden, indem er auf die Ähnlichkeit zwischen Tages, einem etruskischen Jüngling, dem die Menschheit die Schrift verdankt, und Bath, einem ägyptischen Jüngling und Meister der Hieroglyphen, dem Sohn des Gottes Thot, hinweist. Ein kleinerer Gott, so steht es in einer Anmerkung im Ausstellungskatalog. So klein und unbekannt, daß die einheimischen Wissenschaftler überaus beeindruckt sind.

Nach Ende der Ausstellung ist Fami arbeitslos. Warum mag er wohl seinen angesehenen Arbeitsplatz an einer Schule in Alexandria aufgegeben haben, fragen sich die Journalisten. Eine der Zeitungen geht das Thema eher lyrisch an: »Das matte Sonnenlicht des Sonntagvormittags läßt den blassen

Grünschleier der Hügel auch in der Stadt schimmern.« Wenig später ist dann von der »Stille des Kreuzgangs« die Rede. Es geht um die romanische Kirche in einer Seitengasse des Corso, Santa Margherita. Die heilige Margarete hat das Martyrium auf einem Scheiterhaufen in Ägypten erlitten. Im Kreuzgang von Santa Margherita warten an einem Sonntag im Juli 1986 die Angehörigen einer religiösen Gemeinschaft, die der Geistliche Don Squarcini leitet, auf den Beginn der Messe und ergehen sich indessen »unter Töpfen mit Zitronenbäumen und Rosmarinsträuchern«. Die Gemeinschaft widmet sich der Auslegung der Evangelien und wohltätiger Werke, die dem Andenken der Amme von Dantes Beatrice gewidmet sind, die in einem der Seitenschiffe bestattet ist. Diese Frau – berichtet der Autor des Artikels – »hatte strenge Gesichtszüge und kann, da sie den Verfall der Sitten ebenso eifrig beklagte, als eine Vorläuferin Savonarolas betrachtet werden. Sie war Erbin eines beachtlichen Anteils des Vermögens der Portinari. Als große Menschenfreundin stiftete sie der Stadt ein Hospital, wodurch sie der Seligsprechung einen großen Schritt näher kam.«

Die Gläubigen sind bestürzt, als an diesem heiligen Versammlungsort »zwischen den durch den Smog erheblich in Mitleidenschaft gezogenen Zitronenbäumen ein dunkler, kräftiger Mann auftaucht, der trotz der Wärme einen blauen Übergangsanzug und eine Krawatte trägt«, aber dennoch lächelt, sich höflich vorstellt und ein so korrektes Italienisch spricht, daß man seine exotische Abstammung kaum bemerkt. Wenig später erfährt man, daß er hergekommen ist, um Bekanntschaft mit Jesus Christus zu schließen. Ja, im Geiste hat er seine Konversion bereits vollzogen, jetzt muß sie nur noch gesegnet werden. Die Verehrer der mittelalterlichen Amme sind überaus erfreut, einen so hochmotivierten Pilger unterweisen zu dürfen, und bereits nach kurzer Zeit wird das verlorene Schäfchen in die Gruppe aufgenommen. Während er noch darauf wartet, daß der Pakt durch die Taufe besiegelt wird, nimmt Idris auf eigene Kosten an einer Pilgerfahrt nach Rom teil, reichhaltiges Mittagessen einbegriffen. Ziel ist der Petersplatz um die Mittagszeit. Als das Fenster sich öffnet und die weiße Gestalt erscheint, beobachten die Gläubigen verstohlen den Ägypter. Sie sehen, wie er in innerer Sammlung den Kopf senkt und ihn mit feuchten Augen wieder hebt.

Und so kommt der Tag der Taufe: Der Konvertit schwört dem Teufel ab, das Wasser reinigt ihn von der Erbsünde, das Salz erfüllt ihn mit echter Weisheit, und das Mittagessen, zu dem er seine Brüder und Schwestern in Christo in die Trattoria »Da Pennello« einlädt, verstärkt den Zusammenhalt mit den Mitgliedern der Gemeinschaft, in der sich, was Eifer und Zielstrebigkeit betrifft, zwei Damen besonders auszeichnen.

Ein Foto dieser beiden frommen Frauen zu Seiten des Ägypters illustriert den Artikel. Die eine – groß und mager, das knochige Gesicht gerahmt von langen glatten Haaren – heißt Zoe. Die andere ist Verena, auch sie nicht eben anmutig, aber insgesamt weicher. Zoe ist die unermüdliche Seele der Gruppe, während »die stille Verena« dem Verfasser zufolge »der Freundin wie ein schemenhafter Schatten folgt«.

Auf dem Foto ist Zoe nichts als spitze Winkel und offensichtlich sehr darum bemüht, ihre Beine mit dem Rock zu bedecken. Idris thront im Schneidersitz zwischen den beiden. Sein Gesicht ist Zoe zugewandt, aber aus den Augenwinkeln schaut er Verena verstohlen an. Scalzi fällt auf, daß das Lächeln der Verschwundenen auf diesem Bild ängstlicher wirkt. Verena scheint bereits mit dem Schlimmsten zu rechnen.

Scalzi hat beschlossen, seinen heutigen Besuch im Gefängnis ausschließlich Fami zu widmen.

Aus dem Flur tönen aufgeregte Stimmen. Scalzi geht zur Tür der Sprechzelle.

In einer Ecke des Flurs ist ein Rollstuhl steckengeblieben, aus dem Idris' massiger Körper, völlig mit Verbänden bedeckt, hervorquillt. Mit dem einen Fuß, der geschwollen und ebenfalls verbunden ist, ist er gegen die Mauer gestoßen.

»Los, schieb weiter«, sagt der wachhabende Beamte, ohne sich vom Schreibtisch zu erheben.

»Ich kann nicht, er steckt fest«, keucht eine Stimme.

»Dann dreh den Rollstuhl eben um. Das kann doch nicht so schwer sein, du Blödmann.«

»Sehen Sie denn nicht, daß er eingeklemmt ist, verdammt?«

Der Sanitätshelfer, dem die Stimme gehört, ist immer noch hinter der Ecke verborgen. Man sieht nur seine Hände an den Griffen des Rollstuhls.

»Mann«, regt sich der Wachhabende auf, »gehen Sie nach vorn, Sie Idiot! Ziehen Sie!«

»Vorsicht! Mein Fuß!« brüllt Idris.

Der Sanitätshelfer quetscht sich zwischen Wand und Rollstuhl, kniet sich vor das Gefährt, greift mit beiden Händen nach einem Rad und zieht mit einem heftigen Ruck: Der Rollstuhl bäumt sich auf, und die Ladung fällt zu Boden. Fami brüllt, rollt vom Bauch auf den Rücken und hebt eine Hand voller Sägespäne, wie zu einem letzten Gruß.

»Ich hab's ja gewußt!« meint die Wache ungerührt und fügt in breitem Neapolitanisch hinzu: »Du stinkst wie ein Pißpott!«

Scalzi nähert sich dem Unfallort, um zu helfen, und muß feststellen, daß die neapolitanische Metapher nicht ganz unzutreffend ist. Der Sanitätshelfer ist in Schweiß gebadet und riecht wirklich ausgesprochen streng – nicht nur nach Schweiß.

Sie heben Fami hoch und schleifen ihn in die Sprechzelle. Er verströmt einen unangenehmen Geruch nach Desinfektionsmittel.

Der Sanitäter entfernt sich und taucht mit dem Rollstuhl

wieder auf. Mit einem Ruck schiebt er ihn über die Schwelle. Der Stuhl rollt auf Fami zu, der anfängt zu jaulen wie ein Hund, der sein Herrchen wiedergefunden hat. Fami wirft einen vorwurfsvollen Blick auf den Stuhl: »Sehen Sie dieses Objekt, Avvocato? Es knarrt, es klemmt, die Fußstütze fehlt. Wie aus einem Feldlazarett vor dem Ersten Weltkrieg.«

Fami blutet an einer Hand, er hat sich an den Speichen verletzt.

»Avvocato, in diesem Gefängnis kurieren sie mich nicht, sie bringen mich um. Ich habe Verbrennungen dritten Grades. Und das hier hat mir gerade noch gefehlt.«

»Möchten Sie, daß wir das Gespräch verschieben?«

Mit der Fingerspitze berührt Fami einen rötlichen Fleck auf dem Verband an seinem Arm. »Gegen Verbrennungen hilft Merkurichrom überhaupt nicht. Es ist sogar kontraindiziert. Das habe ich auch dem Arzt gesagt. Wissen Sie, was er geantwortet hat?«

»Ich kann auch morgen wiederkommen, wenn Ihnen das lieber ist.«

Das Blut strömt reichlich. Die Kante des Schnitts ist ausgefranst, und er zieht sich über die gesamte Handinnenfläche. Mit zwei Fingern der gesunden Hand holt Fami aus seiner Hemdtasche einen Zettel und deutet mit einem Fingernagel, so lang wie der eines Gitarristen, auf die arabischen Schriftzeichen. »Ich möchte gerne wissen, ob das italienische Gesetz ...«

»Wenn wir weitermachen sollen«, unterbricht ihn Scalzi, »dann würde *ich* gern die Fragen stellen.«

Das Gefängnis regt zum Nachdenken an. Mit Ausnahme einiger weniger werden die Häftlinge in kürzester Zeit spitzfindige Juristen, sogar die Analphabeten, und der hier, der immerhin ein Intellektueller ist, erst recht. Es gibt Themen, die im Keim erstickt werden müssen, wenn das Gespräch sich nicht auf »wenn« und »aber« beschränken soll.

»Wann haben Sie Ihre Gattin zum letzten Mal gesehen?« fragt Scalzi und öffnet die Akte.

Famis Gesichtsausdruck verfinstert sich, und er wirft Scalzi einen mißtrauischen Blick zu. Am Anfang kommt es häufig vor, daß der Mandant befürchtet, sein Anwalt könne ein Polizeispitzel sein.

»Es blutet stark«, sagt er, »vielleicht sollte ich es irgendwie verbinden.«

»Möchten Sie auf die Krankenstation?«

»Nein. Da würden sie mir ja doch nur wieder Merkurichrom verabreichen, und das nützt nichts. Und das hohe Infektionsrisiko! In diesem Gefängnis hier ist alles so schrecklich schmutzig.«

»Machen wir also weiter, ja?«

Idris atmet tief durch, der letzte Zug ist fast ein angewidertes Schnauben.

»Schließlich haben Sie mich mit Ihrer Verteidigung beauftragt«, sagt Scalzi.

»Dieses Gefängnis ist dreckig. In die Zellen regnet es hinein.«

»Sind die Gefängnisse in Ägypten etwa komfortabler?«

»Keine Ahnung. Ich bin zum ersten Mal im Knast. Und das ist kein Vergnügen, wissen Sie?«

»Das glaube ich gern«, stimmt Scalzi zu.

Fami pustet auf die Wunde, holt ein Taschentuch hervor und tupft sie ab.

»Also«, sagt Scalzi, »die letzte Begegnung. Ich möchte wissen, wann und wo Sie sie gesehen haben: genaue Zeit, exakter Ort.«

»Wo soll ich sie schon gesehen haben? Wir wollten nach Alexandria, und wir waren in Alexandria. Ich zuerst, dann kam sie nach. Wir haben uns bei ihrer Ankunft getroffen.«

»Ist sie sofort verschwunden?«

»Wer hat denn das behauptet?«

»Sie selbst. Erinnern Sie sich, was ich Sie gefragt habe? Soll ich die Frage wiederholen?«

»Wir waren in Alexandria, okay? Sie hat ein Taxi genommen. In Alexandria gibt es zwei Arten von Taxis. Die *Mashrua* unterstehen der Stadtverwaltung und sind billiger. Das sind so eine Art kleiner Busse, die immer die gleiche Strecke abfahren und anhalten, wenn jemand winkt. Die Strecke ist festgelegt, aber nicht die Haltestellen. Und dann gibt es noch die Limousinen der privaten Taxiunternehmer …«

»Nicht diese Art von Details, bitte. Beschreiben Sie mir Ihre letzte Begegnung.«

»Sie ist in eines der städtischen Taxis gestiegen. Das ist meine letzte Erinnerung: Signora Verena hält ein *Mashrua*-Taxi an und steigt ein. Okay?«

»Wo?«

»Vor dem Hotel.«

»Vor welchem Hotel?«

»Hotel Mamaya, da waren wir abgestiegen. Wollen Sie wissen, wo es liegt? Nicht weit vom italienischen Konsulat entfernt, Richtung Stadtmitte. Man biegt auf der Höhe des Platzes vor dem Konsulat von der Uferstraße ab und fährt dann fünfhundert Meter bergauf Richtung Altstadt …«

»Schon gut. Warum ist Verena allein ins Taxi gestiegen?«

»Das habe ich doch schon gesagt: es war ein städtisches Taxi. Solange Platz ist, steigen Passagiere zu.«

»Es war nur noch Platz für eine Person?«

Fami senkt den Kopf und betrachtet seine verletzte Hand: »Es blutet immer noch.«

»Ja?« insistiert Scalzi. »War das der Grund?«

Fami sieht ihn schweigend an und schüttelt den Kopf: »Nein.«

»Also?«

»Das ist eine lange Geschichte.«

»Erzählen Sie sie.«

»Da ist noch etwas Wichtiges, was ich fragen wollte«, sagt Fami und studiert wieder seine Aufzeichnungen.

»Was wichtig ist, bestimme ich. Also?«

»Verena war auf eine Hochzeit eingeladen worden, von einer Verwandten der Braut, der Schwester oder der Cousine, die als Zimmermädchen im Mamaya arbeitete. Ich hatte es ihr verboten, aber sie wollte unbedingt da hingehen.«

»Haben Sie Streit gehabt? Deswegen?«

»Avvocato, ich möchte, daß Sie mich als dringenden Fall in ein öffentliches Krankenhaus einliefern lassen. So schnell es geht, verstehen Sie?«

Scalzi beschließt, ein finsteres Gesicht zu machen.

»Hören Sie zu, Fami. Sie werden des Gattenmordes beschuldigt. Ich bin Ihr Verteidiger, nicht Ihr Arzt. Wenn Sie sich nicht wohl fühlen, verschieben wir unsere Unterredung, bis es Ihnen wieder besser geht, aber wenn wir weitermachen, dann müssen wir über den Prozeß sprechen.«

»Über den Prozeß?«

»Ja, über den Prozeß. Ihnen wird der Prozeß gemacht werden, wußten Sie das nicht? Sie werden des Mordes an Ihrer Frau beschuldigt.«

»Signora Mammoli ist nicht ermordet worden, sie ist verschwunden.«

»Das sagen Sie, der Staatsanwalt ist da anderer Ansicht.«

»Das Verschwinden Signora Mammolis hat mit meiner Verhaftung überhaupt nichts zu tun. Ich bin aus einem ganz anderen Grund unschuldig hier eingesperrt worden.«

»Und der wäre?«

»Das kann ich Ihnen nicht sagen. Lassen Sie mich zuerst ins Krankenhaus bringen.«

»Haben Sie mir deshalb Ihre Verteidigung übertragen? Damit ich dem Richter einen Antrag auf Verlegung in ein normales Krankenhaus überreiche?«

»Nicht nur deshalb. Natürlich möchte ich auch, daß Sie

mich verteidigen, aber es ist wirklich sehr wichtig, daß ich ins Krankenhaus komme.«

»Schön, ich werde den Antrag stellen. Aber ich sage Ihnen jetzt schon: Wir haben nicht die geringste Chance, daß ihm stattgegeben wird. Wenn er abgelehnt wird, schicken Sie mir ein Telegramm, und ich komme wieder. Um über den Prozeß zu sprechen. Haben wir uns verstanden?«

Scalzi steht auf, schließt die Akte und steckt sie in seine Tasche.

»Warten Sie«, sagt Idris, »was wollten Sie wissen?«

Scalzi setzt sich unwillig wieder hin. »Ich möchte alles mögliche wissen – falls Sie bereit sind, mit Ihrem Verteidiger zu reden. Aber Sie sind so verstockt, als würden Sie einem Polizisten gegenübersitzen.«

»Einverstanden. Fragen Sie.«

»Sie haben von einem Fest erzählt. Warum sollte Verena da nicht hingehen?«

»Es war kein richtiges Fest«, antwortet Idris, »jedenfalls kein Hochzeitsfest wie bei Ihnen hier in Italien, mit Mittagessen im Restaurant und so weiter. Bei uns macht man nach der Zeremonie eine Prozession, von einem *waqf* zum anderen.«

»Von wo?«

»Vom *waqf* des Brautpaars durch die benachbarten *waqf*, durch das ganze Viertel.«

»Was ist ein *waqf*?«

»Nach altem muselmanischem Recht ist es eine Stiftung von Immobilien, die dem Kult oder wohltätigen Zwecken dienen, aber mit der Zeit ist dieser Brauch verkommen. Heute bringt der Gründer seinen gesamten Immobilienbesitz in einen *waqf* ein, um zu verhindern, daß nach seinem Tod das Erbe zerstückelt wird.«

»Und was hat das, bitte schön, mit dem Hochzeitszug zu tun?«

»Sie haben mich doch gefragt, was ein *waqf* ist.«

»Ja, aber ich verstehe den Zusammenhang nicht.«

»Der Zusammenhang ist der«, antwortet Fami genervt, »daß das Wort *waqf* heute einen Stadtteil bezeichnet. Habe ich mich klar ausgedrückt?«

»Um zusammenzufassen«, sagt Scalzi mit einem leisen Seufzer, »als Sie sie zum letzten Mal gesehen haben, war Verena im Taxi auf dem Weg in ein Stadtviertel von Alexandria.«

»In einen *waqf*, nicht in ein Stadtviertel.«

Das wird nichts mehr mit diesem Archäologen, denkt Scalzi. Früher oder später schicke ich ihn zum Teufel. »Aber haben Sie denn nicht gesagt, daß das das gleiche ist? Ich möchte wissen, ob Sie Streit gehabt haben und warum Sie ihr davon abgeraten haben.«

»Ein *waqf* ist auch eine große Familie.« Fami verdreht die Augen zur Decke. »Um das Haus des Gründers stehen die anderen Häuser, die der Söhne, der Neffen und der Bediensteten. Es ist wie ein mittelalterliches Dorf, das um eine Burg gebaut ist. Und in diesem Sinne ist ein *waqf* ein Stadtteil geworden.«

»Na schön, es ist also nicht das gleiche. Aber kommen wir wieder auf den Punkt.«

»Im Sommer finden die Hochzeitszüge bei Nacht statt. Der *waqf* der Braut, um die es hier geht, ist sehr heruntergekommen, er liegt mitten in Attarin, dem ärmsten Teil der Stadt. Der Gründer dieses *waqf* ist schon seit langem verstorben, und der Nachfolger hat alles verlottern lassen. Die Straßen sind in schlechtem Zustand, voller Müll, nachts stockdunkel, und die Häuser sind verfallen. Das Zimmermädchen, das Verena eingeladen hatte, war eine Dienerin, eine *mauricaude*, ebenso wie die Braut. Arme Leute. Die Tavernen schenken für die Teilnehmer eines Hochzeitszugs gratis *bouza* aus. An jeder Ecke bleiben sie stehen und trinken. Der Koran verbietet zwar den Genuß von Alkohol, aber das ist eine der Regeln, die bei uns wenig respektiert werden. Auf den Schwellen der Häuser, die am Weg des Brautpaars liegen, werden die Wasserpfeifen aufgereiht, und auch Haschisch wird gratis verteilt. Nach der Hälfte des Rundgangs sind alle sturzbetrunken, sogar die Kinder. Es kann jederzeit zu einer Schlägerei kommen. Sind Sie der Ansicht, daß eine Dame wie Verena an so etwas teilnehmen sollte?«

»Ehrlich gesagt, nein. Ich finde es ziemlich seltsam, daß sie bei solch einem Gelage dabeisein wollte.«

»Nicht wahr? Dieser Meinung war ich auch. Aber Verena war …« – Fami sieht Scalzi in die Augen: »Soviel ich weiß, sollte ich wohl immer noch ›ist‹ sagen, nicht wahr, Avvocato?« – »… eine Frau voller Widersprüche. Sehr religiös, voller moralischer Skrupel … aber auch sehr neugierig und reiselustig. Als ich sie kennenlernte, war sie bereits sehr viel herumgekommen. Sie war im Sudan gewesen, in der Sahara, sie hatte sogar ein Kloster in Tibet besucht. Und je mehr ich sie auf die Risiken hinwies – die Betrunkenen, das Haschisch, die Atmosphäre in Attarin, elektrisierend wie das Magnetfeld einer Batterie –, desto fester war sie entschlossen, da hinzugehen.«

»Und warum haben Sie sie dann nicht begleitet?«

»Wie ich schon gesagt habe, ein *waqf* ist auch eine Familie …«

»Fangen sie nicht schon wieder mit diesem *waqf* an«, protestiert Scalzi, »sagen Sie mir lieber, warum Sie Ihre Frau nicht auf das Fest begleitet haben?«

»Lassen Sie mich doch erzählen. Sie wollen etwas wissen, aber Sie lassen mich nicht ausreden. Mein *waqf* grenzt an den der Brautleute, von denen wir sprechen, an, ist kleiner, aber viel anständiger. Meine Familie ist ganz anders und unterhält keine gutnachbarlichen Beziehungen zu der des Brautpaares. Im Gegenteil, wir sind verfeindet. Es ist eine Schande, daß es so heruntergekommene Familien gibt wie die des Zimmermädchens aus dem Mamaya. So war meine

Familie natürlich zu der Hochzeit auch nicht eingeladen. Die Häuser meines *waqf* waren verrammelt und verriegelt worden, und alle meine Verwandten waren in unser Haus am Meer gefahren. Es kommt eben manchmal vor, daß zwischen einem *waqf* und dem anderen solche Zwistigkeiten entstehen.«

Scalzi erinnert sich an den Palio von Siena, an den Haß unter den Contraden und die Raufereien nach dem Rennen. Diesen Vergleich könnte er bei der Verhandlung benutzen. Er spitzt seinen Bleistift, läßt die Holzspäne in den Aschenbecher fallen und notiert sich dann: »Hochzeit siehe Palio.«

»Und diese Maurin, das Zimmermädchen, hat Verena auch nicht begleitet?«

»Nein. Die *mauricaude* hatte das Hotel schon vorher verlassen, weil sie ihrer Schwester beim Ankleiden behilflich sein mußte. Sie waren im Haus der Braut verabredet: Verena wollte das Zimmer des Brautpaars sehen. Die *mauricaude* hatte ihr erzählt, daß es dort drei Betten gäbe, zwei zum Schlafen und eines für die Liebe.« In Famis ambrafarbenen Augen blitzt Bösartigkeit auf. »Verena gefiel die Sache mit den drei Betten, und sie hat mich gefragt, warum wir in unserem Haus in Italien nicht auch drei Betten aufstellen. Aber unser Schlafzimmer war viel zu klein dafür, wie übrigens das ganze Haus.«

»Ach ja, was das Haus in Italien betrifft«, sagt Scalzi, »ich habe in der Zeitung gelesen ...«

Die Tür wird plötzlich aufgerissen, und es erscheint der Bereichsleiter.

»Entschuldigen Sie die Unterbrechung, Avvocato, aber dieser Herr soll sofort auf die Krankenstation kommen.«

»Wir sind noch nicht fertig«, sagt Scalzi.

»Ich habe gesagt, sofort, wir haben schon genug Zeit verloren. Der Sanitätshelfer hat mir erst jetzt mitgeteilt, was passiert ist. Signor Fami muß sofort behandelt werden. Ich möchte nicht, daß er sich hinterher überall beschwert, daß er nicht rechtzeitig medizinisch versorgt worden ist. Er ist nämlich der Ansicht, daß ihn in diesem Gefängnis jemand umbringen will und daß wir alle unter einer Decke stekken.« Der Bereichsleiter kommt in Fahrt: »Ich habe die Nase gestrichen voll von Signor Fami, nach der Sache mit dem Brand. Wissen Sie, daß er eine Eingabe beim Ministerium gemacht hat? Er behauptet, man hätte ihm im Laden eine präparierte Gaspatrone verkauft, die eingekerbt worden war, damit sie in die Luft ging. Und ich hätte ihn nicht rechtzeitig medizinisch behandeln lassen, und der Direktor hätte es abgelehnt, ihn in ein Krankenhaus zu verlegen, weil auch er die Absicht habe, ihn umzubringen.«

Fami nickt zustimmend mit dem Kopf.

»Ach ja, nicht wahr?« ereifert sich der Bereichsleiter. »Sehen Sie, was der Herr Gefangene für eine falsche Schlange ist? Was sollte ich wohl gegen Sie haben, Fami? Was gehen mich denn Ihre Scherereien an?«

Fami wackelt nachsichtig mit dem Kopf und lächelt Scalzi verschwörerisch zu.

»Wache!« brüllt der Oberaufseher, »schick mir den Sanitätshelfer!«

»Zu Befehl!« hört man die Stimme des wachhabenden Beamten, jetzt sehr dienstbeflissen.

Keuchend kommt der Sanitäter herbeigerannt. »Komm her, du Fettsack«, empfängt ihn der Bereichsleiter und schiebt den Rollstuhl neben Famis Platz. »Hilf mir. Warum hast du ihn vorhin fallen lassen?«

»Das war nicht meine Schuld«, verteidigt sich der Mann. »Er hat das Gleichgewicht verloren.«

Bereichsleiter und Sanitätshelfer heben den Ägypter hoch, der keinen Muskel bewegt und überlegen und gleichgültig tut. Der Sanitätshelfer schiebt den entsetzlich quietschenden Rollstuhl auf den Flur hinaus.

»Eines sage ich dir, du Blödmann«, brüllt der Aufseher

ihm nach, »wenn du ihn noch einmal irgendwo anstoßen läßt, dann schicke ich dich auf die Asinara!«

Zuvorkommend hält er Scalzi die Tür auf und begleitet ihn bis zum Ausgang.

»Ich ertrage diesen Kerl einfach nicht mehr, wissen Sie? Er ist noch nicht mal einen Monat hier in Untersuchungshaft und hat sich schon eine Lebensmittelvergiftung zugezogen. Er hat eine Taube gegessen, die bereits halb verwest war. Eine Stadttaube, die er mit irgendeinem Trick gefangen hat, wie weiß ich auch nicht. Er hat sie abhängen lassen und sie dann zubereitet, mit matschigem Reis gefüllt und mit Gewürzen und anderen verbotenen Schweinereien, wie man das bei ihm zu Hause eben macht, ich kenne das Rezept nicht. Jedenfalls hatte er den Vogel zu lange abhängen lassen, und ihm ist schlecht geworden. Sie können sich gar nicht vorstellen, was er überall herumerzählt hat, nachdem der Arzt ihm den Magen ausgepumpt hatte. Daß er vergiftet werden sollte, daß jemand ihm Arsen ins Salz getan hätte. Seitdem lehnt er die Gefängnisverpflegung strikt ab, und wenn der Hausarbeiter ihm Kaffee oder Milch bringt, schüttet Fami ihm alles sofort über die Füße. Und dann dieser Brand. An dem war er schuld, meiner Meinung nach hat er selbst die Gaspatrone angeritzt. Die Matratze und die Bettwäsche haben Feuer gefangen, die ganze Abteilung hätte abbrennen können. Er hätte an Rauchvergiftung sterben können, wenn wir nicht rechtzeitig eingegriffen hätten. Und wir haben ihn behandeln lassen wie einen Prinzen, der Gefängnisarzt hat einen Verbrennungsspezialisten hinzugezogen, einen Professor, der eigens aus Pisa gekommen ist. Und anstatt uns dankbar zu sein, hat er mit den Anfragen, Beschwerden und Eingaben angefangen. Und wollen Sie wissen, mit wem Signor Fami sich gut versteht? Mit Ihrem anderen Mandanten, diesem Alex. Den verteidigen Sie doch auch, stimmt's, Seine Eminenz den Marchese Alex Degli Ubaldini? Den ›Langen‹, wie ihn seine drogenabhängigen Kumpels nennen. Sie haben sich zusammengetan, die beiden, verehrter Avvocato, und haben sich in den Kopf gesetzt, allen den letzten Nerv zu rauben. Aber bei mir stoßen sie auf Granit, da beißen sie sich die Zähne aus. Ich lasse sie in ein Hochsicherheitsgefängnis verlegen. Sie können sich schon mal auf ein paar lästige Dienstreisen einstellen, Signor Scalzi, es tut mir wirklich leid für Sie. Aber ich lasse die Freunde nach Pianoro bringen, alle beide.«

5
Gambassi

Elio Gambassi wacht am Montag morgen sehr früh auf. Er hat fast überhaupt nicht geschlafen. Das Rauschen des Regens und der Gedanke an die »Statuensteine« haben ihn wach gehalten. Ein Paar dieser »Statuensteine«, die aussehen wie alte Männer mit Kapuzen, befinden sich dummerweise jetzt in seinem Haus. Und immer, wenn es ihm gelungen war, kurz einzunicken, träumte er von diesen Figuren, und es schien ihm, als würden sie schädliche Schwingungen verbreiten.

Verdammte Steine: Der Befehl, sie vergraben zu lassen, war keine gute Entscheidung. Sie haben wirklich die Angewohnheit, immer wieder aufzutauchen. Die Leute aus der Gegend behaupten, daß sie Unglück bringen. Einigen Wissenschaftlern zufolge sind diese Figuren viele hundert Jahre alt. Sie sind überaus geheimnisvoll und regen die Phantasie an. Dottor Elvio hatte beschlossen, die »beschriebenen Steine«, wie die Bauern sie nennen, nicht zerstören zu lassen, sondern sie zu vergraben. Mal ganz abgesehen vom archäologischen Wert, der ja gar nicht gesichert ist, ist da schließlich immer noch die Sache mit dem Unglück.

Die ganze Angelegenheit hat von Anfang an unter einem schlechten Stern gestanden, seit er sich mit den Typen von der 'Ndrangheta eingelassen hat. Wenn man mit diesen Leuten zu tun hat, kann man gar nicht vorsichtig genug sein. Und dieses Mal sind sie ihm entschieden zu nahe gekommen. Er hat sich überreden lassen, ihnen einen Gefallen zu tun, einen zu großen allerdings. Aber andererseits – und das muß er selbst zugeben – läßt er sich manchmal von seiner Habsucht derart mitreißen, daß es ihm danach schwerfällt, wieder sicheren Boden unter die Füße zu bekommen.

Dann ist das Unvorhersehbare eingetreten: Dieser Ägypter, angeblich ein Archäologe, ist aufgetaucht, und von dem Augenblick an hat es nur noch Schwierigkeiten gegeben. Dieser Schnüffler ist schuld daran, daß der Eingang zu der Höhle, die das gemeine Volk für eine vom Bach ausgewaschene Grotte hält, plötzlich unkenntlich gemacht werden mußte.

Aber der Leiter der Bauarbeiten hatte nichts davon wissen wollen, das Fundament eines der Stützpfeiler für die Überführung genau über das Eingangsloch zu der Grotte zu setzen. »Warum gerade da?« hatte Ingenieur Recchi protestiert. »Das Erdreich ist locker! Darunter befindet sich eine Höhle, das bedeutet Einsturzrisiko!« Gambassi hatte ihm doch nun beim besten Willen nicht erklären können, daß nicht nur der Pfeiler, sondern der ganze Viadukt sozusagen als Korken auf dem Flaschenhals der Höhle gedacht war, und deshalb eben genau an dieser Stelle gebaut werden mußte. Die ganze Straße war ja überhaupt nur zu diesem Zweck geplant worden. Was bildete der sich eigentlich ein, dieser lausige Ingenieur mit seinem festen Monatsgehalt, glaubte der wirklich, daß der Boß ihn über das Warum und Wieso in Kenntnis setzen würde?

Und dann hatte der Ingenieur eine großartige Idee gehabt: Bis vor einer Woche waren die Lastwagen mit dem Zement und den Armierungseisen völlig problemlos über den Gutsweg gefahren, der in das Kiesbett des Bachs mündet. Nun hatte Recchi sich überlegt, daß, wenn man eine Versorgungsstraße auf der anderen Seite des Tals anlegen würde, der Weg nur noch halb so lang wäre. Dieser Recchi hat wirklich einen Spartick (und trotzdem kann er mit fast Sechzig noch nicht mal eine kleine Bruchbude sein eigen nennen) und verbringt seine gesamte Zeit damit, sich das Hirn mit jeder Menge Berechnungen zu zermartern. Wenn er ihm gesagt hätte, daß diese verdammte Versorgungsstraße durch den »Bosco dei Cappucci«* führen sollte, wie das Gewirr von hundertjährigem Dornengestrüpp, Eichen, Lorbeerbüschen und Pinien genannt wird, das an den »Botro delle Maghe«** angrenzt, hätte er dem nie im Leben zugestimmt. Denn Gambassi wußte nur allzugut, daß das Herumwühlen im Wald nichts als Probleme bringen würde. Aber Recchi hatte es nach der Diskussion über den Pfeiler vorgezogen, seinen Kopf durchzusetzen und ihn vor vollendete Tatsachen zu stellen. Gambassi hatte erst, als mit den Arbeiten schon begonnen worden war, durch Saro, den Polier der Akkordarbeiter, davon erfahren, als dieser in die Villa kam, um ihm Bericht zu erstatten. An dem Tag hatte er auch die beiden Alten aus Stein auf seinem Lastwagen, die jetzt auf dem Dachboden stehen. Gambassi hatte dem Chaos, das die Bagger anrichteten, sofort Einhalt geboten: sie wühlten das Erdreich auf, entwurzelten Bäume, rodeten das Unterholz. Vom Gipfel des Hügels sah es aus, als würde ein tropischer Regenwald abgeholzt. Aber das Unglück war bereits geschehen: die Schneise, die parallel zum Bach gezogen worden war, war kilometerweit zu sehen. Verdammte Erde der Maremma mit ihrer fast blutroten Farbe: Der Streifen sah aus wie eine offene Wunde, die wie ein Pfeil auf das Fundament des Stützpfeilers deutete. Und dann erst diese alten Steine! Die Arbeiter hatten sie einen nach dem anderen, so wie sie aus dem Unterholz aufgetaucht waren, am Rand des Weges aufgereiht: Kapuzenfiguren, Felsblöcke mit eingeritzten rätselhaften Symbolen. Noch ein paar Wochen, und die Umweltschützer würden sich zu Wort melden, danach würden garantiert auch die Beamten von der Aufsichtsbehörde für die Erhaltung der Kulturgüter kommen und ihre Nase überall hineinstecken.

Den letzten Fehler hatte er selbst begangen, indem er Na-

* (ital.) Wald der Kapuzen.
** (ital.) Tal der Zauberinnen, dunkler, unheimlicher Ort.

tale diesen Auftrag gab. Wenn irgend jemand von der Baustelle ferngehalten werden mußte, dann war das Natale. Ein Hausangestellter, der sich herausnahm, so etwas Unverschämtes zu Magda zu sagen! Wie um alles in der Welt war es ihm nur in den Sinn gekommen, ausgerechnet Natale zu schicken, um diese heikle Angelegenheit in Ordnung zu bringen? Aber der allergrößte Fehler war die Idee an sich. Eine schöne Ladung Sprengstoff auf den ganzen Haufen, und man hätte kleine Steinchen gehabt, Schotter für die Schnellstraße: so hätte man das machen müssen! Und jetzt ist Natale verschwunden, jedenfalls hat er heute Nacht nicht in der Villa geschlafen. Das hat das Hausmädchen Gambassi erzählt, als sie ihm den Kaffee ans Bett brachte.

Nach dem Duschen und noch im Bademantel nimmt Dottor Elvio den Hörer des Haustelefons ab und gibt Befehl, den Geländewagen vorzufahren. Zehn Minuten später, um halb sechs, ist er schon auf dem Weg zur Baustelle. Als er dort eintrifft, ist das Tor geschlossen, und er muß mehrmals hupen, was aufgeregtes Gekläff der deutschen Schäferhunde zur Folge hat, bis der Wächter aus der Baracke gerannt kommt, um ihm zu öffnen. Über Unterhemd und Unterhose trägt er einen Regenmantel. In Habachtstellung bleibt er stehen, während der Boß durch das Tor fährt.

Gambassi ist stolz auf die Geschicklichkeit, mit der er den Landrover über eine Straße zu steuern versteht, die eigentlich noch gar keine ist, nur ein Trampelpfad voller Pfützen, in denen sich die Wolken spiegeln. Es ist wirklich angenehm, denkt er, der Boß zu sein und über geeignete Leute zu verfügen, die alle Befehle sofort zuverlässig ausführen – mit lauter Stimme erteilte Befehle ebenso wie ins Ohr geflüsterte Weisungen, und in manchen speziellen Situationen muß ein angedeutetes Kopfnicken genügen. Aber es gibt immer mal wieder Anlässe, bei denen man sich selbst aufmachen und die Dinge persönlich in Augenschein nehmen muß. »Ich bin immer noch gut in Form«, beweihräuchert er sich selbst. Ja, er ist jetzt über Siebzig, und sein Leben ist anstrengend und voller Risiken gewesen, wie das bei einem Kriegsveteranen eben so ist.

Es regnet immer noch. Von Natale keine Spur und von dem Radlader auch nicht. Dafür ist noch da, was längst verschwunden sein sollte: die Steine. Und auf dem Grund der Grube, wo sich das Fundament des Pfeilers erhebt, liegt ein riesiger Haufen Erde. Gambassi steigt aus dem Wagen, öffnet den Schirm aus grünem Wachstuch mit Holzgriff, den Natale immer benutzt hat, und geht auf das Loch zu.

Ein kurzer Blick genügt. Er dreht sich um und rennt zum Landrover zurück. Mit zitternder Hand dreht er den Zündschlüssel herum, legt den Gang ein, schaltet dann aber den Motor wieder aus. Ein Soldat haut nicht ab, mein Gott! Er atmet tief durch, um sich zu beruhigen. Das hier ist eine der Situationen, in denen er es bedauert, das Rauchen aufgegeben zu haben. Er reißt das Handy so heftig aus der Jackentasche, daß ein Knopf abgeht. Die alte Joppe aus graugrünem Baumwollflanell ist schon ganz durchgescheuert. Sie erinnert ihn an den Spanischen Bürgerkrieg: sechzehn war er damals, und es war ihm gelungen, sich zu den italienischen Truppen einziehen zu lassen, indem er sein Geburtsdatum fälschte.

Er ruft in der Baracke der Akkordarbeiter an. Saro geht an den Apparat. Ein trockener Befehl, keine Einzelheiten. Mit Saro braucht es nicht viele Worte. Er ist ein entschlossener Mann, wertvoll bei tausend Gelegenheiten. Er ist in der Lage, in einer Woche hundert Schwarzarbeiter auf die Baustelle zu schaffen. »Eine mittlere Ladung Pentrit. Nicht übertreiben. Über den Daumen gepeilt sind es ungefähr fünfzig Tonnen.«

Es vergehen keine fünf Minuten, und schon erscheint Saro auf einem über und über mit Schlamm bespritzen Mofa.

Wie eine Lawine rollt er den Abhang hinab, zwei Zentner rohe Gewalt, obwohl er nicht größer als einen Meter sechzig ist. Über die Schulter hat er einen Rucksack gehängt. Trotz des Regens trägt er keine Kopfbedeckung und nur einen zerlöcherten Pullover. Durch eifriges Gegenlenken und Manövrieren, ohne auch nur einmal zu Gambassi hinüberzusehen, gelingt es ihm, den Abhang hinunterzufahren, und schließlich erreicht er den Steinhaufen, bleibt einen Augenblick stehen und betrachtet ihn. Dann kommt er, Schlammspritzer aufwirbelnd, auf den Wagen zu. Er öffnet die Beifahrertür, steigt ein, und die Fahrerkabine füllt sich mit dem Geruch nasser Erde.

»Entschuldigen Sie, Dottore. Aber ich muß einen Moment ins Trockene.«

Er holt aus dem Rucksack ein Päckchen, in dem etwas eingewickelt ist, das wie ein schwarzes Stück Seife aussieht. Er legt es aufs Armaturenbrett und schneidet mit einem Taschenmesser, das er aus dem Nichts hervorgeholt zu haben scheint, ein Stück ab.

»Was ist das für Zeug?« fragt Gambassi.

»TNT«, antwortet Saro. »Geeigneter als Pentrit. Aber Sie können beruhigt sein, es geht nicht in die Luft, solange das da nicht dran ist.«

Auf der Handfläche streckt er Gambassi etwas hin, was wie die Hülle eines Thermometers aussieht.

»Und was ist das?«

»Die Nitro-Sprengkapsel.«

Mit einem Klebestreifen befestigt Saro die Sprengkapsel an dem Stück TNT, hängt eine langsam abbrennende Zündschnur daran und steckt alles wieder in den Rucksack.

»Ich geh dann mal, Dottore.«

»Ja, geh«, sagt Gambassi.

»Ich gebe Ihnen ein Zeichen, wenn Sie abhauen müssen. Lassen Sie den Motor laufen.«

Saro hat gerade sein Mofa bestiegen, als in der Heckscheibe

ein dunkler Schatten auftaucht. Einen Augenblick später ist Recchi da mit seiner korrekt gebundenen Krawatte, unter einem schwarzen Schirm mit einem Griff aus falschem Krokodilleder.

»Guten Morgen, Dottore«, Recchi tippt kurz an die Krempe seines Borsalino, »was ist denn da unten passiert?«

»Das fragen Sie mich?« antwortet Gambassi eiskalt. »Sie leiten doch schließlich die Arbeiten.«

Recchi schüttelt den Kopf und geht an den Rand der Grube. Er läuft auf dem Schlamm wie auf Glasscherben. Er klettert den Abhang hinab, betrachtet alles eingehend und erreicht den Steinhaufen, während Saro auf der anderen Seite mit dem Messer ein Loch gräbt. Die Brillengläser des Ingenieurs reflektieren das weiße Licht der Wolken, während er wie angewurzelt dasteht und auf den Grund des Trichters starrt. Er rennt zum Fundament des Pfeilers und kommt dann zum Wagen zurück.

»Es war ein Erdrutsch, Dottore«, flüstert er mit bebender Stimme.

»Fein beobachtet«, sagt Gambassi.

»Zwischen dem Steinhaufen und dem Rand der Grube sieht man noch die Reifenspuren des Radladers. Das ist alles ...«

»Welcher Radlader?« fragt Gambassi geistesabwesend.

Hinter den nassen Brillengläsern scheinen Recchis vergrößerte Augen zu schielen. »Der, den Ihr Gärtner immer benutzt. Ich hatte Ihnen doch gesagt, daß das gefährlich ist. Der Radlader ist bis zu einem bestimmten Punkt abgerutscht, dann ist das Erdreich ...«

»Sie sind ein Versager, Recchi.« Gambassi hat Saro im Auge behalten, der sich jetzt aufrichtet und winkt.

»Steigen Sie ein, Recchi. Schnell, steigen Sie ein.«

Der Geländewagen rast auf den Gutsweg zu. Da ertönt der Knall der Explosion. Es ist ein dumpfer Schlag, wie ein riesiger Hammer, mit dem auf die Erde gehauen wird. Eine weißliche Wolke steigt auf. Ein paar Sekunden lang hört man ein Prasseln wie von Hagel, und ein Steinchen fällt auf das Dach des Jeeps.

Saro kommt mit zufriedenem Gesicht auf seinem Mofa vorbei und fährt davon.

»Mein Gott«, stammelt Recchi, »was hat Saro denn da gemacht?«

Die weiße Wolke verzieht sich. Der Steinhaufen existiert nicht mehr, der Abhang ist voll hellem Schotter, der sich von der roten Erde abhebt. Wie ein vom Wind gebauschter Mantel rollen die kleinen Steinchen auf den Grund des Trichters, sie scheinen lebendig zu sein, wie sie so da hinabkullern. Das Rieseln ist bis zum Wagen zu hören.

»Mein Gott«, stöhnt Recchi, »wer hat ihm das aufgetragen? Jetzt kann man ja nicht mal mehr …«

»Was?« grinst Gambassi und sieht ihm in die Augen.

Wenn der Dottore auf diese Art lächelt, fangen die Leute, die ihn gut kennen, an zu zittern. Es ist kein kaltes Lächeln, nein, es ist fast zärtlich, und vor seinen Augen liegt ein Tränenschleier.

»Ich meine ja nur, daß Ihr Gärtner vielleicht da unten …«

»Hören Sie zu, Recchi«, Gambassi lächelt immer noch, »verbreiten Sie bloß keine Gerüchte, haben Sie verstanden? Was glauben Sie wohl, was passiert, wenn die Polizei hierher kommt, der Bürgermeister und so weiter? Sie treiben jetzt sofort eine Planierraupe auf und machen hier alles schön glatt. Dann lassen Sie die Grotte mit Zement ausgießen, wie wir das schon besprochen hatten. Eine mindestens vier Meter dicke Schicht. Haben Sie verstanden, was Sie tun sollen? Natale war unser Gärtner in der Villa. Magda hat herausgefunden, daß er gestohlen hat, und ich habe ihn entlassen. Er hat keine Angehörigen, wer weiß, wo er abgeblieben ist.«

»Aber … der Radlader?« Der Ingenieur hebt flehentlich

die Hände. »Der Radlader ist auch weg, der, den Natale immer benutzt hat.«

»Sie haben mich also nicht verstanden. Seien Sie ehrlich, Sie haben nichts kapiert. Soll ich es Ihnen noch einmal erklären?«

»Nein, nein«, murmelt Recchi, »ich hab schon verstanden.«

»Sehr schön!« Gambassi läßt den Motor an und betrachtet Recchi aufmerksam. »Irre ich mich, oder leiden Sie unter Rheuma? Als ich Sie vorhin so laufen sah ...«

»Na ja, ein bißchen schon ... Ich bin ja immer draußen, wissen Sie ...«

»Ein Klimawechsel würde Ihnen guttun. Sie brauchen trockenere Luft.«

Ich schicke ihn auf die Baustelle nach Libyen, denkt Gambassi. Ja, dahin werde ich diesen Recchi schicken, dann kann er Gaddhafi auf die Nerven gehen.

6
Die Feldflasche

Natale hat ganz tief geschlafen. Er hat geträumt, daß er Durst hatte und versucht hat, aus einer stoffbezogenen Armeefeldflasche zu trinken. Aber auf dem Stoff hat sich auf einmal eine steinerne Kruste gebildet und sich bis in das Wasser ausgedehnt, das er zuvor noch hatte gluckern hören. Und plötzlich ist die versteinerte Feldflasche so schwer geworden, daß sie ihm aus der Hand gefallen ist. Und im Fallen hat sie die Welt aus den Angeln gehoben.

Ein heftiger Stoß läßt ihn die Lider heben, die mit Schlamm verkrustet sind. Durch das Tuffsteingewölbe über ihm fällt der Schimmer eines Blitzes. Das Gefängnis, in dem er sitzt, ist so eng, daß er die Wände an seinem ganzen Körper spüren kann (außer an den Füßen, wo sind eigentlich seine Füße?). Er kann nicht die geringste Bewegung machen und nur mit Mühe das Gleichgewicht halten. Es kommt ihm vor, als habe der dumpfe Aufprall der Feldflasche am Ende seines Traums ein Erdbeben ausgelöst, das jetzt alles vibrieren läßt. Einen Augenblick bleibt er noch hängen, dann beginnt er wieder zu fallen, abermals. Das Dunkel ist dasselbe wie zuvor, aber er hört nicht mehr das leichte Prasseln von vorhin, jetzt dröhnt ihm ein Getöse in den Ohren, das irgendwo in der Ewigkeit verhallt.

7
Guerracci

Es ist sechs Uhr morgens und noch dunkel. Ein Reisender schläft im bläulichen Dämmerlicht des Abteils. Es riecht nach Limonade und verstopftem Klo. Scalzi macht das Licht an, holt die Akte aus der Tasche und beginnt zu lesen. Auf der Fensterscheibe wandern Wassertropfen langsam gegen die Fahrtrichtung. Der Zug durchquert ein Tal wie eine Mondlandschaft, nur erhellt durch einen grauen Schimmer am Horizont. Die Akte rutscht auf seine Knie, der Kopf senkt sich auf die Brust. Scalzi fällt in einen Halbschlaf, die Hände auf den Papieren. Der Reisende macht das Licht wieder aus, aber es wird jetzt ohnehin langsam hell. Bei Tageslicht trifft der Zug in Rom ein.

Die Schlange am Taxistand ist endlos. Als der Fahrer endlich vor dem Gerichtsgebäude hält, ist es schon spät, halb elf, der Prozeß ist womöglich bereits abgeschlossen. Es regnet, und auf dem nassen Gehweg spiegelt sich ein mausgrauer Himmel.

Der Oberste Gerichtshof gleicht dem Casino in Paris, das Balzac beschrieben hat, denkt Scalzi und keucht die Treppe hinauf, auch hier herrscht das Wagnis, und auch hier gehen erschöpfte Spieler ein und aus.

Die Pferde und die nackten Frauen auf dem Giebel bei Balzac scheinen sich gerade zum Flug aufschwingen zu wollen. Die Pferde auf dieser Fassade hier haben überhaupt keinen Schwung. Der ganze Palazzo scheint in den Boden gerammt zu sein wie ein Marmorblock, der aus einem Steinbruch herausgebrochen ist.

Und auch hier wird man in halbdunklen Räumen empfangen, denkt Scalzi schaudernd, während der Gerichtsdiener ihm mit eiskalten Händen das Beffchen um den Hals knotet. Der kleine Raum ist schwarz von all den Roben, und der Gerichtsdiener, der sie ausleiht, sieht es als seine Pflicht an, den Anwälten zu Hilfe zu kommen: es ist in der Tat unmöglich, diese Robe allein anzuziehen. Da hilft er gern, mit dem Gesichtsausdruck eines mitfühlenden Angehörigen, der am Kopfende eines Krankenbettes sitzt. Diese Bekleidungszeremonie raubt einem noch den letzten Rest Optimismus. Als Scalzi in der Robe aus der Kammer kommt, geht er unwillkürlich gebeugt: er hat sich damit abgefunden, daß sein Revisionsantrag abgelehnt werden wird.

Der Prozeß soll, wenn es nicht schon zu spät ist, vor dem neunten Senat stattfinden. Der Flur mündet in einen Außenhof und wird zu einer Balustrade. Von den Hinweisschildern mit zum Himmel deutenden Pfeilen verwirrt, fragt Scalzi einen Bediensteten nach dem Weg. Er hat sich geirrt, er ist im falschen Stockwerk. Immer aufgeregter rennt er auf der Suche nach einem Lift die Balustrade entlang um den Hof herum, wo eine Figur der Justitia mit einer Art Steuerknüppel in der erhobenen Rechten einen Parkplatz bewacht. Er fährt mit dem Aufzug nach oben, und als sich die Tür öffnet, sieht er in eine Diele, weiß gekachelt wie in einem Krankenhaus, in der eine Madonnenfigur in blauem Gewand steht, mit einem Heiligenschein aus kleinen elektrischen Birnen. Eine Krankenschwester in Häubchen und Kittel eilt mit einem Wagen voll klirrender Arzneiflaschen vorbei. Scalzi spürt Panik in sich aufsteigen, er weiß überhaupt nicht mehr, wo er ist, in welcher Stadt, und was er hier will. Er spürt nur noch die Angst, einen Termin zu verpassen, den er unbedingt wahrnehmen muß, und die Zeit, die ihm davonläuft. Auf einem Schild steht: MEDIZINISCHE VERSORGUNG. Die obersten Richter, denkt Scalzi, haben wahrscheinlich Angst vor einem Herzinfarkt, und das hier ist die Rettungsstation. Der Aufzug fährt weiter nach oben.

Vor dem neunten Senat hat die Verhandlung noch nicht einmal begonnen. Es heißt, daß einer der Richter in einem Stau feststeckt. Es folgt eine lange Wartezeit im Vorraum. Die Anwälte dürfen den Gerichtssaal erst betreten, als es von der nahen Kirche schon Mittag läutet.

Es werden noch andere Fälle verhandelt, er wird nicht vor ein Uhr dran sein. Scalzi öffnet die Akte, um ein wenig Ordnung in die Reihenfolge seiner Argumente zu bringen, die er im Zug zwischen seinen Nickerchen zusammengestoppelt hat, aber er weiß schon jetzt, daß ihm sowieso niemand zuhören wird. Hier haben die Richter eine vorgefaßte Meinung, an der nicht zu rütteln ist. Man geht aus reiner Beharrlichkeit vor den Obersten Gerichtshof, um auch noch den letzten Akt des Rituals zu erfüllen. Es ist verlorene Liebesmüh: er wird aus dem Stegreif sprechen. Er wendet seine Aufmerksamkeit dem Prasseln des Regens auf dem Oberlicht zu. Ihn schauert in den feuchten Kleidern unter der Robe, und er überläßt sich einem Gefühl friedvoller Entspannung, als ihm endlich bewußt wird, daß er rechtzeitig eingetroffen ist und jetzt keinerlei Grund zur Panik mehr besteht. Er schließt die Augen, aber unter den geschlossenen Lidern sieht er immer noch die Lampe, die wie ein Bühnenstrahler die Büste eines alten Römers beleuchtet. Dann verblaßt das Bild, und schließlich ist es dunkel.

Der Regenguß wird stärker, und ein Gefühl eisiger Kälte auf der Stirn reißt Scalzi aus seinem Dämmerzustand. Der schwache Reflex, den der alberne Lampenschirm auf dem Tisch des Gerichtsschreibers in einer Pfütze erzeugt, breitet sich zum Tisch der Anwälte hin aus. Während der Wartezeit im Vorzimmer hat der Gerichtsdiener erzählt, daß es in den Verhandlungssaal des neunten Senats hineinregnet; ein älterer Anwalt hat ihm beigepflichtet und den heruntergekommenen Zustand des Gebäudes beklagt. Die Zeiten, in denen die Anwälte aus der Provinz, wenn sie die geschäftigen Amtsgerichte hinter sich gelassen hatten, hier die würdevolle Atmosphäre der Gerechtigkeit atmen konnten, sind längst vorbei. Das unheilvolle Heute verschandelt alles, sogar hier gehen Werte verloren, stundenlang hocken die Anwälte in den Vorzimmern, die Richter beginnen die Prozesse mit absurden Verspätungen, und in die Gerichtssäle pieselt das Wasser.

»Ich war hier einmal zusammen mit De Orzan«, flüstert der alte Anwalt einem jüngeren Kollegen zu, »das wird so zwanzig Jahre her sein. Ja, De Orzan! Der hatte Stil! Der hätte niemals zwei Stunden im Vorzimmer gewartet, der wäre gegangen und hätte die Tür hinter sich zugeknallt! Er war mal mein Gegner in einem Fall, genau hier. Weiß du, wie alt er damals war?«

»Nein.«

»Neunzig. Er saß da, wo der Kollege jetzt sitzt«, der Alte deutet auf Scalzi, »und sobald mit der Verlesung der Anklage begonnen wurde, legte er das Kinn auf den Griff seines Spazierstocks und fing an zu schlafen. Auch während der Ausführungen des Staatsanwalts und meines Plädoyers hat er immerzu geschlafen.«

»War das etwa sein berühmter Stil?« murmelt der Jüngere.

»Ich habe gedacht: Armer alter Mann, warum mußt du dich noch hier abplagen? Ich war neugierig auf sein Plädoyer. Es war ein sehr verzwickter Fall. Es ging darum, ob der Chirurg oder der Anästhesist den Patienten auf dem Gewissen hatte. Ich vertrat den Anästhesisten. Was wird er wohl sagen, der alte Opa, habe ich mich gefragt. Vielleicht wacht er ja gar nicht auf, dachte ich. Aber dann erhob er sich, plötzlich munter wie ein Fisch im Wasser, und wie immer eine Blume im Knopfloch, die man unter der Robe hervorblitzen sehen konnte. Der Vorsitzende sagte, er könne sein Plädoyer gerne im Sitzen halten. Er bedankte sich und nahm Platz. Jetzt schläft er wieder ein, dachte ich. Aber statt dessen … hat er uns allen eine Lektion erteilt. Als er fertig war,

war sogar ich fast davon überzeugt, daß der Chirurg im Recht war.«

Eine weiße Blume unter der Robe, genau: eine Rosenknospe oder eine Gardenie, je nach Jahreszeit, erinnert sich Scalzi, der De Orzan auch gekannt hat. Kollegen und Richter verehrten ihn wie das Allerheiligste. Ein halbes Jahrhundert lang war er Verteidiger bei den sensationellsten Strafprozessen gewesen, die ganze Halbinsel hinauf und hinab. Einmal hatte Scalzi ihn im Wartesaal eines Bahnhofs gesehen, um zwei Uhr morgens, ganz allein, die Nase in die Akten gesteckt. Er war es gewesen, der Leonetto verteidigt hatte, erinnert sich Scalzi, und er war gerade gestorben, fast hundertjährig, als das Schicksal – nicht die Richter, sondern die Roulettekugel, die auf eine bestimmte Nummer fällt – den lebenslänglich Verurteilten aus dem Gefängnis befreite.

Abgesehen vom wichtigsten Beweisstück bei einem Mord, der Leiche – die nicht existierte –, sprach alles gegen Leonetto: Erbschaftsstreitigkeiten, eine heftige Auseinandersetzung vor Zeugen mit dem Bruder, Morddrohungen, die Begegnung der beiden Brüder an einem einsamen Ort, der blutverschmierte Stein, den man dort gefunden hatte und an dem noch Haare des vermeintlich Ermordeten klebten. Es fehlte nur der Körper des Opfers. Der Bruder war seit jenem Tag spurlos verschwunden. De Orzan hatte argumentiert, daß man nicht mit Sicherheit davon ausgehen könne, daß die Tat überhaupt stattgefunden habe, solange das *habeas corpus* fehle: Wo war die Leiche? Aber acht Jahre lang – so lange hatte der Prozeß gedauert – waren seine flammenden Tiraden und seine D'Annunzio-Zitate auf taube Ohren gestoßen. Leonetto war ins Zuchthaus gewandert und seine Verurteilung in zwei Prozessen vor dem Obersten Gerichtshof bestätigt worden.

De Orzan war gerade einige Monate tot (und dann heißt es, das Schicksal erlaube sich keine Scherze), und der unschuldige Leonetto saß seit acht Jahren im Gefängnis, als eines schönen Tages der Bruder, das vermeintliche Opfer, aus heiterem Himmel wieder im Dorf auftauchte und dort in aller Seelenruhe herumspazierte.

Der Fall Leonetto drängt sich als Präzedenzfall geradezu auf, denkt Scalzi. Das wäre ein guter Anfang für mein Plädoyer.

Ein Kollege spricht sehr aufgebracht. Die Richter machen keinen Hehl daraus, daß sie gelangweilt sind. Der Vorsitzende liest in einem Dokument und hält es sich demonstrativ vor das Gesicht. Aber der Anwalt läßt sich nicht beirren, obwohl offensichtlich ist, daß niemand ihm zuhört. Er ereifert sich in einer letzten Tirade, wird pathetisch, appelliert an die Menschlichkeit. Er ist noch jung, denkt Scalzi, er hat noch nicht begriffen, daß das alles nichts nützt, weil die Richter durch ihre ungeheure Machtfülle verdorben sind. Diese Richter, die auf der obersten Stufe der Karriereleiter angelangt sind, leiden alle unter vorzeitigem geistigem Samenerguß. Sie haben es sehr eilig, ein Urteil zu fällen, noch bevor sie sich mit dem Fall auseinandergesetzt haben. Er überlegt sich, daß er Einsicht in die Akten des Leonetto-Prozesses nehmen sollte. Wenn De Orzan es in einem solchen Fall schon nicht geschafft hat, denkt er beunruhigt, wie soll mir es dann gelingen? Gegen ihn bin ich doch nur ein Winkeladvokat.

Als er endlich an der Reihe ist, ist er so in Famis Fall vertieft, daß er sich große Mühe geben muß, um den Namen des Angeklagten, um den es hier geht, nicht mit dem des Ägypters zu verwechseln.

Es regnet auf der ganzen Rückfahrt. Scalzi verläßt das leere Abteil und geht auf den Gang, um zu rauchen. Im Abteil nebenan schläft ein Mann mit einem Dreitagebart. Er erkennt Guerracci, einen früheren Kollegen. Er hat ihn aus den Augen verloren, seit Guerracci den Beruf gewechselt hat. Scalzi zögert, ihn zu wecken. Guerracci scheint gealtert, der Bart ist grauer als bei ihrem letzten Treffen, er sitzt zusammengekauert, den Kopf an die Fensterscheibe gelehnt, die Hände zwischen den Beinen, als ob er einen Krampf hätte. Um den Hals trägt er ein albernes Tuch, dessen Knoten sich unter dem Hemdkragen gelöst hat.

Guerracci ist in einer stürmischen Zeit in sein Leben getreten, zusammen mit anderen Menschen, die so wenig Eindruck hinterlassen haben, daß man sie getrost für immer vergessen konnte. Jetzt aber empfindet Scalzi eine Art Zärtlichkeit für ihn, denn eigentlich sind sie ja damals so etwas wie Freunde gewesen. »He, Guerracci!«

Guerracci öffnet den Mund zu einem leisen »Oh!«, steht sofort auf und kommt zu ihm auf den Gang. Seine Augen leuchten sogar.

»Jetzt seid ihr noch zu zweit«, sagt Guerracci, nachdem sie sich umarmt haben, »du und Bardazzi aus Bologna. Ich habe mitgezählt.«

»Mitgezählt?«

»Die Veteranen, die Überlebenden.«

Scalzi erinnert sich wieder an die Atmosphäre von einst, an Begegnungen, ähnlich wie diese hier im Zug, auf den Fähren zu den Inseln mit den Hochsicherheitsgefängnissen, an die vorsichtigen Gespräche, die man führte, an in Andeutungen ausgetauschte Informationen. Damals gab es nicht viele Anwälte, die bereit waren, jene Leute zu verteidigen, die von der vermeintlichen Revolution geträumt hatten. Als Verteidiger eines Terroristen konnte man leicht selbst in Verdacht geraten und riskierte, im Gefängnis zu landen. Das klägliche Häuflein der Unvorsichtigen bildete daher eine Art verschworene Gemeinschaft und teilte sich die gefährliche Aufgabe nach geographischen Gebieten. Guerracci kümmerte sich um die Prozesse vor den Gerichten an der tyrrhenischen Küste, in Livorno, seiner Heimatstadt, und in der ganzen Versilia. Scalzi, der älter und erfahrener war, war die gesamte Toskana zugefallen, und bei

Prozessen in den Küstenstädten hatte er mit Guerracci zusammen verteidigt.

»Hast du das von Del Battista gehört?«

Guerracci macht ein trauriges Gesicht. Scalzi hatte schon geahnt, daß sich die Unterhaltung zu einer Reihe von Nachrufen entwickeln würde. Del Battista war im vergangenen Sommer an einem Herzinfarkt gestorben. Er war auf dem Bürgersteig zusammengebrochen, als er gerade die Tür seines Autos öffnen wollte.

»Und was mit Carrocci passiert ist, weißt du das?«

Scalzi schüttelt den Kopf, um das Unheil abzuwenden und weil er lieber über etwas anderes reden würde, aber natürlich weiß er, daß Carrocci aus Reggio Emilia von einem Lastwagen überfahren wurde, als er zu Fuß die Autostrada del Sole überquerte, um in ein Lokal auf der anderen Seite zu gelangen. Stockbesoffen, wie immer.

»Was, du weißt das von Carrocci nicht?«

Guerracci hat bereits Anlauf genommen. Er zählt all die Unglücksfälle auf, die das Schicksal seiner Meinung nach für die Leute bereithält, die so unvorsichtig sind, Angeklagte des Linksterrorismus zu verteidigen und somit den Ruin ihrer Zunft und Schlimmeres herausfordern. Sie nehmen alle ein böses Ende.

»Du hast doch schließlich auch überlebt, oder?« meint Scalzi.

»Ich zähle nicht, ich habe Schluß gemacht.«

Auch Scalzi hat oft darüber nachgedacht, den Beruf zu wechseln. Aber dann kommt so ein Prozeß wie der, mit dem er momentan befaßt ist, und die inneren Zweifel beginnen wieder an ihm zu nagen. Die Leidenschaft für Prozesse ist eine zweifelhafte, man ist immer auch Voyeur und Spieler. Wenn ich aufhören würde, denkt Scalzi, dann würde ich sicher Ausgleich in etwas weniger Respektablem suchen. Und er fragt den Abtrünnigen der juristischen Eloquenz, wie er sich denn so durchs Leben schlägt.

Guerracci teilt ihm mit, daß er jetzt Journalist ist. Er erntet die Früchte seiner Erfahrung mit Kanzleien und Gerichtsarchiven und zieht geheimen Verbindungsleuten Informationen über heikle, sensationelle Angelegenheiten aus der Nase. Sein neuer Job ist nicht besonders anspruchsvoll, die Zeitschrift, für die er arbeitet, ist ein Revolverblatt, das Fotos an der Grenze zur Pornographie abdruckt. Aber er ist fest davon überzeugt, daß all das besser ist als die alte Drecksarbeit. Er lächelt schmerzlich: »Hast du nie den Gerichtssaal mitten in einem Prozeß verlassen?«

»Ein paarmal bin ich rausgegangen, um die Richter zu beeindrucken«, sagt Scalzi. »Aber ich bin immer gleich zurückgekommen.«

»Ich bin endgültig abgehauen. Aber im Grunde war mir die Entscheidung schon längst abgenommen worden, denn ich hatte kaum noch Mandanten.«

»Und wie geht es dir so als Ex-Rechtsverdreher?«

»Ich kann nicht klagen. Das Schreiben macht mir Spaß, auch wenn ich mich mit Mist beschäftigen muß. Aber in letzter Zeit gibt der Chefredakteur mir ganz interessante Fälle. Momentan bin ich an einer ganz rätselhaften Sache dran. Wer weiß, vielleicht wird sogar ein Buch daraus. Die Geschichte spielt teilweise in Ägypten, du hast bestimmt davon gehört. Der Angeklagte ist Ägypter, aber seine verschwundene Frau ist Florentinerin.«

Scalzi klärt ihn darüber auf, daß er seit einigen Tagen der Verteidiger des Angeklagten ist.

»Kompliment! Das ist ja großartig!« gratuliert ihm Guerracci.

»Ein Prozeß wie jeder andere …,« meint Scalzi.

»Das Verschwinden dieser Verena ist doch der Traum eines jeden Strafverteidigers!«

»Die Richter sind nicht davon überzeugt, daß sie lediglich verschwunden ist. Ich hoffe, daß der Freispruch nicht nur ein Traum bleiben wird.«

»Den Freispruch hast du in der Tasche!«

Guerracci ist überzeugt, daß der Prozeß mit dem Triumph des Angeklagten und seines Verteidigers enden wird. Natürlich nur, wenn die Leiche nicht auftaucht, in diesem Fall würde sich die Sache komplizieren. Aber die Leiche wird nicht auftauchen. Guerracci will das aus sicherer Quelle wissen. »Der Staatsanwalt hat sich mit der Botschaft in Verbindung gesetzt, um die Suche zu beschleunigen, aber die haben ihm nicht mal geantwortet. Italienische Polizeibeamte sind nach Ägypten gereist. Aber das war ein Schuß in den Ofen, sie haben gar nichts herausgefunden, die ägyptischen Behörden wollten nicht mit ihnen zusammenarbeiten. Warum?«

Er lächelt und wartet auf eine Reaktion. Scalzi bleibt ungerührt, er kennt die Tricks von Journalisten auf der Jagd nach Informationen. Guerracci ist zwar noch neu in diesem Metier aber irgend jemand muß es ihm schon beigebracht haben.

»Scalzi, ich habe dich was gefragt. Weißt du, warum?«

»Nein. Ich bin erst seit kurzem Famis Anwalt und wußte nicht mal, daß die Ägypter eine Zusammenarbeit abgelehnt haben.«

Guerracci betrachtet ihn schweigend und kratzt sich seinen graumelierten Bart. »Tu doch nicht so geheimnisvoll, Corrado.«

»Du tust geheimnisvoll.«

Wie immer, erinnert sich Scalzi. Damals, zur Zeit der Terroristenprozesse, bekam Guerracci ständig geheime Informationen. Er wußte Dinge, die sonst keiner wußte, und erzählte Indiskretionen über die Richter herum.

Guerracci senkt seine Stimme: »Was wollte dieser Signor Fami eigentlich in Italien?«

»Arbeiten, wie so viele.«

»Aber er hatte doch Arbeit! Bei sich zu Hause führte er archäologische Forschungen durch, für eine staatliche Stiftung und für ein ziemlich gutes Gehalt, soviel ich weiß. Außerdem hat er an einer Schule in Alexandria unterrichtet. Warum sollte er all das aufgegeben haben, auch sein eigenes Haus, um wie ein gewöhnlicher illegaler Einwanderer nach Italien zu gehen?«

»Keine Ahnung.«

»Dann sieh mal zu, daß du dahinterkommst. Weißt du, daß Fami in Ägypten noch eine andere Frau und einen Sohn hat?«

»Nein.«

»Was bist du eigentlich für ein Verteidiger, wenn du überhaupt nichts weißt?«

Der Zug fährt durch das Weideland, das sich von Arezzo bis nach Siena erstreckt. Die tonhaltigen Hügel sind regennaß, wie von Meereswellen beleckt. Scalzi zuckt verärgert mit den Schultern. Er ist es leid, sich ständig vorhalten zu lassen, daß er nicht gut genug informiert ist. Gestern von Olimpia, heute von Guerracci, der aus heiterem Himmel in diesem Zug aufgetaucht ist, um alte Erinnerungen wieder aufleben zu lassen.

8
»Die nackte Wahrheit«

»Warum sollten die Ägypter es ablehnen, mit uns zusammenzuarbeiten?« fragt Scalzi.

Guerracci hebt sein Weinglas und hält es gegen das Licht. »Sie wollen nicht, daß wir herausfinden, aus welchem Grund Fami nach Italien gekommen ist.«

Sie sind bei Scalzi zu Hause. Guerracci hat sich sozusagen selbst eingeladen. Bevor der Zug in den Bahnhof eingefahren ist, hat er mehrmals erwähnt, daß er nach Florenz muß, in eine Stadt, in der es sehr schwierig ist, ein Zimmer zu finden, wenn man keines reserviert hat. »Dann komm halt mit zu mir«, hat Scalzi schließlich gesagt.

Sie sitzen am Eßtisch, der noch nicht abgeräumt ist. Olimpia, von Scalzi im allerletzen Moment herbeigerufen, um die Atmosphäre etwas aufzulockern, ist schon aufgestanden.

Am Abend, wenn keine Mandanten mehr kommen und gehen, zieht der Geruch nach kaltem Rauch auch in die privaten Räume der Wohnung im Borgo Santa Croce. Die Spuren, die nicht besonders kultivierte Menschen hinterlassen haben, beschränken sich nicht auf die Kanzleiräume: überquellende Aschenbecher, penetrante Damenparfüms, Dinge, die nicht mehr an ihrem Platz stehen, sogar schlammige Fußspuren.

Olimpia hat es vielleicht schon bereut, die Einladung angenommen zu haben. Während des Abendessens war sie sehr zurückhaltend, und jetzt sitzt sie etwas abseits und blättert in einer Zeitung.

Guerracci hat weitere Erinnerungen an die heroischen

Zeiten ausgegraben und ist dabei, Unmengen zu trinken. Seine Wangen sind stark gerötet, und seine Haut mit ihren vergrößerten Poren sieht aus wie die Schale einer Orange. Olimpia kann Leute nicht ausstehen, die zuviel trinken, und sie hat den Tisch verlassen, ohne ein Hehl aus ihrer Mißbilligung zu machen. Nun aber, als sie hört, daß über den Prozeß Idris Fami gesprochen wird, hebt sie den Kopf von der Zeitung: »Und was könnte der Grund sein?«

»Das ist die Frage eines Anwalts an seinen Mandanten, nicht wahr, Corrado? Fami wird es schon wissen«, zwinkert Guerracci, »aber er schweigt. Meiner Meinung nach versuchen sie alle, uns auf eine falsche Fährte zu locken, er eingeschlossen. Um Geld wird es dabei wohl nicht gehen.«

»Er hat das Haus verkauft«, sagt Olimpia, »und er hat das gemeinsame Girokonto geplündert.«

»Schon möglich, daß Idris nach seiner überstürzten Rückkehr aus Ägypten kein Geld mehr hatte. Aber wenn er seine Frau ermordet hat, um an ihr Geld zu kommen, dann hätte er sich das vorher überlegt haben müssen, nicht wahr? Und wäre er dann allein vorausgefahren? Sie ist doch erst eine Woche nach ihm nach Alexandria gekommen, nicht wahr, Corrado?«

»Stimmt«, nickt Scalzi.

»Stellen wir uns doch mal folgendes vor: Fami versucht in Italien sein Glück, aber das klappt nicht, und er kehrt nach Ägypten zurück. Verena folgt ihm, weil sie ihn liebt. Da sieht Fami die Möglichkeit, einen perfekten Mord zu begehen: Das Opfer ist in diesem fremden Land völlig unbekannt, niemand wird nach Verena suchen. Er bringt sie um und läßt die Leiche verschwinden, um sich dann das Haus und ihre Abfindung unter den Nagel zu reißen. Aber dafür muß er nach Italien zurückkehren. Und er muß damit rechnen, daß er gefragt wird: ›Idris, wo ist Verena?‹ Warum hätte er das Haus nicht verkaufen, seine Frau zur Kündigung überreden und ihre Abfindung einkassieren sollen, bevor er nach

Ägypten fuhr? Wenn sie ihn geliebt hat, hätte sie sich darauf eingelassen. Und warum setzt er sich sofort ins nächste Flugzeug nach Rom, sobald Verena verschwunden ist? Wenn er auch nur die geringste Vorsicht hätte walten lassen, hätte er doch abgewartet. Aber in Wirklichkeit sind überstürzte Abreisen wie diese, mit Feuer unter dem Hintern, für Fami nichts Außergewöhnliches. Er hat schon häufiger Hals über Kopf das Land gewechselt.«

Idris, erzählt Guerracci, hat ein Leben geführt, das selbst für einen Archäologen ungewöhnlich bewegt ist. Diese Information hat er von einem Beamten in Rom, der geheime Interna kennt. Dieser »zuverlässigen Quelle« zufolge soll sich Fami auch längere Zeit in Libyen aufgehalten haben: »Und was gibt es in Libyen schon auszugraben, von Öl einmal abgesehen?«

»Libyen ist reich an römischen Altertümern«, sagt Olimpia.

»Militärflugzeuge sind aber keine römischen Altertümer.«

Guerracci berichtet, daß seiner Zeitung ein Foto zugespielt worden ist, auf dem Idris mit einer Gruppe von Soldaten in Uniform abgebildet ist. »Er steht in der Mitte, man hat den Eindruck, daß er der Anführer, die wichtigste Person ist. Und im Hintergrund ist kein Tempel, sondern eine braungelbe MIG zu sehen, eines dieser Ausbildungsflugzeuge. Was macht ein Experte für ägyptische Archäologie auf einem libyschen Militärflughafen?«

»Wenn deine Informationen zuverlässig sind, stellt sich der Fall in einem ganz anderen Licht dar.« Scalzi denkt an die Episode mit dem Brand im Gefängnis.

»Natürlich sind sie zuverlässig. Das Foto ist nicht getürkt. Überleg doch mal, zu welcher Zeit Idris nach Italien gekommen ist.«

»Er kam '84, glaube ich«, sagt Scalzi.

»Dir muß man aber auch wirklich alles sagen. Ich rede vom ersten Mal. Im Juli 1980 kommt Fami nach Italien und mietet ein Bauernhaus in der Umgebung von Sovana, ganz in der Nähe einer Flugkontrollbasis. Fällt jetzt der Groschen? Nicht? Was ist denn in der Nacht vom 27. auf den 28. Juni 1980 in Italien passiert?«

»Hör mal, Guerracci«, schnaubt Scalzi, »du hast schon im Zug mit dieser Art von Verhör angefangen. Langsam bin ich es leid.«

»Der Flugzeugabsturz von Ustica«, mischt sich Olimpia ein. »Aber was hat das mit Verena Mammoli zu tun?«

»Genau«, sagt Scalzi, »wo ist der Zusammenhang?«

»Zu dem Unglück an sich besteht wahrscheinlich keine Verbindung. Aber denk mal an die Atmosphäre damals. Was war der Hintergrund für den Absturz dieses Flugzeugs ins Meer?«

Scalzi bläst die Wangen auf.

»Ich weiß es«, kommt Olimpia ihm zu Hilfe, »das Abkommen von Malta mit den Engländern war abgelaufen, und die Russen hatten sich mit den Libyern darauf geeinigt, dort eine U-Boot-Basis einzurichten.«

»Sehr gut«, lobt Guerracci. »Und Gaddhafi, so schien es, stand kurz davor, seine ersten Atomwaffen zu kriegen. Die Amerikaner und die Franzosen waren drauf und dran, ihn umzubringen. Und die italienischen Geheimdienste, auch diese geteilt in Anhänger der Libyer und Anhänger der Westler, spielten zwei weitere Rollen in dieser Komödie.«

»Verena ist eine gottesfürchtige Weißnäherin«, sagt Olimpia, »was soll sie damit zu tun haben?«

»An diese Dinge muß man sich langsam herantasten, liebe Olimpia.« Guerracci nimmt einen Schluck Wein. »Im Moment versuche ich noch, mir ein Bild von Fami zu machen. Signora Mammoli ist ein anderes Thema. Fami ist ein ziemlich sonderbarer Typ, da stimmt ihr mir doch zu?«

»Sonderbar in welcher Hinsicht?«

»Der Archäologe wird fotografiert, während er Ehrenbezeigungen von Generälen und Hauptleuten der Truppen

Gaddhafis entgegennimmt. Er kommt zufällig zur Zeit der Vorfälle in Ustica nach Italien, und vier Jahre später ist er schon wieder da. Er verliert seinen Job, er ist Moslem, aber er tarnt sich als Mitglied einer katholischen Glaubensgemeinschaft. Glauben Sie, daß er sich hat taufen lassen, weil er zum Katholizismus übertreten wollte?«

»Na gut«, gibt Olimpia zu, »es ist schon ein bißchen sonderbar.«

»Wenigstens Sie sehen das ein. Und solchen sonderbaren Menschen geschehen sonderbare Unfälle: Sie sterben an einem plötzlichen Kollaps, bringen sich ohne Grund um, vielleicht noch mit einer gut sichtbaren Zeitung in der Hand, die das Datum zeigt. Dem Professor kommt seine Frau unter merkwürdigen Umständen abhanden. Das ist ein Zufall, oder nicht? Ein solcher Typ kommt nach Italien, an einen Ort, wo sich in der Nähe eine Flugkontrollbasis befindet, nur wenige Tage nach der Tragödie, die wir alle kennen, während die Geheimdienste aller Anrainerstaaten des Mittelmeeres sowie die von Amerika und Rußland mobilisiert worden sind, um Fallen und Gegenfallen zu legen. Scalzi, ich kann mich daran erinnern, daß du bei Prozessen immer gesagt hast, daß man nicht an Zufälle glauben darf.«

»Von Ihnen habe ich mir inzwischen ein Bild gemacht«, stichelt Olimpia.

»Guerracci entwirft hier ein romanhaftes Panorama«, sagt Scalzi. »Er ist Journalist, und je komplexer die Vermutungen sind, desto mehr Aufsehen erregen sie. Das ist so in seinem Job.«

»Signor Guerracci macht es wie alle Schnüffler«, lächelt Olimpia. »Er will alles mit den Geheimdiensten erklären: von den Erdbeben bis zur Getreidekrise. Spionage ist die neue Metaphysik. Im 17. Jahrhundert gab es Leute, die davon überzeugt waren, daß die Pestepidemien vom Stand der Gestirne abhängig wären. Heutzutage sind die Geheimdienste die schlechten Sterne.«

»Ganz schön gebildet, deine Freundin«, Guerracci zwinkert Scalzi zu, »sie zitiert Manzoni. Man merkt, daß sie oft mit dir zusammen ist.«

»Vielen Dank«, schnauzt Olimpia ihn an, »ich existiere unabhängig von Avvocato Scalzi. Soll also Verena das Opfer eines Krieges zwischen Spionen sein? Was sagt denn der Chefredakteur Ihrer Zeitung dazu? Die wenigen Male, die sie mir in die Hände kam, hatte ich Gelegenheit zu bemerken, daß die Artikel nicht besonders lang sind, aber dafür sind die Fotos von Titten und Ärschen um so größer.«

Scalzi hat dem Gast sein Schlafzimmer überlassen und verbringt die Nacht bei Olimpia. Vom Bett aus beobachtet er die Frau, wie sie vor dem Spiegel sitzt und den Kopf zur Seite dreht, um ihr Profil zu betrachten. »Du willst doch nicht im Ernst behaupten, daß du dieses Zeug liest, diese Zeitung, wie heißt sie noch? *Die nackte Wahrheit*?«

»Coringrato bringt sie manchmal mit zu FATES.«

»Wer ist das?«

»Ein Arbeiter aus Neapel. Er singt. Wo hast du ihn eigentlich aufgegabelt, diesen Herrn Alleswisser?«

»Ich habe ihn im Zug getroffen.«

»Zufällig?«

»Natürlich zufällig.«

»Er weiß zuviel.«

»Ach ja, Guerracci«, gähnt Scalzi, »er hat es auch nicht gerade leicht im Leben.«

»Diese Zeitschrift ist gar nicht so blöd, ich habe das nur gesagt, um ihn zu ärgern.« Olimpia massiert ihr Gesicht mit einer biologischen Creme, die nach Heu riecht. »Klar sind da viele Titten drin, aber der Chefredakteur, ein zwielichtiger Geschäftemacher, um es gelinde auszudrücken, läßt in seinem Revolverblättchen Warnungen nach links und rechts los. Er muß ein ziemlich gutes Netz von Informanten haben.«

9
Die Insel

Die ältere der beiden Frauen kramt in einer Plastiktüte, die andere hilft ihr dabei. Dann schüttet die erste, plötzlich wütend, den gesamten Inhalt aus. Orangen kullern die Böschung hinunter und bleiben auf den Gleisen liegen, wo der Zug steht, aus dem die Reisenden, die auf die Gefängnisinsel wollen, ausgestiegen sind.

Es ist noch dunkel. Im Meer spiegeln sich die Fenster des Zugs, die Leuchtreklamen der Bars und die rötliche Wolke, die aus den Schornsteinen des Stahlwerks aufsteigt.

Die Fähre nach Elba ist abfahrbereit und dreht ihren Bug aufs offene Meer. Die Schraube läßt den Lichterteppich zu Schaum werden.

Das Tragflügelboot nach Pianoro schaukelt heftig auf den Wellen, die die Fähre verursacht hat.

Der Bereichsleiter hat Wort gehalten und sowohl Idris als auch Alex auf die Insel verlegen lassen.

Heutzutage beherbergt das Hochsicherheitsgefängnis Angehörige der Camorra und der 'Ndrangheta. In der Kabine des Tragflügelboots legen ein paar Frauen mittleren Alters Kinder zum Schlafen hin, indem sie die Sitze mit Wällen aus Taschen und Tüten absichern. Auf der Brücke streicht sich ein Mädchen den Minirock glatt, der nach der Nacht im Zug zerknittert ist. Ein paar junge Männer, die, an die Brüstung gelehnt, rauchen, beobachten sie. Die junge Frau macht ein angeekeltes Gesicht, als ob sie sagen wolle: Ich gehe in dieses Haus des Teufels, weil das Leid Frauensache ist, aber ich weiß ganz genau, wo ich jetzt lieber wäre.

Das Boot hebt sich auf die Tragflügel, beschleunigt und fährt dem Nebelschleier entgegen, der mit zunehmender Morgenröte am Horizont auftaucht. Das Licht in der Kabine ist wie in einem Aquarium, die Gesichter der Reisenden sind ausdruckslos und ruhig.

Wenn der Anlaß nicht so traurig wäre, könnte das hier auch ein Betriebsausflug sein, denkt Scalzi. Keine der alten Matronen beachtet ihn, der ein wenig abseits sitzt. Ihnen hat ein Blick auf seinen Aktenkoffer gereicht, um genau zu wissen, daß er zu einer Personengruppe gehört, mit der man nur im äußersten Notfall Kontakt aufnimmt.

Damals, in der »bleiernen Zeit«, da haben die Frauen ihn schon genauer betachtet. Freund oder Feind? schienen ihre aufmerksamen Blicke zu fragen. Richter oder Anwalt? Und wenn du Anwalt bist, gehörst du dann zu denen, die nur dann etwas unternehmen, wenn es viel Geld dafür gibt? Die Besucherinnen der politischen Gefangenen waren immer auf der Hut, ihr Kampf kannte keine Unterbrechung.

Durch das Bullauge sieht man die gleichförmige Oberfläche des Meeres, der Horizont erscheint nur, wenn eine Welle das Boot anhebt. Die aufgehende Sonne bringt das Wasser zum Funkeln, der Effekt ist fast hypnotisierend. Scalzi gleitet in eine Art Halbschlaf. Gedanken schießen ihm durch den Kopf. Foucault hat gesagt, daß der Staat Körper braucht, um seine Gewalt auszuüben. Der Fleischwolf von vor zehn Jahren funktionierte, indem er sich von Körpern ernährte, auf die man unbedacht Jagd machte. Die gebeugten Gestalten dieser Frauen mit den harten, düsteren Mienen beherrschen seit Jahrhunderten die Kunst, all jene zu beschwindeln, die versuchen, sie geradezubiegen. Man kriegt sie nicht zu fassen, sie entgleiten einem immer wieder. Die Spirale reißt sie für kurze Zeit mit, und irgendwo fallen sie wieder heraus, quicklebendig wie zuvor.

Das Tragflügelboot hebt sich auf eine höhere Welle. Einen

Moment lang sieht man einen helleren Streifen am Himmel, weiß wie ein zuckender Blindenstab. Das muß Pianoro sein.

In dem Flügel »Cincinnato« des Gefängnisses von Pianoro saßen vor zehn Jahren vorwiegend politische Gefangene, es war ein Zuchthaus im schlimmsten Sinne des Wortes. Wer kann sagen, ob es für diejenigen, die heute hier einsitzen, noch genauso hart ist? Scalzi hat von einem Häftling gelesen, der erst vor kurzem hierher überführt worden ist. Dieser Mann hatte sich während des Gesprächs mit seinem Anwalt an dessen Schulter ausgeweint. Aber das will nichts heißen, denn er war ein ehrenwerter Bürger, ein Geschäftsführer. Das Gefängnis, das einen Mafioso zum Weinen bringt, muß erst noch erfunden werden.

Je härter des Gefängnis ist, desto stärker macht es. Wer hat das noch mal gesagt? Ach ja, Marcellone. Marcellone war vor einem Jahr wieder in Scalzis Kanzlei aufgetaucht, es grenzte an ein Wunder, ihn in Freiheit zu sehen, nach siebzehn Jahren, in denen sie sich nur in der Sprechzelle getroffen hatten. Scalzi sollte sich um eine kleine Auseinandersetzung mit seinem Sohn kümmern (»Der ist von null auf einen Meter sechzig geschossen, während ich in Urlaub war.«). Dann hatte Marcellone von Pianoro erzählt, wo er zwei Jahre eingesessen hatte, und gegrinst, wie die Florentiner das für gewöhnlich tun, wenn sie die amüsante Seite einer schrecklichen Geschichte entdecken.

Marcellone, den das Gesetz zu fassen kriegte, als er sich gerade ein schönes Leben in diversen Spielhöllen machte, war für etwas bestraft worden, was er nicht getan hatte. Leute aus Marseille hatten den Raubüberfall begangen und sich dann an ihm gerächt, weil er irgendwelche Spielschulden nicht bezahlt hat. Sie hatten ihn mit einer »Doublette« hinters Licht geführt, einem Lockauto mit gefälschtem Nummernschild.

In die Politik hatte ihn Carlini eingeführt, der ihm in der

Festung von Porto Azzurro, dem malerischsten Gefängnis in der ganzen Umgebung, Lektionen in Volkswirtschaft erteilte. Derart ideologisch indoktriniert, war er nach Pianoro überführt worden und dort mitten in eine der Gefangenenrevolten der achtziger Jahre geraten. Während des Durcheinanders war er in seine Zelle gegangen (»um in aller Ruhe zu pinkeln«). Die Spezialeinheiten, die den rebellischen Flügel umzingelten, stellten den Strom ab, die Zelle war also dunkel, aber vom Flur fiel etwas Licht herein, denn dort hatten die Aufständischen Fackeln angezündet. Aus dem Loch des Stehklos starrten ihn zwei Augen an. Es waren die Augen von Frank Samminiatello. Dem schönen Frank, Besitzer mehrerer Nachtlokale in Mailand, hatte man mit dem Deckel einer Thunfischdose den Kopf abgeschnitten und ihn dann in das Pißbecken von Marcellones Zelle gesteckt. Der Aufstand hatte einigen Soldaten der Cosa Nostra Gelegenheit gegeben, in aller Ruhe und völlig ungestört eine alte Rechnung mit Samminiatello zu begleichen. (»Ein wahres Kunstwerk«, meinte Marcellone, »das ist wirklich nicht einfach mit so einem Blechdeckel.«) Frank hatte überall herumerzählt, wenn jemand, den er sehr gut kenne, ihn nicht sehr bald aus diesem Gefängnis heraushole, dann würde er den Richtern gewisse Dinge erzählen, die er über Gäste wisse, die in seinen Lokalen verkehrt hatten und die ihn um Gefälligkeiten nach dem Motto »Eine Hand wäscht die andere« oder »Ich beschütze dich, und du tust mir dafür einen Gefallen« gebeten hatten. (»Leute aus vornehmen Kreisen. Wenn ich dir die Namen sage, fängst du zu zittern an.«) Ein paar Namen hatte Marcellone dann auch erwähnt, und sie waren wirklich zum Zittern.

Die Insel kommt näher. Wie der Name schon sagt, eine flache, ebene Tafel.

Der Motor heult auf, und das Boot schaukelt wie verrückt, als es von seinen Tragflügeln sinkt. Die Frauen sammeln Kinder und Klamotten ein. Eine Polizeipatrouille wartet schon, die Durchsuchung findet in einer Kasematte an der Mole statt. Dann steigt Scalzi in einen Jeep, der ihn durch ein verfallenes Dorf fährt.

Der Flügel »Cincinnato« wirkt irgendwie mexikanisch, mit den fröhlichen Farben seines schimmernden, abbröckelnden Putzes.

10
Der Ray-Ban-Mann

Scalzi prüft mit der Kuppe des Zeigefingers die Spitze eines Bleistifts. Er hat immer eine ganze Schachtel Bleistifte der Marke Staedtler dabei. Er spitzt sie häufig mit einem Bleistiftspitzer aus Aluminium, wenn er im Gericht warten muß oder, wie jetzt, in den Sprechzellen der Gefängnisse. Er fühlt sich beobachtet und hebt den Kopf.

Der Mann trägt ein Polohemd von Lacoste, Leinenhosen mit scharfer Bügelfalte, eine Ray-Ban-Brille und Turnschuhe mit Hanfsohle. Er streicht sich die lockigen Haare glatt, während er auf den Tisch zukommt. Er geht mit der Anmut eines Tänzers, er könnte Skipper einer Yacht auf Kreuzfahrt durch den Archipel sein. Er setzt sich auf die andere Seite der Glasscheibe, die den langen Tisch aus Zement teilt, zündet sich eine Zigarette an, inhaliert tief, lächelt und betrachtet Scalzi schweigend.

»Wache!« ruft Scalzi.

Der wachhabende Beamte kommt an die Tür.

»Das muß ein Irrtum sein«, sagt Scalzi, »ich möchte Idris Fami sprechen.«

»Es ist kein Irrtum, Avvocato«. Die Ray-Ban-Brille wendet sich zur Tür, die Hand mit der Zigarette macht eine heftige, abwinkende Bewegung, und der Beamte verschwindet. »Es ist alles in Ordnung. Ich habe darum nachgesucht, Sie zu sprechen.«

»Wer sind Sie?«

Im ganzen Flügel ist es merkwürdig ruhig. Als er in den Hof kam, ist Scalzi auf eine Gruppe Vollzugsbeamter gestoßen, die in eine so angeregte Diskussion vertieft waren, daß sie ihn keines Blickes würdigten. Aber jetzt herrscht Totenstille.

»Signor Fami kommt sofort, Sie brauchen sich keine Sorgen zu machen«, sagt der Mann mit gesenkter Stimme, »und in der Zwischenzeit würde ich gerne mit Ihnen sprechen. Es ist alles in Ordnung, ich habe einen Antrag gestellt. Nur ein paar Worte.«

Scalzi wendet die Augen von denen des Mannes ab, die durch die Brillengläser vergrößert erscheinen. Er versucht sich an dieses Gesicht zu erinnern. Der Mann könnte ein Mandant aus einem Prozeß mit mehreren Angeklagten sein, den er zu besuchen vergessen hat, wer weiß wie lange schon.

»Wie heißen Sie?«

Der Mann macht eine vage Handbewegung. »Sie wollen meinen Namen wissen? Sagen wir Battisti, wie der Sänger.«

»Was soll das,›sagen wir‹? Wer sind Sie?«

»Das hab ich doch gerade gesagt: Battisti.«

»Ich bin nicht Ihr Verteidiger.«

»Keine Sorge, Avvocato, ich brauche keinen Verteidiger. Mich kann man nicht verteidigen.«

»Und was wollen Sie dann von mir?«

»Ich sage es Ihnen ganz offen: Signor Fami fühlt sich in diesem Gefängis ein wenig verloren. Er ist Ausländer, und auf der Insel hier sind besondere Häftlinge, größtenteils wenig aufgeschlossene Menschen. Aber wir helfen ihm dabei, sich einzugewöhnen.«

»Wer ist wir?«

»Sie haben doch Scoràmi verteidigt, stimmt's?«

Scalzi kommt fast der Kaffee wieder hoch, den er in der kleinen Bar am Hafen von Piombino hinuntergestürzt hat. An der gegenüberliegenden Wand hängt schief eine Reproduktion des Bildes *Mädchen am Klavier* von Renoir. Das stehende Mädchen stützt müde das Kinn auf den Kopf des sitzenden. Der Mann mit der Ray-Ban verströmt einen süßlichen Duft, der noch intensiver wird, wenn er sich bewegt. In diesem Raum, in dem normalerweise auch die Gespräche mit den Angehörigen stattfinden, überdeckt der Geruch nach Damenparfüm den Gestank des Desinfektionsmittels.

»Was hat Scoràmi damit zu tun?«

Scoràmi war ein Aussteiger der 'Ndrangheta und Mandant Scalzis gewesen, der durch seine Aussagen alle Mitglieder einer Mafiafamilie hinter Gitter gebracht hatte. Nach der Verurteilung aller Angeklagten hatte der Oberste Gerichtshof das Urteil wieder aufgehoben, und alle waren auf freien Fuß gesetzt worden, einschließlich Scoràmi. Aber seit seiner Rückkehr in sein Dorf ist er spurlos verschwunden, und niemand hat jemals wieder etwas von ihm gehört.

»Einige der Häftlinge hier kennen ihn gut, den Signor Scoràmi«, lächelt der Mann.

»Ja, und?«

»Ich will damit sagen, daß Sie in diesem Knast hier bekannt sind. Sie sind nicht irgendein Anwalt.«

»Hauen Sie ab«, sagt Scalzi unfreundlich.

Der Mann nimmt die Ray-Ban-Brille ab und enthüllt Augen in der Farbe von gefrorenem Ammoniak. Dann drückt er den Zigarettenstummel auf der Tischplatte aus. Es bleibt ein dunkler Streifen zurück.

»Bitte, lassen Sie mich nur noch einen Satz sagen, dann bin ich fertig. Denken Sie daran, daß Fami unser Freund geworden ist.«

»Fami ist euer Freund. Ja, und?«

»Nun ja, ich möchte mich natürlich nicht einmischen, aber uns scheint dieser Fall sehr einfach zu sein. Es gibt keine Leiche, nicht wahr? Also kann es auch kein Mord gewesen sein?«

»Wache!« ruft Scalzi, aber niemand läßt sich blicken.

»Nur noch einen Augenblick. Wir wissen, daß Sie ein sehr guter Anwalt sind.« Der Mann senkt die Stimme. »Aber wir wissen auch, daß Sie dazu neigen, die Dinge allzu kompliziert zu machen. Man sagt, daß Sie manchmal Gefallen daran finden, herumzuschnüffeln wie die Bullen, anstatt sich wie ein Anwalt zu benehmen. Aber im Fall des Signor Fami gibt es nichts herumzuschnüffeln. Es ist besser für Ihren Mandanten und auch für Sie selbst, wenn der Fall ohne Komplikationen abgeschlossen wird.«

Scalzi steht auf und packt seine Tasche: »Wache! Machen Sie die Tür auf!«

Aber die Tür bleibt verschlossen. Ein leichtes Füßescharren verrät, daß jemand auf dem Flur ist, doch niemand öffnet, und niemand schaut durch die in die Tür eingelassene Glasscheibe. Mit einer einzigen, fließenden, katzenhaften Bewegung fegt der Mann die Zigarettenkippe vom Tisch und steht ruckartig auf. Er streckt einen Arm über die Trennscheibe und drückt mit festem und merkwürdig vertraulichem Griff Scalzis Hand auf die Tischplatte. Scalzi spürt schmerzhaft den rauhen Zement. Er schätzt die Entfernung ab, um dem Mann ins Gesicht zu schlagen. Er spürt das Bedürfnis, diesen Ausdruck auszulöschen, diese Miene, die von einer fast perversen Erregung entstellt ist. Er ballt die linke Hand zur Faust, aber der Mann weicht ihm aus, indem er einfach den Kopf in den Nacken wirft. Dann beugt er sich über den Tisch und packt Scalzi an beiden Handgelenken. Seine Finger sind wie aus Eisen.

»Na, na, Avvocato, was machst du denn für Sachen? Willst du dich prügeln?«

Scalzi schleudert seine Tasche nach ihm. Der Mann weicht ihr aus, sie streift ihn nur, die Tasche knallt laut gegen die Trennscheibe, öffnet sich, und auf den Tisch fällt die Schachtel mit den Bleistiften, die sich fächerförmig verteilen, wie die Stäbchen beim Mikado.

Endlich hört man, wie das Schloß geöffnet wird, und in der Tür erscheint ein Vollzugsbeamter.

»Was geht hier vor?«

»Sie haben die Stirn zu fragen, was hier vorgeht?« brüllt Scalzi. »Wer hat denn dieses Arschloch hier reingelassen?«

»Hier geht gar nichts vor.« Der Ray-Ban-Mann zeigt seine Handinnenflächen und steht stramm. »Es ist alles in Ordnung, Sie können den Direktor fragen. Ich habe einen Antrag gestellt und alles. Der Herr Anwalt ist ein wenig nervös. Aber wir sind sowieso fertig.«

Er beugt sich über die Scheibe und stößt hervor: »Wir sind uns also einig, ja? Lassen Sie sich nicht auf Intrigen ein. Die Dinge liegen doch so: Die Signora ist gegangen und nicht mehr zurückgekommen. Sie hat sich verirrt. Keine Komplikationen, okay. Und wir werden alle gewinnen!«

11
Heimlicher Briefwechsel

Fami trifft an der Tür auf den Ray-Ban-Mann und nickt ihm zu. Scalzi ist gerade dabei, seine Tasche wieder einzuräumen.

»Wer war das?«

Fami zuckt die Schultern. Er sitzt etwas vom Tisch entfernt hinter dem Glas, das die Farbe schmutzigen Wassers hat, und stützt den Kopf auf die Hand, so daß sie sein linkes Auge verdeckt.

»Ein Häftling.«

»Ich will den Namen wissen. Heißt er Battisti?«

»Ich weiß es nicht. Ich habe ihn hier im Gefängnis schon gesehen, aber ich kenne seinen Namen nicht.«

»Er sagt, er wäre Ihr Freund?«

»Das stimmt nicht.«

»Haben Sie ihn darum gebeten, mit mir zu sprechen?«

»Nein.«

»Dieser Typ wollte mir gute Ratschläge geben. Hat er das vorher mit Ihnen abgesprochen?«

»Nein.«

»Wer hat ihn also dann beauftragt, mit mir zu reden?«

»Ich weiß es nicht.«

»Dieser Herr wollte mir vorschreiben, wie ich Ihre Verteidigung angehen soll. Und er hat mich bedroht. Er hat sich erlaubt, mich anzufassen. Raus mit dem Namen, Fami!«

»Ich habe doch schon gesagt, daß ich den nicht weiß. In diesem Gefängnis sitzen zweihundert Häftlinge. Ich bin noch nicht lange hier, ich kenne noch niemanden.«

»Sie lügen.« Scalzi hat gesehen, wie er dem Mann vor

einer Minute zugenickt hat. »Ich vertrage es nicht, wenn man sich in meine Arbeit einmischt. Ich habe schon Mandate aus geringeren Gründen niedergelegt.«

»Wer mischt sich denn ein?«

»Mein Gott, Fami. Sie wissen ganz genau, daß dieser Typ hierhergekommen ist, weil gewisse Freunde ihn geschickt haben, von denen er behauptet, es seien auch Ihre Freunde.«

»Ich habe keine Freunde in diesem Gefängnis. Dieser Knast ist voller Mörder.«

»Dann sage ich Ihnen eben, wie die Dinge liegen: Sie stecken mit Leuten unter einer Decke, mit denen ich lieber nichts zu tun haben will. Auch wenn mein Beruf nicht immer ganz einfach ist, bisher ist es mir jedenfalls gelungen, mich von gewissen Mandanten fernzuhalten. Und ich gedenke nicht, mit Ihnen eine Ausnahme zu machen.«

Fami ist von der schmutzigen Glasscheibe und der Hand vor dem Gesicht halb verdeckt. Er stößt einen Seufzer aus: »Erinnern Sie sich daran, was ich in Callasicano zu Ihnen gesagt habe?«

»Was?«

»Daß mir jemand an den Kragen will. Aber Sie haben mir ja nicht glauben wollen. Warum hat man mich hierhergebracht, wo sie alle eine große Clique bilden, und mir allesamt ans Leder wollen? Und jetzt soll ich plötzlich mit den Leuten unter einer Decke stecken, die mich umbringen wollen?«

»Sie sind hierher verlegt worden, weil Sie in Ihrem vorigen Gefängnis versucht haben, die Zelle in Brand zu stekken.«

»Ich habe gar nichts in Brand gesteckt, man hat mich in Brand gesteckt, warum wollen Sie mir das eigentlich nicht glauben?«

»Dann sagen Sie mir doch, wer Sie umbringen will und warum. Von welchen Komplikationen soll ich die Finger lassen?«

»Was für Komplikationen?«

»Der Mensch, der eben hier war, hat mich aufgefordert, mich nicht um gewisse Aspekte zu kümmern, die mit Ihrem Fall zusammenhängen. Was das für Aspekte sind, weiß ich nicht, er hat es nicht gesagt. Aber solche Hinweise haben auf mich genau die gegenteilige Wirkung: sie machen mich neugierig. Aber mein Mandant muß natürlich mit mir zusammenarbeiten. Wenn ich merke, daß die Person, die ich verteidigen soll, auch mit mir Versteck spielt und mich als Maschinchen betrachtet, das man nach Belieben an- und ausschalten kann, lege ich das Mandat nieder. Ich arbeite nicht, wenn ich dabei im dunkeln tappen muß.«

»Sie wollen meine Verteidigung niederlegen?«

»Genau das habe ich vor. Suchen Sie sich einen anderen Anwalt. Wenn ich Fragen stelle, will ich Antworten hören. Manchmal mag es nicht unbedingt notwendig sein, Fragen zu stellen. Aber in Ihrem Fall ist es unabdingbar. Je länger ich darüber nachdenke, desto mehr bin ich davon überzeugt. Und auch der heutige Vorfall bestärkt mich in meiner Ansicht, daß ich, wenn ich keine klaren Antworten bekomme, Gefahr laufe, als Statist in einer Komödie zu fungieren, deren Handlung jeder hergelaufene Journalist kennt, nur ich nicht.«

»Aber bei mir geht es doch um eine juristische Frage, oder irre ich mich?«

»Juristisch in welchem Sinn? Die Leiche fehlt, und deshalb kann es kein Mord sein, meinen Sie das?«

»Ich bin kein Jurist, aber …«

»Genau das hat der junge Mann mir auch gesagt, und der ist ebenfalls kein Jurist. Es gibt auch Morde ohne Leiche, machen Sie sich da mal nichts vor, Fami. Die Leute schätzen juristische Fragen nicht. Und wenn ich Leute sage, dann meine ich die Richter. Und hoffen Sie bloß nicht auf den Obersten Gerichtshof, der ist nämlich wie das Lotto: Es ist schwierig, einen Sechser zu kriegen, meist werden nämlich die falschen Zahlen gezogen. Ich ziehe es vor, bei einem Prozeß nicht Roulette zu spielen. Leiche hin oder her, die Richter werden wissen wollen, ob Sie Verena Mammoli umgebracht haben.«

»Ich habe sie nicht umgebracht!«

»Wenn Sie sie nicht umgebracht haben, warum erzählen Sie dann all diese Lügen?«

»Wen soll ich angelogen haben?«

»Entweder mich oder den Staatsanwalt: das können Sie sich aussuchen.«

»Ich habe niemanden belogen, weder den Staatsanwalt noch Sie.«

»Und wie. Vor dem Staatsanwalt haben Sie gleich nach Ihrer Verhaftung eine spontane Aussage gemacht. Nach unserer letzten Unterredung habe ich mir die Protokolle durchgelesen, und da ist weder von einer Hochzeit noch von dem berühmten *waqf* die Rede. Dem Staatsanwalt gegenüber haben Sie ausgesagt, daß Sie Verena vor dem Hotel zuletzt gesehen hätten.«

»Das habe ich auch zu Ihnen gesagt.«

»Versuchen Sie nicht, mich an der Nase herumzuführen, Fami. Mir haben Sie erklärt, daß Verena auf dem Weg zu einer Hochzeitsfeier war. Dem Staatsanwalt dagegen haben sie gesagt, daß sie, als sie sie das letzte Mal gesehen haben, auf dem Weg zum Flughafen war, um nach Italien zurückzukehren, weil Sie Streit gehabt hätten. Hochzeitsfest, Ausschweifungen in Alexandria, elektrisierende Atmosphäre: Sie haben mir die gesamte Literatur der Dekadenz vorgebetet!«

»Wir haben uns gestritten, aus dem Grund, den ich Ihnen genannt habe.« Idris hält sich die Hand vor den Mund, und seine Stimme klingt unsicher. »Ich wollte nicht, daß sie auf dieses Fest geht. Eine Frau muß sich dem Willen des Mannes fügen.«

»Es macht Ihnen anscheinend viel Spaß, mich an der

Nase herumzuführen. Sie haben mir gegenüber behauptet, daß Verena im Durcheinander des Hochzeitszuges verschwunden wäre.«

»Das habe ich nie behauptet.«

Scalzi sieht seine Aufzeichnungen durch und muß feststellen, daß Fami recht hat. Er hat es so nicht gesagt, aber man konnte es so interpretieren.

»Sie haben die Dinge so dargestellt, daß ich den Eindruck gewinnen mußte, Verena sei im Gewimmel einer Art Orgie verlorengegangen. Was wollen Sie mit diesen Spielchen eigentlich erreichen, Fami? Stellen Sie sich vor, wir würden jetzt zum erstenmal darüber sprechen: Wohin ist Verena mit diesem verdammten Taxi gefahren? Zu der Hochzeit oder zum Flughafen?«

Idris zögert. Scalzi ist klar, daß er sich seine Antwort gut überlegt.

»Also?«

»Zum Flughafen.«

»Sind Sie sicher?«

»Ja.«

»Und warum habem Sie mir dann erzählt, daß sie in diesen dämlichen *waqf* auf die Hochzeit gefahren ist?«

»Das habe ich nicht gesagt.«

»Das haben Sie wohl gesagt!« Scalzi blättert in seinen Notizen. »Genau das haben Sie gesagt!«

»Wir haben uns mißverstanden. Ich wollte Ihnen erklären, warum wir uns gestritten haben.«

»Und warum?«

Seit einigen Minuten spielen die Vollzugsbeamten unten im Hof Fußball. In der Gesprächspause hört man, wie der Ball gegen eine Mauer knallt.

»Sie ist auf das Fest gegangen«, knurrt Idris widerwillig, »aber vorher. Bevor sie mit dem Taxi zum Flughafen gefahren ist. Sie ist zurückgekommen und war völlig high vom Haschisch. Ich habe ihr Vorwürfe gemacht, und wir haben uns gestritten. Und dann hat sie beschlossen, nach Italien zurückzukehren.«

»Verena Mammoli high von Haschisch?« Scalzi steckt seine Notizen wieder in die Tasche. »Machen Sie keine Witze, Fami. Das ist hier wirklich nicht der passende Ort. Eines möchte ich klarstellen: Ich finde Ihre Scherze nicht komisch, und das Gerede des Typen von eben hat mir auch nicht gefallen. Ich gehe davon aus, daß Sie die Wahrheit sagen und nichts vom Besuch des unwiderstehlichen Battisti wußten; aber was er gesagt hat, gefällt mir trotzdem nicht. Suchen Sie sich einen anderen Verteidiger. Aber machen Sie schnell, die Vorverhandlung ist nämlich schon in zwei Wochen.«

Idris stützt die Arme auf den Tisch und legt den Kopf darauf, als ob er schlafen wolle. Der Fußball knallt gegen die Gitter des Fensters, und die Scheibe klirrt.

»Fami, haben Sie mich verstanden? Suchen Sie sich einen anderen Anwalt.«

Idris flüstert etwas, dabei bewegt er verstohlen ein Blatt Papier und versucht es durch einen Spalt unter der Trennscheibe hindurchzuschieben.

»Ich kann hier nicht reden.«

»Wir müssen aber im Gefängnis reden. Der Antrag auf Verlegung in ein Krankenhaus ist abgelehnt worden. Und daß Sie in der Vorverhandlung freigesprochen werden, ist ausgesprochen unwahrscheinlich.«

»Nehmen Sie das«, murmelt Idris mit dem Kopf auf dem Arm und versucht weiter, das Blatt durchzuschieben.

»Nein. Keine geheimen Botschaften.«

»Bitte. Lesen Sie das später in Ruhe. Und dann können Sie entscheiden, was Sie machen wollen.«

Das Papier ist in der Mitte der Scheibe steckengeblieben. Entweder zieht einer von beiden es zu sich heran, oder es besteht die Gefahr, daß der wachhabende Beamte es bemerkt. Scalzi sitzt mit dem Rücken zur Tür. Er dürfte das

Blatt nicht nehmen, es ist gegen die Vorschrift, und die Regeln des Gefängnisses sind im allgemeinen auch seine Regeln. Man darf sich nie zum Werkzeug der Gefangenen machen, damit setzt man seinen Berufsstand herab. Aber soll er das Blatt etwa ganz offensichtlich auf dem Tisch liegenlassen? Der Wachhabende könnte seinen Posten wieder eingenommen haben, und Idris, der da zusammengekrümmt vor der Trennscheibe hockt, sitzt in einer Position, der Blödmann, von der aus er die Tür nicht im Auge behalten kann. Scalzi entschließt sich schnell, greift nach dem Blatt und steckt es in die Tasche. Dabei hat er ein Gefühl im Nacken, als ob jemand ihn beobachten würde. Natürlich, die Wache hat etwas bemerkt, jetzt kommt sie herein, er wird zum Direktor müssen, sie werden ihn durchsuchen … Langsam dreht er sich um. Glücklicherweise ist niemand hinter dem Guckloch.

»Ich glaube nicht, daß das etwas ändert. Ich werde Ihnen ein Telegramm schicken, falls ich das Mandat niederlege. Dann müssen Sie sofort einen anderen Anwalt benennen.«

Idris hebt den Kopf. Jetzt sieht Scalzi zum erstenmal sein ganzes Gesicht, sein zufriedenes, dickes Gesicht. Das linke Auge ist halb geschlossen, das Gewebe darum ist schwarz und geschwollen, der blaue Fleck erstreckt sich bis auf die Jochbögen.

»Was ist mit Ihrem Auge passiert?«

»Ich könnte jetzt sagen, daß ich hingefallen bin.« Idris verdeckt wieder seine linke Gesichtshälfte. »Aber das wäre gelogen. Es war ein Fausthieb von Alex. Er hat mich ohne Grund geschlagen.«

12
Alex

»Dürfte ich erfahren, was du dir dabei gedacht hast, Ubaldini?«

Alex steht von seinem Stuhl auf und setzt sich auf den Tisch. Er trägt einen Jogginganzug aus leuchtendrotem Plüsch, er sieht aus wie der Teufel in einem Theaterstück. Normalerweise verhält er sich seinem Verteidiger gegenüber sehr wohlerzogen: es ist das erstemal, daß Scalzi einen unverschämten, aggressiven Blick an ihm registriert. Mit seinem ausgemergelten Gesicht und den von Gel nur so triefenden Haaren erinnert er an einen Hund, der durch sumpfiges Gelände gerannt ist. Wie der andere, der Ray-Ban-Mann, scheint er ihm ein unmoralisches Angebot machen zu wollen.

»Was denn?« Er zieht affektiert das N in die Länge, hebt das Kinn und schließt dabei halb die Augen.

»Warum hast du Idris Fami geschlagen?«

»Es war nur ein Fausthieb, Avvocato, nur ein einziger.«

»Und warum?«

»Ich werde wohl Lust dazu gehabt haben, oder?« Alex lächelt und zeigt dabei seine vom Heroin zerfressenen Zähne. »Sagen wir mal, ich war dazu gezwungen, okay?«

»Wer hat dich gezwungen?«

In Alex Augen blitzt der typisch toskanische Schalk auf. Bei ihm wirkt er allerdings eher bösartig.

»Ich werde dir sagen, wie es passiert ist. Wir standen vor den Duschen in einer Schlange, viele hübsche nackte junge Männer. Ich stand vorne und er hinter mir. Wir warteten auf eine freie Kabine. Mit Badeschlappen an den Füßen,

Seife in der Hand und einem Handtuch um die Hüften, um das Unaussprechliche zu verbergen. Wir sind nämlich alles anständige Jungs hier drin. Ich habe das Handtuch säuberlich zusammengerollt, es ihm ins Gesicht geschlagen, und dann habe ich ihm ordentlich eine reingehauen, okay. Das ist alles, ist doch ganz einfach.«

»Ich verstehe.« Scalzi seufzt, halb erleichtert, halb resigniert.

Alex lacht leise, läßt seinen Blick durch den Raum schweifen und atmet dabei tief ein: »Hier stinkt es nach Puff.«

Dann verfinstert sich sein Gesicht, er senkt die Augen auf den Tisch und macht mit dem Zeigefinger eine verneinende Handbewegung: »Du hast überhaupt nichts verstanden, gar nichts. Idris hat nichts von dem getan, was ihr ihm vorwerft. Er ist nicht der Typ dafür. In dieser Hinsicht ist er ein Puritaner, der Herr Archäologe. Ich bin wirklich gezwungen worden, und zwar von jemandem, der mir einen Schuß versprochen hat, wenn ich Fami etwas antun würde, was deutliche Zeichen hinterläßt.«

»Und dann hast du, völlig ohne Grund, kaltblütig ...«

»Ohne Grund? Soll ich dir sagen, zu was die Leute in diesem Saustall fähig sind für einen Schuß? Dagegen sind Faustschläge in die Fresse des Signor Fami Kinkerlitzchen! Möchtest du es wirklich wissen? All die hübschen kleinen Einzelheiten?«

»Wer hat dich bezahlt, Alex?«

»Die gütige Fee mit den türkisblauen Haaren*. Sie lag lang ausgestreckt auf einer Pritsche. Sie hat mir die Spritze gezeigt: Schlag den Ägypter, hat sie gesagt, dann gebe ich dir diese Likörpraline.«

»Ich will wissen, wer es war.«

»Das kann ich dir nicht sagen.«

Dann lächelt Alex, als ob ihm gerade ein amüsanter Gedanke durch den Kopf geht: »Ach was, ich sag es dir. Ich

* Gestalt aus Carlo Collodis »Pinocchio«.

glaube, das ist genau das, was sie wollen: daß ich dir sage, daß sie es gewesen sind. Warum sollten sie sonst ausgerechnet auf mich gekommen sein? Sie haben mich ausgesucht, weil du mein Anwalt bist. Es gibt viele Leute, die zu allem bereit sind, in diesem Gefängnis. Es waren die von der 'Ndrina.«

»Von was?«

»Von der 'Ndrangheta, Scalzi, der kalabrischen Mafia. Die sind hier in der Minderheit, es gibt nur eine kleine Gruppe. Du solltest mal sehen, Avvocato, wie die sich hier aufführen, um sich von den anderen abzugrenzen und den Neapolitanern zu zeigen, daß sie nicht weniger wert sind als die Mafiosi aus Sizilien. Die sind sowas von aufgeblasen, diese Weiberhelden. Kannst du dir vorstellen, Scalzi, daß sie sich abends Jackett und Krawatte anziehen? Aber sie haben erstklassigen Stoff: Klopf an, zahle, und dir wird gegeben.«

»Ein schlanker, eleganter Typ um die Dreißig mit einer Ray-Ban-Brille?«

»Genau der. Er ist einer der Bosse. Der schmeißt hier die Runden, aber er bestimmt auch, wer mittrinken darf und wer nicht. Er hat mich angesprochen. Vor zwei Tagen, da hatte man mir und Idris gerade mitgeteilt, daß du herkommen würdest. Natürlich wußten sie, daß du auch mein Anwalt bist, die wissen immer alles. Du siehst besorgt aus.«

»Ich verstehe nicht, wie das alles zusammenpaßt.«

»Zerbrich dir nicht den Kopf, Avvocato.« Alex beugt sich vor, sein Kopf berührt fast den Scalzis. »Sieh zu, daß er bald die Flatter macht, dein Ägypter.«

»Mein Gott, Alex, du hast den Jargon ja ganz schön verinnerlicht.«

»Ich bin hier an der Uni. Ich mache sozusagen ein linguistisches Hauptseminar. Hol ihn aus Pianoro raus, Scalzi, unternimm etwas, finde irgendeinen Vorwand. Dir wird schon was einfallen, das macht doch einen guten Anwalt aus. Noch ein paar Wochen, und sie tun ihm etwas an, was nicht mehr rückgängig zu machen ist. Den einen Hieb, den ich ihm verpaßt habe, solltest du nicht auf die leichte Schulter nehmen. Ich glaube, er sollte dazu dienen, dir klarzumachen, daß, falls es einmal zu einer Bluttat kommt, sie dafür verantwortlich sind. Sie wollten, daß ich ihm die Firmenmarke aufdrücke. Und je länger ich darüber nachdenke, desto mehr bin ich davon überzeugt, daß es fast so ist, als ob ich dir diesen Schlag verpaßt hätte. Die Nachricht war für dich bestimmt. Er brauchte keine. Er trägt diese Marke schon seit geraumer Zeit, ich glaube, er hatte sie schon, bevor er hierher auf die Insel kam. Er weiß das. Und die Gefängnisleitung weiß es auch. Der Beweis dafür ist, daß er Kontaktverbot hat, er darf nur mit seinen Zellengenossen Umgang haben, also mit mir und Gonario, einem sardischen Schäfer, der mit der ganzen Sache nichts zu tun hat. Idris paßt auf wie ein Schießhund. Aber hier drin nützt ihm das nichts. Sie sind zu gut organisiert, sie haben den Laden in der Hand. Mir persönlich würde es ja leid tun. Er ist ein verweichlichter Fettwanst, aber irgendwie mag ich ihn. Versuch, ihn verlegen zu lassen, Avvocato, sonst sehe ich schwarz für unseren Archäologen. Ich weiß nicht, was er der 'Ndrangheta angetan hat, aber sie sind stocksauer auf ihn.«

Alex hält inne. Scalzi dreht sich um und sieht, daß der Wachhabende den Raum betreten hat.

»Avvocato«, sagt der Beamte, »der Kapitän des Tragflügelboots läßt Ihnen ausrichten, daß er in fünf Minuten ablegen wird.«

In der Bar ist nur die aufgeregte Stimme des Sportreporters zu hören, der das Fußballspiel kommentiert. Scalzi holt das Blatt Papier, das Idris ihm gegeben hat, aus der Tasche. Es ist ein bißchen feucht, weil während der Überfahrt ein kräftiger Wind aufgekommen ist, das Boot auf den Wellen geschaukelt hat und Wasserspritzer bis in die Kabine gedrungen sind.

Eigentlich wollte er schon auf der Rückfahrt einen Blick auf die Nachricht werfen, aber dann hat er doch lieber gewartet, bis er in der Bar am Hafen von Piombino einen etwas abseits stehenden Tisch fand. Da das Boot seinetwegen nicht pünktlich ablegen konnte, hat der Unwille der Besucherinnen ihn zum Mittelpunkt der allgemeinen Aufmerksamkeit der Passagiere gemacht, zwei Vollzugsbeamte eingeschlossen.

»Wahrscheinlich haben wir Ihretwegen jetzt unseren Zug nach Neapel verpaßt«, hat ihm eine Frau vorgeworfen, die gerade zwei müde Kinder zum Schlafen hinlegte. »Wer weiß, wie lange wir jetzt warten müssen.« – »Genau«, hat eine andere hinzugefügt, »man kennt das ja: die Anwälte reden und reden, und jedes Wort von ihnen kostet Geld. Je mehr sie reden, desto mehr sacken sie ein.«

Scalzis Tisch ist weit vom Fernseher entfernt. Seeleute und Hafenarbeiter stehen in ernster Verzückung um das Gerät herum, als ob hier ein religiöser Ritus zelebriert würde. Es ist das Endspiel um den Pokal der Landesmeister. Ein Mädchen läuft hin und her und serviert Getränke.

Scalzi rückt das Glas Bier beiseite, auf das er eigentlich gar keinen Durst hat, und faltet das Blatt auseinander. Auf der einen Seite ist es mit arabischen Schriftzeichen bedeckt, auf der anderen in italienisch beschrieben.

Avvocato, Sie wollen mir nicht glauben, aber man will mich umbringen. Versuchen Sie, mich aus Pianoro verlegen zu lassen. Hier bin ich in großer Gefahr. Ich bitte Sie, in das Restaurant »La Torpedine« in Livorno zu gehen. Dort arbeitet ein Landsmann von mir als Kellner. Er heißt Rauf. Zeigen Sie ihm den arabischen Text auf der Rückseite dieses Blattes. Er wird Ihnen einen Koffer übergeben. Darin sind ein paar Briefe auf arabisch, die Sie nicht werden lesen können, die Sie aber auch nicht übersetzen lassen müssen. Sie sind rein persönlicher Natur. Ich verlasse mich auf Ihre Verschwiegenheit: Bringen Sie die Briefe an einen sicheren Ort. Sie können Sie mir übergeben, wenn ich auf freiem Fuß bin. Der Koffer enthält weitere Dokumente: Fahrkarten, Hotelrechnungen und so weiter. Darüber werden wir reden, wenn wir uns an einem sichereren Ort treffen können. Dann werden Sie verstehen, daß das, was ich durchmache, nichts mit Signora Mammoli zu tun hat. Man hat mich nicht festgenommen, weil sie verschwunden ist, sondern aus ganz anderen Gründen. Lassen Sie mich nicht im Stich. Wenn Sie den Koffer haben, nehmen Sie die Dokumente und kommen Sie zu mir. Aber nicht hierher. Ich muß unbedingt woandershin. Ich flehe Sie an, erwirken Sie bei den Behörden meine Verlegung von dieser Insel. Im Namen des allmächtigen, barmherzigen Gottes.

Scalzi überlegt lange, bevor er zum Telefon geht. Er hat den Hörer schon in der Hand, aber er zögert immer noch. Er wird jemanden brauchen, der ihn begleitet, wenn er diesen Koffer abholen geht, denn vielleicht wird irgendwann jemand bezeugen müssen, wie er in den Besitz dieses Gepäckstücks gelangt ist. Guerracci wäre der Richtige dafür, aber es ist besser, professioneller, sich das vorher gründlich zu überlegen.

In dem arabischen Text an diesen gewissen Rauf kann alles mögliche stehen: von der Anstiftung zu einer Straftat bis zur Beschreibung eines Orts, wo illegale Ware abgeholt werden kann, vielleicht sogar Drogen. Und der Koffer kann noch bösere Überraschungen bereithalten: eine Waffe zum Beispiel. Ja, und dann sind da diese arabischen Briefe drin, die er nicht lesen kann. In seiner Nachricht behauptet Idris, es seien persönliche Briefe. Aber kann er sich darauf verlassen? Warum ist der Ägypter dann so erpicht darauf, daß diese Briefe nicht übersetzt, sondern zur Aufbewahrung an einen »sicheren Ort« gebracht werden? Wenn sie nicht wichtig wären, warum sollte Fami dann an seine Verschwiegenheit appellieren? Und überhaupt, was für eine Verschwiegenheit? Signor Fami scheint eher einen Komplizen zu suchen.

Scalzi geht zum Tisch zurück und öffnet das Fenster. Er

ist entschlossen, das Blatt in kleine Stücke zu reißen und diese dem Wind zu überantworten, der sie weit hinaus aufs Meer wehen wird. Und morgen wird er in aller Ruhe ein Telegramm an Idris aufgeben, in dem er bestätigt, daß er das Mandat niederlegt, und den Ägypter auffordern, sich einen anderen Verteidiger zu suchen. Vor den Zementblökken, die ein weiteres Eindringen des Meeres verhindern sollen, liegen der verrostete Rumpf eines großen Metallboots und ein Bagger mit ausgerenkter Kinnlade. Zwischen dem Schutt kommt ein kotverschmierter Köter hervor, der aussieht, als führe er etwas im Schilde. Er hebt ein Bein und erleichtert sich ungezwungen.

Aber wenn er Fami jetzt im Stich läßt, werden die Typen von der 'Ndrangheta denken, daß sie freie Bahn haben. Sie könnten beschließen, auch Alex zu eliminieren, diesen Schwachkopf, der seine Seele für einen Schuß Heroin verkaufen würde. Denn der hängt ja längst mit drin, und vielleicht ist er für sie bereits ein gefährlicher Zeuge. Mit den Leuten von der kalabrischen 'Ndrangheta ist nicht zu spaßen. Sie sind noch gefährlicher und unbarmherziger als die sizilianischen Mafiosi. Ihre Todesurteile werden noch pünktlicher vollstreckt, jedes Urteil ist unabwendbar und endgültig. Manchmal schieben sie die Exekution ein wenig hinaus, wenn sie der Ansicht sind, daß das von Vorteil sein könnte, zum Beispiel wegen einer wichtigen Information. Aber wenn der Zweck erfüllt ist, wird das Urteil ausgeführt. Davon könnte Scoràmi ein Liedchen singen, wenn er dort, wo er jetzt ist, unter der Erde in einem Wald im Aspromonte, überhaupt noch singen könnte. Den haben sie nicht eliminiert, um ihn am Reden zu hindern, denn er hatte den Richtern ja schon alles verraten, was er wußte, unter anderem das Versteck einer Menge Kokain im Wert von einer Milliarde Lire.

Wenn Fami in eine ähnliche Geschichte verwickelt ist, dann kann es nur einen einzigen Grund dafür geben, daß er noch am Leben ist: sie wollen etwas von ihm erfahren oder haben. Und es ist nicht auszuschließen, daß dieses Etwas sich in dem besagten Koffer befindet.

Man soll doch nie von einer Regel abweichen, die man sich selbst auferlegt hat, denkt Scalzi und schließt das Fenster wieder. Es ist das erstemal, daß jemand ihn benutzt hat, um die Briefkontrolle im Gefängnis zu umgehen. Wie hat er sich nur darauf einlassen können? Guerracci ist schuld, Guerracci und seine Mutmaßungen haben ihm den Floh der Neugier ins Ohr gesetzt.

Scalzi geht zum Telefon zurück und wählt Guerraccis Privatnummer. Eine weibliche Stimme meldet sich, und der ehemalige Kollege kommt gerade noch rechtzeitig an den Apparat, bevor Scalzi, erneut von Gewissenbissen geplagt, den Hörer wieder auflegen kann.

»Kennst du jemanden, der etwas aus dem Arabischen übersetzen kann?«

»Du brauchst eine Übersetzung? Wofür?« Guerracci hat diese leidige Angewohnheit der Journalisten, auf eine Frage mit einer Gegenfrage zu antworten, sehr schnell angenommen.

»Das sage ich dir später. Ich brauche eine vertrauenswürdige Person.«

»Eine vertrauliche Sache, was?«

»Vertraulich, ja, natürlich. Sonst könnte ich mich ja an ein Übersetzungsbüro wenden.«

»Ich kenne jemanden«, sagt Guerracci. »Die Bruschini. Geht es um Fami?«

»Darüber reden wir später. Wer ist die Bruschini?«

»Sie wohnt mit mir zusammen. Die Bruschini ist meine Freundin. Sie ist sehr vertrauenswürdig.«

»Und sie kann Arabisch?«

»Natürlich! Sie ist in Beirut zur Schule gegangen.«

»Gibt es in Livorno ein Restaurant, das ›La Torpedine‹ heißt?«

»In der ›Torpedine‹ gibt es den besten Cacciucco* der ganzen Küste.«

»Wollen wir uns heute abend dort treffen?«

»Bist du in Livorno?«

»Ich rufe aus Piombino an, aber zum Abendessen könnte ich in dem Lokal sein.«

* Fischsuppe aus mindestens fünf verschiedenen Fischsorten, Tomaten, Knoblauch und Olivenöl – eine Livorneser Spezialität.

13
Crespelli und Cacciucco

Die Landstraße, die in die Dörfer des Arnotals führt und die an Werktagen durch den Pendelverkehr regelmäßig verstopft ist, liegt da wie ausgestorben. Sonntags herrscht himmlischer Frieden in Olimpias Wohnung. Das Viertel wirkt dann verschlafen, und im Sonnenlicht erinnern die klaren, reinen Farben an die Gemälde Edward Hoppers.

Olimpia hat Scalzi zum Mittagessen eingeladen. Gutgelaunt stellt sie eine Terrine auf den Tisch. Das helle Licht läßt ihre Augen in noch tieferem Grün strahlen. Der Tisch steht neben dem Fenster, das auf den Garten des Mietshauses hinausgeht. Auf den Hügeln glänzen die Olivenbäume. Der Frühling ist ganz plötzlich gekommen, mit gelbem Löwenzahn auf einer Wiese, die aussieht wie frisch gestrichen.

Weiche kleine Kissen, schlüpfrig geworden durch eine wäßrige Tomatensauce, entwischen immer wieder dem Schöpflöffel und tauchen unter, wobei sie ihre Spinatfüllung verlieren.

»Raviolonі«, sagt Olimpia und zeigt stolz auf das Gericht in den italienischen Nationalfarben. »Sie sind ganz köstlich.«

»Du hast sie zu lange kochen lassen.« Scalzi taucht seinerseits den Schöpflöffel in die Terrine. »In der Küche muß man auf das richtige Verhältnis von Kochzeit und Hitze achten. Und außerdem sind das keine Ravioli, diese Dinger heißen Crespelli.«

»Du kannst mir nichts vormachen«, Olimpia füllt die Teller, »dir ist eine Laus über die Leber gelaufen, und die Ravioli haben überhaupt nichts damit zu tun, auch wenn ich zugeben muß, daß sie einem die Laune verderben können, so zerfallen wie sie sind. Glaubst du wirklich, daß ich nach all den Jahren nicht bemerke, wenn dich etwas bedrückt?«

»Ich verstehe einfach nicht, warum ich nie einen dieser Scheinprozesse abkriege, bei denen alle miteinander total entspannt sind: Angeklagter, Verteidiger, Staatsanwalt und Richter.«

»Gibt es entspannende Prozesse?«

»Na klar: ein schöner betrügerischer Bankrott zum Beispiel. Der Angeklagte, ein eleganter Herr mittleren Alters, lädt uns am Sonntag alle beide zu einer Kreuzfahrt auf seiner Yacht ein: Viareggio, Lerici, Portovenere, Cinque Terre und zurück.«

»Dazu hätte ich überhaupt keine Lust.«

»Am Montag danach ist dann der Prozeß. Der elegante Herr hat aus seiner Firma ein Dutzend Milliarden verschwinden lassen. Zu den Akten gehört das Gutachten eines Wirtschaftsprüfers, das so dick ist wie ein Bibelkommentar. Natürlich liest das niemand, es ist ein Konvolut völlig unverständlicher Berechnungen. Zehn Minuten, um mit dem Staatsanwalt das Strafmaß auszuhandeln. Der Vertreter der Anklage ergreift das Wort, um den Schein zu wahren. Ich halte einen kleinen Vortrag über die Krise gerade dieses Wirtschaftssektors, und er ist einsichtig: zwei Jahre auf Bewährung. Am Sonntag darauf sind alle wieder auf dem Boot, in Richtung Korsika. Und an Bord trinkt man Champagner.

»Ich komme nicht mit«, erwidert Olimpia. »So einer hätte bei der FATES dreißig Arbeitsplätze auf dem Gewissen, dreißig Familien ohne regelmäßiges Einkommen. Und außerdem kann ich seine Frau nicht leiden.«

»Seine Frau ist doch gar nicht dabei. Er kommt mit seiner Geliebten, einem Fotomodell von zwanzig, naturblond und Beine bis hier.« Scalzi hebt die Hand auf Augenhöhe.

»Ich komme trotzdem nicht mit. Die Geliebte kann ich auch nicht ausstehen.«

»Macht nichts. Das Fotomodell hat noch eine Freundin dabei.«

»Ich lasse euch von Gertrud die Rechnung ausstellen: ›Schiffsunglück vor Bastia, unter den Vermißten ein bekannter Strafverteidiger.‹«

»Ich bin lediglich bekannt dafür, daß ich die Nervensägen anziehe wie ein Magnet. Ein Königreich für einen betrügerischen Bankrott!« ruft Scalzi aus und hebt seine Gabel.

»Na gut«, sagt Olimpia, »die Nummer mit dem reichen Bankrotteur hatten wir jetzt. Und nun erzähl mir mal, was in Pianoro los war.«

Scalzi berichtet von dem unverhofften Besuch des Menschen von der 'Ndrangheta, von dem blauen Auge, das Alex Idris verpaßt hat, von dem Zettel des Ägypters und dem Abendessen in Livorno mit Guerracci und der Bruschini.

»Und was steht in dem arabischen Text?« fragt Olimpia.

»Keine Ahnung. Guerraccis Freundin hat in Beirut die Grundschule besucht, in einem Kloster von italienischen Nonnen. Sie ist mindestens zwanzig Jahre jünger als er, ganz hübsch, mit einer feuerroten Löwenmähne. Sie kaut ununterbrochen Kaugummi. Sie hat ihn erst aus dem Mund genommen und an die Tischkante geklebt, als eine Schüssel Cacciucco auf den Tisch kam, in der man hätte baden können.

»Jetzt weiß ich auch, warum du an diesen köstlichen Ravioloni herummäkelst. Ich kenne *Cacciucco alla livornese*: Die Tomatensauce ist so dick, daß der Löffel darin stehen bleibt.«

»Dieses Mädchen hat den Zettel ungefähr eine Viertelstunde in der Hand gehabt, dann hat sie etwas von einer gewissen *amene* gemurmelt, die angeblich auch im Koran vorkommt, aber sie wußte nicht mehr, was das Wort bedeutet. Guerracci hat wieder mit seiner alten Leier von den Geheimdiensten angefangen, genau da, wo er neulich abend aufgehört hatte. »Jetzt sind wir auf der richtigen Spur!« hat er gesagt. Bei Tisch bediente uns ein Typ, der war so dunkel und trocken wie ein Kopierstift.«

»Der, an den die Nachricht gerichtet war?«

»Genau: Rauf. Guerracci hat versucht, ihn zum Reden zu bringen. Er hat ihn gefragt, seit wann er schon in diesem Laden arbeite, woher er stamme und so weiter. Schließlich ist der Kerl mißtrauisch geworden. In seiner Nachricht an mich hat Idris behauptet, Rauf sei ein Landsmann von ihm, aber in Wirklichkeit ist er Libanese. Als ich ihm den Zettel zeigte, natürlich ohne ihn ihn lesen zu lassen, hat er einen Blick auf Idris' Unterschrift geworfen, sich die Schürze abgerissen, sie fuchsteufelswild auf einen Stuhl geschmissen und ist durch den Hintereingang abgehauen. Ein Mädchen hat uns dann weiterbedient. Ich habe sie nach ihm gefragt, und sie hat gesagt, daß er sich nicht wohl gefühlt habe und nach Hause gegangen sei. Dann ist Guerracci in die Küche gegangen, um mit dem Besitzer zu sprechen. Aber er ist mit leeren Händen zurückgekommen.«

»Wieso?«

»Der Besitzer wollte nichts sagen. Er hat den Namen Rauf bestätigt, das war alles. Sonst nichts, nicht einmal den Familiennamen oder seine Adresse. Es ist einfach unglaublich: Der Mann hatte uns erzählt, daß er seit zwei Jahren in der ›Torpedine‹ arbeite. Ich glaube, daß er ein illegaler Einwanderer ist und der Besitzer des Lokals uns für Beamte von der Gewerbeaufsicht gehalten hat. Es ist wirklich schwierig, Informationen zu bekommen, weil jeder aus irgendwelchen Gründen etwas zu verbergen hat.«

»Und was willst du jetzt machen?«

»Ich kann wohl kaum jeden Abend Cacciucco in der ›Torpedine‹ essen gehen.«

»Du mußt den Koffer abholen, du hast dich dazu verpflichtet.«

»Ich habe mich zu gar nichts verpflichtet.«

»Du hast den Zettel genommen, das ist dasselbe, als ob du versprochen hättest, den Koffer abzuholen.«

»Und wenn dieser Zettel nun eine Schnalle war, hätte ich mich dann verpflichtet, jemanden umzubringen?

»Was ist eine ›Schnalle‹?«

»In der Sprache der 'Ndrangheta bedeutet das den Auftrag, jemanden kaltzumachen.«

»Du sagst mir nicht die Wahrheit.« Olimpia lächelt bei dem Gedanken. »Du bist doch gar nicht deswegen so verstört. Es ist wegen dieses Typen mit der Ray-Ban, gib's zu.«

»Sie wollen mich erpressen. Ich hatte mich entschlossen, den Fall abzugeben, und jetzt werde ich daran gehindert. Sie zwingen mich, auf ihre Art vorzugehen. Und überzeugender als alle Worte ist die Angst davor, daß sie etwas Endgültiges tun. Wer die Mittel hat, dich mit dem Rücken gegen eine Wand zu quetschen, hat immer recht.«

»Aber der Staat wendet doch genau die gleichen Methoden an, oder nicht? Das Gefängis ist Gewalt.«

»Bei uns hat nicht der Staat das Gewaltmonopol, das haben ganz andere. Und genau das ist der Punkt. Wenn der Staat dieses Monopol hätte, könnte man es akzeptieren, dann wüßte man, gegen wen man vorgehen muß. Aber bei uns ist es doch schlimmer als in einer Tyrannis. Niemand weiß, woher die Befehle kommen, die Gegenbefehle, die Strafen. Die Geheimnisse kommen immer erst dann ans Tageslicht, wenn es zu viele Tote gegeben hat oder zuviel Geld verschwendet wurde, dann kann es sein, daß die Verantwortlichen vor Gericht landen. Aber dann hört man auch eine leise Stimme: ›Spielt nur mit eurem Spielzeug, Jungs: mit euren Roben, Beffchen, Akten und Plädoyers. Aber paßt auf, daß ihr euch nicht wirklich in unsere Angelegenheiten mischt. Wir sind nämlich diejenigen, die dieses Feld bestellen.‹ Diese Stimme spricht zwar nur in Andeutungen, aber alle verstehen sie. Es ist nicht das erstemal, daß ich mich in so einer Situation befinde, aber diesmal ist auch noch ein körperlicher Angriff hinzugekommen. Ich spüre seine Finger immer noch um meine Handgelenke. Ich glaube, ich weiß jetzt, wie sich ein Vergewaltigungsopfer fühlen muß.«

»Mein Gott. Einer greift ihm an die Handgelenke, und schon bildet er sich ein, er wäre vergewaltigt worden.«

»Dieser Ray-Ban-Typ benutzt den Tod als Arbeitsmittel, so wie ich die Worte benutze.«

»Aber du hast ihm wenigstens einen Schlag mit der Tasche versetzt. Das finde ich sehr gut.«

»Am liebsten hätte ich ihn erwürgt. Aber schon die Reaktion an sich hat mich eine ungeheure Kraft gekostet. Es war keine Angst, es war schlimmer. Ich war in Panik, wie wenn man sich in einer fremden Stadt verirrt.«

Olimpia fragt, was denn aus dem Zettel von Idris geworden ist, nachdem die Bruschini als Übersetzerin versagt hat, und Scalzi berichtet ihr, daß er ihn bei Guerracci gelassen hat, der den Text von einem professionellen Übersetzer übertragen lassen wird.

»Du bist neugierig. Du willst wissen, was in dem Koffer ist«, sagt Olimpia. »Es stimmt nicht, daß du beschlossen hast, das Mandat niederzulegen. Jetzt läßt du dich endgültig darauf ein. Du willst es so, niemand zwingt dich dazu.«

»Ich will nur wissen, ob Alex wirklich in Gefahr ist. Wenn es mir gelungen ist, Fami aus Pianoro verlegen zu lassen, werde ich ihn seinem Schicksal überlassen.«

»Das wirst du nicht tun«, sagt Olimpia. »Im Gegenteil, du wirst jedes Risiko eingehen. Und weißt du auch, warum? Weil du eitel bist. Ihr Strafverteidiger seid doch alle abhängig. Nicht alle, nur die verbissensten, solche wie du. Deine Droge ist die Lust am Kräftemessen. Für dich gibt es keinen hoffnungslos verlorenen Fall – und der Fall dieses Ägypters ist meiner Meinung nach so einer. Du bist davon überzeugt, daß du keine Fehler machen wirst, wenn du diesen Fall übernimmst, und daß es dir gelingen wird, die Richter zu überzeugen.«

Das Klingeln des Telefons bewahrt Scalzi vor weiteren Diskussionen.

»Der arabische Text«, verkündet Guerracci, »enthält lediglich die Anweisung, dir die *amene* zu übergeben. *Amene* ist etwas, das man in Obhut bekommen hat, in diesem Fall also der Koffer. Rauf will ihn dir aber nur persönlich geben. Es war nicht einfach, ihm dieses Versprechen abzunehmen. Er hat mich behandelt wie einen treulosen Hund. Du mußt noch mal nach Livorno kommen.«

14
Die Bruschini

»Mein Gott, was für ein Theater«, knurrt Scalzi. »Ich habe ein eingehendes Verhör über mich ergehen lassen und sogar meine Papiere zeigen müssen. Es hat nicht viel gefehlt, und er hätte mich gezwungen, eine Sure aus dem Koran aufzusagen. Und das alles für eine zerknitterte Quittung der Gepäckaufbewahrung im Bahnhof von Terontola. Ich soll versuchen, einen Koffer abzuholen, der mir gar nicht gehört und den ein Häftling, der eines Mordes beschuldigt wird, dort aufgegeben hat. Findest du das auch nur im entferntesten professionell?«

»Ich gehe selbst zu dieser Gepäckaufbewahrung«, Guerracci beschleunigt, um einen Lastwagen zu überholen, »du brauchst nichts anderes zu tun, als draußen zu warten. Ich hole diesen Koffer schon ab.«

»Fahr bitte langsamer.« Die Reifen von Guerraccis altem Citroën DS kreischen auf der Straße, die die Autobahn mit der Schnellstraße nach Perugia verbindet. »In den sechziger Jahren, als dieses Modell noch ganz neu war, wurde es auch ›fliegender Sarg‹ genannt, verstehst du.«

Nach dem Abzweig nach Foiano della Chiana wird der Straßenbelag holprig, es sind bereits Bauarbeiten im Gange. Nach einem besonders heftigen Stoß sieht man die Haare der Bruschini im Rückspiegel aufflammen: »Tausch endlich diese verdammten Stoßdämpfer aus! Soviel Kohle wirst du ja wohl noch haben. Wo sind wir eigentlich?«

»Noch siebzig Kilometer bis Terontola«, antwortet Guerracci, »eine halbe Stunde. Der Herr Anwalt zwingt mich, im Schneckentempo zu fahren.«

»Tarantola … wir fahren in einen Ort, der Tarantola heißt«, gähnt das Mädchen.

Der feuerrote Heiligenschein verschwindet, und die Stoßdämpfer knarren, während die Bruschini ihre Beine lockert und sich dann wieder ausstreckt, um weiterzuschlafen. Am Ende eines Tunnels tritt Guerracci plötzlich heftig auf die Bremse, aber er braust trotzdem schwungvoll an der weißen Kelle vorbei, mit der ein Carabiniere mit Motorrad heftig auf und ab wedelt.

»Den hab ich überhaupt nicht gesehen. Verdammter Tunnel.«

»Den Führerschein und die Fahrzeugpapiere bitte.« Der Carabiniere nimmt sich den Helm ab, zieht seine Handschuhe aus und legt alles langsam auf die Kühlerhaube, um deutlich zu machen, daß diese Kontrolle länger dauern wird.

»Wissen Sie eigentlich«, sagt er dann, während er in den Papieren blättert, »daß Sie mit diesem Fahrzeug zur technischen Überprüfung müßten?«

»Dieses Modell steht auf der Sonderliste für Oldtimer, es ist davon befreit.« Guerracci lehnt den Kopf aus dem Fenster und spricht leise, um die Bruschini nicht zu wecken.

»Interessant. Wenn man bedenkt, daß ich, als dieses kostbare Stück vom Band lief, noch in der Grundschule war.« Der Carabiniere flüstert ebenfalls und hockt sich auf die Fersen, um auf gleiche Höhe mit Guerracci zu kommen. »Wie schaffen Sie es eigentlich, mit diesem Juwelchen hundertvierzig zu fahren? Nebenbei bemerkt, das ist auf dieser Straße verboten: die Höchstgeschwindigkeit beträgt neunzig. Ich frage mich, was da wohl für ein Trick dabei ist. Wenn Sie es mir ins Ohr flüstern, lasse ich Sie laufen.«

Scalzi lächelt: Ein Carabiniere mit Sinn für Humor ist eine seltene Spezies.

»Unter uns gesagt«, wispert Guerracci, »ich strecke das Benzin mit Grappa.«

Die Bruschini bewegt sich im Schlaf, und der Regenmantel, mit dem sie sich zugedeckt hatte, rutscht herunter. Der Carabiniere fixiert ihren nackten Arm. Die blaue Linie auf der Innenseite des Ellbogens ist deutlich zu erkennen. Die fröhliche Stimmung ist dahin. Der Carabiniere deutet auf den kleinen Rucksack unter dem Kopf der Bruschini.

»Geben Sie mir bitte die Tasche der Signorina und die Autoschlüssel.«

Guerracci wird blaß und wirft Scalzi einen erschrockenen Blick zu.

»Ohne richterlichen Beschluß sind Sie dazu nicht berechtigt«, sagt Scalzi.

»Wer sind Sie?«

Scalzi holt aus seiner Brieftasche seinen Anwaltsausweis und reicht ihn Guerracci, der ihn dem Carabiniere aushändigt.

»Jetzt reisen die sogar schon mit Anwälten als Bodyguards. Das ist doch wirklich das letzte.«

Der Carabiniere gibt die Dokumente zurück, setzt langsam seinen Helm wieder auf und zieht die Handschuhe an. Dabei betrachtet er die ganze Zeit die schlafende Bruschini. Dann tippt er mit den Fingerspitzen kurz an sein Visier. »Fahren Sie nicht mehr so schnell.«

Scalzi sieht im Rückspiegel, wie der Polizist zu seinem Motorrad geht und über Funk etwas durchgibt. Nach ungefähr zehn Kilometern hält Guerracci vor einer Bar, steigt aus und knallt die Autotür zu. Er geht hinein und bestellt einen Bianco Sarti. Scalzi, der ihm gefolgt ist, ordert einen Espresso.

»Entschuldige, daß ich dir das sage, aber du bist immer noch derselbe alte Idiot, Guerracci«, sagt Scalzi mit finsterer Miene.

»Wieso?«

»Du überredest mich, bei dieser riskanten Sache mitzumachen, und hast eine Drogenabhängige dabei.«

»Was soll das heißen, ich habe dich überredet mitzumachen? Wer verteidigt denn den Ägypter?«

»Warum hast du mir nicht gesagt, daß die Bruschini eine Fixerin ist?«

»Sie ist keine Fixerin.« Guerracci knallt das Glas auf die Theke. »Sie ist meine Freundin. Und sie nimmt überhaupt keine Drogen. Sie ist längst clean, aber ich kann sie nicht allein zu Hause lassen, weil sie gerade eine schwierige Phase durchmacht.«

»Wenn sie clean ist, warum wolltest du dann unbedingt verhindern, daß der Carabiniere ihre Tasche durchsuchte?«

»Die Tasche hat überhaupt nichts damit zu tun, die ist sauber. Wenn du es unbedingt wissen willst, die Bruschini leidet unter einem Trauma. Sie hatte wohl mal einen Horrortrip, in dem Bullen vorkamen. Und seitdem kann sie Polizisten nicht mehr ausstehen. Wenn sie auf einen trifft, klinkt sie aus und fängt einen fürchterlichen Streit an. Sie hat schon ein paar Vorstrafen wegen Beamtenbeleidigung und wird keine Bewährung mehr kriegen. Beim nächsten Mal wandert sie ins Kittchen.«

Scalzi wartet vor dem Bahnhof von Terontola. Er ist so aufgeregt, als würde er bei einem Bankraub Schmiere stehen. Auf dem Bahnhofsvorplatz ist nur wenig Verkehr, und es wird langsam dämmerig. Er wartet schon seit einer Viertelstunde und macht sich Vorwürfe, daß er die beiden nicht begleitet hat, aber Guerracci war unerbittlich: »Du bleibst hier, sonst wird das nichts. Die Bruschini und ich gehen den Koffer holen. Wir sind ein ausländisches Paar auf Reisen und haben unseren Koffer für längere Zeit in der Gepäckaufbewahrung gelassen. Das ist doch ganz normal. Viele Leute machen das, wenn sie keine Lust haben, nutzlosen Ballast mit sich herumzuschleppen. Die Bruschini kann sehr gut einen englischen Akzent nachmachen. Du mit deinem Gesicht wie ein ertappter Priester würdest alles vermasseln. Wir sind zurückgekommen, um unser Zeug wieder abzuholen. Und wir haben den Gepäckschein. Wenn etwas schiefgeht, hat der wohlanständige Herr Anwalt jedenfalls nichts damit zu tun.«

Da kommen sie aus dem Bahnhof. Gemeinsam tragen sie einen schokoladenbraunen Koffer. »Wir haben ihn!« Die Bruschini hebt den Arm und macht mit zwei Fingern ihrer freien Hand das Victory-Zeichen. Sie kommen geradewegs auf den Wagen zu, und als Scalzi sie einholt, öffnet Guerracci schon den Kofferraum.«

»Wir haben die Beute von Tarantola, Sir! Es war ganz leicht, *oh yeah*!« ruft die Bruschini.

»Avvocato, wären Sie an meiner Stelle nicht auch neugierig zu erfahren, was in diesem Koffer ist?«

Der Carabiniere von vorhin ist plötzlich neben Guerracci aufgetaucht, wie das menschgewordene Schicksal. Mit seiner schwarzbehandschuhten Rechten drückt er den Kofferraumdeckel nach unten, und der Koffer fällt zu Boden.

»Warum ist die Signorina eigentlich so zufrieden, nur weil sie einen simplen Koffer aus der Gepäckaufbewahrung abgeholt hat? Und warum hat sie sich da drinnen so albern aufgeführt und die Engländerin gespielt?« Der Carabiniere deutet auf den Bahnhof. »Dabei sind Sie doch aus Livorno, nicht wahr, Signorina? Das hört man an Ihrem Dialekt. Zeigen Sie mir doch mal Ihren Paß. Das darf ich doch verlangen oder nicht, Avvocato?«

»Was will der Typ?« Die Bruschini gerät in Harnisch.

»Ganz ruhig, Renata«, sagt Guerracci, »ich kann Ihnen alles erklären, Wachtmeister.«

»Wir kennen uns nämlich schon«, lächelt der Carabiniere zuvorkommend, »aber das können Sie nicht wissen, weil Sie vorhin geschlafen haben.«

»Ich soll dich kennen?« Die Bruschini reißt die Augen auf. »Woher sollte ich dich wohl kennen, du Arschloch?«

»Was hat die Signorina gerade gesagt, Avvocato? Sie hat mich Arschloch genannt, oder habe ich mich verhört?«

Die Bruschini ergreift mit beiden Händen die Klappe des Kofferraums, reißt sie auf, nimmt den Koffer und versucht ihn hineinzuheben, aber der Carabiniere schließt die Klappe wieder mit einer entschiedenen Handbewegung. »Gehört der Koffer Ihnen?«

»Ja, der gehört mir.« Die Bruschini fletscht die Zähne und versucht, den Widerstand des Mannes zu überwinden, der sich mit seinem gesamten Gewicht auf die Kofferraumklappe stützt. »Und jetzt will ich ihn da reintun, du Scheißkerl, du blöder Hund …«

»Arschloch, Scheißkerl und blöder Hund«, wiederholt der Polizist nachdenklich. »Das nennt man doch Beamtenbeleidigung, nicht wahr, Avvocato?«

Guerracci lächelt gezwungen, langt nach dem Griff des Koffers und zieht ihn zu sich heran. »Die Signorina hat sich geirrt, es ist gar nicht ihr Koffer.«

»Aber das hat sie gesagt!« Der Carabiniere wirft den Koffer auf den Boden und setzt einen Fuß darauf. »Wir müssen herausfinden, wem dieser Koffer gehört, nicht wahr, Avvocato?«

»Es ist meiner, das hab ich doch gesagt!« brüllt die Bruschini, greift nach dem Bein des Polizisten, und versucht, seinen Fuß von dem Koffer zu ziehen. Und dann hat Scalzi eine Schreckensvision: Der brennende Dornbusch der Bruschini senkt sich auf den Unterschenkel des Ordnungshüters hinab.

»Au!« Der Schrei gellt über den stillen Bahnhofsvorplatz. »Was soll das? Die Frau ist ja bissig!«

Der Carabiniere führt seine Trillerpfeife zum Mund, der Pfiff ist ein wenig zittrig, aber durchdringend genug, um zwei Beamte der Bahnhofspolizei herbeieilen zu lassen, die die Vorgänge schon länger aus einiger Entfernung beobachtet haben.

15
Im Gewächshaus

Annetta, das Hausmädchen, bringt Saro zum Gewächshaus. Die automatische Bewässerungsanlage ist eingeschaltet, und der Wasserschleier trübt die Farben der Blumen. Saro holt einen ölverschmierten Lappen hervor und wischt sich damit den Schweiß von der Stirn. Ein dunkler Streifen bleibt zurück. Er geht auf Gambassi zu und schlängelt seinen kräftigen Körper dabei vorsichtig zwischen den Tischen hindurch, damit die Orchideen nicht umfallen, die so zerbrechlich wirken wie Glas. Er senkt den Blick auf seine Schuhe, nicht aus Angst, sondern weil er fürchtet, daß dieser scheinheilige Heuchler, wenn er ihm in die Augen sieht, bemerken könnte, was für eine Wut er im Bauch hat.

»Was möchtest du trinken?« fragt Gambassi.

»Machen Sie sich keine Umstände.«

»Es macht keine Umstände. Ein Bier?«

Saro nickt, und Gambassi macht dem Hausmädchen ein Zeichen. Dann fährt er fort, mit einer kleine Hacke einen Blumentopf zu bearbeiten. Offenbar wartet er darauf, daß Saro das Gespräch beginnt. Aber diesen Gefallen wird er ihm nicht tun, schließlich schuldet der Dottore ihm eine Erklärung. Hier drin ist es so heiß, daß man kaum Luft bekommt. Saro hebt vorsichtig sein T-Shirt an, wobei er seinen Bauch bis zum Nabel entblößt, und fächelt sich Luft zu.

Als Annetta zurückkommt, nimmt er das Glas vom Tablett und leert es in einem Zug. Es herrscht immer noch Schweigen, während das Hausmädchen das Glas nimmt und geht. Dann schüttelt Gambassi den Kopf: »Wir haben alle einen Fehler gemacht: deine Freunde, indem sie mich um diesen Gefallen gebeten haben, und ich, indem ich mich dazu bereit erklärte. Und dann haben sich die Dinge so entwickelt, daß uns nichts anderes übrigblieb, als den Eingang zu schließen. Jetzt muß man weitersehen. Ich werde einen anderen Eingang öffnen lassen.«

»Wann?«

»Wenn die Straße fertig ist. Das kannst du deinen Freunden sagen. Aber im Moment ist er für alle versiegelt.«

Sag ihnen das, und auf Wiedersehen, denkt Saro. Glaubst du eigentlich, daß du es hier mit Jasagern zu tun hast?

»Und wo soll der neue Eingang eröffnet werden?«

»Das weiß ich noch nicht.«

»Das werden sie aber wissen wollen. Was ist denn, wenn unseren Freunden plötzlich in den Sinn kommt, nachzusehen, wie man in die Grotte gelangt, jetzt, wo der Eingang am Botro delle Maghe geschlossen ist?«

»Ich muß einen günstigen Platz finden, und darüber muß ich erst nachdenken. Reiz mich nicht. Ihr habt euch doch in meine Hände begeben, oder nicht?«

»So war das nicht abgemacht.«

»Zum Teufel mit den Abmachungen!« ereifert sich Gambassi, »die Abmachungen waren so lange gültig, wie sich die Situation nicht änderte. Bevor nämlich dieser lästige Araber auftauchte, bevor all diese Gerüchte in Umlauf kamen, bevor sie angefangen haben, mich zu beobachten. Ihr solltet mir dankbar dafür sein, daß ich die Idee mit der Straße hatte. Damit habe ich nämlich nicht nur das Problem gelost, sondern auch Arbeitsplätze für die Leute aus dem Dorf geschaffen. Und was diese Eigeninitiative von Recchi angeht, dafür kann ich doch nun wirklich nichts. Sag das deinen Freunden. Dieser Wirtschaftsweg ist hinter meinem Rücken gebaut worden, wenn ich davon gewußt hätte, hätte ich das niemals gestattet, lieber hätte ich ihn hinausgeworfen, den Herrn Ingenieur. Obwohl er seit dreißig Jahren für mich arbeitet. Sag den Freunden, daß ich ihn nach Libyen geschickt habe. Und überhaupt, die ganze Sache war ja schon vor dem Alleingang von Recchi durch diesen Araber vermasselt worden. Es ist ein Fehler gemacht worden, und ich habe ihn ausgebügelt. Sobald die Gefahr vorüber ist, machen wir die Höhle wieder auf. Das ist doch auch in meinem Interesse, Mensch!«

»Es heißt, es gibt noch einen anderen Eingang.«

»Wer sagt das?«

»Was weiß ich? Gerüchte.«

»Quatsch! Wenn es noch einen anderen Eingang gäbe, würde ich auch den schließen lassen. Vertrauen die Freunde mir nicht mehr? Sie müßten doch eigentlich wissen, wer ich bin!«

Red nur, du Scheißkerl, red nur, flucht Saro innerlich. Glaubst du wirklich, du kannst uns an der Nase herumführen? Der Ägypter hat das Löchlein, von dem du redest und das du uns damals gezeigt und jetzt zugemacht hast, nie gesehen. Er hatte den anderen Eingang entdeckt, den geheimen. Und den kennt jetzt nur noch ihr beiden Scheißkerle. Aber wir werden schon noch aus euch herauskriegen, wie man jetzt in dieses hochgeheime dämliche Sanktuarium kommt, wir werden es aus euch herauspressen, ihr beiden Ekel, ihr Arschlöcher, und bis dahin werden wir euch das Leben schwermachen.

16
»Locus veritatis«

Können Sie sich denken, warum ich Sie hergebeten habe?«

Dottor Rogati ist groß, mager und noch recht jung, aber ebenso wie Scalzi hat er schon reichlich Haare verloren.

»Ja, ich kann es mir denken.« Scalzi kann Idris‹ Namen auf dem Deckel des Aktenbündels lesen, auf dem Rogati, der hinter seinem Schreibtisch steht, sich mit den Hand abstützt.

»Nehmen Sie Platz.«

Scalzi wartet, bis Rogati sich in seinem hochlehnigen Sessel, der aus einer Komödie von Sem Benelli stammen könnte, niedergelassen hat, bevor auch er sich setzt. Der Dottore nimmt die Hand nicht von dem Aktenbündel, das mit Bändern verschnürt ist. Feste Knoten, die dazu bestimmt scheinen, zu verhindern, daß auch nur ein einziges Blatt herausfällt und das Geheimnis sich lüftet. Bei Scalzis Eintreten ist ein Polizeibeamter mit mürrischem Gesicht von seinem Platz hinter einer altertümlichen Schreibmaschine aufgestanden und hat den Raum verlasssen. Rogati ist der einzige bei der Staatsanwaltschaft, der noch nicht mit Computer arbeitet. Zwischen den gebundenen Jahrgängen juristischer Fachzeitschriften auf einem Regal hinter ihm stehen alte Ausgaben eines juristischen Traktats von Thomas Morus, in Pergamenteinbänden.

Scalzi, der eine Leidenschaft für alte Bücher hegt, hat darin jene Theorie gelesen, daß aus der Leiche eines Ermordeten ein Blutstropfen hervorquelle, wenn der Mörder sich ihr nähere.

»Es geht natürlich um Idris Fami«, sagt der Staatsanwalt.

Für Rogati ist der Prozeß gegen Fami sein erster wichtiger Fall. Aus der besitzergreifenden Geste, mit der er immer noch die Hand auf dem Aktenbündel hält, schließt Scalzi, daß er sich dessen bewußt ist und vielleicht auch ein wenig Angst hat.

»Der Kollege vom Amtsgericht in Terontola«, fährt Rogati fort, »hat mir einen Hinweis gegeben. Es geht um neue Beweisstücke, die ich in Augenschein nehmen soll. Aber ich muß die Herkunft dieser Beweisstücke berücksichtigen.«

»Nur zu«, sagt Scalzi kühl.

»Es ist eine ziemlich heikle Angelegenheit …« Der Blick des Staatsanwalts ist ebenfalls kühl.

»Wieso heikel?«

»Die Rolle, die Sie dabei gespielt haben, empfinde ich als peinlich, Avvocato Scalzi. Sie befinden sich in einer unangenehmen Lage: Einerseits sind Sie der Verteidiger, andererseits ein Zeuge.«

»Der verteidigende Anwalt darf nicht als Zeuge aussagen.«

»In diesem Fall schon. Denn hier geht es nicht um Fami, sondern um eine andere Person. Sie waren anwesend, als dieses Mädchen festgenommen wurde, und zwar, weil Sie diesen Koffer in Ihren Besitz bringen wollten. Darüber sollen Sie aussagen.«

»Mitnichten.« Scalzi holt ein Schriftstück aus seiner Tasche und legt es auf den Tisch. »Signorina Bruschini hat mich zu ihrem Verteidiger bestellt. Ich kann keine Aussage über ihre Festnahme machen.«

Rogati preßt die Lippen zusammen und schaut auf das Schriftstück mit der Strafprozeßvollmacht.

»Ein guter Schachzug, Avvocato. Sehr schlau. Aber haben Sie auch in Erwägung gezogen, daß ich Sie anzeigen könnte, weil Sie versucht haben, Beweisstücke zu unterschlagen, die der Wahrheitsfindung dienen können?«

»Welcher Wahrheit?«

»Es gibt nur eine Wahrheit. Es gibt nur einen *locus veritatis*.«

»Glauben Sie?«

»Sie nicht?«

»Der Ort, von dem Sie sprechen, ist metaphysischer Natur, er existiert nicht wirklich«, entgegnet Scalzi.

Es ist sinnlos, sich mit Rogati zu streiten. Seine Welt gehört einem anderen Sonnensystem an. Er ist einer der Jüngsten hier bei der Staatsanwaltschaft, aber seine Ansichten, auf juristischem wie auf allen anderen Gebieten, stammen aus vergangenen Jahrhunderten.

»Wenn meine Arbeit nicht dazu dient, die Wahrheit zu finden«, legt Rogati los, »wozu soll sie dann nützen?«

»Ihre Arbeit und die meine haben das gleiche Ziel. Wir helfen dem Richter dabei, sich seine freie, wohlbegründete Überzeugung zu bilden. Und dieser Richter sind nicht Sie«, betont Scalzi, und er hätte gerne noch ein »Gott sei Dank« hinzugefügt, beherrscht sich aber.

»Aber diese ›freie‹ Überzeugung, wie Sie sie nennen, muß sich doch wohl auf etwas gründen. Wenn nicht auf die Wahrheit, worauf dann?«

»In unserem Beruf muß man in der Lage sein, sich mit Kompromissen zu begnügen. Wir befassen uns mit Fakten, die der Vergangenheit angehören. Tote Dinge, Dottor Rogati. Wir beide tragen mit einer historischen Rekonstruktion zum Prozeß bei: Ihre Version ist dabei nicht lebendiger als meine, nur daß sie den Anspruch erhebt, absolut zu sein. Aber auch dieser Absolutheitsanspruch ist nichts als eine Vermutung.«

»Befassen wir uns also mit den Fakten. Mit den toten Fakten, wie Sie sagen, auch wenn ich diese in Ihrem Fall als peinlich für einen Anwalt bezeichnen würde.« Rogati nestelt an den Knoten des Aktenbündels herum, reißt sich einen Fingernagel ein, lutscht am Finger, öffnet das Bündel und holt einige Blätter heraus. »Aus dem Bericht des Ermittlungsrichters in Terontola geht hervor, daß Corrado Scalzi, in seiner Eigenschaft als Beistand eines gescheiterten Winkeladvokaten, versucht hat, der Justiz ein Objekt zu entziehen, das ein Beweismittel ist. Ich spreche hier nicht von der Beamtenbeleidigung, die eine bedauernswerte Fixerin mit Entzugserscheinungen begangen hat, sondern über den Mord, für den Idris Fami verantwortlich ist.«

»Signor Guerracci ist kein gescheiterter Winkeladvokat, sondern Journalist, und es ist nicht meine Art, mich zum Beistand von wem auch immer zu machen.« Scalzi versucht, selbstsicher zu erscheinen, aber die Tatsache, daß Rogati den Koffer als Beweismittel bezeichnet hat, läßt ihm das Blut in den Adern gefrieren. »Und was den Mord betrifft, steht noch gar nicht fest, ob die Gattin von Idris Fami infolge ihrer Ermordung verschwunden ist. Sie gehen davon aus, daß ein Mord stattgefunden hat, ein Verbrechen, und unterstellen eine Beteiligung meines Mandanten: alles nur Mutmaßungen, für die es keinerlei Beweise gibt.«

»Dann klären Sie mich doch darüber auf, warum der Verteidiger des Beschuldigten der Justiz diesen Koffer entziehen wollte.«

»Ich bin nicht verpflichtet dazu, aber ich sage es Ihnen trotzdem: Dieser Koffer ist Eigentum von Signor Fami, der sich im Gefängnis aufhält und mich beauftragt hat, ihn abzuholen. Die Tatsache, daß man eines Verbrechens beschuldigt wird, heißt nicht, daß man sein Recht auf Eigentum verliert. Solange der bedauernswerte Fall, den wir beide kennen, nicht eingetreten ist, können sowohl Signor Fami als auch sein Beauftragter, also ich, frei über dieses Gepäckstück verfügen. Ihrer Meinung nach soll sich darin ein Beweis für den Mord befinden. Ich weiß weder von einem Mord, noch daß mein Mandant ihn begangen hätte. Und wenn sich in diesem Koffer wirklich ein Beweisstück befindet, woher sollte ich Kenntnis davon haben? Sie wissen genau, daß ich ihn nicht einmal geöffnet habe.«

»Ich fürchte, ich habe eine unangenehme Überraschung für Sie«, grinst Rogati, »Ihr Mandant sitzt in der Klemme.«

Scalzi spürt, wie ihm die Hände feucht werden. Der riesige schokoladenbraune Koffer war groß genug, um eine Leiche darin unterzubringen. Ist es möglich, daß eine verwesende Leiche ein Jahr lang in der Gepäckaufbewahrung eines Bahnhofs liegen kann, ohne Aufmerksamkeit zu erregen? Scalzi könnte sich ohrfeigen, daß er diese Möglichkeit nicht in Betracht gezogen hat. Wie viele ähnlich gelagerte Situationen sind ihm in Prozessen schon untergekommen? Dann aber sagt er sich, daß, wenn die Leiche von Verena in diesem Koffer gewesen wäre, er jetzt nicht in einem Büro der Staatsanwaltschaft sitzen und mit einem Rechtsgelehrten aus dem 17. Jahrhundert über das Geschlecht der Engel diskutieren würde, sondern im Knast, als Komplize des Verbrechens der Unterschlagung einer Leiche.

»Ich ersuche Sie, den Koffer und seinen Inhalt als Asservat bereitzuhalten, wenn Sie die Absicht haben, sich dieser Gegenstände in der Vorverhandlung zu bedienen.« Scalzi ist jetzt wieder ruhiger und geht zum Gegenangriff über. »Ansonsten werden Sie mit einem Einspruch meinerseits rechnen müssen. Auch ich habe das Recht, diese Beweisstücke in Augenschein zu nehmen.«

»Ich werde die Beweisstücke hinterlegen, sobald ich in ihrem Besitz bin. Im Moment braucht sie mein Kollege in Terontola, um den Prozeß gegen Ihre kleine Freundin vorzubereiten.«

Scalzi beschließt mit zusammengebissenen Zähnen, über die »kleine Freundin« hinwegzugehen. »Gestern habe ich eine Erklärung von Ihnen in der Zeitung gelesen. Sie sprechen von einem wichtigen Fund, der meinen Mandanten belasten werde. Sie haben sich so ausgedrückt: ›Meiner Meinung nach sitzt Signor Fami in der Klemme.‹«

»Der Journalist hat mich falsch zitiert.«

»Sonderbar: Er zitiert in wörtlicher Rede den gleichen Satz, den Sie gerade auch zu mir gesagt haben. Ich sehe mich gezwungen, festzustellen, daß das Ermittlungsgeheimnis für den Staatsanwalt nicht gilt. Ein Mitglied der Staatsanwaltschaft erklärt einer Zeitung gegenüber, die Beweise für einen Mord zu haben, und verletzt dabei eine Geheimhaltungspflicht, die nicht einmal ihn betrifft, sondern einen Kollegen eines anderen Gerichtsbezirkes.«

»Was? So soll also ich das Gesetz verletzt haben! ›Der Infame! … Er kann beleidigen und eine Erklärung verlangen … Er kann mit Worten verhöhnen …‹« Rogati kann nicht mal mehr seinen Manzoni richtig zitieren. »Sie wollen also sagen, daß das Recht zu Unrecht wird! Warum sagen Sie nicht, daß Sie überzeugt waren, daß in dem Koffer nur persönliche Dinge, zum Beispiel Wäsche oder eine Zahnbürste waren? Sie wissen nämlich ganz genau, daß Dokumente darin waren, die den Beweis des Verbrechens betreffen! Wenn es Ihnen gelungen wäre, sie in die Finger zu kriegen, was wäre dann wohl aus den Dokumenten geworden?«

Rogati steht auf. Auch Scalzi erhebt sich, jetzt ruhiger: immerhin war in dem Koffer nicht die Leiche.

»Ich habe mich für den Inhalt dieses Koffers ausschließlich in meiner Eigenschaft als Verteidiger von Idris Fami interessiert. Und dieses Interesse galt natürlich nicht irgendwelcher Wäsche oder Toilettenartikeln. Nach der neuen Strafprozeßordnung hat der Verteidiger das Recht, Informationen über die Beweisquellen einzuholen und alle Dokumente einzusehen, die der Verteidigung nützen können.«

»Aber die Unterschlagung von Beweismaterial ist ein Verbrechen!«

»Ich habe nichts anderes getan, als ein Recht in Anspruch zu nehmen, das das neue System mir zugesteht.«

»Ich habe gewußt, daß Sie mir mit dem neuen System kommen würden!« Rogati verzieht angewidert das Gesicht. »*Per inquisitionem iudicis ex officio suo.* Das Recht, Ermittlungen anzustellen, liegt beim Richter, beim Staat, Avvocato Scalzi. Dieses System kenne ich, und auf das neue kann ich verzichten. Und was das Recht des Verteidigers betrifft, in den Beweisen herumzupfuschen, so rate ich Ihnen, sehr vorsichtig zu sein, wenn Sie es mit mir zu tun haben. Denn meiner Meinung nach ist es ein Witz, wenn Privatpersonen sich in Kriminalfälle einmischen! *Ludibrium legis!*

»Herzlichen Dank für den Meinungsaustausch und die Zitate.« Scalzi ist schon an der Tür. »Aber es hat keinen Zweck, in diesem Ton weiterzumachen. Sie und ich, wir sprechen verschiedene Sprachen. Wenn Sie der Ansicht sind, daß ich ein Verbrechen begangen habe, dann teilen Sie mir das mit, es wird sehr unterhaltsam sein zu sehen, wie Sie die Anklage begründen.«

Guerracci, den Rogati ebenfalls herbeizitiert hatte, kommt nach dem Gespräch zu Scalzi in die Bar gegenüber dem Gerichtsgebäude.

»Dieser Staatsanwalt tickt wohl nicht richtig.«

»Was wollte er von dir wissen?«

»Wer mir den Gepäckschein aus Terontola gegeben hat.«

»Und hast du es ihm gesagt?«

»Nicht im Traum, ich habe mich auf meine Journalistenehre berufen. Da ist er in die Luft gegangen: ›*Interest civitati ne crimina remaneant impunita.* Es ist im Interesse des Staats, also der Institution, die ich vertrete – und nicht im Interesse eines Journalisten oder eines hergelaufenen Anwalts!‹ hat er gebrüllt. Der hergelaufene Anwalt bist natürlich du. Dann hat er seinen Sekretär gerufen, ein Typ mit der Fresse eines Bluthunds. Wenn der die Folterinstrumente dabeigehabt hätte, hätte mich das nicht gewundert. Rogati hat ihm eine Erklärung diktiert und sie mich unterschreiben lassen. Dabei hat er immer weiter auf mich eingeredet, daß ich mich in Schwierigkeiten gebracht hätte und ein falsch aussagender Zeuge sei. Alles in allem ist es ganz gut gelaufen. Ich hatte eigentlich damit gerechnet, daß ich im Gefängnis landen würde, um der Bruschini Gesellschaft zu leisten.«

»Die Bruschini hat Glück, daß ihr Prozeß mit dem des Ägypters zusammenhängt. Sie wird bald freikommen. Ich glaube, daß sie freigesprochen werden wird.«

»Renata freigesprochen? Spinnst du, Scalzi? Sie hat ›Arschloch‹ zu einem Carabiniere gesagt und ihn ins Schienbein gebissen ...«

»Ich wette, daß der Staatsanwalt in Terontola höchstpersönlich Freispruch beantragen wird. Ich werde kaum den Mund aufmachen müssen.«

Guerracci starrt den Freund an. »Idris' Koffer! Denkst du daran?«

»Er braucht ihn.« Scalzi deutet auf die Fenster des Gerichtsgebäudes. »In wenigen Tagen ist die Vorverhandlung. Rogati ist ganz wild darauf, die Dokumente aus dem Koffer vor der Verhandlung zu bekommen, aber wenn die Bruschini verurteilt wird und ich in Berufung gehe, bleiben die Dokumente in Terontola, und Rogati hat keine Zeit mehr, sie übersetzen zu lassen. Idris hat doch gesagt, daß viele davon auf arabisch abgefaßt sind.«

»Aber wie soll der Amtsrichter den Freispruch denn begründen? Beamtenbeleidigung und Widerstand gegen die Staatsgewalt sind doch evident!«

»Der Amtsrichter wird sich der Meinung des Staatsanwalts anschließen. Rogati hat da eine Bemerkung fallenlassen. Er hat gesagt, die Bruschini sei eine bedauernswerte Fixerin mit Entzugserscheinungen. Der Staatsanwalt in Terontola wird auf vorübergehende Unzurechnungsfähigkeit plädieren, ausgelöst durch Drogenentzug. Auf Anraten von Rogati natürlich. Rogati ist ein gewitzter Jurist.«

»Die Bruschini wird davon nicht begeistert sein, sie wird sich niemals darauf einlassen, als Verrückte abgestempelt zu werden.«

»Wenn sie aus dem Knast raus will, wird sie gut daran tun, sich mit dem Gedanken anzufreunden.«

17
Das zweite Gesicht

»Niemand mag mich«, flüstert Gertrud Olimpia zu, die am Steuer sitzt. »Oskar zum Beispiel. Mein Kompagnon. Ich glaube, er will mich loswerden.«

»Wovon redest du eigentlich? Oskar ist dir doch sehr zugetan.«

Olimpia versucht zum zweitenmal, einen Lastwagen zu überholen.

»Er belügt mich. Vor einer Woche hatte er mir versprochen, mit mir ins Kino zu gehen, aber im allerletzten Moment ist er dann mit der Ausrede gekommen, er hätte einen Termin mit unserem Johanniskrautlieferanten.«

»Vielleicht hatte er diesen Termin ja wirklich.« Olimpia bremst und fädelt sich wieder hinter dem Lastwagen ein. »Das ist doch schließlich euer Job, oder? Der Verkauf von Heilkräutern.«

»Es ist aber gar nicht die Jahreszeit für Johanniskraut. Es blüht ja noch nicht mal.«

»Johanniskrautblüten«, Olimpia startet den dritten Überholversuch, »benutzt man doch auch getrocknet …«

»Nein. Wenn sie trocken sind, verlieren sie ihre ganze Heilkraft, dann sind sie zu nichts mehr zu gebrauchen.«

»Wahrscheinlich hat er gemeint, daß er den Mann treffen muß, der euch normalerweise mit Johanniskraut beliefert … Dieser blöde Laster! Schau nur, wie der beschleunigt, dieser Blödmann!«

Olimpia bremst und wechselt wieder auf die rechte Spur.

»Es ist immer schrecklich, wenn man versucht zu überholen, und es klappt nicht«, sagt Scalzi vom Rücksitz.

»Der Herr hat nicht mal eine alte Rostlaube, er muß sich ein Auto leihen, und dann muß ich auch noch fahren.« Olimpia packt das Lenkrad und nähert sich mit der Nase der Windschutzscheibe. »Immer wenn er irgendwohin muß, wo man mit öffentlichen Verkehrsmitteln schlecht hinkommt, müssen wir uns in diese Karawane einreihen. Und außerdem habe ich keinerlei Lust, mich in einer Spelunke am Arsch der Welt zu vergiften.«

»Wir fahren nicht an den Arsch der Welt, wir fahren nach Livorno.« Scalzi atmet tief durch, es ist noch einmal gutgegangen, die Schnauze des Lastwagens erscheint endlich im Rückspiegel. »Guerracci hat uns in ein sehr anständiges Restaurant eingeladen.«

Der Wagen, ein R 4, der überhaupt nicht zieht, gehört Gertrud. Olimpia fährt, weil ihre Freundin auf der Autobahn Angst hat. Guerracci möchte den positiven Ausgang des Prozesses in Terontola feiern. Die Bruschini ist gestern aus dem Gefängnis entlassen worden.

Gertrud betrachtet den Teller der Bruschini, in dem kleine weiße Kommas mit schwarzen Punkten schwimmen.

»Die sehen aus wie Sojabohnenkeime«, lächelt Gertrud.

»Das sind keine Keime, das sind Aalbabys. Sie werden in Flußmündungen gefangen. Die Aale paaren sich im Sargassomeer und legen dann die Eier in die Flüsse«, referiert die Bruschini sadistisch. »Dann öffnen sich die Eier, und die kleinen Aalchen begeben sich auf ihre Reise zum Meer. Aber die Fischer lauern schon mit ihren dichten Netzen und fangen sie ein.«

»Die Tierart wird aussterben«, seufzt Gertrud.

»Das ist mir doch egal.« Die Bruschini leert ihr Weißweinglas. »Ich bin bestimmt schon tot, wenn es soweit ist.«

»Wenn du deiner Leber weiter soviel zumutest, könntest du vor deiner Zeit sterben«, säuselt Gertrud freundlich.

»Weißt du, wo ich bis gestern war? Kannst du dir den

Fraß im Bezirksgefängnis von Tarantola vorstellen? Und außerdem, wir Verrückten«, sie blinzelt Scalzi verstohlen zu, »wir leiden doch alle an unersättlichem Appetit. Wußtest du eigentlich, daß ich bekloppt bin?«

Scalzi bläst die Backen auf.

»Stimmt doch, Avvocato«, lächelt die Bruschini säuerlich. »Wie hat der Staatsanwalt sich ausgedrückt? ›*Non compos sui*‹, hat er gesagt. Reif für die Geschlossene. Urteil in drei Minuten: auf Wiedersehen und schöne Grüße zu Hause.«

»Von geschlossener Anstalt war nicht die Rede«, verbessert Scalzi sie pikiert. »Wärst du lieber im Knast geblieben, ohne Bewährung?«

Es ist schon kurz vor Mitternacht, als sie aus dem Restaurant kommen und sich auf den Weg zu ihren Autos machen, die in der Nähe des Fischmarkts geparkt sind. Durch die heruntergelassenen Gitter dringt ein Geruch nach Fisch und Salzlake. Das Meer bewegt kaum wahrnehmbar das Wasser im Fosso Reale, und das Benzin auf der Oberfläche bildet arabeskenartige Muster, wie man sie auf den Vorsatzseiten alter Bücher findet.

Die Bruschini ist ein wenig angetrunken und deprimiert. Sie war nur eine Woche im Gefängnis, aber sie redet wie eine, die schon jahrelang unter Platzangst gelitten hat, immer abends, wenn die Zellentüren geschlossen wurden.

Scalzi wird bewußt, wie spät es ist, und er überlegt sich, wie man die nächtliche Fahrt über die Autobahn mit Olimpia am Steuer vermeiden konnte. Als Guerracci ihnen anbietet, in seinem »bescheidenen Häuschen« zu übernachten, berät er sich mit den beiden Frauen und nimmt das Angebot an.

Von den Stämmen der Eukalyptusbäume löst sich die Rinde in Fetzen. Die Bäume im Garten werfen Schatten auf die Fassade der Villa, die sich scharf gegen den Lichtschein abheben, der aus der geöffneten Haustür fällt. Das »bescheidene Häuschen« hat sich als Villa aus dem 19. Jahrhundert entpuppt, die etwas Unheimliches an sich hat, weil sie ganz vereinzelt in der Ebene zwischen Livorno und Pisa liegt. In der Ferne, hinter den jahrhundertealten Bäumen der Pineta del Tombolo, sieht man die erleuchteten Fenster eines Bummelzugs aufblinken, der in aller Seelenruhe vor sich hin rattert.

Guerracci hat sie darum gebeten, möglichst leise zu sein, damit seine Mutter nicht aufwacht, und so steigen sie auf Zehenspitzen die Treppe hinauf.

Am Ende des Flurs öffnet sich eine Tür, und im hellerleuchteten Türrahmen erscheint eine alte Dame im Nachthemd.

»Amerigo, bist du's? Oh, du hast Besuch mitgebracht, wie ich sehe.« Die Signora rafft ihr Nachthemd am Hals zusammen und betrachtet die Gäste genauer. »Wer ist das hübsche Mädchen mit den roten Haaren?«

»Das ist doch Renata, Mama …«

»Bitte deine Freunde in den Salon. Ich ziehe mir nur schnell etwas über, dann komme ich nach.«

»Nein, Mama, es ist schon sehr spät …«

»Was heißt hier spät! Ich mache euch einen Kräutertee.«

Der Salon ist voller Antiquitäten und Gemälden bekannter Künstler. Schau an, der alte Revoluzzer, denkt Scalzi.

Die Bruschini holt aus einem Barschrank eine Kristallkaraffe und schenkt sich einen doppelten Whisky ein.

»Gib mir auch einen«, sagt Guerracci, »und ihr?«

»Ich warte auf den Tee Ihrer Mutter«, sagt Gertrud.

Signora Guerracci serviert den Kräutertee in Ginori-Tassen. Sie strahlt eine leicht nachlässige Eleganz aus. Sie hat sich die grauen Haare gerichtet, die offen und lang auf den Samt ihres Morgenmantels fallen, und sie hat sogar die Zeit gefunden, eine reichliche Portion Rouge auf ihre faltenlosen Wangen aufzutragen, obwohl sie, über den Daumen gepeilt, schon über Achtzig sein muß. Ihr stolzer, ironischer Blick erinnert Scalzi an die Lautenspielerin auf dem Fresco von Buffalmacco im Camposanto von Pisa.

»Also, Amerigo«, sagt Signora Guerracci und läßt sich in einen Sessel sinken, »nun sag mir erst einmal, wer all diese hübschen Damen sind.«

Guerracci stellt Olimpia und Gertrud vor.

»Und das Mädchen mit dem wundervollen roten Haar, wer ist das?«

»Das ist Renata, Mama«, seufzt Guerracci.

»Du ähnelst einem Gemälde von Dante Gabriele Rossetti, weißt du das, meine Liebe?« lächelt Guerraccis Mutter.

»Das haben sie mir schon einmal gesagt, Signora.«

»Und wer ist dieser ernste Herr?«

»Corrado Scalzi. Er ist Anwalt.«

»Aus der Familie Degli Scalzi aus Pratovecchio? Ich kenne die Degli Scalzi, sie haben ein wunderbares Anwesen im Casentino …«

»Nein, Signora, ich bin aus Florenz.« Scalzi stellt die Tasse mit dem Kräutertee, der sonderbar nach Gummi schmeckt, auf ein Tischchen.

»Und Sie sind Anwalt?«

»Ja.«

»Strafsachen?«

»Ja, Signora.«

»Euch Strafverteidigern haftet immer etwas von der Atmosphäre des Gerichts an. Mein Vater war nämlich auch Strafverteidiger, in Pisa. Sie sind der Anwalt dieses Typen, der seine Frau umgebracht haben soll, nicht wahr?« Signora Guerracci schaut ihren Sohn verschmitzt an. »Amerigo läßt immer alles herumliegen, ich habe jede Menge Zeitungen gefunden, und in allen stand etwas über den Fall. Mein Vater hat im Jahre fünfundzwanzig …«

»Nein, Mama, bitte …«, unterbricht Guerracci sie, »wir sind sehr müde …«

»Na ja, wenn ihr so müde seid …«, schmollt seine Mutter.

»Wir sind überhaupt nicht müde«, mischt Gertrud sich ein, die Guerraccis Mutter seit geraumer Zeit merkwürdig intensiv betrachtet, so daß die alte Dame schon unangenehm berührt sein könnte. Diese hingegen erwidert Gertruds Blick mit gleicher Intensität.

Das Haus der Signora Guerracci – es ist nämlich *ihr* Haus und nicht das ihres Sohnes, das merkt man gleich – ist voller Gegenstände, die im Laufe der Jahrhunderte mit Sorgfalt ausgewählt und zusammengetragen wurden. Neben einem Gemälde von Viani hängt ein Gruppenbild mit dem Künstler, aufgenommen am Hafenbecken in Viareggio. Die Frauen tragen weite Gewänder, die Herren leichte Anzüge, und im Hintergrund ist ein Segelschiff zu sehen. Inmitten der Gruppe steht ein wunderschönes junges Mädchen mit verschmitzter Ausstrahlung: es ist Guerraccis Mutter, das erkennt man sofort.

Die Signora spricht das Toskanisch von Pisa, ihr Tonfall ist weich und elegant. Sie verströmt einen zarten Duft nach Alpenveilchen und die Atmosphäre einer Zeit, als die feinen Damen das Gute und Schöne dieser Welt noch maßvoll zu genießen verstanden.

»Sie sind ein so sympathischer Mensch«, sagt Signora Guerracci zu Gertrud. »Was für nette Leute hast du mir heute abend mit nach Hause gebracht, Amerigo, ich bin dir wirklich sehr dankbar! Ach ja, ich wollte sagen, daß mein Vater im Jahre fünfundzwanzig vor dem Schwurgericht einen Herrn verteidigt hat, der des Mordes an seiner Frau angeklagt war. Aber er war unschuldig, und es ist meinem Vater gelungen, seinen Freispruch zu erwirken. Die Geliebte des Mannes hatte seine Frau umgebracht. Das war eine fette Frau vom Dorf. Und wissen Sie, was sie als Tatwaffe benutzt hat? Raten Sie mal, Avvocato Degli Scalzi.«

»Keine Ahnung, Signora.«

»Einen Vogelkäfig. Da wären Sie sowieso nie darauf gekommen, ich habe auch nur zum Scherz gefragt. Das Opfer war mißtrauisch. Die Frau führte ein tristes, sehr zurückgezogenes Leben. Wenn ihr Mann zur Arbeit ging, dann schloß sie die Tür ab und legte eine Kette vor. Und wenn jemand anklopfte, öffnete sie die Tür gerade so weit, wie die Kette es zuließ. Die Mörderin, die dicke Vettel vom Lande, kam mit einem Vogelkäfig an die Tür, der mit einem Tuch bedeckt war. Es war einer von diesen großen Käfigen in Form einer Pagode, wissen Sie, was ich meine? Sie gab vor, Modistin zu sein und einen Damenhut zur Anprobe zu bringen. Damals waren sehr große Hüte in Mode. Und die bemitleidenswerte Frau war natürlich neugierig, was da wohl unter dem Tuch sein mochte, und sie fühlte sich schon geschmeichelt, weil sie dachte, der Hut sei womöglich ein Geschenk ihres Mannes. Also nahm sie die Kette weg und öffnete die Tür. Das gräßliche Weib betrat das Haus und brachte sie auf grauenvolle Weise um: Sie erwürgte sie mit ihren Händen und hängte die Leiche dann an einen Haken in der Küche, damit es so aussehen sollte, als habe sie sich aufgehängt. Wissen Sie, Avvocato«, Signora Guerracci lächelt bescheiden, »wer den Verteidiger, also meinen Vater, darauf aufmerksam gemacht hat, daß die Dinge sich so abgespielt haben mußten? Ich, obwohl ich damals noch ein kleines Mädchen war. Das fette Weibsstück hatte nämlich den zugedeckten Vogelkäfig auf dem Tisch stehenlassen, und darin lag der Kanarienvogel, tot, mit eingeschlagenem Kopf. Dieses ungewöhnliche Detail war mir aufgefallen. Ich bin schon immer der Ansicht gewesen, daß, wenn man ein Verbrechen aufklären will, man bei dem Detail anfangen muß, das sonst niemandem auffällt, weil es zu abseitig erscheint. Die Dicke stammte aus einem Dorf in der Maremma, einem dieser Orte, in denen sich die Grausamkeit der alten Etrusker erhalten hat. Die Etrusker waren ein wundervolles Volk, aber eben auch sehr grausam. Avvocato, kennen Sie die Malerei in der Tomba degli Auguri in Tarquinia? Die Darstellung dieses wilden Hundes, der gerade einen armen Mann mit Kapuze zerfleischen will? Dieses Verbrechen kam mir heidnisch, ja fast wie Götzenkult vor, und ich hatte das Gefühl, daß es seinen Ursprung ganz tief in der Vergangenheit haben müsse, in Wurzeln, die noch älter sind als die Etrusker: in der Alten Religion der steinzeitlichen Wälder …«

»Bitte, Mama, für den Vortrag über die Alte Religion ist es jetzt wirklich zu spät«, unterbricht sie Guerracci.

»Was ist denn bei eurem Verbrechen das ungewöhnliche Detail?« fährt seine Mutter ungerührt fort.

»Schwer zu sagen, Signora«, meint Scalzi. »Falls überhaupt ein Verbrechen geschehen ist. Bis jetzt ist das gar nicht sicher.«

»Meiner Meinung nach müßte man bei ihr anfangen, bei Verena. Sie ist Weißnäherin, die Arme. Sie sind so begabt, die Florentiner Weißnäherinnen, und es gibt nur noch so wenige davon. Verena ist bestimmt ein guter Mensch, und ich kann mir vorstellen, wie verloren sie sich an der Seite eines Mannes gefühlt haben muß, der so ganz anders war als sie, so wenig verständnisvoll und so gefühllos, er ist groß und kräftig, nicht wahr? Sie dagegen ist klein und pummelig. In der Zeitung ist ein Foto von ihr … wo hab ich die denn nur hingetan?«

Signora Guerracci steht auf und wühlt in zahlreichen Papieren, die auf einem Sekretär mit Pietra-dura-Einlegearbeiten liegen. Gertrud starrt sie immer noch eindringlich an. Sie ist eigentlich eine hübsche Frau, solange sie nicht so ein komisches Gesicht macht wie jetzt: Sie hat den Kopf in den Nacken gelegt, den Mund geöffnet und das Kinn vorgeschoben. Guerracci scheint angespannt, und die Bruschini, die ausgestreckt auf einem Sofa liegt, nimmt gerade einen weiteren Schluck Whisky. Von draußen hört man den Ruf der Schleiereulen.

»Da ist sie ja.« Die alte Dame setzt sich wieder, in der Hand die Zeitung mit dem Bild von Verena Mammoli. »Was kann ein Foto nicht alles aussagen! Warum hat sie ihn nur geheiratet? Was wollte Verena denn bloß von einem wie ihm?«

Sie klopft mit den Fingern auf die Zeitung, die schließlich zu Boden fällt. Gertrud hebt sie auf, wobei sie Signora Guerracci unverwandt anstarrt. Dann legt sie den Kopf auf die Rücklehne ihres Sessels und schließt die Augen. Die alte Dame beugt sich vor und betrachtet Gertruds Gesicht. Scalzi hat den Eindruck, daß sie ihr etwas zuraunt. Gertrud wird ganz steif, ihre Hände zerknüllen die Zeitung, sie öffnet den Mund und schnappt nach Luft.

»Können Sie sie sehen?« flüstert Signora Guerracci.

»Mein Gott«, haucht Gertrud, »mein Gott!«

»Sie können sie sehen! Das habe ich gleich gemerkt, schon als wir uns das erstemal angeblickt haben«, sagt Guerraccis Mutter und berührt Gertruds Hand. »Ihre Hand ist ganz kalt! Sie kann weit sehen. Was siehst du, meine Liebe?«

»Zwingt mich nicht, es zu sagen … mein Gott!« Gertrud fängt an zu zittern.

»Nein!« Olimpia geht zu ihrer Freundin hinüber und versucht, ihr die Zeitung aus den Händen zu reißen. »Sie hat Schmerzen!«

Gertrud hält das Blatt fest und preßt es gegen ihre Brust.

»Was geht hier eigentlich vor?« Scalzi verliert allmählich die Geduld.

Gertrud läßt den Kopf nach vorn fallen und verharrt so, mit dem Kinn auf der Brust, stocksteif und kalkweiß.

Olimpia kniet sich an ihre Seite und versucht, ihr einen Schluck Tee einzuflößen. Signora Guerracci streichelt Gertruds Hand.

»Sie ist ohnmächtig geworden«, sagt die Bruschini, die ebenfalls zu Gertrud hinübergegangen ist. »Bringen wir sie in die Küche, da ist die Luft frischer.«

Guerracci ist bestürzt und weiß nicht, was er machen soll. Er steht hinter den Frauen, die sich um die Bewußtlose bemühen. Die Bruschini ist die energischste von ihnen: klatsch, klatsch, klatsch, schlägt sie Gertrud auf beide Wangen.

»Überlassen Sie das uns, Avvocato«, sagt die Bruschini zu Scalzi, der aufgestanden ist, um zu helfen, »wir verrückten Hühner schaffen das schon.«

Olimpia und die Bruschini heben Gertrud ruhig und gefaßt hoch. Als die Damen aus der Tür sind, fängt ein Holzwurm an, vernehmlich an einem Möbelstück zu knabbern.

»Also wirklich«, Scalzi wirkt entnervt, »was ist denn das nun wieder für eine Geschichte?«

»Das fragst du mich?« sagt Guerracci. »Diese Deutsche ist doch schließlich deine Freundin.«

»Nicht meine, die Freundin von Olimpia. Aber deine Mutter hat ihr das Foto gezeigt. Es war wirklich nicht nötig, ihr alles über den Fall zu erzählen.«

»Niemand hat ihr etwas erzählt. Sie liest alles, was im Hause herumliegt. Sie hat einen Narren an Famis Geschichte gefressen, seit einer Woche spricht sie von nichts anderem.«

Guerracci geht in die Nähe der Küche, aus der man die Frauen reden hört, wie aus einem Krankenzimmer, dann kommt er zurück in den Salon.

»Es geht ihr besser, sie unterhalten sich schon wieder.«

»So was gefällt mir nicht«, sagt Scalzi. »Übersinnliches geht mir auf die Nerven.«

»Meine Mutter hatte schon immer eine Leidenschaft dafür. Die beiden haben sich gleich gefunden, Mama und diese Deutsche. Du wirst es nicht glauben, aber manchmal trifft meine Mutter wirklich ins Schwarze. An dem Tag, bevor wir uns im Zug getroffen haben, hat sie erzählt, sie hätte geträumt, daß ich einen Freund treffen würde, mit dem ich in der Folge in eine sehr gefährliche Situation geraten würde.«

»Und wer soll dieser Freund sein?«

»Du. Am nächsten Tag habe ich dich im Zug getroffen.«

»Und was sagt deine Mutter über die gefährliche Situation?« fragt Scalzi in gespielt besorgtem Tonfall. »Werden wir es schaffen?«

»Wenn es dich interessiert, kann ich sie ja fragen.«

Es ist schon nach drei, als Olimpia und Scalzi endlich in einem geräumigen Zimmer, in dem es muffig riecht, im Bett liegen. Dieses Bett ist ein Exerzierplatz mit einem wunderbaren Kopfende, das mit Amoretten und blauen Blumen aus Capodimonte-Porzellan verziert ist. Olimpia kann nicht einschlafen. Sie hält sich ein Buch vor die Nase, aber ihr Blick geht ins Leere.

»Ich mache mal das Licht aus«, schlägt Scalzi vor.

»Mit diesem Fami hast du wirklich eine harte Nuß zu knacken«, sagt Olimpia ernst.

»Ich weiß.«

»Ja, das weißt du. Aber du weißt nicht, wie hart sie ist. Du wirst eine Reise übers Meer machen müssen. Aber wenn ich du wäre ...«

»Ich würde vorschlagen, wir schlafen jetzt, ja?« Scalzi drückt den Knopf an dem alten, birnenförmigen Schalter aus Bakelit.

Trotz der Dunkelheit können sie immer noch nicht schlafen. Scalzi hat die vier Frauen in der Küche tuscheln hören. Gertrud hat ununterbrochen geflüstert, und Madame Guerracci hat einen komischen Satz gesagt: »Sieh mal einer an! Das ist ja wirklich interessant! Und wo sollen diese Kinder sein?«

»Ich werde Rogati einen Tip geben.« Scalzi berührt mit seinem Fuß den von Olimpia. »Und er wird euch wegen Hexerei alle vor dem Bargello verbrennen lassen. Außer der Bruschini: die ist zu hübsch.«

»Bin ich etwa nicht attraktiv genug?« platzt Olimpia heraus.

»Doch, du bist auch schön«, sagt Scalzi. »Ich werde Rogati auch von dir nichts sagen.«

»Wer ist Rogati?«

»Der Staatsanwalt im Fami-Prozeß. In zwei Tagen, jetzt kann man schon morgen sagen, ist die Vorverhandlung, und ich muß mich noch einmal mit dem Angeklagten treffen. Dazu muß ich nach Callasicano. Er ist gestern dorthin verlegt worden.

18
Vor dem Richterzimmer

Idris sitzt zwischen zwei Carabinieri und verbirgt die Fesseln um seine Handgelenke unter einer Dokumentenmappe. Guerracci zeigt ihn gerade einem Fotografen. Auf der gleichen Bank sitzen, ein wenig abseits, noch andere Gefangene, und eine ganze Reihe Carabinieri bewacht sie.

Scalzi tritt aus dem Aufzug und sieht sich Guerracci gegenüber, der ihm den Weg abschneidet.

»Ich muß mit dir reden.«

»Später. Ich will noch kurz was mit Idris besprechen.«

»Nicht später, sofort. Es ist wichtig.«

Eine Sträflingsprozession kommt die Treppe herunter, vorneweg der Zugführer und hinter ihm die Gefangenen mit langen Bärten und finsteren Gesichtern. Sie werden von einer Kette zusammengehalten wie von einem ausziehbaren Spieß. Die Nachhut bilden die übrigen Beamten der Eskorte. Die Vorhalle ist voller Leute. Heute morgen halten viele Richter ihre Vorverhandlungen ab. Guerracci schleift Scalzi vor ein Fenster, durch das man auf die Hügel von Fiesole blickt.

»Erinnerst du dich, daß ich dir von Idris' Aufenthalt in der Maremma erzählt habe?« Guerraccis Stimme ist erregt.

»Ja, du sprachst davon. Und?«

»Meine Hypothese mit Libyen hat vielleicht doch nichts mit dem Fall zu tun. Du kannst sie vergessen.«

»Ich hatte überhaupt nicht mehr daran gedacht.« Scalzi steht wie auf glühenden Kohlen, die Verhandlung beginnt in wenigen Minuten, und Idris bedeutet ihm nun schon zum zweitenmal, daß er herüberkommen soll.

»Aber es könnte eine andere Spur geben. Ich habe die Information gestern bekommen«, sagt Guerracci. »Erinnerst du dich, daß Fami in der Nähe von Sovana ein Haus gemietet hatte? An einem Strand in der Gegend hat im Sommer des Jahres 1980 ein Mädchen Urlaub gemacht, die jetzt Patientin einer Freundin von mir ist. Diese Freundin ist Psychiaterin in einer Nervenheilanstalt namens »Tetti rossi« in der Nähe von Siena. Sie hat mich angerufen und gemeint, daß sie einiges über diesen Aufenthalt von Idris weiß, ihre Patientin habe ihr davon erzählt. Sie hat gesagt, daß der Ägypter und ihre Patientin danach ein Abenteuer in Wien hatten ...«

»Ich habe keine Zeit, mir Geschichten aus dem Wienerwald anzuhören.« Scalzi versucht zu entfleuchen, aber Guerracci hält ihn fest.

»Es ist wichtig, Corrado. Es paßt zu dem Vorfall in Pianoro. Im Herbst 1980 haben Idris und diese Patientin, die damals noch im Vollbesitz ihrer geistigen Kräfte war, etruskische Ausgrabungsstätten besichtigt. Sie hatten einen Auftrag, sagt die Psychiaterin, der über jedes normale archäologische Interesse hinausging. Und in Wien soll Idris dann ein Dokument gehabt haben, eine Art Lageplan ...«

»Ja, klar: den Plan mit dem Schatz.«

»Hör mir zu. Es gibt einen Zusammenhang zur 'Ndrangheta. Dieses Mädchen, das meine Freundin behandelt, ist nach der Geschichte mit Idris die Geliebte eines Typen von der 'Ndrangheta geworden, einem Boß, der als Tarnung Olivenöl aus der Produktion seiner Mutter verkaufte und der sie kokainabhängig gemacht hat.«

»Ich komme!« ruft Scalzi Idris zu, der ihn ungeduldig beobachtet.

»Du mußt zusehen, daß die Verhandlung verschoben wird! Es war doch einer von der 'Ndrangheta, der in Pianoro zu dir gesagt hat, du solltest keine Komplikationen suchen, oder? Dieses Mädchen stammt aus einer adligen Familie, sie ist eine Marchesa, und sie wird von ihrem ehemaligen Liebhaber erpreßt. Deshalb hat meine Freundin mich angerufen.«

»Aber was hat das mit Fami zu tun?«

»Es sieht so aus, als ob auch Famis Geschichte etwas mit den Machenschaften des organisierten Verbrechens zu tun hat. Die Dottoressa hat es nur angedeutet. Sie weiß selbst nicht allzuviel. Morgen fahren wir hin und reden mit ihrer Patientin. Laß dir einen Einspruch einfallen, Corrado, einen Formfehler, sieh zu, daß du Zeit gewinnst.«

»Ich soll da reingehen«, Scalzi deutet mit dem Kopf auf die geschlossene Tür des Richterbüros, »eine Vorverhandlung verschieben lassen und damit auch die mögliche Freilassung meines Mandanten, nur weil eine psychopathische Kokainabhängige mit einem Ölhändler in der Kiste war?«

»Die Komplikationen, Scalzi! Der Ray-Ban-Typ hat dir angedroht, er werde dich daran hindern, in Richtung auf gewisse Komplikationen zu recherchieren. Und jetzt haben wir eine glaubwürdige Quelle und eine interessante Spur. Es sieht so aus, als ob Fami während seines Aufenthaltes in Sovana …«

»Es sieht so aus, was? Kannst du dich erinnern, was ein Strafverfahren ist? Hast du überhaupt noch einen blassen Schimmer davon? Schöne Grüße an die Dottoressa. Guerracci, die Frauen werden eines Tages dein Ruin sein.«

Scalzi geht hinüber zu Fami. »Also, wir machen es so, wie wir gestern in Callasicano besprochen haben: keine Aussage.«

»Avvocato, ich möchte dem Richter aber gerne erläutern …«

Idris versucht trotz der hinderlichen Handschellen die Dokumentenmappe zu öffnen, aber Scalzi zwingt ihn, sie wieder zu schließen. »Nein. Jetzt ist es zu spät, um es sich anders zu überlegen. Stummfilm. Sie haben schon genug Widersprüchliches dem Staatsanwalt gegenüber ausgesagt. Und wie wir bei der Hauptverhandlung vorgehen, wenn es überhaupt zur Hauptverhandlung kommt, das sehen wir dann.«

19
Vorverhandlung

»Was soll das heißen, Sie verweigern die Aussage?« Dottor Rogati knallt seine Brille auf die Akten. »Ist Ihnen bewußt, daß Sie des Gattenmords beschuldigt werden? Haben Sie ihn über die Strafe aufgeklärt, Avvocato, die unser Gesetz für ein solches Verbrechen vorsieht? Möchten Sie, daß wir einen Dolmetscher kommen lassen, Signor Fami? Vielleicht haben Sie ja Schwierigkeiten mit unserer Sprache ...?«

»Signor Fami spricht perfekt Italienisch«, erwidert Scalzi. »Er macht keine Aussage, weil er keine machen möchte, und er möchte keine Aussage machen, weil ich ihm dazu geraten habe. Dottor Rogati, mischen Sie sich gefälligst nicht in meine Arbeit ein.«

»Ich tue nur meine eigene Arbeit, wenn Sie gestatten.«

»Sie versuchen, auf meinen Mandanten einzuwirken, damit er eine Aussage macht.«

»Signor Fami«, der Staatsanwalt beugt sich vor und schaut an Scalzi vorbei, der zwischen ihnen vor dem Tisch des Richters sitzt, dem Angeklagten ins Gesicht, »wissen Sie, daß unser Gesetz für vorsätzlichen Mord eine lebenslange Zuchthausstrafe vorsieht? Hat man Sie davon in Kenntnis gesetzt?«

»Signor Fami hat einen Anwalt! Und es ist Aufgabe dieses Anwalts, ihm das Gesetz zu erklären! Sie versuchen ihn einzuschüchtern!«

»Richter«, platzt Rogati heraus, »sagen Sie Avvocato Scalzi, er möge einen anderen Ton anschlagen.«

»Ich spreche in dem Ton, der mir angemessen erscheint.«

»Was fällt Ihnen überhaupt ein, so mit mir zu reden?«

»Meine Herren, bitte mäßigen Sie sich, beide.« Der Ermittlungsrichter hebt die Augen zum Himmel, als ob von dort Hilfe zu erwarten sei. »Wenn Sie sich schon bei der Vorverhandlung so aufführen, wie soll das dann erst im Schwurgericht werden?« Er registriert, daß Scalzi erstarrt, und will ihn sofort beruhigen: »Das habe ich nur so gesagt. Die Möglichkeit besteht ja immerhin. In Ordnung, Avvocato Scalzi? Bitte, verstehen Sie diese Bemerkung nicht als Vorgriff auf meine Entscheidung; ich weiß, daß Sie in dieser Hinsicht sehr empfindlich sind. Ich habe in rein hypothetischem Sinne gesprochen.«

Scalzi weiß sehr gut, daß es sehr unwahrscheinlich ist, in dieser Phase, nach Abschluß der Voruntersuchung, einen Freispruch zu erwirken. Das einzige, was er, realistisch betrachtet, heute erreichen kann, ist die Haftentlassung seines Mandanten. Es wird zum Prozeß kommen, das ist so gut wie sicher, aber es gibt nicht genug Indizien, um den Beschuldigten in Haft zu lassen.

»Schön«, schließt der Richter, »Signor Fami macht also keine Aussage. Dagegen ist nichts einzuwenden, das ist sein gutes Recht. Wir können also zur Erörterung übergehen. Sie haben das Wort, Dottor Rogati.«

Rogati blättert demonstrativ uninteressiert, ja fast gleichgültig in seinen Akten. Er beginnt mit sehr leiser Stimme, wie um deutlich zu machen, daß er diese ganze Prozedur für absolut überflüssig hält und der Ausgang der Verhandlung für ihn bereits feststeht. Er läßt seinen Blick über den Tisch des Richters schweifen, über die in einem Ständer aufgereihten Pfeifen und einen Silberrahmen mit einem Foto, das ein lachendes Geschwisterpaar am Strand zeigt. Sein ganzes Verhalten deutet darauf hin, daß er die Gewöhnlichkeit dieses engen Büros, in dem so gar keine würdevolle Atmosphäre herrscht und in dem er gezwungen ist, im Sitzen und ohne Robe zu sprechen, als wenig anregend empfindet. Er hockt auf der Kante seines Stuhls. Einzelne

Blätter aus seiner Akte liegen auf dem Rand des Tisches, kurz davor, herunterzufallen.

Rogati spricht fast beiläufig über die Ehe, die Reise, das Verschwinden Verenas. Er erwähnt den Verkauf des Hauses nach Idris' Rückkehr nach Italien. »Als ob er es nicht mehr brauchen würde, weder für sich noch für seine italienische Frau«, wobei er das vorletzte Wort auf merkwürdige Weise betont. Dann spricht er gleichgültig über die Postkarten aus Ägypten und erwähnt flüchtig ein von ihm eingeholtes Gutachten, wonach Verenas Unterschrift gefälscht sei. Rogati vermittelt den Eindruck, als haben für ihn all diese Details keinerlei Bedeutung. Er erwähnt nicht einmal das Foto, das Idris und Verena an Bord eines Bootes auf dem Nil zeigt. Aber dieses Foto gibt es, eine Zeitung hat es veröffentlicht, und zum Zeitpunkt seiner Festnahme trug Idris es in seiner Brieftasche.

Er hat gar nicht verstanden, wo das Problem liegt, denkt Scalzi. Seit ihrem Abflug vom römischen Flughafen Fiumicino, wo eine Freundin der Familie sie zufällig getroffen hat, der sie erzählte, daß sie auf dem Weg nach Ägypten sei, ist Verena von niemandem mehr gesehen worden, weder lebendig noch tot, außer von Idris, der bei seiner Verhaftung behauptete, daß sie in Alexandria eingetroffen und nach einem Streit wieder abgereist sei. Aber die Aussagen des Beschuldigten dürfen nicht berücksichtigt werden. Bevor man behaupten kann, daß sie in Ägypten gestorben ist und daß er sie dort umgebracht hat, muß man erst einmal beweisen, daß sie überhaupt in dem Land angekommen ist. Und daher ist das Foto im Boot auf dem Nil wichtig. Warum erwähnt Rogati es nicht einmal? Kann es sein, daß er es vergessen hat? Der Staatsanwalt schließt schweigend seine Akte und verknotet sorgfältig die Bänder. Dann schiebt er das Bündel auf dem Tisch von sich weg. Der Richter schaut ihn verwundert an. Er fragt sich anscheinend dasselbe wie Scalzi: schon fertig? Ist das sein Ernst? Die Fakten, die er gerade aufgezählt hat, sollen als Indizien für eine Mordanklage reichen?

»Ich kann mir schon denken, wie die Verteidigung argumentieren wird.« Rogati öffnet seine Aktentasche und zieht einen gelben Umschlag hervor, den er auf seine Knie legt. »Sie wird sagen, daß die Voraussetzungen für eine Mordanklage nicht gegeben sind. Wie im Fall Leonetto, nicht wahr, Avvocato Scalzi? Der Verteidiger wird den alten Fall jenes Angeklagten aus der Mottenkiste holen, der seinen Bruder umgebracht haben sollte, dessen Leiche man nie fand. Dann vergehen ein paar Jahre, und plötzlich taucht der Bruder wieder auf, frisch wie ein Fisch im Wasser. Das ist doch mehr oder weniger das Liedchen, nicht wahr? Das kennen wir schon, Avvocato Scalzi, wir kennen es auswendig, die Mühe können Sie sich also sparen. Auch, weil es hier absolut unpassend wäre. Denn wir haben eine Leiche.«

»Ach ja?« Scalzi tut gleichgültig. »Und wo soll die sein? In diesem Umschlag?«

»Fein beobachtet, Avvocato!« Rogati öffnet den Umschlag und breitet ein Blatt auf dem Tisch aus. »Genau hier! Aufgrund glücklicher Umstände ist es meiner Behörde gelungen, in den Besitz einiger Dokumente zu gelangen. Hier steht es: ›Im Namen des allmächtigen, barmherzigen Gottes‹ das ist der Anfang. Es handelt sich um einen Brief. So fangen Briefe an, die aus Ländern stammen, wo der Gott, den man da lobt, Allah ist, wohlverstanden, nicht derjenige, in dessen Namen Signor Fami sich hat taufen lassen, womit er ein Sakrileg beging.«

»Das ist nicht Gegenstand der Anklage.«

»Was ist nicht Gegenstand der Anklage?« fragt der Staatsanwalt.

»Das Sakrileg, das *crimen majestatis*, ist nicht strafbar, soviel ich weiß. Ich glaube, daß es seit ungefähr ein paar Jahrhunderten nicht mehr im Strafgesetzbuch vorkommt.«

Rogati zuckt mit den Schultern: »›Mein über alles geliebter

Mann«‹, liest er weiter, »›ich kann ohne Dich nicht leben‹, etcetera, etcetera. Wissen Sie, wer das geschrieben hat? Die Gattin des Signor Fami, aber nicht Verena Mammoli, sondern seine Ehefrau in Ägypten, die ungeduldig die Rückkehr ihres Mannes in den Schoß der Familie erwartet. Im folgenden werden verschiedene Begebenheiten geschildert, die hier nicht von Interesse sind: Es geht zum Beispiel um den Sohn – ach ja, es gibt auch einen Sohn, der es gar nicht erwarten kann, den geliebten Vater wieder in die Arme zu schließen. Und dann hier: ›Heute nacht konnte ich nicht schlafen, denn sobald ich die Augen schloß, erschienen mir schreckliche Dinge. Wie im Traum sah ich einen Mann, dem man die Haut abgezogen und den man dann aufgehängt hatte, und ich mußte an die *amene* denken, die unter der Erde liegt …‹ Warum war die Dame nur so aufgeregt? Hier folgt die Erklärung: ›Gestern habe ich getan, womit Du mich beauftragt hattest. Es war die schwierigste Aufgabe in meinem ganzen Leben. Was hatte ich für eine Angst, mein über alles geliebter Mann … Ich bin zum Kiesbett des Flusses gegangen, in der Nähe des Hauses von Ovasan …‹ Es folgt die genauere Beschreibung der Gegend. ›Du kennst den Ort, aber eine Überschwemmung und eine Windhose haben ihn verändert, und ich hätte nicht gedacht, daß es so mühsam wäre, im Schlamm zu graben. Aber schließlich habe ich es geschafft. Ich habe die *amene* herausgeholt.‹ Und was ist diese *amene*? Wörtlich übersetzt bezeichnet das Wort etwas, das man in Obhut bekommen hat. Mohammed, zum Beispiel, wurde von Allah das Gesetz in Obhut gegeben, so wie Moses auf dem Berg Sinai die Gesetzestafeln erhielt. Aber die *amene*, von der die Dame hier schreibt, ist etwas anderes. Sehen wir weiter …«

»Auf keinen Fall!« unterbricht ihn Scalzi. »Sie dürfen dieses Zeug nicht vorlesen! Herr Richter! Die Verteidigung kennt die Dokumente nicht, die der Staatsanwalt …«

»Gestatten Sie mir, das zu bezweifeln«, knurrt Rogati.

»Es stimmt, daß ich die Dokumente der Verteidigung noch nicht zur Verfügung gestellt habe, aber ich vermute, der Verteidiger hat sich über verschlungene und illegale Wege bereits Kenntnis von ihrem Inhalt verschafft. Machen wir uns doch nichts vor. Wie auch immer, da ich sie bis heute noch nicht zu den Akten genommen habe – und das konnte ich nicht, weil ich sie noch nicht hatte –, lege ich sie eben jetzt vor. So hat alles seine Ordnung.«

»Von wegen Ordnung. Ich erhebe Einspruch gegen diese Dokumente, nehmen Sie das zur Kenntnis, Herr Richter.«

»Wie begründen Sie Ihren Einspruch, Avvocato?« schnaubt Rogati.

»Woher stammt dieser Brief? Sie behaupten, von der ägyptischen Ehefrau des Beschuldigten. Aber wer ist diese Frau? Wer hat sie jemals gesehen? Einspruch, Herr Richter, wegen Formfehler. Der Staatsanwalt hat die Absicht, ein Dokument zu den Ermittlungakten zu nehmen, dessen Provenienz nicht geklärt ist. Die Prozeßordnung gestattet nicht, daß die Parteien sich anonymer Schriften bedienen, die ein Scharlatan überraschend aus dem Hut zieht.«

»Überraschend?« platzt Rogati heraus. »Die Überraschung haben Sie uns schließlich bereitet, Avvocato, indem Sie nach Terontola geeilt sind, um der Justiz überaus wichtige Beweisstücke vorzuenthalten! Nur dem Diensteifer eines Carabiniere ist es zu verdanken …«

»Herr Richter!« Scalzi springt auf. »Dottor Rogati erhebt schwere Anschuldigungen gegen mich! Entweder beweist er, was er da behauptet, oder ich zeige ihn wegen übler Nachrede an!«

»Dann zeigen Sie mich doch an!« Rogati schlägt mit der Faust auf den Tisch, die Pfeifen wackeln, der Bilderrahmen fällt um. »Wir stehen hier schließlich vor einem Richter. Los, zeigen Sie mich an!«

»Wie Sie wünschen, das haben wir gleich.« Scalzi zeigt mit dem Finger auf die Protokollführerin: »Signorina, bitte nehmen Sie ins Protokoll auf: Der Anwalt Corrado Scalzi erklärt ...«

»Meine Herren.« Der Richter stellt den Rahmen wieder auf und schaut aus dem Fenster, als ob ihm aus der friedlichen Hügellandschaft eine Eingebung kommen könnte. »Wenn Sie weiter so brüllen, dann wird demnächst ein Streifenwagen kommen, um den Streit beizulegen. Versuchen Sie, sich daran zu erinnern, wo Sie sich befinden. Avvocato Scalzi, sparen wir uns die großen Worte, ich bitte Sie. Was denn für eine üble Nachrede? Der Staatsanwalt hat das metaphorisch gemeint, so ist es doch, Dottor Rogati? Er hat im Eifer des Gefechts einen etwas zu starken Ausdruck benutzt, nicht wahr?«

»Hm ... na ja ... mehr oder weniger ...«, stimmt der Staatsanwalt nicht sehr überzeugt zu.

»Hören Sie zu, Rogati«, zischt Scalzi, »wenn Sie mit dieser Litanei von unterschlagenen Beweisstücken weitermachen, dann bringe ich Sie vor Gericht.«

»Tun Sie das», sagt Rogati, »glauben Sie, Sie können mich einschüchtern?«

»Meine Güte!« Der Richter verliert die Geduld. »Jetzt ist aber Schluß! Hören Sie auf, alle beide. Versuchen wir doch, die Angelegenheit mit einem Minimum an Respekt für die Prozeßordnung hinter uns zu bringen.«

»Was soll das heißen: ›mit einem Minimum‹?« Auch diese Bemerkung des Richters gefällt Scalzi nicht, genau wie die vorherige über das Schwurgericht. »Entweder man respektiert das Gesetz, oder man tut es nicht. Ein Minimum gibt es nicht.«

»Lassen Sie mich Ihnen eines sagen, Avvocato.« Der Richter lächelt und distanziert sich auf diese Weise von allen Streitigkeiten dieser Welt. Er läßt seinen Blick abermals über die Zypressen und Olivenbäume auf den Hügeln von Arcetri gleiten. »Es lohnt nicht, jedes Wort auf die Goldwaage zu legen. Manchmal täuschen Worte über den wahren Sinn. Es reicht doch, wenn man sich versteht, finden Sie nicht? Wie viele Dokumente möchten Sie einführen, Rogati?«

»Zwei.«

»Und worum handelt es sich dabei? Fassen Sie sich bitte kurz.«

»Es handelt sich um zwei Briefe, die aus der Feder der arabischen Frau des Angeklagten stammen.«

»Der arabischen Frau, ah so.« Der Richter lächelt maliziös. »Natürlich hat jedes Land seine eigenen Sitten und Gebräuche. Aber Signor Fami hat sich, wenn ich nicht irre, taufen lassen und die italienische Staatsbürgerschaft angenommen, bevor er Verena Mammoli geheiratet hat, war es nicht so?«

»Genau«, sagt Rogati. »Aber sein Übertritt zum katholischen Glauben war nur ein Trick, ein Vorwand.«

»Und warum«, fragt der Richter höflich, »haben Sie ihn dann nicht wegen Bigamie angezeigt?«

»Ich hatte noch keine Zeit«, rechtfertigt sich Rogati, »das werde ich bei der Hauptverhandlung tun.«

»Und warum bezichtigen Sie ihn bei der Hauptverhandlung nicht auch gleich noch des Viehraubs?« grummelt Scalzi.

»In wessen Besitz waren diese Briefe?« Der Richter streicht mit dem Finger über die Blätter, die offen auf dem Tisch liegen.

»Sie waren in seinem Besitz!« Rogati zeigt mit dem Finger anklagend auf Idris. »Er hatte sie in einem Koffer, der sich in der Gepäckaufbewahrung am Bahnhof Terontola befand. Es sind Akten, die aus dem Besitz des Beschuldigten stammen.«

»Des Beschuldigten?« fragt Scalzi. »Sie befanden sich in einem Koffer in der öffentlichen Gepäckaufbewahrung eines Bahnhofs! Wo ist denn der Beweis, daß diese Sachen ihm gehören?«

Rogati lächelt und nickt, wobei er den Ermittlungsrichter fixiert. Mit zwei Fingern, als ob er befürchten müsse, sich schmutzig zu machen, zieht er einige Fotos aus dem Umschlag und breitet sie auf dem Tisch aus.

»Der Koffer war voller Fotos, auf denen Idris Fami abgebildet ist.«

»Das reicht nicht! Es geht darum, wo der Koffer als solcher herkommt, nicht sein Inhalt. Und abgesehen davon sind Fotos von Idris Fami überall im Umlauf. Die Zeitungen drucken ständig welche ab.«

Rogati wendet sich an Idris: »Dann sagen Sie uns doch, woher diese Briefe…«

»Antworten Sie nicht!« brüllt Scalzi, der sieht, daß Idris drauf und dran ist, den Mund aufzumachen. Der Archäologe hat die Feinheiten des Verfahrens nicht verstanden. »Herr Staatsanwalt, wollen Sie bitte endlich begreifen, daß der Beschuldigte das heilige Recht hat zu schweigen? Diese Dokumente dürfen nur dann zu den Akten genommen werden, wenn es dem Staatsanwalt gelingt, zu beweisen, daß sie im Besitz des Beschuldigten waren.«

»Das werde ich beweisen.« Rogati holt ein weiteres Foto aus dem Umschlag. »Ich möchte klarstellen, daß Sie mich dazu zwingen, Avvocato. Ich hätte aus Rücksicht auf Sie gerne darauf verzichtet, aber ich sehe, es hat keinen Sinn. Hier, Herr Richter, das ist die Handschrift des Angeklagten, auf der Rückseite erkennt man das ganz deutlich, sehen Sie, dort, wo der Text in lateinischen Buchstaben geschrieben ist. Der Text auf der Vorderseite ist in arabischer Schrift, und hier ist die beglaubigte Übersetzung. Mit dieser geheimen Botschaft hat Signor Fami Avvocato Scalzi beauftragt, seinen Koffer abzuholen.«

»Einspruch!« Scalzi erkennt, daß es sich um eine Fotokopie der Nachricht handelt, die Fami ihm in Pianoro zugespielt hat. Er reißt sie Rogati aus der Hand und hält dem Richter die arabische Seite unter die Nase. »Dieses Schriftstück ist Teil der Korrespondenz zwischen dem Angeklagten und seinem Verteidiger. Es ist verboten, solche Schriftstücke zu beschlagnahmen, also kann es hier auch keine Verwendung finden. Es ist wirklich unglaublich, daß hier auf eine derart niederträchtige Weise die Rechte der Verteidigung mit Füßen getreten werden.«

»Wieviel Lärm um einen Zettel!« seufzt der Richter. »Geben Sie her, Avvocato, ja, so ist es gut, jetzt lassen wir ihn erst mal hier auf dem Tisch liegen. Er gehört niemandem, wie der berühmte Koffer.« Der Richter zeigt keinerlei Überraschung, wahrscheinlich ist er schon vor der Verhandlung über alles informiert worden. Scalzi spürt, wie sich die Wut in seinem Magen zu einem Stein zusammenballt.

»War dieser Zettel in dem Koffer?« fragt der Richter.

»Nein«, sagt Rogati, »er ist dem Herrn Anwalt unter gewissen Umständen ...«

»Lassen Sie die Umstände beiseite.« Der Richter wirkt irgendwie feige. »Sagen Sie mir lieber: Als Sie diesen Zettel beschlagnahmt haben, war er da in einem geschlossenen Umschlag, und trug dieser Umschlag die Aufschrift ›Korrespondenz mit dem Verteidiger‹?«

»Nein, Herr Richter!« triumphiert Rogati. »Kein Umschlag und keine Aufschrift!«

Scalzi spielt seine letzte Karte aus: »Sagen Sie, wie Sie an diese Fotokopie gekommen sind!«

Aber der Richter hat ins Schwarze getroffen, den genauen Punkt gefunden: die schlimmste aller Haarspaltereien, die der Gesetzgeber ersonnen hat. Es gibt diese Vorschrift in der Tat, die die Beschlagnahme eines Briefwechsels zwischen Verteidiger und Angeklagtem verbietet – aber nur in dem Fall, den der Richter gerade genannt hat, nämlich wenn sich diese Schriftstücke in einem geschlossenen Umschlag befinden, etcetera, etcetera.

»Muß ich mich hier jetzt etwa verhören lassen?« grinst Rogati. »Ich verweigere die Aussage, in Ordnung? Herr Richter, können wir die Frage nicht endlich klären?«

»Sie haben recht. Nehmen Sie bitte ins Protokoll auf:

Folgende Dokumente dürfen den Prozeßakten hinzugefügt werden: handgeschriebener Zettel, offenbar von der Hand des Angeklagten. Wie viele Briefe sind es?«

»Zwei!« freut sich Rogati. »Dazu kommen noch die Blätter mit der italienischen Übersetzung, alles in allem sind es mit dem Zettel dann fünf Dokumente.«

»Haben Sie das, Signorina? Schön, dann fahren Sie bitte mit Ihren Ausführungen fort, Herr Staatsanwalt.«

Rogati wirft Scalzi einen Blick zu, in dem die Befriedigung über den eben errungenen Sieg und das Versprechen weiterer künftiger Niederlagen liegen. Scalzi spürt das heftige Bedürfnis, sich eine Zigarette anzuzünden. Er sieht Idris an. Dieses Unschuldslamm lächelt und schaut abwechselnd den Richter und den Staatsanwalt an, als ob diese beiden seine Freunde wären.

»In diesen Briefen«, fängt Rogati wieder an, »ist mit Sicherheit von einer Leiche die Rede. Die ägyptische Ehefrau berichtet ihrem Mann davon, wie sie diese Leiche aus dem Flußbett, in dem sie begraben war, herausgeholt, in einen geräumigen Koffer gepackt und mit großer Mühe woandershin gebracht habe. Sie schreibt, daß die Leiche gestunken und die Fliegen angezogen habe. Ich will mich nicht weiter darüber auslassen. Die Briefe sind bei den Akten, dort kann der Richter sie jederzeit einsehen.«

»Und ich nicht?« Scalzi springt auf.

»Jetzt reicht es aber, Avvocato«, interveniert der Ermittlungsrichter und macht zum erstenmal ein ernstes Gesicht. »Ich kann nicht mehr zulassen, daß Sie den Staatsanwalt dauernd unterbrechen. Ich gebe Ihnen Zeit, die Dokumente, die Dottor Rogati mitgebracht hat, einzusehen. Den Zettel kennen Sie ja wohl schon, die Briefe sind kurz. Ein paar Minuten werden genügen.«

»Danke, ich bin Ihnen sehr verbunden«, knurrt Scalzi bitter.

Rogati breitet mit gespielt ehrfürchtigem Gehabe die

Blätter auf dem Tisch aus, wie ein Zocker, der seine Asse alle ausgespielt hat. »Ich bin zufrieden, wenn die Indizien ausreichen, um eine Hauptverhandlung anzuordnen und den Angeklagten in Haft zu lassen, mehr brauche ich in dieser Instanz nicht. Die Briefe beweisen, daß es einen Mord und eine Leiche gibt und daß Idris Fami möglicherweise der Täter ist. Ich beantrage die Eröffnung des Hauptverfahrens vor dem Schwurgericht sowie Haftfortdauer für den Angeklagten. Alles andere lehne ich ab.«

»Wenn Sie fertig sind, Avvocato, dann würde ich jetzt gerne Ihre Ausführungen hören.« Der Richter lehnt sich entspannt in seinen Sessel zurück.

Scalzi liest die Übersetzungen der Briefe, macht sich ein paar Notizen und beginnt zu sprechen: »Vor hundert Jahren, als es noch kein Fernsehen gab und auch die Leute vom Lande ins Theater gingen, da gab es noch diese fahrenden Schauspielertruppen, Schmierenkomödianten, die in den Dörfern auftraten, in Zelten, in Heuschobern ...«

Rogati schnaubt hörbar.

»Diese Komödianten des 19. Jahrhunderts«, Scalzis Stimme wird jetzt lauter, »waren nur noch der blasse Abklatsch der Commedia des 16. Jahrhunderts, die die Intoleranz der Gegenreformation dreihundert Jahre zuvor zum Schweigen gebracht hatte ...«

»Avvocato«, sagt der Richter, »ich wäre Ihnen sehr zu Dank verpflichtet, wenn Sie Ihren Vortrag über die Hintergründe ein wenig abkürzen könnten. Ich gehe davon aus, daß es einen Zusammenhang ...«

»Natürlich besteht ein Zusammenhang. Die fahrenden Komödiantentruppen, diese einfältigen, unbegabten Erben der Commedia von einst, hatten große Schwierigkeiten, über die Runden zu kommen, und manchmal hatten sie gar nichts zu beißen. So kam es, daß ab und an eines der Mitglieder, vielleicht, weil sich eine einträglichere Beschäftigung bot, oder was weiß ich ...«

»Ja, wenn Sie es nicht wissen …«, schnaubt Rogati wieder. »Herr Richter, müssen wir uns diesen Unfug noch lange anhören?«

»Unterbrechen Sie ihn nicht«, lächelt der Richter. »Ich bin neugierig auf den Zusammenhang.«

»Es kam also vor«, fährt Scalzi fort, »daß ein Schauspieler die Truppe verließ und eine Rolle des jeweiligen Stückes plötzlich unbesetzt war. Da trat der Chef der Truppe während der Vorstellung in die Kulisse und ließ sich ein Blatt reichen. Und dann sagte er: ›Es ist ein Brief von Soundso gekommen.‹«

»Aha, das ist es also«, nickt der Richter.

»›Soundso schreibt mir, daß …‹, sagte also der Oberkomödiant und las den Text des Schauspielers vor, der die Truppe verlassen hatte. Manchmal geschah es aber auch, daß mehr als ein Mitglied sich davongemacht hatte, manchmal waren es sogar ganze Komödiantenfamilien. Dann war von den *Zwei Waisenkindern* plötzlich nur noch eines übrig, und in *Familienbande* fehlten sowohl die Mutter als auch die Tochter. Dann hinkte die ganze Handlung, und wie viele Briefe sich das Oberhaupt der Truppe auch geben ließ, ein Teil des Stückes fiel unter den Tisch, und die Zuschauer verstanden überhaupt nichts mehr …«

»Er vergleicht mich mit dem Chef einer Truppe von Schmierenkomödianten!« Rogati ist beleidigt. »Herr Richter! Ich kann nicht hinnehmen, daß mein Amt …«

»Pst«, macht der Richter, »lassen Sie ihn weiterreden, er ist wirklich brillant.«

»Die Handlung dieses Prozesses«, fährt Scalzi fort, »ist aus zwei Briefen zusammengestoppelt worden, aber das reicht nicht, es müssen fünf sein. Fünf Rollen sind bei der Handlung dieses angeblichen Mordes nicht besetzt. Erstens: die Zeit. Wann soll das Verbrechen sich zugetragen haben? Zweitens: der Ort. Es ist immer von Ägypten die Rede. Nun, Ägypten ist ein ziemlich weitläufiges Land, ein großer Teil des Nils fließt hindurch, und der Nil, das ist ja allgemein bekannt, ist ein relativ langer Fluß. Drittens: das Motiv. Warum soll Verena Mammoli umgebracht worden sein? Viertens: die Tatwaffe. Womit soll sie ermordet worden sein? Durch einen Pistolenschuß? Mit einem Faustschlag? Oder ist sie vielleicht vergiftet worden? Niemand weiß es, niemand sagt es, und natürlich kann auch niemand versuchen, zu beweisen, was er nicht weiß und nicht sagt. Fünftens: die Leiche. Und um diese Rolle zu ersetzen, tauchen plötzlich die Briefe auf. Der Staatsanwalt geht in die Kulisse und läßt sie sich von einem Bühnenarbeiter reichen, in einem schönen gelben Umschlag, der mir nichts, dir nichts aus einem Koffer gefallen ist, und untermauert das Ganze mit der Fotokopie eines Zettels, von dem nun wirklich niemand weiß, wo er hergekommen ist. Aber diese Papiere reichen nicht aus, um die Lücke zu füllen. Man muß sich doch zum Beispiel fragen, wer diese Briefe geschrieben hat. Der Staatsanwalt sagt, die arabische Frau von Idris Fami. Das sagt er. Müssen wir ihm glauben? Was steht denn in diesen Briefen? Es ist von einer *amene* die Rede. Übersetzung: etwas, das man in Obhut bekommen hat. Das ist die wörtliche Übersetzung, aber der Übersetzer hat in seiner grenzenlosen Güte in Klammern bereits ›die Leiche‹ hinzugefügt. Diese Marginalie, die noch dazu von einem vereidigten Übersetzer stammt, der von der Polizei beauftragt wurde, soll die Leiche ersetzen. Ist die Anmerkung eines Übersetzers wirklich ebenso konkret wie ein Körper? Dürfen wir wirklich diese rätselhafte *amene*, von der eine nicht weniger rätselhafte arabische Ehefrau schreibt, mit der Leiche gleichsetzen? Können wir sicher sein, daß es sich um den Körper Verena Mammolis handelt? Das sind keine Beweise, das sind nicht einmal Indizien, das sind Notbehelfe, das Ganze ist eine Schmierenkomödie, Herr Richter!«

Scalzi schließt, indem er Freispruch beantragt und im

Falle der Anordnung eines Hauptverfahrens die Aufhebung der Untersuchungshaft.

»In einer halben Stunde«, antwortet der Richter auf die Frage Rogatis, wann er seinen »Beschluß« verkünden werde – wobei er diese Bezeichnung ganz besonders betont. Denn wenn es sich um einen Beschluß und nicht um ein Urteil handelt, bedeutet das die Anordnung eines Hauptverfahrens vor dem Schwurgericht.

Sie stehen in der Vorhalle, die Kette von Idris' Handschellen ist am Heizkörper befestigt worden.

»Wenn es schiefgeht«, sagt Scalzi, »dann ist das Ihre Schuld. Sie hätten mir von den Briefen erzählen müssen. Spätestens gestern, als wir uns in Callasicano trafen und ich Ihnen sagte, daß die Polizei den Koffer beschlagnahmt hat, spätestens da hätten Sie mich ins Bild setzen müssen. Alles ist genau so abgelaufen, wie ich vorhergesehen hatte. Erinnern Sie sich, was ich in Pianoro zu Ihnen sagte? Es war ein Fehler, das Mandat nicht niederzulegen. Rogatis Schachzug hat mich überrascht, und wer weiß, wie viele Asse er noch aus dem Ärmel ziehen wird.«

»Sie haben Sich trotzdem gut gehalten«, sagt Idris mit einem unerträglich ironischen Lächeln, »die Geschichte von den Komödianten war amüsant.«

»Die Anordnung einer Hauptverhandlung und Fortdauer der Untersuchungshaft bedeutet«, sagt Scalzi hart, »falls Sie das noch nicht begriffen haben sollten, daß Sie bis zum Urteil im Knast bleiben müssen. Und so, wie die Dinge liegen, bin ich auch für die Zeit danach sehr pessimistisch.«

»Könnte ich nicht freigelassen werden, weil die Frist abläuft?«

»In Italien ändern sich die Fristen für die Höchstdauer der Untersuchungshaft häufig. Sie sind elastisch, man verkürzt oder verlängert sie, je nachdem, wie die Lage ist. Wenn es ruhig ist, also die Mafia nicht mehr soviel tötet, dann ist die Frist so lang, wie vom Gesetz vorgesehen, andernfalls wird ein Dekret erlassen und die Frist verlängert. Im Augenblick ist die Situation unruhig, das Dekret kann jeden Moment erlassen werden.«

»Immer mit der Ruhe«, sagt Idris, ohne mit der Wimper zu zucken.

»Es gibt Indizien, schwerwiegende Indizien.«

»Was für Indizien?«

»Die Briefe, Fami! Die ägyptische Ehefrau! Den Auftrag, den diese Frau behauptet auf Ihre Anweisung hin ausgeführt zu haben!«

»Was für ein Auftrag?«

»Uff. Ihre Frau, die arabische, soll auf Ihre Anordnung hin etwas ausgegraben haben. So steht es in den Briefen. Und dieses stinkende Etwas, das die Insekten anzog, könnte eine Leiche sein. Sie waren doch mit drin, Signor Fami!«

»Das ist nicht möglich«, Idris schüttelt den Kopf, »in dem Koffer war überhaupt kein Brief von Laila.«

Die Protokollführerin öffnet die Tür und heißt sie eintreten. Die Carabinieri ketten Idris von der Heizung los. Hinter seinem Schreibtisch sitzt der Richter.

20
Rosen aus der Picardie

Guerracci hat bei der Zeitung anrufen müssen und ist schon vor Abschluß der Verhandlung gegangen. Scalzi und er treffen sich in der Bar. Das Schaufenster rahmt die beiden Engel auf der Fassade des Gerichtsgebäudes ein. »Dem rechten Engel fehlt ein Arm«, sagt Scalzi mit zusammengebissenen Zähnen, »ein Irrer hat ihn abgebrochen, Sekunden bevor er ins Leere stürzte.«

»Er hat die Verhandlung angeordnet, was?« Angesichts der finsteren Miene seines Freundes fällt es Guerracci nicht schwer zu erraten, wie die Sache ausgegangen ist.

»Der Verrückte ist aus dem Fenster entwischt, während ein Wortwechsel über die Beweislage im Gange war. Die Carabinieri haben ihn bis aufs Dach verfolgt. Dort hat er sich an den Engel gehängt, der eine Kopie aus Glasfiber ist, das Original ist irgendwo anders. Der Arm ist abgebrochen, und er ist hinuntergefallen wie ein Stein.«

»Und im Knast bleibt er wohl auch?«

»Während der Diskussion über die Beweislage: für mich ist das eine Metapher für die Rechtsprechung«, murmelt Scalzi und geht zur Theke, »das Spiel der Täuschungen, das mit einer wirklichen Tragödie endet.«

»So war es doch, oder?«

»Reden wir über was anderes.« Scalzi bestellt einen Espresso.

»Wie hat er es aufgenommen?«

»Der Typ ist eine Sphinx. Hier, ich schenke dir eine Schlagzeile für deinen Artikel: *Die Sphinx am Arno-Ufer.*«

»Zu banal«, sagt Guerracci.

»Eben, banal«, Scalzi sieht ihm ins Gesicht, »genauso banal, wie das Vertrauen eines Freundes zu mißbrauchen.«

»Wie was?«

»Du hast mich sehr gut verstanden.«

»Wer soll was mißbraucht haben?«

»Du.«

»Ich?«

»Wem hatte ich denn einen ganz bestimmten Zettel gegeben? Wie ist Rogati an die Fotokopie gekommen?«

»Rogati hat eine Kopie? Was soll das denn heißen?«

»Das soll heißen, daß er eine Kopie hat.«

»Und du glaubst, ich hätte ... Ich verstehe ja, daß die Niederlage dich verärgert ...«

»Das kannst nur du gewesen sein.«

»Sei vorsichtig, Scalzi, diesmal geht es böse aus. Schlimmer als damals beim Prozeß in Pisa.«

»Vergiß es. Es war ein Fehler, dir zu vertrauen, und damit basta.«

»So machst du das also, ja? Prozeß und Verurteilung: wie die da drin.« Guerracci deutet auf die Fassade des Gerichtsgebäudes. »Ohne dir die Gründe anzuhören ...«

»Was denn für Gründe?«

»Wenn du mir vorhin zugehört hättest, vor der Verhandlung, als ich versuchte, dir etwas mitzuteilen, dann wüßtest du, daß die 'Ndrangheta daran interessiert ist, daß Idris im Gefängnis bleibt, weil sie in der Zwischenzeit ...«

»Der Zettel war mit Filzstift geschrieben«, bemerkt Scalzi, »und an den Stellen, wo er die Scheibe berührt hat, als er mit Gewalt darunter durchgeschoben wurde, hat die noch frische Tinte ein paar Worte verwischt. Das zeigt, daß Idris diese Nachricht in Eile geschrieben hat, unmittelbar nachdem er von meiner Ankunft in der Sprechzelle erfahren hatte, und daß er mir den Zettel gegeben hat, kaum daß er geschrieben war. Die Kopie, die Rogati dabeihatte, war an den gleichen Stellen verwischt wie das Original. Diese Kopie ist nicht in Pianoro gemacht worden, Guerracci, die hat man später gezogen. Die 'Ndrangheta-Leute aus Pianoro haben nichts damit zu tun.«

»Aber … dieser Zettel …«, Guerracci weicht dem vorwurfsvollen Blick Scalzis aus, »was hat dieser Zettel denn damit zu tun, daß Idris im Knast bleibt?«

»Es ist eine Regel der neuen Strafprozeßordnung. Ohne den Zettel hätte Rogati nicht noch weitere Briefe zu den Prozeßakten nehmen können, Indizien, die Fami schwer belasten.«

»Was für Briefe?«

»Diese Information gebe ich dir noch, aber dann ist Schluß. Es handelt sich um Briefe der ägyptischen Ehefrau Famis. Darin ist von einem Objekt die Rede, das ausgegraben wurde, schwer ist, stinkt, die Fliegen anzieht und der Frau schlaflose Nächte bereitet. Ende der Gratisinformation: Meinen Kaffee zahle ich selbst.«

»Man wird anscheinend schwachsinnig bei deinem schrecklichen Beruf«, knurrt Guerracci.

»Was heißt hier schwachsinnig?« erwidert Scalzi heftig, und mehrere Leute drehen sich nach der lauten Stimme um. »Ich habe den Zettel von Idris bekommen, ihn dir gegeben, und du hast ihn mir zurückgegeben. Soweit ich weiß ohne Umwege.«

Guerracci schaut betreten auf seine Schuhe: »Na ja, einen Umweg hat es schon gegeben.«

»Ach ja?«

»Ich habe den Zettel der Bruschini gegeben, damit sie ihn übersetzt«, sagt Guerracci. »Was hätte ich denn sonst tun sollen? Ich kann kein Arabisch.«

»Ach, hör doch auf mit deiner Bruschini. Die kann ebensoviel Arabisch wie du. Warum hast du ihn ihr gegeben?«

»Sie ist damit zu einer Freundin gegangen, okay? Und diese Freundin hat den Text übersetzt. Was war denn daran falsch?«

»Ich hatte dich gebeten, von Anwalt zu Anwalt, den Zettel nicht aus der Hand zu geben. Ich hatte dich gebeten, dich an einen Übersetzer zu wenden, der in der Lage wäre, ihn aus dem Stegreif zu übersetzen, mündlich, ohne etwas Schriftliches. Mir hätte es genügt, zu wissen, daß in dem arabischen Text nichts Illegales stand.«

»Na ja«, sagt Guerracci, »jetzt ist es halt so gelaufen.«

»Wie gelaufen?«

»Was weiß ich? Die Bruschini weiß es. Die Übersetzerin ist ihre Freundin, ich kenne sie kaum. Wir können sie ja fragen, sie muß hier in der Gegend sein, ich habe sie vor kurzem noch gesehen.«

Als sie über die Piazza della Signoria gehen, sieht Scalzi die Bruschini am Brunnen stehen und zu der Figur des Neptun aufschauen. Guerracci muß sie ebenfalls gesehen haben, es ist gar nicht möglich, daß er sie nicht bemerkt hat, trotzdem versucht er, in den Säulengang der Uffizien abzubiegen.

»Da ist sie!« Scalzi ruft ihn zurück.

Guerracci kommt herüber, faßt ihn am Ärmel seiner Jacke und will ihn aufhalten. »Laß es gut sein, Scalzi, ja? Schwamm drüber. Ermitteln wir lieber in der anderen Richtung weiter, von der ich dir erzählt habe. Die Informationen meiner Freundin, der Psychiaterin, sind glaubwürdig. Das ist eine Spur, die wir verfolgen müssen. Sie erklärt vieles, vor allem die Drohung des Ray-Ban-Mannes.«

»Lassen wir uns lieber erklären, wer den Zettel dem Staatsanwalt zugespielt hat.« Scalzi geht weiter.

»Schaut nur, wie gelb er ist!« Die Bruschini zeigt auf die Marmorfigur. »Wie kommt das wohl?«

Scalzi hatte geglaubt, er würde mit ein paar konkreten Fragen und den entsprechenden Antworten davonkommen, aber die Bruschini tut zerstreut und betäubt ihn mit endlosem Geschwätz: Die Freundin, die Übersetzerin, ist aus

Israel, die Mutter ist Araberin, sie ist eine begabte, aber erfolglose Malerin, es ist ja heutzutage nicht einfach, es als Künstlerin zu was zu bringen! Da braucht man Empfehlungsschreiben, muß sich mit Galeristen rumärgern … Lilith macht Übersetzungen aus dem Arabischen, um sich etwas dazuzuverdienen, sie wohnt in einem Landhaus in der Umgebung von Pontedera, lebt sehr zurückgezogen, bekommt kaum Besuch … Die Bruschini würde die Hand für sie ins Feuer legen, sie sind wie Schwestern, haben ihre Kindheit zusammen in Beirut verbracht, damals, als diese Stadt noch das Paradies auf Erden war, Meer, Sonne, internationale Atmosphäre … Die Nonnen in der italienischen Schule haben sie immer besonders verhätschelt, weil sie die beiden süßesten waren, einander ähnlich wie Zwillinge, vorlaut, aber wohlerzogen …

»Ja, und wer soll es dann gewesen sein?« unterbricht Scalzi sie.

»Fragen Sie das nicht mich und auch nicht meine Freundin Lilith, die Ihnen nur einen Gefallen getan hat, für den sie übrigens nicht mal Geld genommen hat.«

»Ein schöner Gefallen«, brummt Scalzi.

Die Bruschini hebt herausfordernd die Nase: »Sie haben eine Schlappe erlitten und wollen jetzt jemandem die Schuld in die Schuhe schieben.«

Die Touristen haben einen Kreis um einen Straßenkünstler gebildet, der in Frack und Zylinder zum Klang eines alten Grammophons mit Handkurbel tanzt. Die Trompete von Eddie Calvert spielt *Rosen aus der Picardie.* Scalzi muß an die Mädchen vor vierzig Jahren denken. Als diese Melodie ein Schlager war, waren noch lange Röcke modern, mit spitzenbesetzten Unterröcken, die unter dem Saum hervorschauten. Was war das für eine Mühe gewesen, bis man endlich beim Unterrock angelangt war! Wochenlange hochgeistige Unterhaltungen, Einladungen in den Cineclub der katholischen Studentenvereinigung. Die Bruschini, das sieht man deutlich, trägt unter ihrer Bluse, die von einem einzelnen Knopf nur notdürftig zusammengehalten wird, nichts, und auch unter ihren Leggings nicht, denn der Abdruck eines Slips würde den Schwung der Hüften verschandeln. Vierzig Jahre! Und er hat sie einfach so an sich vorbeiziehen lassen zwischen den blaugrauen Steinen dieser verschlafenen Stadt. Guerracci macht es richtig, er frißt sie mit den Augen, diese flammende Bruschini, und er hat nicht mal den Mut, eine anständige Erklärung zu verlangen, nicht einmal aus Respekt für seinen Freund.

»Langweiliges Gejaule.« Renata deutet auf das Grammophon. »Wir Verrückten von heute hören viel lieber Rap. Mögen Sie Rap, Avvocato?«

»Ich weiß nicht mal, was das ist.« Scalzis Miene verfinstert sich. »Aber eines weiß ich: Wenn nicht jemand Rogati diesen Zettel zugespielt hätte, dann wäre mein Mandant jetzt auf freiem Fuß.«

»Warum versuchen Sie eigentlich nicht auch bei diesem ägyptischen Mistkerl den Trick mit der Unzurechnungsfähigkeit?« schlägt die Bruschini vor.

»Hör dir das an, Guerracci, deine Freundin nimmt mich auf den Arm. Jetzt reicht es wirklich. Wenn ihr glaubt, daß ihr mich überzeugt habt, dann irrt ihr euch alle beide. Früher oder später werde ich herausbekommen, wer Rogatis Spion ist, das garantiere ich euch. Aber wie dem auch sei, von jetzt an mache ich allein weiter. Gehen wir auseinander, jeder mit seinem eigenen Wind, wie der Pisaner gerne sagt.«

Zweiter Teil

21
Streichhölzer

Von oben hört man das gedämpfte Brummen verschiedener Motoren. Es sind Bagger, das erkennt er an den wechselnden Schabgeräuschen.

Natale brüllt lange, aber es hat keinen Zweck, sie sind zu weit weg.

Es gelingt ihm aufzustehen und einige Schritte in Richtung auf das Geräusch zu machen. Er wühlt in seiner Tasche und findet eine Schachtel Streichhölzer. Er zündet eines an: Ungefähr einen Meter über seinem Kopf hat die Tuffdecke der Grotte nachgegeben. Er sieht eine Zementfläche, durch gitterförmige Armierungseisen in viereckige Form gebracht. Aus den kleinen Quadraten quillt die Mörtelfüllung. Er sitzt unter dem Fundament des Pfeilers fest.

Das Knarren der Baggerschaufeln kommt näher. Das ist doch der absolute Wahnsinn, verdammt noch mal! In solchen Fällen muß man von Hand graben. Durch das Baggern kann leicht ein neuer Einsturz ausgelöst werden. Ein Felsbrocken fällt neben ihm herunter. Natale kauert sich mit den Händen über dem Kopf zusammen, der Staub dringt ihm in die Lunge, das Streichholz verlischt.

Plötzlich sieht er einen Lichtfleck, und es gelingt ihm, die Spitze eines geöffneten Metallrohrs auszumachen, das dem aufgerissenen Maul eines Ungeheuers gleicht. Dann ist alles wieder dunkel. Er hört ein Geräusch, das an eine Menschenmenge erinnert, die eine Litanei murmelt.

Natale entzündet ein weiteres Streichholz, und das Blut gefriert ihm in den Adern. Dann beißt er vor Wut die Zähne zusammen. Jetzt schütten sie mit Granulat vermischten Zement in die Grotte, durch den Rohrstutzen fällt die Mischung unaufhörlich herab, dringt in alle Ecken der Grotte, quillt herein und legt sich in kleinen Wellen übereinander. Ein Luftzug läßt das Flämmchen verlöschen.

22
Morgendämmerung

Guerracci steht am Küchenfenster und trinkt Kaffee. Der Himmel wird langsam hell, in einer Stunde wird die Sonne aufgehen. Ein Schnellzug mit seinem Getöse wie ein Maschinengewehr hat ihn aus dem Bett geholt. Die Pinien hinter dem Bahnhof schwenken alle ihre schirmförmigen Kronen, als ob sie ein freudiges Ereignis ankündigen wollten. Nach dem Windstoß wird alles wieder unbeweglich, außer dem Schild mit der Aufschrift TOMBOLO, das immer noch schaukelt und in dem sich die gelbe Ampel spiegelt. Jenseits der Gleise erstrecken sich die dunklen Wolken der Pinien bis zur amerikanischen Militärbasis Camp Derby. Ein weißes Licht tief unten am Horizont sieht aus wie der Morgenstern, aber es ist ein Scheinwerfer.

Guerracci lebt seit seiner Kindheit in dieser Villa am Rande der Pineta del Tombolo. Nach dem Krieg, als sie aus der Evakuierung in der Versilia zurückkamen, war es ihm streng verboten, im Dickicht des Pinienwaldes zu spielen. Wenn er sich zu weit vom Haus entfernte, hätte ihm etwas für ein Kind wenig Zuträgliches begegnen können. Seine Mutter und das Hausmädchen sprachen manchmal leise über aufreizend gekleidete junge Damen und amerikanische Soldaten, die sich dort unaussprechlichen Ungehörigkeiten hingaben und überall eklige Dinger verstreuten, die man unter keinen Umständen vom Boden aufheben durfte. Sie erzählten sich, daß Jäger und Pilzsammler auf einer Lichtung Zeugen einer barbarischen Szene geworden seien: Mädchen und Soldaten hätten wild durcheinander auf unappetitlichen Haufen gelegen.

Hinter dem Pinienwald, auf der anderen Seite des unüberwindlichen, mit Stacheldraht gesicherten Zauns, hat sich ein Stück Nachkriegszeit erhalten. Auf einem Platz verrotten seit fast einem halben Jahrhundert ungefähr zehn Lastwagen mit abgefahrenen Reifen, durch Backsteine gestützt. Sie haben Sterne auf der Kühlerhaube und Holzgitterwerk über den Pritschen, wie die Karren der Pioniere im Wilden Westen. Die Wracks sind rötlich, Rost hat den olivgrünen Lack aufgefressen. Guerracci nippt langsam an seinem Kaffee und genießt die vergängliche Ruhe zwischen Nacht und Tag.

Der Pinienwald, der früher sehr üppig war, ist gealtert wie ein Trinker: Er ist gelichtet und mit rötlichen Flecken übersät. In den Himmel steigt der Rauch aus den Schornsteinen und färbt ihn bleigrau. Der falsche Morgenstern verlischt, und der Turm des Wachtpostens wird erkennbar. Die Fensterscheibe reflektiert das aschfahle Gesicht, die viel zu langen Haare, den altmodischen Bart. Seit einiger Zeit findet Guerracci sein Spiegelbild morgens ziemlich abstoßend.

Das Geheimnis um Verenas Verschwinden schien ein guter Anfang für eine journalistische Karriere zu sein, aber jetzt hat die Sache eine ungute Wendung genommen. Daran ist die Bruschini schuld. Schon einmal hat eine Frau ihm eine große Chance verpatzt, das war vor fünfzehn Jahren. Brigida Startheim hieß sie, und auch damals ist Scalzi dabeigewesen. Das muß sein Schicksal sein.

Die Bruschini ist ganz anders als die Startheim. Vor allem ist sie viel jünger. Die Startheim war fast ebenso alt wie Guerracci, die Bruschini dagegen wird in Hotels und Restaurants oft für seine Tochter gehalten. Wobei es natürlich auch Kellner gibt, die sich absichtlich irren.

Brigida Startheim war Jüdin und Norwegerin, aber sie hatte überhaupt nichts Nordisches an sich, im Vergleich zu ihr wirkt die Bruschini wie eine Wikingerin. An einer bestimmten Stelle ihres Körpers sind ihre Haare auch nicht mehr feuerrot, da gibt es ein ganz bezauberndes kleines Feld in der Farbe von reifem Korn.

Er hatte ein paar Jahre mit der Startheim zusammengelebt. In dieser Zeit hatte er versucht, den Mut zum Aussteigen zu finden, und sich dabei von der Leidenschaft leiten lassen. Gemeinsam hatten sie davon geträumt, in ein Holzhaus mit angebauter Sauna zu ziehen, das die Startheim auf einer norwegischen Insel zu besitzen behauptete (wer weiß, ob es stimmte), wo es im Winter dreißig Grad minus und vier Meter Schnee geben konnte, im Frühling aber die Wälder und die Birken wieder grün wurden, wie in dem Film *Wilde Erdbeeren*. Brigida hatte in Oslo mit einer Dissertation über Edvard Munch in Kunstgeschichte promoviert und zitierte Ibsen auf norwegisch. Mit ihr konnte man die Kulturstätten des alten Europa besichtigen.

Mit der Bruschini dagegen ist nichts zu machen, sie kommt von einem anderen Planeten. Sie erträgt keine Polizisten und geht gern ins Kino. Die Bruschini ist ein Rebus, ein chinesisches Rätsel, im Sinne eines Gemeinplatzes und nicht in Anspielung auf Maos Rote Bibel, denn auch ihr politisches Bewußtsein ist ein Buch mit sieben Siegeln, manchmal vertritt sie sogar ausgesprochen konservative Ansichten. Ansichten? Sie macht eher Bemerkungen, ziemlich dumme Bemerkungen bisweilen. Guerracci hat versucht, sich ein Bild vom Ausmaß ihrer Bildungslücken zu machen, zu verstehen, ob das Chaos allgemein ist oder ob es irgendwo einen Anknüpfungspunkt geben könnte, und sie hat nur gesagt: »Das ist deine Schuld, vielmehr eure. Ihr seid es doch gewesen, eure Generation. Was? Ihr habt uns doch eingeredet, ja, ihr habt es uns sogar in der Schule beigebracht, daß man von niemandem etwas lernen kann.«

Die Vorverhandlung wäre in jedem Fall so ausgegangen, denkt Guerracci. Man setzt einen Mordverdächtigen nicht auf freien Fuß, da hat Scalzi sich Illusionen gemacht. Aber dieser Zettel von Idris muß durch die Schuld von Renata oder ihrer Freundin, der Übersetzerin, in Rogatis Hände gelangt sein. Eine andere Erklärung gibt es nicht. Doch auf welchem Wege die Kopie der Staatsanwaltschaft zugeleitet wurde, liegt immer noch im dunkeln. Obwohl er mit Konsequenzen gedroht und die Stimme erhoben hat, was er bisher noch nie fertiggebracht hatte, hat die Bruschini es rundheraus abgelehnt, ihre Freundin zu fragen, ob sie das Dokument einem Fremden überlassen habe. »Schlag dir das aus dem Kopf, ich spiele nicht die Polizistin für dich.« Guerracci hat versucht, ihr begreiflich zu machen, daß er mit Scalzi zusammenarbeiten muß, wenn er mit Fami in Verbindung treten will. Und ohne mit dem Ägypter zu reden, wie er gehofft hat, bei der öffentlichen Verhandlung, unter dem Vorwand eines Interviews, wird er keine Möglichkeit haben, die Informationen der Psychiaterin an der Quelle zu überprüfen. Einige Indizien weisen darauf hin, daß sich hinter dem Verschwinden von Verena Mammoli eine viel komplexere Geschichte verbirgt, daß mehrere Leute auf heißen Kohlen sitzen, weil es vermutlich um eine gewaltige Summe Geld geht. »Einen riesigen Haufen, verstehst du, Renata? Mal abgesehen von meinen Recherchen, es wäre doch interessant, mehr darüber zu erfahren. Wer zuerst kommt, mahlt zuerst. Vielleicht bekomme ich es ja.«

»Dummes Geschwätz«, hat die Bruschini geantwortet, »wenn jemand nun wirklich kein Interesse an Geld hat, dann bist du es. Du brauchst es nicht zu suchen. Du hast doch alles. Du bist auf das Geheimnis fixiert, das ist die Wahrheit. Aber diesmal wird es schwierig: Idris Fami hat seine Frau um die Ecke gebracht, Punkt.«

Noch vor sieben Uhr zieht Guerracci sich leise und vorsichtig im Dunkeln an.

Die Bruschini dreht sich um und kuschelt sich in die Kuhle, die sein Gewicht in dem breiten Bett hinterlassen hat. Das Bett knarrt, und die mit Perlmutt verzierte Kurbel für den

Rolladen schwingt leise grollend hin und her, wie ein entferntes Unwetter.

»Wohin fahren wir?« gähnt sie.

»Schlaf weiter.«

»Soll ich nicht mit?«

»Nein.«

Die Bruschini schlägt die Bettdecke zurück.

»Ich will aber mit.« Sie springt aus dem Bett.

Durch die geschlossenen Fensterläden fällt ein dünner Lichtstrahl, wie vom Umriß ihrer nackten Gestalt angezogen, als ob sie von innen leuchten würde. Guerracci ist kurz versucht, sie in seine Arme zu reißen, als sie an ihm vorbeigeht und der Geruch nach warmem Bett ihn streift. Aber sie schließt sich im Bad ein und schon hört man die Dusche rauschen.

23
Rote Dächer

In wenigen Augenblicken ist die Bruschini angezogen und kauert mit tropfenden Haaren auf dem Beifahrersitz des Citroën. Sie zieht die Beine an, legt den Kopf auf eine Schulter und schläft sofort wieder ein.

Guerracci fährt wie der Teufel. In weniger als einer Stunde ist er an der Zahlstelle Florenz Nord, obwohl ihm nicht ganz wohl ist in seiner Haut mit der Bruschini neben sich, die schläft auf der Stange wie ein Papagei, ohne Sicherheitsgurt (er hat sie nie davon überzeugen können, daß es besser ist, einen anzulegen). Er brauchte nur einmal heftig auf die Bremse zu treten, und sie würde gegen die Windschutzscheibe geschleudert werden.

Die Tramontana hat den Himmel leergefegt, und die Sonne verscheucht die letzten Wölkchen der Nacht. Zwischen den Zahlstellen Florenz Nord und Florenz Süd kriecht der Citroën wie eine Küchenschabe zwischen den dröhnend im Gänsemarsch fahrenden Lastern. Man sieht aus der Ebene in die Hügel, und für einen Augenblick erscheinen die rosa gestrichenen Zellen des Kartäuserklosters, der Certosa, aufgereiht wie Perlen auf einem Rosenkranz.

Die Sonne scheint der Bruschini in die Augen, sie wacht auf und betrachtet sich im Spiegel der Sonnenblende. »Wo fahren wir hin?«

»Du hast schließlich mitkommen wollen, jetzt beklag dich nicht. Wir fahren zu den ›Tetti rossi‹, in ein Irrenhaus in der Nähe von Siena.«

»Mit den Haaren passe ich ja ins Irrenhaus, noch dazu,

wo es »Rote Dächer« heißt. Halt bitte an der nächsten Raststätte.«

Seitdem sie keine Drogen mehr nimmt und eine depressive Phase überstanden hat, wacht die Bruschini von Mal zu Mal fröhlicher auf: sie scheint die Flügel zu schütteln. Während das Benzin in den Tank läuft, kommt sie lachend aus der Toilette. Sie geht rasch, den Bauch vorgestreckt, enge Jeans um die schmale Taille, mit vollem Haar und geschminkten Lippen. An einem so schönen Sonnentag und in Begleitung eines Mädchens mit solchen Haaren, das aus einem präraffaelitischen Gemälde entsprungen sein könnte, gibt es eigentlich Besseres zu tun, als auf direktem Wege in eine Klapsmühle zu fahren.

»Was meinst du, Bruschini«, sagt Guerracci mit gepreßter Stimme, weil ihn in solchen Situationen immer wieder Rührung überkommt, »wir hauen ab aufs Land, wir fahren von der Autobahn runter und nehmen die Chiantigiana*.

Die Landstraße liegt wie ausgestorben, das Zwitschern der Vögel übertönt fast das Brummen des Motors. Guerracci hält neben einem Schild. Ein von Hundsrosen gesäumter Weg führt zu einer »TRATTORIA CON CAMERE – ZIMMER«.

Sie essen *Pollo alla cacciatora* und frittierte Zucchiniblüten. Dazu gibt es eine teure Flasche 89er Sassicaia. Nach dem Essen und der Siesta zündet sich Guerracci, noch im Bett, eine Zigarette an und schaut aus dem Fenster, das einen Weinberg einrahmt, der zu einem blumengesäumten Weg abfällt. Wie in den Fresken von Giotto färbt das Licht die Olivenbäume bläulich. Die Bruschini macht ein spitzbübisches Gesicht, wie immer, wenn sie Lust hat, ihn auf die Schippe zu nehmen. »Es ist schon fünf, ist dir das eigentlich klar? Diesmal hast du dich wirklich selbst übertroffen. Oder nicht? ›Laß uns mal diese Position versuchen … Laß uns

* Landstraße, die durch das Anbaugebiet des Chianti Classico zwischen Florenz und Siena führt.

mal jenes ausprobieren.‹ Und dann stehst du plötzlich auf und trinkst was. Ich will mich ja nicht beklagen, aber das ist ganz schön anstrengend. Man könnte fast glauben, du hättest Angst vor einem Herzinfarkt.«

»Das ist das Alter«, lächelt Guerracci bitter, »ein Mann in den besten Jahren zögert es halt gern ein wenig hinaus.«

»Wie die Chinesen. Kennst du den Witz, den Jack Nicholson in *Chinatown* erzählt?«

Die Bruschini erzählt den Witz von dem Ehemann, der den Ratschlag eines Freundes beherzigt, mit seiner Frau zu schlafen wie die Chinesen: Zigarette, ein wenig Sex, aufstehen und herumlaufen, ein wenig Sex, aufstehen und trinken, und irgendwann wirft die Frau ihm an den Kopf: »Was ist eigentlich mit dir los, du machst es ja wie die blöden Chinesen?«

Als sie bei den »Tetti rossi« ankommen, verfärbt der Himmel sich gerade von Rosa nach Zartlila. Eine stark geschminkte Frau im Minirock und mit platinblonden Haaren steht an einen Pfeiler gelehnt und brüllt etwas, als der Wagen durch das Tor fährt. Dann streift sie mit einer plötzlichen Handbewegung den Rock über ihre Hüften hoch. Im Rückspiegel sieht Guerracci sie in der Mitte der Straße laufen. Sie brüllt immer noch und strauchelt auf ihren hohen Absätzen.

In der Eingangshalle sitzen drei Heimbewohner auf dem Rand eines Brunnens, in dessen Mitte eine Putte ein Füllhorn hält. Es läuft kein Wasser, das Füllhorn ist trocken, der Brunnen dient als Sammelbehälter für zerknüllte Zigarettenschachteln, Apfelsinenschalen und Kronkorken, die bedrohlich funkeln.

Die Dottoressa Sorce sitzt in ihrem Behandlungszimmer und verteilt die abendliche Medikamentenration. Sie hat sich hinter ihrem Schreibtisch verschanzt. Hinter ihr steht ein Glasschrank mit den Arzneimitteln. Ohne hinzusehen, greift sie hinein und tastet nach einem Fläschchen mit Tabletten. Dabei überwacht sie, Auge in Auge wie eine Löwenbändigerin, die kleine Gruppe Patienten, die den Schreibtisch mit ausgestreckten Händen belagert.

»Was für eine Überraschung!« Die Dottoressa scheint auf die alte Art zu grüßen, die schon lange aus der Mode ist. Sie hebt eine Faust über den Kopf, denn in der einen Hand hält sie das Fläschchen und in der anderen die Tabletten.

»Ich möchte mit dir über diese Angelegenheit reden, von der du mir am Telefon erzählt hast. Und ich möchte gerne auch deine Patientin kennenlernen«, sagt Guerracci.

»Warte im Garten auf mich. Ich mache das hier fertig und komme dann gleich.«

Die Bruschini ist im Wagen geblieben. Sie kaut an den Fingernägeln und fixiert eine Buchsbaumhecke. Guerracci folgt ihrem Blick und sieht einen alten Mann und eine alte Frau, beide mit weißen Haaren, die auf einer Bank sitzen und sich küssen. Es vergeht eine Minute, es vergeht eine Ewigkeit, und die beiden Alten küssen sich immer noch. Es sieht aus wie ein Bild aus einem alten, romantischen Liebesfilm.

Im Portal erscheint die Dottoressa Sorce, sie knöpft ihren Kittel auf und zündet sich eine Zigarette an. Über den Rand ihrer Brille hinweg sieht sie sich aufmerksam um. Im Gegenlicht der untergehenden Sonne, eingerahmt von den Rokokovoluten einer Villa aus dem 18. Jahrhundert, scheint sie weniger aufrecht als damals, als Guerracci sie das letztemal gesehen hat. Das war vor zehn Jahren, da kam er noch jede Woche in das Irrenhaus. Damals war sie eine sehr junge Ärztin und glücklich darüber, hier unter den Verrückten zu sein. Heute sind ihre Haare schlecht geschnitten, Falten umgeben ihre Augen, die so hell sind wie die einer Wagnerschen Walküre; sie wirkt wie eine weiße Ärztin, die es in ein Hospital nach Schwarzafrika verschlagen hat.

Als Guerracci sie umarmt, nimmt er den ekelerregenden Geruch nach verwelkten Blumen wahr, der für Irrenhäuser typisch ist. Einer der Patienten tanzt um sie herum. »Gib mir das Feuerzeug, Dottoressa.«

»Nein. Mein Feuerzeug brauche ich selbst.«

»Dann gib du mir deins«, sagt er zu Guerracci und zieht ihn am Ärmel.

Guerracci reicht ihm das Feuerzeug. Der Verrückte hält es gegen das Licht, um zu sehen, wieviel Gas noch darin ist. Dann dreht er sich um und rennt davon, als ob er es geklaut hätte. Als er weit genug entfernt ist, wendet er sich wieder um, hält sich das Feuerzeug unter die Nase und entzündet es. Die Flamme erhellt sein Gesicht in der Dämmerung.

»Wir brauchen keinen Anwalt mehr«, sagt die Sorce. »Uns will niemand mehr etwas. Sie ignorieren uns.«

»Ich bin nicht mehr Anwalt«, antwortet Guerracci. »Ich schreibe für eine Zeitschrift. Ich möchte die Information überprüfen, die du mir am Telefon gegeben hast. Ich möchte selbst mit deiner Patientin sprechen.«

Die Dottoressa weicht seinem Blick aus. Sie wirkt besorgt. Sie deutet auf den Verrückten, der immer wieder das Feuerzeug anzündet.

»Erinnerst du dich noch an Marino, den Playboy?«

»Wie, das ist Marino? Meine Güte, der ist aber alt geworden.«

Er hätte ihn nicht wiedererkannt mit seinen wirren, ergrauten Haaren, die einmal pechschwarz gewesen sind und à la Rodolfo Valentino frisiert waren. Das Gesicht ist zwar immer noch rosig, aber voller Falten, wie ein zusammengeknülltes Stück Seidenpapier.

»Ja, er ist alt geworden, der arme Marino«, sagt die Dottoressa. Und er ist auch nicht mehr scharf wie Nachbars Lumpi.«

In den siebziger Jahren hatte der örtliche Staatsanwalt die progressiven Methoden, die in den »Tetti rossi« ausprobiert wurden – offene Tore, freie Patienten, die sogar in die Stadt gehen durften, wöchentliche Versammlungen, kleine Feiern, ein bißchen Sex in den Krankenzimmern, und diese Tatsache hatte Dottor Marsicano ganz besonders auf die Palme gebracht –, mit einer Verbissenheit verfolgt, die einem Inquisitor des 17. Jahrhunderts im Kampf gegen die Ketzerei zur Ehre gereicht hätte. Marino war damals ein gutmütiger, harmloser Schwachkopf gewesen, abgesehen davon, daß er unter Impotenz litt und sich ab und an auf eine ganz bestimmte, infantile Art Erleichterung verschaffen mußte, öffentlich und auf exhibitionistische Weise. Für einen Arzt des 16. Jahrhunderts wäre er der lebende Beweis für die Lehre von den Temperamenten gewesen: Die unheilvollen Säfte des unbefriedigten Verlangens blieben ihm im Gesicht stecken, blähten es auf und färbten es rötlich, und dann manifestierten sie sich vor jeder Frau, egal, ob alt oder jung. Er fing an zu stöhnen, stieß Schimpfwörter hervor und machte obszöne Gesten. Nicht selten, wenn er dem Drang nicht widerstehen konnte, streckte er die Hand aus und versuchte, einer Frau den Rock hochzuheben. Aber weiter ging er nie; sein Karma bezahlte für die Sünde der Wollust in einem vorherigen Leben mit dem Widerspruch zwischen dem teuflischen Instinkt eines Satyrs und den Lenden eines geschlechtslosen Engels. Dottor Marsicano hatte den armen Marino wegen sexueller Nötigung schon vier- oder fünfmal vor Gericht gezerrt und einmal ins Gefängnis gebracht.

Der Direktor der Anstalt hatte sich gezwungen gesehen, einen Anwalt zu engagieren, der ständig für ihn arbeitete, und diesen pauschal zu bezahlen. Er hatte Guerracci damit beauftragt, ihn, die anderen Ärzte, das Personal und sehr häufig auch die Anstaltsinsassen zu verteidigen, weil der Zorn des Inquisitor sich größtenteils auf jene konzentrierte, die, wie man sich leicht vorstellen kann, die schwächsten waren. Dann trat das Gesetz in Kraft, das die Irrenhäuser wieder zu geschlossenen Anstalten machte, und Dottor Marsicano wurde dazu ausersehen, ein paar Rechtsextremisten zu beschützen. Er wurde versetzt, und es gab plötzlich keine Arbeit mehr.

»Hier passiert wirklich überhaupt nichts mehr«, sagt die Sorce, als ob sie Guerraccis Gedanken gelesen hätte. »Ab und zu bringt sich mal jemand um, die Eisenbahnlinie führt ja direkt hinter dem Garten vorbei.«

Auf der Straße kommen im Gänsemarsch drei Männer heran. Sie schleifen die Füße hinter sich her und sind in viel zu große Winterjacken eingepackt. Jeder hält eine Plastiktüte in der Hand, einer trägt eine Weinflasche.

»Oh, ich dachte, die Irrenhäuser wären jetzt geschlossene Anstalten«, wundert sich Guerracci.

»Von wegen geschlossen. Wo sollen sie denn hingehen, die Leute, die ihr Leben lang hier eingesperrt waren? Sie haben die Ärzte weggeschickt, die Patienten dürfen sich jetzt frei auf dem ›Territorium‹ bewegen«, ereifert sich die Dottoressa, »das ist auch wieder eines von diesen Zauberwörtern: ›Territorium‹. Eins von diesen Wörtern, die die Probleme aufsaugen sollen wie ein Schwamm. Aber wir sind mit daran schuld. Es ist uns gelungen, die Geisteskrankheit abzuschaffen. Mit dem klassischen Vorwand, daß es sie gar nicht gibt. Erinnerst du dich, wie oft wir darüber diskutiert haben?«

»Also«, sagt Guerracci, »läßt du mich mit diesem Mädchen reden?«

»Und ich hatte schon geglaubt, du wärest gekommen, um mich wiederzusehen.«

Die Dottoressa schaut auf die Bruschini, die im Citroën sitzt, um welchen Marino, der immer noch ständig das Feuerzeug anmacht, bereits zweimal neugierig herumgeschlichen ist. »Hübsch, das Mädchen mit den roten Haaren. Warum sitzt sie denn da im Auto? Hat sie Angst vor den Irren?«

»Wir könnten irgendwo zusammen etwas essen: ich, du, deine Patientin und die Bruschini. Dann kann ich sie dir auch gleich vorstellen.«

»Warum nicht?« Die Dottoressa hebt den Blick zum Himmel, wo die Venus schon über den Bäumen blinkt. »Wir könnten auf die Piazza del Campo gehen. Da gibt es ein teures Restaurant, wo man zwar ganz schlecht ißt, aber das Ambiente ist traumhaft. Auf deine Kosten, okay?«

Die Dottoressa ruft Marino und trägt ihm auf, Giulia zu suchen. »Sag ihr, sie soll duschen und sich umziehen. Aber nicht diese auffälligen Klamotten. Sag ihr, wir gehen zum Essen aus.«

»Kann ich mitkommen?«

»Auf keinen Fall. Du gehst in die Küche und läßt dir einen Teller Suppe geben. Und danach gehst du ins Bett, verstanden, Marino?«

24
Auberginen in der Wüste

Mit zunehmender Dunkelheit frischt die Tramontana auf, und die Decke eines Tisches draußen, an dem trotz der Eiseskälte ein deutsches Paar sitzt, bläht sich im Wind. Guerracci und die Damen sitzen drinnen, vor der Fensterscheibe, die auf die Piazza del Campo geht. Der tiefblaue, von dunklen Streifen durchzogene Himmel hüllt die Torre del Mangia ein wie ein Blatt Einwickelpapier. In der Scheibe spiegeln sich Renatas Haare vor dem Hintergrund der rötlichen Häuserfassaden. Guerracci wartet darauf, daß er sich in das Gespräch einmischen kann, aber das ist nicht einfach, denn die Dottoressa und Giulia haben einen heftigen Streit vom Zaun gebrochen, kaum daß sie sich an den Tisch gesetzt hatten. Während der kurzen Fahrt im Auto hat bedrückendes Schweigen geherrscht. Marino hatte Giulia verpetzt und der Psychiaterin erzählt, daß er sie am Straßenrand gesehen hatte, auf der Lauer nach vorbeifahrenden Wagen. Also war sie das blonde Mädchen gewesen, das bei Guerraccis Ankunft an der Einfahrt zur Klinik gestanden hatte.

»Es wird damit enden, daß sie dich wegen Prostitution festnehmen, du bist schon einmal verwarnt worden. Wann willst du das endlich einsehen?« ereifert sich die Sorce.

»Dann gib du mir doch das Geld.«

»Ach so, ich soll dich auch noch bezahlen? Wo ich schon das Risiko eingehe, dich bei mir zu behalten, obwohl du eigentlich in eine geschlossene Anstalt gehörst.«

»Dann laß mich nach Pitigliano zurückkehren.«

»Damit dieser Schurke dich dort findet, was? Sag die Wahrheit, das ist es doch, was du willst: daß er dich wieder in die Finger kriegt, du willst zurück unter seine Fuchtel.«

»Er kann mich gar nicht in die Finger kriegen, weil er nämlich im Knast sitzt, der Schurke. Und du brauchst nicht so scheinheilig zu tun, als ob du von nichts wüßtest. Du hast ihn schließlich angeschwärzt.«

»Ich mach mir doch nicht an solchen Dreckskerlen die Hände schmutzig.«

»Du hast ihn trotzdem bei den Bullen verpetzt.«

»Hört euch das an! Das also ist der Dank dafür, daß ich sie aus ihrer Hörigkeit befreit habe. Wirklich, Guerracci, er hatte sie so weit gebracht, daß nicht mal eine Sklavin …«

»Wer weiß, was unser geschätzter Gast und seine Begleiterin jetzt denken: daß du mich wie ein dummes Ding behandelst. Ich habe schließlich einen Universitätsabschluß in Literaturwissenschaft, und zwar mit einer Eins plus.« Giulia schlägt im Takt mit der Gabel in ihren Teller Ravioli und bespritzt die Tischdecke mit Tomatensauce. »Das Haus meiner Vorfahren in Pitigliano, aus dem dieser lumpige Sozialstaat mich mit Gewalt herausgerissen und mich dieser teutonischen Gefängniswärterin übergeben hat, ist ein Palazzo aus dem 15. Jahrhundert, dort wurde ich von Pagen mit weißen Handschuhen bedient …«

»In diesem Palazzo wollen sie dich aber nicht haben, das weißt du ganz genau. Wenn du nur einen Fuß in die Nähe setzt, läßt deine liebe Mama die Hunde los und ruft die Polizei. Die hat nämlich endgültig genug von dir. Stell dir mal vor, Amerigo, ab und an kommt es dieser Verrückten in den Sinn, die Nutte zu spielen. Dann stellt sie sich an die Einfahrt zur Anstalt. Letzte Woche habe ich sie erwischt, wie sie schon halb in einem Auto voller geiler Jünglinge war. Wenn so einer sie mitnimmt und ihr etwas antut, wie stehe ich dann da? Sie macht es, weil sie ihre Mutter ärgern will, und sie will einfach nicht begreifen, daß das heutzutage gefährlich ist, daß sie riskiert, eines Tages ein Messer im Bauch zu haben, ja, genau das riskiert sie, die Signorina.«

»Die Signorina möchte lediglich in Ruhe gelassen werden. Ist das zuviel verlangt, wenn einer seine Ruhe will? Und du immer mit deinem Gerede von Spieltherapien«, sagt Giulia und blinzelt Guerracci zu. »Um meine Spiele kümmere ich mich selber, aus dem Alter, in dem ich noch Spaß an Monopoly hatte, bin ich schon lange raus. Und auch um diese andere kleine Sache kümmere ich mich selbst, falls du verstehst, was ich meine, Avvocato.«

Seit sie am Tisch sitzen, tritt jemand Guerracci ununterbrochen kräftig gegen das Schienbein.

»Ich stecke dich in eine geschlossene Anstalt, verstehst du das endlich? Und da wirst du von morgens bis abends mit Valium vollgepumpt!«

Die Sorce hat die Stimme erhoben, und Guerracci registriert, wie ein paar Kellner tuschelnd ihren Tisch beobachten. Zum Glück ist das Restaurant fast leer.

»Ja, und? Bin ich nun verrückt oder nicht?«

Die Dottoressa rauft sich ihren ausgewachsenen Männerhaarschnitt, seufzt tief und gibt auf.

»Eigentlich will sie nämlich das Monopol …«, vertraut Giulia Guerracci an. Die Sorce zuckt zusammen.

»Bitte? Das Monopol? Wovon?«

»Hi, hi«, kichert Giulia, »ich weiß schon, wovon.«

»Oh, Guerracci«, keucht die Sorce, »sie ist völlig durchgedreht, du glaubst ihr doch nicht etwa?«

»Was soll ich glauben?« Guerracci tut so, als hätte er nicht verstanden.

Es folgt ein kurzes Schweigen. Die Bruschini hält sich eine Hand vor den Mund, schaut woandershin und flüstert: »Netter Abend.«

»Du wolltest doch einen Anwalt?« Die Sorce legt eine Hand auf Giulias Arm. »Hier ist er, ich habe dir einen Anwalt besorgt. Sei still, Amerigo, widersprich mir nicht, *sem-*

per abbas, nicht wahr? Guerracci hat uns zum Essen eingeladen, er ist extra hergekommen, um sich deine Geschichte anzuhören.«

»Kennen Sie Idris Fami, den Ägypter?« kommt Guerracci ihr zu Hilfe.

Wie die Dinge liegen, macht er sich keine großen Hoffnungen, daß dieses Treffen viel bringen wird, aber jetzt muß man das Thema wenigstens mal ansprechen.

»Ich kenne Millionen von Ägyptern. Ich bin nämlich die Reinkarnation von Nofretete«, sagt Giulia.

Ornella Sorce streichelt ihr die Hand: »Du hast mich doch schließlich gebeten, dich mit einem Anwalt sprechen zu lassen, erinnerst du dich? Du brauchst den Rat eines Experten, nicht wahr, Giulia? Erzähl von deinem Abenteuer.«

»Ich habe es mit Pharaos, Architekten, Generälen, Schädeldurchbohrern, Fußsoldaten, jüdischen Sklaven, Nilschiffern und Schreibern getrieben. Mit dir auch schon, im Tal der Könige, du warst der Leibarzt des Pharaos«, plappert Giulia. Ihre Augen glänzen, und die Fußtritte werden stärker. »Und ich würde es auch jetzt wieder mit dir …«

Die Sorce holt aus, man hört ein lautes Klatschen. Giulia bedeckt sich die Wange mit der Tischdecke – mehrere Gläser fallen zu Boden –, stößt im Aufspringen den Stuhl um und rennt hinaus, verfolgt von der Dottoressa. Guerracci sieht sie über die Piazza del Campo auf den Palazzo Comunale zulaufen.

Sie beenden das Essen zu zweit. Die Bruschini macht ein paar ironische Bemerkungen, auf die Guerracci einsilbige Antworten gibt. Ein Kellner nimmt das Geld für die Rechnung, wobei er angewidert über die Piazza schaut, ein anderer kehrt die Glasscherben zusammen und läßt sie demonstrativ über den Boden klirren.

Später treffen sie wieder auf beide Frauen, die auf den Stufen unter dem Campanile sitzen. Die Sorce hält Giulias

Kopf im Schoß. Ihr milchweißes Walkürengesicht glänzt tränennaß im Licht der Scheinwerfer, die die Gebäude anstrahlen. Die Tramontana fegt plötzlich eiskalt über den ausgestorbenen Platz. Mit einem Schlag ist der Winter zurückgekommen, und das Plätschern der Fonte Gaia verstärkt die feuchte Kälte noch, die vom Himmel fällt. Giulia trägt silbrige Nylonstrümpfe unter ihrem Minirock, die Dottoressa einen strengen Regenmantel, der bis zum Hals zugeknöpft ist. Die beiden sehen aus wie der Ritter und die Dame auf dem Gemälde von der Belagerung Sienas durch die Florentiner. Sie machen keinen Hehl daraus, daß sie in einem intimen Zwiegespräch gestört worden sind, als Guerracci sagt, daß er jetzt aufbrechen möchte.

Um Mitternacht fahren sie über die Straße, die den Hügel in der Mitte durchschneidet. Die Stadt ist dunkel, bis auf die von unten angestrahlten Kirchen, die aussehen wie Trapezkünstler im Zirkus. Die Sorce flüstert in zärtlichem, aber vorwurfsvollem Ton, und Giulia, die den Kopf auf ihre Schulter gelegt hat, läßt über dem Wispern ein kleines spöttisches Lachen schweben.

»Du willst also alles über Idris wissen, Schätzchen?«

Guerracci hatte die Hoffnung längst aufgegeben, daß diese Fahrt sich noch lohnen könnte, er ist müde und hat die Schnauze voll; er kann es gar nicht erwarten, endlich in seinem Bett zu liegen, nachdem er diese teuflischen Schwestern in ihrem Kloster abgeliefert hat. Aber Giulia richtet sich plötzlich fröhlich auf, faßt ihn an den Schultern und nimmt ihm die Zigarette aus dem Mund. Sie inhaliert tief und bläst den Rauch gegen die Windschutzscheibe.

»Die Geschichte mit den Auberginen, ja, Liebling? Ich fange am besten damit an. Giulia lehnt ihren Kopf an den seinen, und Guerracci spürt, wie feucht an seinem Ohr geschlabbert wird. »Er hat mir mal eine Szene gemacht, weil ich in einem Restaurant Auberginen bestellt hatte, *Melanzane alla parmigiana.*«

Guerracci heftet die Augen auf die Straße und zündet sich eine weitere Zigarette an.

»Auberginen, die auf dem Wüstensand in der Sonne getrocknet werden, mit der Schale, schwarzweiße Auberginen, schmecken seiner Meinung nach wie die pergamentartige Haut einer alten Frau. Bah! … Verstehst du, Schätzchen, als er sie dann da auf dem Tisch sah … da wurde er fuchsteufelswild! Magst du Auberginen, mein Herz?«

»Wie soll Guerracci dir denn folgen können?« mischt sich sanft die Sorce ein. »Du erzählst ohne jeden Zusammenhang. Die Geschichte mit den Auberginen ist doch viel älter, da kanntet ihr euch doch noch gar nicht, damals war der Ägypter in einem militärischen Trainingslager in der Wüste. Nicht wahr, Giulia, es war doch in Syrien, dieses Lager? Meilenweit von jedem besiedelten Ort entfernt, mitten in der Wüste, und die Sonne wie ein Hammer, wie in dem Film *Lawrence von Arabien*. So hat er jedenfalls gesagt, komm, erzähl weiter, Giulia, aber in der richtigen Reihenfolge, sei so lieb. Wie du ihn kennengelernt hast, und so weiter.«

Giulia berichtet, daß sie zu Beginn des Jahres 1980 ein wunderhübsches, blutjunges Mädchen war und ständig Streit mit ihrer Mutter hatte, weil sie in schlechter Gesellschaft verkehrte und mit gefährlichem Gedankengut in Berührung kam. Dabei war dieses Gedankengut damals schon auf dem absteigenden Ast, die Jugend glaubte längst nicht mehr an ihre Allmacht, und die schlechte Gesellschaft war auch schon reichlich gelichtet, weil viele ihrer Mitglieder im Gefängnis gelandet waren. Die jungen Leute hatten nicht mehr das Gefühl, daß die Welt ihnen gehöre, und waren bereit, sich zu ändern, weil sie sich plötzlich mit einer Fratze konfrontiert sahen, die viel grausamer und unerbittlicher war, als sie geglaubt hatten. Giulia war zu spät auf diesen Zug aufgesprungen und konnte daher nicht wissen, daß sie bereits alle Anschlüsse verpaßt hatte und bald gegen die Puffer eines Abstellgleises knallen würde.

»Verstehst du, das war die neue Romantik dieser Epoche, Schatz?« erklärt Giulia. »Ich hatte mich mit Haut und Haar dieser Sache verschrieben, die Ratschläge meiner Mutter standen mir bis hier. Mein Vater war tot, er war ein eifriger Drahtzieher gewesen, hatte immer neue vertrauliche Projekte geschmiedet und Ministerialbeamte bestochen. Als mein Vater starb, hinterließ er mir und Mama einen Haufen Geld. Aber wie war er an dieses Geld gekommen? Ich hatte immer diesen Komplex eines Reichtums, der nicht auf ehrliche Weise erworben worden ist, mehr kann ich nicht sagen: Kannst du dir vorstellen, wie ein junges Mädchen denkt, das auf Erlösung durch die Revolution hofft? Außerdem mochte ich Sex, und daran hat sich nichts geändert.« (Wieder dieses Schlabbern am Ohr.)

Dann schließlich war dieser Araber mit den honigfarbenen Augen aufgetaucht, Retter eines unterdrückten Volkes, strenggläubiger Moslem, antiwestlich eingestellt und ein großartiger Liebhaber, und hatte sie gepflückt »wie ein Gänseblümchen, dessen Blütenblätter noch geschlossen sind«. Naiv, wie sie war, mit einem inneren heiligen Feuer, sah Giulia in ihm den ersten richtigen Helden ihres Lebens, obwohl er in seinem Urlaub an einem Strand in der Maremma genau dasselbe tat wie alle anderen: Er badete, und nach dem Schwimmen aß er gelbe Pfirsiche. Abends gingen sie zum Essen in die Trattoria »Buttero«, die einem Maremmaner gehörte, der Meerbarben mit Sprengstoff fischte und sich im Spätsommer der Wilderei hingab. Die Wildschweine grillte er dann über Feuer aus Wacholderzweigen, die er in den Dünen abgebrochen hatte.

Guerracci möchte wissen, wie denn die Tatsache, daß Fami ein Streiter für dic islamische Sache war, zu seiner Reinigung am Taufbecken und zur Hochzeit nach katholischem Ritus paßt.

»Das hat mit den Geheimnissen zu tun«, antwortet Giulia, »Idris Fami spielt sozusagen eine Rolle in einem Spionagefilm. Jetzt kommt die Szene im Prater in Wien. Dort hat er mich hingeführt. Wir sind in zärtlicher Umarmung die Riesenrutschbahn hinuntergeglitten und haben die Stadt vom Riesenrad aus betrachtet.«

Giulia wird von der Dottoressa gezwungen, ein paar Schritte zurück zu machen: Die Szene im Prater hat sich sechs Jahre nach ihrem ersten Sommer in der Maremma zugetragen, in dessen Verlauf sie ihre gemeinsame Leidenschaft für die etruskische Zivilisation entdeckten. Giulia hatte ihm aus Lawrences Buch *Etruskische Stätten* die Stellen vorgelesen, in denen die Geister beschrieben werden, die den Erdspalten entweichen, wenn die vor Leben brodelnden Tiefen aufbrechen. Ihr gefiel besonders der freie Geist der etruskischen Frauen und jene geheimnisvolle Figur des jugendlich-alten Tages, der aus den Erdschollen aufsteigt, um den unkultivierten Bauern beizubringen, wie man die Erinnerung durch das wundervolle Mittel der Schrift erhalten kann. Idris war von der Wahrsagekunst der Priester fasziniert, von den geheimnisvollen Stätten esoterischer Kulte. Er hatte all diese Orte mit eigenen Augen sehen wollen, und so hatten sie den Strand verlassen und die etruskischen Nekropolen besucht, Überreste, die man nur nach stundenlangen Wanderungen durch Schluchten erreichen konnte, bei denen man sich die Füße auf den Steinen der Bäche wundrieb und Böschungen hinaufklettern mußte. Wenn sie erschöpft waren, machten sie in einer der kleinen Bars halt, die Café, Imbißbude und Lebensmittelladen in einem sind, aßen Oliven, Sardellen, dunkles Brot und gepfefferten Käse. Giulias Erzählung nimmt romantische Züge an. Die Bettwäsche in den kleinen Hotels roch nach selbstgemachter Seife und Wollust, in den Schluchten gab es Einschnitte, wo man Rast machen und Venus und Priapos huldigen konnte. Aber die Dottoressa mischt sich umgehend ein und bringt sie ins richtige Fahrwasser zurück. Im Herbst war Fami nach Ägypten zurückgekehrt und vier Jahre später dann abermals nach Italien gekommen. Vielleicht hatte er da schon die Absicht gehabt (aber das konnte Giulia natürlich nicht wissen), diese Verena zu heiraten. Gegen Ende des Jahres 1984 war er also erneut aufgetaucht, ein wenig dicker geworden, aber immer noch mit dem gleichen ironischen Lächeln; sie hatten sich zusammengetan und ihre Pilgerfahrten zwischen Sovana, Pitigliano und Sorano wieder aufgenommen.

Bei diesem zweiten Aufenthalt hatte Giulia den Ägypter auf Touren begleitet, die keine Besichtigungen mehr waren, sondern das systematische Absuchen von Gelände. Zu welchem Zweck diese Unternehmungen dienen sollten, wußte nur er allein. Manchmal war sie steif und fast erfroren aufgewacht, nach einem Nickerchen zwischen taufeuchten Büschen, während er wer weiß wo herumschnüffelte, und wenn er zurückkam, war er völlig erschöpft, von Dornen zerkratzt, und seine Schuhe glichen zwei Schlammklumpen. Einmal hatte Giulia ihn dabei beobachtet, wie er in einer kleinen, in den Tuffstein gegrabenen Höhle in der Nähe der Tomba della Sirena Werkzeuge versteckte, die man für Ausgrabungen braucht: Schaufel, Spitzhacke, Taschenlampe und einen sogenannten »Spieß«, eine lange, vorn angespitzte Stange, die die Grabräuber benutzen, um in den Hohlräumen unter den Grabhügeln herumzustochern.

»Ja, und dann waren wir endlich in Wien«, fährt Giulia fort. »Eines Abends im Hotel – wir haben jede Nacht in einem anderen Hotel verbracht –, wir waren gerade eingeschlafen, hatten wir den Eindruck, daß jemand versuchte, die Tür zu öffnen. Fami stand auf, nahm aus der Innentasche seiner Jacke eine Brieftasche und versteckte sie unter dem Kopfkissen. Ich sah, daß er eine Pistole in der Hand hatte. Mit der postierte er sich an der Tür und preßte das Ohr dagegen. Dann nahm er ein paar Kleiderbügel aus dem Schrank, diese Metallbügel, die klirren, wenn sie aneinanderschlagen, und hängte sie an die Türklinke und die Fenstergriffe. Dabei sprach er kein Wort. Dann kam er wieder ins Bett, aber ich hörte ihn im Laufe der Nacht mehrmals aufstehen und an die Tür gehen, weil die Bügel wie verrückt klirrten. Am Morgen, sobald es etwas hell im Zimmer war und er erschöpft eingeschlafen war, holte ich vorsichtig diese Brieftasche unter dem Kopfkissen hervor. Es waren zwei zusammengefaltete Dokumente darin: eine Zeichnung, die aus einem Buch herausgerissen war – ich konnte den ›Cavone‹ erkennen, die alte Straße von Sovana, die die Etrusker in den Tuff geschlagen haben –, und ein Lageplan.«

»Ein Lageplan?« fragt Guerracci.

»Es war ein Teil eines Plans des Militärinstituts für Geographie«, erläutert Giulia. »Alle Beschriftungen waren ausgestrichen. Am Tag zuvor hatte er mir beim Abendessen erzählt, er habe ein Kapital in der Tasche. Er nannte auch eine Summe, er sprach von Milliarden ... Er muß diese beiden Blätter gemeint haben, denn Geld hatte er genug, er gab es mit vollen Händen aus. Er sagte mir, er sei nach Wien gefahren, um Kontakt zu einer Finanzgesellschaft aufzunehmen. Und am nächsten Abend dann, im Prater ...«

Giulia nimmt ihre Erzählung an dem Punkt wieder auf, wo die Sorce sie unterbrochen hatte, um etwas Ordnung in den Bericht zu bringen. Sie erzählt von dem Rummelplatz im Prater, wie das Riesenrad sich langsam in den Himmel über der Stadt erhob, wie die schwankende Kabine am höchsten Punkt des Kreises stehenblieb und sie dann langsam hinunterglitten, um wieder in die Menge einzutauchen. Hier wird Giulias Bericht wirr, als ob sie nicht eine reale Begebenheit, sondern einen Traum beschreiben würde, in dem sie von unsichtbaren Feinden verfolgt werden, die Idris allerdings so wohlbekannt sind, daß er zu Tode erschrokken ist. Wie in einem Traum endet die Flucht mit einem Flug. Giulia erzählt, daß sie plötzlich ganz allein über die Dächer der Stadt flog, im ersten Morgenlicht, bis zu den schneebedeckten Gipfeln der Alpen. »Im Flugzeug war mir kalt, und die Stewardeß gab mir eine Decke. Wir waren im Taxi aus dem Prater geflohen, hatten es fünf- oder sechsmal gewechselt und waren schließlich mit dem Bus zum Flughafen gefahren. Er schleifte mich die ganze Zeit hinter sich her. Er kaufte ein Ticket nach Rom, zog mir den Mantel aus, so daß ich nur noch mein ärmelloses Kleid anhatte, und riß mir sogar die Handtasche vom Arm. ›Sie müssen sehen können, daß du nichts bei dir hast‹, sagte er, ›dein Gepäck schicke ich dir nach. Sie dürfen nicht glauben, daß ich dir gegeben habe, wonach sie suchen. Sprich mit niemandem, wenn jemand dich anspricht, antwortest du nicht, und achte darauf, daß du immer unter Menschen bist. In Rom nimmst du den ersten Zug und fährst sofort nach Hause.‹ Er brachte mich bis zum Zoll, und seitdem habe ich nichts mehr von ihm gehört. Na ja, ich habe seine Fotos in den Zeitungen gesehen, als man ihn verhaftet hat, weil diese Frau verschwunden ist, wie hieß sie noch gleich? Verena.«

»Die Sache in Fiumicino ist auch wichtig, Giulia«, mischt Ornella sich ein.

»Das ist nicht wichtig. Vielleicht hat das gar nichts zu bedeuten. Solche Sachen passieren alleinreisenden Frauen eben.«

»Was heißt hier ›gar nichts zu bedeuten‹! Idris hatte doch gesagt, daß man vielleicht versuchen würde, dich zu entführen!«

»Ich weiß nicht mal mehr, ob ich mir das nicht nur eingebildet habe, ich war todmüde«, sagt Giulia widerwillig. »Also, am Flughafen Fiumicino … mir war eiskalt, in Rom regnete es, und ich wartete unter dem Vordach auf den Bus zum Bahnhof. Ein Wagen kam auf mich zu. Zwei Männer stiegen aus, ein dritter blieb hinter dem Steuer sitzen. Es ist alles ganz konfus: die Nacht in Wien, diese Sache da im Regen … ein einziger Wirrwarr, ein Alptraum. Vielleicht ist es eine Halluzination. Ich habe schließlich Halluzinationen gehabt, ich habe Dinge gesehen ...«

»Die Halluzinationen hast du erst später bekommen, als du dieses Zeug genommen hast. Damals warst du noch clean. Erzähl weiter.«

»Einer der beiden Männer bot mir an, mich mitzunehmen, ich lehnte ab, dann kam der andere, packte mich am Arm und redete bedrohlich auf mich ein, ich glaube auf arabisch, ich habe jedenfalls kein Wort verstanden. Beide versuchten, mich zu der geöffneten Autotür zu zerren. Ich fing an zu brüllen, und es kam ein Beamter der Flughafenpolizei. Daraufhin haben die beiden mich losgelassen und sind in das schon fahrende Auto gesprungen. Ende der Geschichte. Jetzt reicht es. Ich bin müde.«

Es war keine gute Idee, die Einladung der Sorce anzunehmen und in der Klinik zu übernachten. Es wäre doch besser gewesen, nach Hause zu fahren, obwohl Guerracci todmüde ist. Das Zimmer ist leer, abgesehen von den beiden Betten, die die Dottoressa mit einem verschwörerischen Lächeln nebeneinandergeschoben hat.

»Giulia hat dir nicht die ganze Geschichte erzählt«, hat sie ihm im Flur noch leise mitgeteilt. »Sie hat es durchaus nicht vergessen, sie hat dir absichtlich einige Dinge verschwiegen. Ich glaube, daß sie große Angst hat, und die hätte ich an ihrer Stelle auch. Ich kann nicht alle Lücken füllen, Giulia ist auch mir gegenüber sehr zugeknöpft. Aber ein paar ergänzende Fakten kann ich dir noch sagen. Eine Zeitlang schien es, als ob Fami sich in Luft aufgelöst hätte. Das war in der Zeit, als Giulia unter der Fuchtel dieses Typen stand, von dem ich dir am Telefon erzählt habe. Der, der Öl aus der Produktion seiner Mutter verkaufte, in Wirklichkeit aber mit Drogen handelte. Giulia hat mir erzählt, daß er mit der 'Ndrangheta in Verbindung stand. Sie klebte an ihm wie ein Blutegel. Er hat sie kokainabhängig gemacht, er gab ihr jeden Tag eine Unmenge von dem Zeug. Dann bekam Giulia körperliche Abhängigkeitserscheinungen, und so habe ich sie kennengelernt, sie kam zu mir in Behandlung. Es stimmt übrigens, daß ich ihn verpfiffen habe, dieses Schwein. Sie haben ihn mit einer Riesenmenge Stoff geschnappt.«

»Hast du ihn persönlich kennengelernt?« fragte Guerracci. »Könntest du ihn mir beschreiben?«

»Ja, ich habe ihn kennengelernt. Er begleitete sie immer zu den Therapiestunden, dieser Heuchler: ziemlich seriös, nicht sehr groß, agil, ein sportlicher Typ …«

»Trug er eine Ray-Ban-Brille?«

»Laß mich nachdenken. Ja, ich glaube, ich habe ihn häufig damit gesehen, eine Sonnenbrille mit changierenden Gläsern … Giulia war damals wirklich ganz schön fertig. Jetzt ist sie körperlich in Ordnung, aber psychologisch gesehen ist sie immer noch abhängig, auch wenn es in den letzten Monaten sehr viel besser geworden ist. Du hättest sie mal vor einem Jahr sehen sollen. Sie hatte ununterbrochen Halluzinationen. Sie glaubte zum Beispiel, ihre Zimmertür sei voller roter Würmer. Der Typ von der ’Ndrangheta hatte sie völlig in der Hand. Er stellte ihr Fragen ohne Ende. Er wollte alles über Idris und ihre archäologischen Ausflüge wissen. Er hat sie auch gezwungen, in den Wäldern um Sovana herumzukriechen, sie sollte ihm die Stellen zeigen, die der Ägypter abgesucht hatte. Und da ist noch eine Person, von der Giulia dir nichts erzählt hat, auch so ein zwielichtiger Typ. Offenbar ist es Giulias Schicksal, ständig auf solche Männer hereinzufallen. Dieser war nicht ganz so schlimm wie der mit der Sonnenbrille, wenigstens hat er sie nicht abhängig vom Koks gemacht. Sie waren zusammen, nachdem der andere im Gefängnis gelandet war. Und ich weiß, daß sie immer noch telefonieren. Vor einer Woche ist er sogar in die Klinik gekommen. Sie haben sich zurückgezogen und hatten eine heftige Diskussion, eine Stunde lang. Danach habe ich gesehen, wie sie weinte, aber es ist mir nicht gelungen, den Grund zu erfahren. Sie kennen sich schon länger, weil dieser Typ sie manchmal geführt hat, als sie und Fami in der Gegend von Sovana unterwegs waren. Giulia hat mir nur erzählt, daß er die etruskischen Totenstädte kennt wie seine Westentasche. Er handelt mit Antiquitäten, mit orientalischem und indischem Zeugs, aber unter der Hand verkauft er Ausgrabungsfunde, die er von den Grabräubern bekommt. Er ist ein ehemaliger Boxer, nennt sich Giovannone, und er hat einen Stand auf dem Antiquitätenmarkt der Piazza Grande in Arezzo. Dort müßtest du ihn eigentlich finden können. Morgen … das heißt heute, ist Samstag, und in Arezzo ist jeden ersten Samstag im Monat Antiquitätenmarkt.«

25
Auf dem Antiquitätenmarkt

Die Piazza Grande scheint im Belagerungszustand. Die umstellte Festung ist das Gerichtsgebäude. Mit seiner Vortreppe ist es der einzige ruhige Ort.

Es wird besser sein abzuwarten, bis die Autos und die Kleinlaster, die herangefahren kommen und Unmengen von Krempel ausladen, mit quietschenden Reifen wieder weggefahren sind, um noch einen Platz auf dem Parkplatz am Friedhof zu ergattern, bevor er sich auf die Suche nach Giovannone macht.

Trotz des Kaffees ist Guerracci immer noch müde. Er hat die ganze Nacht kein Auge zugetan, und das bunte Markttreiben und die zerzausten Haare der Bruschini verwirren ihn irgendwie.

In der Bar riecht es nach nassen Sägespänen. Der Eingang geht auf den Brunnen, der an dem Punkt steht, an dem die Piazza schräg abzufallen beginnt, bis sie plötzlich in eine enge Gasse mündet. Renata zerkrümelt ein klebriges Hörnchen in einer Tasse Milchkaffee, sie sieht müde aus, ihre sonst so strahlenden Farben wirken matt.

Es ist zwar noch nicht alles aufgebaut, aber der eine oder andere Käufer hat sich schon in das Durcheinander eingeschmuggelt. Die Abgesandten der Antiquitätenhändler wissen, daß dies der richtige Moment ist, um das Schnäppchen des Tages zu machen.

Die großen Schirme öffnen sich schnalzend zu quadratischen Blüten in Blau, Rot und Weiß. Der Frühling, der schon zum Sommer werden wollte, hat offenbar den Rückzug angetreten und das Feld noch einmal dem Winter überlassen.

Die Händler beeilen sich, ihre kostbaren Waren vor einem leichten Nieselregen zu schützen.

Guerracci wendet sich an einen von ihnen, der auf seinem Stand alte Bücher aufbaut, wobei er die Pergamenteinbände einzeln mit dem Ärmel abwischt.

»Giovannone? Welcher, der mit den orientalischen Antiquitäten?«

»Genau der«, antwortet Guerracci.

»Giovannone kommt fast nie vor zehn. Er läßt es ruhig angehen. Aber sein Stand ist ganz hier in der Nähe. Sehen Sie die leere Stelle vor dem letzten Bogen der Loggia?«

Die Gesichter der Verkäufer verdüstern sich angesichts des Regens, der im Laufe des Tages immer stärker wird. Es sind nur wenige Kunden unterwegs.

Ein Polizist und der Fahrer eines Kleinlasters streiten sich, während sie Seite an Seite vorwärtsgehen, wobei der Polizist eine Hand auf das Fenster an der Fahrerseite gelegt hat.

»Ich habe eine Zufahrtserlaubnis, reicht das etwa nicht?« brüllt der Fahrer.

»Die Erlaubnis gilt aber nur bis acht.«

»Ich lade nur kurz die Sachen aus, dann fahre ich auf den Parkplatz.«

»Das geht jetzt aber nicht mehr!«

»Okay, okay.« Der Fahrer springt behende aus dem Wagen. »Eine Sekunde, dann bin ich weg. *Schau mich bitte nicht so an* …«, trällert er mit einer schönen Baßstimme dem Polizisten entgegen und macht Anstalten, ihn um die Taille zu fassen und ein Tänzchen zu wagen. Der Wachtmeister zieht sich zurück und bleibt mit auf dem Rücken verschränkten Armen auf Beobachtungsposten. Der Fahrer öffnet die Rückklappe, holt das Gestell seines Standes heraus, dann die Tischplatte und den Schirm. Er wirft alles auf einen Haufen, dann nimmt er drei Kisten, eine nach der anderen, packt sie mit beiden Händen an den Seiten, hebt sie schwungvoll hoch und stellt sie mit dem verächtlichen Blick eines

Gewichthebers, der die letzte Hantel geschafft hat, ab. Dann verschwindet er wieder im Wagen. Wie von Geisterhand berührt, tauchen Säulen, Kapitelle, Biforenfenster und Schießscharten aus rötlichem Sandstein auf, die bedrohlich schwanken. Er steigt über die Altertümer hinweg, springt auf den Boden und baut die Steinblöcke auf, als ob sie aus Styropor wären. Er ist ein Koloß, ja, das muß der ehemalige Boxer sein. Eine weitere Drehung, um sich in den Wagen zu hieven, ein unwiderstehliches Lächeln an die Adresse des Polizisten, und der Wagen verschwindet in der Straße, die zum Friedhof führt.

Fünf Minuten vergehen, und der Muskelprotz ist wieder da. Seine Daunenjacke trägt er offen, so daß sein vorgewölbter Bauch zu sehen ist, sein Kopf ist trotz des Regens unbedeckt.

Der Stand ist aufgebaut. Neben dem Tisch erhebt sich jetzt ein indischer Tempel, mit den Biforen in der Mitte, den Säulen an den Seiten und den Kapitellen ganz oben, wie aus einem Baukasten. In dem Oval einer der Biforen sitzt ein betender Buddha aus vergoldeter Bronze.

»Sind Sie Signor Giovannone?«

»Giovannone … den Namen hab ich irgendwo schon mal gehört.«

»Ich suche Giovannone, den Experten für etruskische Kunst. Sind Sie das?«

»So sagt man das aber nicht.« Der Muskelprotz faßt sich zwischen die Beine und zwinkert der Bruschini zu. »Es heißt: Ihren Paß! Zeigen Sie mir Ihren Paß!«

»Hören Sie, das ist ein Mißverständnis …«

Guerracci bedauert die Eile, mit der er vorgegangen ist. Er hätte sich vorsichtiger an den Mann herantasten, wie zufällig ein Gespräch beginnen müssen. Statt dessen hat er einen drängenden Ton angeschlagen. Jetzt ist der Typ mißtrauisch geworden.

»Klar ist das ein Mißverständnis. Ich bin zwar Giovannone,

aber ich habe nichts mit Altertümern zu tun. Sehen Sie? Das hier sind alles Imitationen. Alles Werke meiner goldenen Hände.« Ohne Guerracci eines Blickes zu würdigen, zeigt er der Bruschini eine Sandsteinplatte mit einem durchbrochenen Muster, das eine stilisierte Lilie bildet: »Schauen Sie, wie hübsch. Das ist ein Fenster aus einem arabischen Frauengemach. Meint man nicht, gleich das Funkeln dunkler, verliebter Augen zu sehen?«

»Ich wollte Ihren Rat hinsichtlich eines etruskischen Fundstücks einholen. Ich bin Sammler.«

»Einen Rat? Den kann ich Ihnen geben«, knurrt Giovannone. »Trennen Sie sich davon. Wissen Sie denn nicht, daß das illegal ist?«

»Genau«, sagt Guerracci, »ich möchte mich davon trennen. Und deshalb ...«

»Jetzt hör mal zu, mein Lieber. Wenn du etwas kaufen willst, dann schau mal, was für schöne Sachen ich habe, alle fast echt, alle fast antik. Andernfalls«, mit der Hand auf der Brust macht er eine abweisenden Handbewegung, »denk an deine Gesundheit und sieh zu, wie du klarkommst, denn du bist mir sympathisch, und ich finde dich nett ...«

Das Restaurant liegt im Keller eines mittelalterlichen Palazzo, man erreicht es über eine steile Treppe. Vom Grunde eines Brunnens strahlt ein Scheinwerfer und projiziert den Kreis der Brunnenbrüstung und den vergrößerten Umriß des Eimers, der an einer Kette hängt, an die Decke. Die Kupfergefäße hinter der Kassentheke reflektieren das Licht der elektrischen Kerzen, die sich auch in dem blankpolierten Ebenholz der imitierten Renaissancemöbel spiegeln.

Guerracci bestellt die Spezialität des Hauses: Spinatpudding mit Geflügellebern. Es ist ein köstliches Gericht: ein wackelnder grüner Turm mit gebackenem Hühnerklein darauf, gekrönt von einem Löffel Bechamelsauce. Es erinnert an die raffinierte Küche längst vergangener Zeiten.

»Gestatten Sie? Störe ich?« Aus dem Halbdunkel taucht plötzlich Giovannone auf, ungezwungen grinsend, nimmt sich einen Stuhl und setzt sich an ihren Tisch. »Ich bestelle mir einen Kaffee, wenn Sie nichts dagegen haben. Ich habe schon gegessen. Aus der Hand, ich bin ja nur ein armer fahrender Händler. Also, Signore, dieses Objekt: worum handelt es sich? Eine Buccherovase? Wenn sie nicht dekoriert ist, brauchen wir gar nicht weiter darüber zu reden. Ohne Verzierung sind die überhaupt nichts wert, die Grabräuber zerschlagen sie sofort, wenn sie welche finden.«

»Es ist keine Buccherovase«, sagt Guerracci.

»Was ist es dann?«

»Wenn Sie mir nicht trauen, warum sollte ich Ihnen trauen?«

»Dann lassen Sie mich mal raten«, Giovannone senkt die Stimme. »Es ist ein wertvolles Objekt, was? Eine Figurenstele? Was Sie nicht sagen! Das wäre ja eine tolle Sache: eine etruskische Figurenstele. Die sind ganz selten, sie stehen alle in Museen.«

»Genau«, sagt Guerracci geistesabwesend.

»Und Sie sammeln etruskische Altertümer?«

Guerracci schweigt und widmet sich seinem Essen.

»Es ist noch keine drei Stunden her, da haben Sie gesagt, Sie seien Sammler etruskischer Altertümer …«

»Das habe ich gesagt, na und?«

»Das stimmt aber nicht. Denn wenn Sie nur die geringste Ahnung von etruskischer Archäologie hätten, dann müßten Sie mich eigentlich fragen, ob ich Sie verarschen will. Es gibt nämlich gar keine etruskischen Figurenstelen, die stammen alle aus einer sehr alten, geheimnisvollen Kultur, die ins 4. Jahrtausend vor Christus zurückreicht.«

»Vorhin waren Sie ziemlich unhöflich, und das sind Sie jetzt auch wieder. Sind Sie hierhergekommen, um mich auszufragen? Wenn das Objekt Sie interessiert, können wir darüber reden. Ansonsten lassen Sie uns bitte in Ruhe essen.«

»Warum hören Sie nicht endlich mit diesem blöden Spielchen auf?« Giovannone dreht den Stuhl um und setzt sich rittlings darauf. »Ich weiß ganz genau, wer Sie sind. Sie sind dieser Säufer Guerracci. Sie waren mal ein umstürzlerischer Anwalt, und jetzt sind Sie Schnüffler für eine Zeitschrift. Einer dieser Typen, die Scherereien suchen. Bingo! Diesmal haben Sie sich wirklich welche aufgeladen.«

»Und wer sind Sie?«

»Vergessen Sie's. ›Giovannone‹ ist schon zuviel für einen wie Sie. Sie sind doch schließlich auf mich zugekommen. Also, hier bin ich, nur Mut: Was wollen Sie von mir?«

»Ihr Ton gefällt mir nicht.«

»Und ich mag keine Schlaumeier.« Giovannone lächelt, aber seine Stimme knallt durch den Raum wie ein nasser Lappen. »Worauf wollten Sie eigentlich hinaus, Herr Schlaumeier, als Sie da auf mich zukamen mit dieser dummen Fresse und rumgelabert haben über irgendein dämliches Fundstück? Sie können froh sein, daß Sie die Kleine da dabeihaben, die ist nämlich wirklich gar nicht übel, und es täte mir leid, wenn Sie einen falschen Eindruck von mir bekäme. Die hat wirklich was Besseres verdient, Ihre rote Freundin.«

»Heb deinen verdammten Arsch und hau ab!« sagt Guerracci und überlegt, wie lange es wohl dauern wird, bis der Typ ihm eine reinhaut.

Der Muskelprotz steht auf und stellt den Stuhl, den er an der Lehne gepackt hat, beiseite, als ob er nicht mehr als eine Feder wöge. Guerracci überlegt, daß, wenn er jetzt ebenfalls aufsteht, eine körperliche Auseinandersetzung wohl nicht zu vermeiden sein wird. Schon wieder eine Szene in einem Restaurant: zerschlagenes Geschirr, vorwurfsvolle Kellner. Nur wird es diesmal weniger romantisch enden, denn wo diese Hände hinhauen, da bleiben Spuren zurück. Ein Kellner und die Gäste vom Nebentisch schauen schon beunruhigt in ihre Richtung.

»Ganz ruhig, mein Kleiner«, Giovannone greift ihm mit dem Zeigefinger unters Kinn, »iß deinen Brei, sei ein braver Junge und gib nicht so an, kapiert? Sag der Nervensäge, die dich geschickt hat, daß er alles vermasselt. Hinterher wird er schön blöd dastehen, er ist dabei, alles kaputtzumachen. Sag ihm das, dann hast du die Reise wenigstens nicht umsonst gemacht.«

»Wem?«

»Du weißt ganz genau, wem. Ihr solltet noch mal in Ruhe über alles nachdenken, du und dein Freund, der Doktor Pfiffikus*. Ich meine es gut mit euch, deshalb sage ich euch folgendes: Pinocchio ist auf das Wunderfeld gegangen, um die Goldmünzen auszugraben, aber er hat nur Schotter für eine Schnellstraße gefunden. Er hätte es bleibenlassen sollen, aber er hatte sich völlig auf die Graberei versteift. Dann sind die Gendarmen gekommen und haben ihn ins Gefängnis geworfen. Sag ihm das, deinem ehrgeizigen Juristenfreund, und der soll es dem armen Beppino aus der Romanze sagen. Was, die kennst du nicht? ›*Beppino konnte keinen Frieden finden, unschuldig saß er hinter Gittern.*‹«

Er hat eine schöne Stimme, mit einem altmodischen Tremolo.

»Das verstehe ich nicht.« Guerracci sieht ihn fragend an, er will erreichen, daß der Mann noch ein paar weitere verschlüsselte Informationen von sich gibt.

»Der arme Beppino ist unschuldig, da sind wir uns einig. Aber der Anwalt ist auf der falschen Fährte. Verena ist verschwunden, oder nicht? Also, warum verfolgt er nicht diese Spur? Er soll erst mal versuchen, zu verstehen, worum es überhaupt geht. Warum sollte sie tot sein? Die Welt ist groß, aber manche Menschen enden immer an bestimmten Orten, wie die Billardkugeln in den Löchern. Denken Sie dar-

* Im Original »Azzeccagarbugli«, ein Terminus aus Alessandro Manzonis Roman »Die Verlobten«; er ist im Italienischen zum Synonym für »Rechtsverdreher« geworden.

über nach, unternehmen Sie etwas. Wem nützt es denn, Zeit bei irgendwelchen Gepäckaufbewahrungen zu verschwenden? Ihr habt ja gesehen, was dabei rausgekommen ist. Was will dein kleiner Chef denn überhaupt? Lebenslänglich für seinen Mandanten und noch ein paar persönliche Scherereien obendrein? Seht zu, daß ihr wieder ins richtige Geleis kommt, vielleicht wird er ja dann freigesprochen. Aber der Anwalt, der Säufer hier und auch der arme Beppino müssen aufhören, uns den letzten Nerv zu töten. Sonst wird Beppino, wenn er Glück hat, wenn er sehr viel Glück hat, im Knast bleiben … Halt!« Giovannone greift nach der Kaffeetasse, die der Kellner gerade auf den Tisch stellen wollte, und trinkt sie in einem Zug leer. »Ah. Das tut gut. Ich kann Ihnen mitteilen, daß es draußen nicht mehr regnet. Wenn Sie Ihr Festmahl hier beendet haben, dann nehmen Sie Ihre alte Karre (die, übrigens, könnte wirklich etruskisch sein) und – gute Fahrt. Adieu!«

Er dreht sich um, die bleigefaßten Scheiben der Tür klirren, und steigt mit seinen kräftigen Beinen in den engen Jeans, die an einigen Stellen absichtlich eingerissen sind, die Treppe hinauf.

Auf dem Rückweg fährt Guerracci schweigend.

»Ich würde ganz direkt zu ihm sein«, sagt die Bruschini, »zu deinem lieben Freund Scalzi, wie Robert De Niro in *Es war einmal in Amerika*: ›Ich bin nicht wegen der Beute gekommen, sondern deinetwegen.‹«

»Was für einer Beute?«

»Der Haufen Geld. Hast du den schon vergessen? Vielleicht ist er ja dahinterher und hat dir deswegen die Freundschaft gekündigt.«

»Du kennst ihn nicht. Scalzi macht sich aus Geld noch weniger als ich. Aber ich sollte ihn wirklich vor den Risiken warnen, die er eingeht«, sagt Guerracci.

»Dann hat er Angst. Vielleicht wollte er dich loswerden,

weil er keine Zeugen haben will, wenn er das Handtuch wirft.«

»Scalzi ist auch nicht der Typ, der das Handtuch wirft.«

»Ich verstehe, er ist ein Held. Warum heiratest du ihn eigentlich nicht? Hast du schon vergessen, daß er uns wie Verräter behandelt hat?«

»Er hat das Recht, zu erfahren, wo dieser Zettel hingeraten ist. Du solltest mit Lilith sprechen.«

»Vergiß es. Das geht dich nichts an.«

»Ich werde es nicht vergessen. Bevor ich Scalzi wiedersehe, muß ich wissen, was da gelaufen ist.«

»Ihr zwei seid wie die Pfadfinder, da fehlen nur noch die Hütchen mit den Eicheln.«

26
Der falsche Poet

Scalzi hat seinen betrügerischen Bankrott bekommen. Gestern ist er aus Milano zurückgekehrt, wo der Prozeß stattgefunden hat. Der Juni ist fast vorbei, aber auch heute hat er den Besuch im Gefängnis bei dem Ägypter wieder aufgeschoben, obwohl die erste Verhandlung des Prozesses für den 9. Juli angesetzt ist. Es läßt den Tag ruhig ausklingen und sitzt entspannt mit Olimpia an einem Tischchen vor der Bar »Cibreo«. Die Jugendstilfriese der Markthalle von Sant' Ambrogio leuchten dramatisch im roten Abendlicht.

»Dreihundertfünfzigtausend Lire für eine Übernachtung«, brummt Scalzi, »eine kochendheiße Dusche, die sich kaum regulieren ließ …«

»Das war wahrscheinlich ein Doppelzimmer«, meint Olimpia. »Du wirst die Minibar geplündert haben. Das ist doch die klassische Abendbeschäftigung eines Strafverteidigers auf Dienstreise: gelegentliche Liebschaften und die Minibar.«

»Es war ein Nichtraucherzimmer. Es gab keinen Aschenbecher, ich mußte die Zigarette in der Untertasse ausdrükken.«

»Wir sind zu einem Essen auf dem Land eingeladen«, sagt Olimpia. »Gertrud hat nur mich angerufen, weil du immer so griesgrämig bist.«

»Prima. Schönen Abend.«

»Kommst du nicht mit?«

»Nein. Ich kann diese rustikalen Veranstaltungen nicht ausstehen.«

»Es kommen lauter nette Leute, nicht die üblichen Alternativen. Mal abgesehen von Bozzolini. Aber Bozzolini ist ein interessanter Typ. Gertrud sagt, du müßtest ihn kennen, du sollst ihn mal verteidigt haben. Er war im Gefängnis, und seit er wieder draußen ist, arbeitet er als Kistenschlepper auf dem Gemüsegroßmarkt. Er schreibt wundervolle Gedichte, die niemand veröffentlichen will, und er trägt sie auswendig vor, manchmal improvisiert er auch. Es wird ein poetischer Abend werden. Wir fahren mit Gertruds Auto hin.«

»Der Bozzolini, den ich kenne, ist ein notorischer Trinker. Daß er auch dichtet, wußte ich nicht, ich weiß nur, daß er sich durchschlägt, indem er Wohnungen ausraubt. Deswegen habe ich ihn verteidigt.«

Olimpia drückt die Zeitung herunter, die Scalzi vor ihrer Nase aufgeschlagen hat.

»Hör mir zu, du unkultivierter Mensch. Renata kommt auch.«

»Welche Renata?«

»Die Bruschini. Sie und Gertrud telefonieren häufig miteinander. Guerracci kommt auch, wenn du mitkommst.«

»Aha, ich habe verstanden. Ein Treffen der Gesellschaft für die Wahrheit über den Fall Mammoli. Das ist ja noch ein Grund mehr. Ich komme nicht mit.«

»Du hast sie wie Spione des Feindes behandelt. Das war wirklich übertrieben.«

»Guerracci ist dir doch unsympathisch, oder irre ich mich?«

»Guerracci soll mir unsympathisch sein? Warum? Ich kenne ihn ja kaum.«

»Ich hatte den Eindruck, daß du ihn ziemlich zwielichtig fandest.«

»Nein, ich glaube, er ist einfach nur naiv. Und mit der Bruschini habe ich fast ein bißchen Mitleid. Du wirst alt, weiß du das?« Olimpia zündet sich eine Camel an. »Du wirst immer säuerlicher. Ein gealterter, säuerlicher Anwalt.

Du entfremdest dich von deinen Freunden. Guerracci muß dir etwas Wichtiges sagen. Warum willst du nicht mitkommen?«

»Ich esse nicht gerne im Stehen.«

»Das wird kein Essen im Stehen, die Dame, die uns eingeladen hat, ist eine hervorragende Köchin. Und das Haus ist wunderbar: ein alter Turm oben auf einem Hügel ...«

Die Wagen der Eingeladenen verstopfen die Wege, die durch die brachliegenden Felder führen, zwischen Olivenbäumen hindurch, die in jenem kalten Winter 1985 eingegangen sind. Das Bauernhaus liegt am Hang, auf der Nordseite des Hügels, die Tenne ist mit Unkraut überwuchert, und es riecht weder nach Mist noch nach Stroh. Die Restaurierung ist noch in vollem Gange, überall stolpert man über Ziegelsteine. Die Gastgeberin (sie ist erst vor kurzem geschieden worden, dieses Essen ist eine Art Wiedereintritt in die Gesellschaft) setzt sämtliche Eintreffenden gutgelaunt davon in Kenntnis, daß bedauerlicherweise der Strom ausgefallen ist. Sie findet die Kerzen wunderbar, die überall aufgestellt worden sind und diesem Festmahl die Atmosphäre einer schwarzen Messe verleihen. Die Pailletten ihres langen Kleides glitzern, aber das Kerzenlicht unterstreicht auch ihre Falten, und sogar das Essen schmeckt nach heruntertropfendem Wachs.

Ein rustikales Abendessen, natürlich im Stehen. *Bruschetta, Pappa al pomodoro, Ribollita.* Auf einem Gitter neben einem Feuer, das fröhlich qualmend zur weiteren Schwärzung der rußverschmierten Decke beiträgt, rösten Brotscheiben. Scalzi jongliert mit einem öligen Schnittchen, das auf der einen Seite kalt, auf der anderen dafür verbrannt ist, einer Tomate und einem Glas Wein, der viel zu dunkel und dickflüssig ist, um Chianti zu sein. Auf dem Küchentisch trieft das Fett aus fingerdick bestrichenen Brotscheiben neben Schüsseln mit Salat und Tongefäßen voller Bohnen und Würste.

Ein Managertyp, der meistbietend öffentliche Aufträge vergibt, in einer Strickjacke, die ein Familienvater an Feiertagen tragen würde, versucht mit aufgekrempelten Ärmeln, Scheiben von einem Schinken abzuschneiden. Leider hat er offenbar nicht viel Erfahrung mit Schinken, denn unter seinem Messer bildet sich ein Häufchen fadenförmiger Fetzen.

Olimpia ist im Dunkel verschwunden, wer weiß, wohin ihr schlechtes Gewissen sie getrieben hat. Ah, da drüben ist sie ja, sie steht mit Gertrud bei Guerracci, der Bruschini und einem Mädchen, das ihr sehr ähnlich sieht. Es hat ebenfalls rote Haare, die bis zur Taille reichen. Die beiden sind eine Attraktion, sie könnten Zwillinge sein. Alle lächeln zu ihm hinüber und heben ihre Gläser. Die beiden Mädchen schauen halb ironisch, halb besorgt, als ob sie einen mißgestimmten Hund besänftigen müßten. Scalzi würde gerne hinübergehen, dazu müßte er aber durch die ganze Küche, vorbei an mindestens zehn bekannten Gesichtern, die alle begrüßt werden wollen. Er stellt das Glas, das Brot und die Tomate auf einem wackligen Hocker ab und überläßt das Zeug seinem Schicksal. Von ländlichem Abendessen oder poetischer Performance kann wirklich nicht die Rede sein: Das hier ist ein Wißt-ihr-noch-damals-Treffen der Vereinigung »Blut und Tränen«. Und das, obwohl die Gäste all dem entronnen sind: dem Blut, den Tränen, der Schande, den Mauern. Wenn man sich die elegante Kleidung ansieht, die ruhigen, zufriedenen Gesichter (das des Schinkensäblers eingeschlossen, der nicht gerade aussieht wie ein ehemaliger Anführer der Arbeiterfront), dann gewinnt man den Eindruck, daß sie den Zusammenstoß mit der Repression recht gut überstanden haben. Andererseits waren diese Leute alle Theoretiker der großen Revolution, unermüdliche Redner auf Versammlungen und in Wohnzimmern, die Helden der Kongresse in Rom, in Rosolia, in Rimini, immer nach dem Motto »Bewaffnen wir uns und lassen euch in den Kampf ziehen«.

Gertrud sucht die Menge zum Schweigen zu bringen. Sie geht von einem Grüppchen zum anderen und bittet mit teutonischem Ernst um Ruhe. Jetzt kommt der poetische Teil des Abends.

Das milde Kerzenlicht trägt dazu bei, den Lärm zu dämpfen, der Moment ist günstig. Der Dichter tritt in ein Eckchen, das man ihm freigehalten hat, verbeugt sich vor dem gespenstischen Schein einer Gruppe von Kerzenstummeln, die eine einzige Flamme bilden und sein glänzendes Alkoholikergesicht von unten beleuchten. Er sieht aus wie ein Halloweenkürbis. Zögernder Applaus ertönt, aber der Dichter wehrt ab. Das steht ihm nicht zu, wer ist er denn schon? Er läßt sich nur ab und zu von seiner Phantasie entführen, besonders, wenn er aus der »heiligen Quelle« getrunken hat, sagt er und betrachtet zärtlich ein ungewöhnlich großes, bis an den Rand mit Whisky gefülltes Glas. Er nimmt einen Schluck, räuspert sich und fängt endlich an: »*Erinnerst du dich an das Häuschen des Zöllners / auf dem Felsvorsprung an den Klippen?*«*

Und so geht es immer weiter. Montale würde sich im Grabe rumdrehen. Scalzi schaut sich um: Ist es denn die Möglichkeit, daß niemand mit der Wimper zuckt? Abgesehen von zwei oder drei ignoranten Schwätzern, die sich weiter unterhalten, wirken alle aufmerksam und ergriffen. Sieh mal einer an: Sogar Soracci, der der revolutionären Rhetorik abgeschworen hat und heute an der Universität lehrt, Rechtswissenschaft, okay, aber ein wenig Montale wird er doch wohl gelesen haben? Und diese Frau dort, die völlig verzückt dreinschaut, hat die nicht einen verantwortungsvollen Posten bei der Denkmalpflege?

»Was einem nicht alles zugemutet wird.« Guerracci ist aus dem Rauch der Feuerstelle getreten und schüttelt den Kopf.

»Wenigstens einer hat es gemerkt.« Scalzi spürt ein wenig

* Der Anfang eines Gedichts von Eugenio Montale, »La casa del doganiere«.

von der Wärme, die er für seinen Freund empfunden hat, als er ihn im Zug traf.

»Du kannst mir glauben, die Nobelpreisträger lese ich. Wie geht's? Bist du immer noch sauer?«

Guerracci streckt die Hand aus und lächelt ein ganz klein wenig nachtragend.

Der Poet beschließt sein Gedicht mit den Worten: *»Und ich weiß nicht, soll ich gehen oder bleiben.«*

»Geh lieber, Bozzolini, bevor hier ein Möbelstück verschwindet«, entfährt es Scalzi.

Der laute Applaus bewahrt ihn vor einer Verletzung des Berufsgeheimnisses. Der Dichter dankt, verbeugt sich, wobei der Halloweenkürbis aufleuchtet, und nimmt einen ordentlichen Schluck.

»Das folgende Werk ist mir gestern abend ganz spontan in die Feder geflossen«, fährt er fort, »es ist in Mundart verfaßt …«

Diesmal hat er die Sonette von Fucini geplündert. Keinerlei Unbehagen im Publikum: Im Gegenteil, man lächelt wohlwollend und will vor Wonne schier zerfließen.

»Wollen wir hier nicht abhauen, ich, du und die Mädels?« fragt Guerracci.

»O ja«, Olimpia ist herübergekommen und sieht Scalzi ein wenig beunruhigt an, »ich hole die anderen, ja?«

»Na, meine Liebe? Das sind nicht die gewöhnlichen Alternativen, nicht wahr? Das ist die Crème de la crème!«

»Ich schwöre dir, Corrado: Das habe ich nicht gewußt.«

Sie parken auf der Piazza von Fiesole und biegen in die Straße ein, die am römischen Amphitheater entlangführt. Unter etruskischen Mauern lassen sich die Frauen nieder. Die Aussicht hinter ihnen erinnert an eine Weihnachtskrippe: der Ort erstreckt sich zwischen zwei Hügeln, ein Meer von Lichtpünktchen, abgesetzt mit dunklen Zypressen.

»Sie ist die Schuldige«, sagt Guerracci und stellt das Mädchen vor, das der Bruschini so ähnlich sieht. Bisher hat sie kein Wort gesagt und Scalzi nur verstohlen gemustert. »Sie ist die Übersetzerin des Zettels. Lilith, erzähl ihm, wie die Sache gelaufen ist.«

Lilith hatte einen Freund (inzwischen sind sie nicht mehr zusammen, sie haben sich getrennt), der Leutnant bei den Carabinieri war, und zwar bei der Motorradeinheit. Dieser Freund hing ständig bei ihr herum (verständlich, wenn man weiß, wie sie aussieht) und verbrachte fast seine ganze dienstfreie Zeit bei ihr. Lilith macht immer eine Fotokopie von den Texten, die sie aus dem Arabischen überträgt. In dieser Sprache ändert sich die Bedeutung der Worte nämlich entsprechend ihrer Stellung im Satz, daher ist es sinnvoll, zunächst eine Rohübersetzung zwischen die Zeilen der Fotokopie zu schreiben. Die Kopie mit den handschriftlichen Anmerkungen war dem Carabiniere in die Hände gefallen, und er hatte Lilith mit Fragen bombardiert: Wer den Zettel geschrieben habe, woher er stamme, und so weiter, und sie hatte ihm erzählt, was sie wußte. Das hätte sie natürlich nicht getan, wenn die Bruschini ihr gesagt hätte, daß es sich um einen aus dem Gefängnis herausgeschmuggelten Zettel handelte. (»Aber das wußte ich ja selbst nicht«, rechtfertigt sich Renata.) Wenn Lilith gewußt hätte, daß die Angelegenheit vertraulich war, hätte sie die Kopie auch nicht herumliegen lassen und hätte dem Leutnant nichts gesagt, auch nicht, daß sie den Zettel von einem Guerracci habe und daß dieser Guerracci ein Journalist sei, der sich für den Fall Idris Fami interessiere.

Jedenfalls konnte Lilith die Kopie des Zettels, die sie für die Endfassung der Übersetzung benutzen wollte, plötzlich nicht mehr finden und meinte, sie verloren zu haben. Im Gegensatz zu seinen sonstigen Gewohnheiten ließ der Carabiniere ein paar Tage lang nichts von sich hören, tauchte aber am Tag nach dem Prozeß in Terontola, in dem die Bruschini freigesprochen wurde, wieder auf.

»Jetzt kommt das Beste«, verkündet Guerracci. »An dem Tag, als wir nach Terontola fuhren, um den Koffer abzuholen, hat meine Mutter mir am Morgen erzählt, daß sie in der Frühe einen »schwarzen Ritter« im Garten neben meinem Auto gesehen habe, der sich die Nummer notierte. Ich habe mir nichts dabei gedacht, weil meine Mutter öfters merkwürdige Dinge sieht ... du hast ja selbst erlebt, wie sie ist.«

»Der Typ, der mich verhaftet hat, das war er!« platzt die Bruschini heraus.

»Wer, er?« fragt Olimpia.

»Das Arschloch, der, den ich ins Bein gebissen habe, es war Liliths Freund!«

»Was für ein Zufall!« Scalzi lächelt skeptisch.

» Kein Zweifel, das war er«, sagt Guerracci. »Wir haben ihn Lilith beschrieben, und es paßt alles zusammen. Weißt du noch, er hatte eine sehr hohe Stirn? Und er sprach Toskanisch. Und erinnerst du dich an deine Bemerkung, Corrado, daß ein Carabiniere mit Sinn für Humor ein seltener Vertreter seiner Gattung ist? Lilith sagt, daß ihr Exfreund ein ziemlich schlagfertiger Typ ist. Und ist es nicht komisch, daß bei der Verhandlung nur die Beamten von der Bahnhofspolizei vorgeladen waren? Er war doch der Hauptzeuge, aber er tauchte nicht einmal auf der Zeugenliste des Staatsanwalts auf. Er heißt übrigens Gianluca Gianferrotti, nicht einmal dieser Name wurde beim Prozeß genannt.«

»Stimmt. Ich wollte schon Einspruch erheben, weil das unzulässig ist, aber ich hatte mich ja für eine defensive Vorgehensweise entschieden«, Scalzi bemerkt, wie die Bruschini das Gesicht verzieht, »deshalb war es mir egal, daß der Geschädigte nicht anwesend war. Aber ich halte es für unwahrscheinlich, daß Rogati diesen Zettel vor unserem gescheiterten Versuch in Terontola in die Hände bekommen hat. Dann hätte er den Koffer ja sofort beschlagnahmen können.«

»In dem Text auf dem Zettel wurde die Gepäckaufbewahrung von Terontola doch gar nicht erwähnt«, bemerkt Guerracci.

»Einem Verteidiger so eine Falle zu stellen! Das ist selbst für einen Typen wie Rogati ein starkes Stück!«

»Lilith«, fordert die Bruschini ihre Freundin auf, »erzähl dem Avvocato, was das Arschloch zu dir gesagt hast, als du ihm vorgeworfen hast, daß nur er die Kopie genommen haben könne.«

»Er hat natürlich alles abgestritten«, sagt Lilith, »aber dann hat er sich verraten. ›Diese Fixerin aus der Hafengasse ist kein Umgang für dich‹, hat er gesagt.«

»Fixerin!« sagt die Bruschini. »Wenn nicht er es war, der mich verhaftet hat, woher sollte er dann wissen, daß ich mal mit Drogen zu tun hatte und daß ich aus Livorno bin? Oder hast du ihm das erzählt, Lilith?«

»Nein, bestimmt nicht.«

»Sehen Sie, auch wir verrückten Hühner schaffen es manchmal, einen Knoten zu entwirren. So ist es gewesen, und niemand hat Schuld. Nur dieses dumme, neugierige Arschloch von einem Carabiniere«, schließt die Bruschini.

»Woraus wir lernen, daß man niemals schlecht von seinen Freunden denken soll«, meint Olimpia.

»Wir haben uns fürchterlich gestritten, und dann habe ich ihn zum Teufel geschickt«, sagt Lilith ein bißchen wehmütig.

»Es tut mir leid, daß ich, ohne es zu wollen, der Anlaß …«, setzt Scalzi an. Aber Lilith unterbricht ihn: »Keine Sorge. Mir war klar, daß das Licht auf dem Helm eines Carabiniere immer brennt. Früher oder später hätte ich mir sowieso die Finger verbrannt.«

Spät in der Nacht stehen Scalzi und Guerracci allein auf der ausgestorbenen Piazza. Die Uhr vom Campanile schlägt zwei.

Gertrud hat die anderen vor eine Kirchenfassade geschleppt. Sie, die Deutsche, wußte als einzige, um welch ein Meisterwerk es sich handelt und daß eine Zeichnung Michelangelos als Vorlage der marmornen Rosette gilt.

Guerracci berichtet Scalzi von seinem Treffen mit der Psychiaterin, von Giulias Geschichte und seiner Begegnung mit dem zwielichtigen Giovannone.

»Langsam zeichnen sich ein paar Konturen ab«, meint Scalzi, »aber noch ist alles sehr verschwommen. Wie soll ich in der Verhandlung mit etwas argumentieren, das sogar du als Arbeitshypothese bezeichnest? Da gelten nur Beweise. Über die hypothetische Phase sind wir schon hinaus.«

»Das gilt für die Seite der Anklage«, widerspricht Guerracci, »nicht für die Verteidigung. Was kann der Verteidiger denn anderes tun, als eine alternative Hypothese zur Diskussion zu stellen? Welche andere Möglichkeit hat er denn, eine Annahme zu vertiefen und sie zu einem Beweis zu machen? Er könnte einen Privatdetektiv beauftragen, aber unsere italienischen Schnüffler kennen sich nur mit Ehebruchsgeschichten aus. Ein so vertracktes Rätsel wie das unsere würden sie nicht einmal ansatzweise lösen können. Du könntest Giulia Arrighi und Ornella Sorce als Zeuginnen vorladen. Und auch diesen Herrn Giovannone, warum eigentlich nicht? Sehen wir doch mal, wie er mit dem Schwurgericht zu Rande kommt.«

»Das könnte ich tun, aber was hätte ich davon? Giovannone wird abstreiten, Idris jemals zu Gesicht bekommen zu haben. Und die Dottoressa und die Signorina Giulia sind auch nicht sehr geeignet. Was die Glaubwürdigkeit betrifft, sind die beiden doch wie die Schöne und das Biest. Stell dir mal vor, wie Rogati die in die Mangel nehmen würde. Giulias Geschichte hört sich an, wie im Drogenrausch zusammengesponnen. Aber das ist nicht das eigentliche Problem.«

»Und was ist das eigentliche Problem?«

»Das Problem ist Idris. Der Angeklagte selbst müßte eine

alternative Rekonstruktion der Fakten liefern. Aber Fami hat keinerlei Absicht, Aussagen in dieser Richtung zu machen. Im Gefängnis in Pianoro hat er zu mir gesagt, daß wir auf der fehlenden Leiche beharren müssen. Es sei eine juristische Frage, meint der Herr Archäologe. Ich müßte ihn dazu bringen, Leute zu verpfeifen, die ihn mit dem Tod bedrohen. Das ist nicht nur Gerede, wir haben es hier mit Profis zu tun, die kriegen, was sie wollen. Denk nur an Giovannone, der wußte alles über dich, dein Leben und deine Wundertaten.«

»Ich glaube, ich weiß woher.«

»Und?«

»Ich habe noch einmal mit der Sorce gesprochen, und sie hat mir erzählt, daß, während ich in Arezzo war, jemand für Giulia angerufen hat. Möglich, daß das Giovannone war, nachdem ich ihn angesprochen hatte. Die Dottoressa hat gehört, wie Giulia meinen Namen erwähnte. Ich habe mich verraten, indem ich von den Etruskern sprach. Giovannone muß geahnt haben, wer mich auf seine Spur gebracht hat. Ich glaube, Idris hat versucht, dich zu benutzen. Bist du sicher, daß er dich daran hindern wird, in der Richtung zu ermitteln, die ich vorschlage? Es könnte sein, daß er dich benutzen will, um jemandem eine Nachricht zukommen zu lassen.«

»Wem denn?«

»Idris hätte bestimmt nichts dagegen, wenn im Prozeß in Richtung auf die Etrusker gebohrt würde. Nur ein bißchen, gerade soviel, daß es reicht, um jemanden zu erpressen.«

»Guerracci, deine Phantasie geht mit dir durch, wie immer.«

»Phantasie? Und warum hat Fami dich dann diesen Koffer abholen geschickt? Er hat gesagt, du würdest darin Dokumente finden, die seine Unschuld beweisen. Und ich wette, du hast nichts gefunden, was für die Verteidigung von Nutzen wäre.«

»Bis jetzt habe ich noch nicht den gesamten Inhalt des Koffers untersuchen können«, sagt Scalzi. »Rogati hat nur einen Stapel Papiere als Asservaten hinterlegt. Einige dieser Dokumente scheinen chiffriert zu sein, aber das meiste sind Hotelrechnungen, Flugtickets und Quittungen von Reisebüros. Daraus geht hervor, daß Fami viel auf Reisen war, vor allem im Mittleren Osten, aber es ist nichts dabei, was mit dem Verschwinden von Verena Mammoli zu tun hätte, abgesehen von den berühmten Briefen der ägyptischen Gattin, und die nützen der Verteidigung rein gar nichts! Die sind der Trumpf der Anklage.«

»Genau wie ich dachte. Der Koffer dient Idris zu einem Zweck, der mit dem Prozeß gar nichts zu tun hat. Wenn er die Briefe verschwinden lassen wollte, hätte er dich nicht beauftragen müssen, den Koffer abzuholen. Das hätte auch sein Freund Rauf tun können. War bestimmt kein Plan darin?«

»Nein. Kein Plan mit dem Schatz, Guerracci.«

»Aber etwas muß drin sein. Vielleicht solltest du alles noch einmal aufmerksam durchsehen. Dein Mandant hat behauptet, es wären Beweise für seine Unschuld darin, aber die einzigen Dokumente, die mit dem Verschwinden von Verena Mammoli in Zusammenhang gebracht werden können, weisen in die entgegengesetzte Richtung. Darum glaube ich, daß er dir eben diese Briefe zuspielen wollte.«

»Ich bin sein Verteidiger«, sagt Scalzi. »Kann es sein, daß er mich zum Komplizen bei der Unterschlagung von Beweismaterial machen wollte?«

»Nein. Ich glaube nicht, daß er die Briefe deshalb wollte. Ich glaube nicht, daß er so unvorsichtig ist, und er hätte dich nicht dazu gebraucht, wenn es ihm nur darum gegangen wäre. Wir konzentrieren uns immer wieder auf Hinweise, die chiffriert zu sein scheinen. Denk zum Beispiel an mein Gespräch mit Giovannone. Der Ray-Ban-Typ hat klipp und klar gesagt: ›Die Signora ist weggefahren und nicht mehr zurückgekommen.‹ Giovannone dagegen spricht verschlüsselt. Verena soll am Leben sein, wer weiß wo, Pinocchio und die Goldmünzen, Beppino findet keinen Frieden, weil er unschuldig hinter Gittern sitzt … die Schnellstraße! … Die Sache mit der Schnellstraße ist in der Tat rätselhaft. Der Schlag soll mich treffen, wenn ich auch nur die geringste Ahnung habe, was eine Schnellstraße mit der ganzen Sache zu tun haben könnte!«

»Bevor wir hier Hypothesen aufstellen, die heiße Luft sein könnten, sollten wir an die Drohungen denken. Wir müssen sie ernst nehmen, Amerigo, wir müssen vorsichtiger sein. Ab jetzt können wir nicht mehr so offen nach Informationen suchen. Wir müssen unauffälliger vorgehen, denn eigentlich ist das nicht unser Metier: wenigstens nicht meines. Für mich ist Fami die Hauptquelle. Wenn ich ihn das nächste Mal aufsuche, werde ich überprüfen, ob Giulia dir eine im Rausch ersponnene Geschichte erzählt hat.«

»Von wegen ersponnen!« protestiert Guerracci.

27
Der blaue Bleistift

Alex hat seine Sachen zusammengepackt. Er sitzt auf der Pritsche und betrachtet das Kreuz an der gegenüberliegenden Wand. Es sieht eher aus wie ein Miniatursarg denn wie ein Kreuz. Das ist eine der Beschäftigungen, mit denen die geduldigeren Häftlinge die Zeit totschlagen. Das Häkeln von Spitzen ist die eine, abgebrannte Streichhölzer die andere. Für jedes Streichholz braucht man dreißig Sekunden: zwei Tropfen Klebstoff an die Enden und eine präzise Handbewegung, um es an die richtige Stelle zu setzen. Und langsam nehmen die Galeone oder das Schmuckkästchen Gestalt an. Die Tage vergehen langsam, die Monate komischerweise um so schneller.

Das Kreuz besteht aus zwei ineinander verschränkten Kästchen. Es ist wirklich mißlungen, plump, krumm und schief. Es ist leichter zu machen als eine Galeone, aber warum mußte es unbedingt ein Kreuz sein? Es gibt doch mehr als genug Kreuze im Knast. Der religiöse Eifer des unbegabten Künstlers kann nicht sehr groß gewesen sein, so krumm wie es ist, wirkt dieses Kreuz eher wie eine Gotteslästerung. Alex bereut, daß er es nicht abgenommen hat. Es hing schon dort, als er in diese Zelle kam, eine Hinterlassenschaft des vorherigen Bewohners, er hat es immer vor Augen gehabt. Vielleicht hat er ja etwas Schönes darunter versteckt, sich die naive Religiösität der Wachen zunutze gemacht? Aber jetzt ist es zu spät, um nachzusehen.

»Was habe ich nur falsch gemacht?« fragt sich Alex. Die Regeln in Pianoro – nicht die des Gefängnisdirektors, die der anderen – sind kompliziert und schwer zu erlernen.

Wehe, einer sagt: »Wir sehen uns an der Luft.« Hier heißt die Luft »Spaziergang«, hier geht man nicht zum Friseur, sondern in den »Salon«, man sagt »Badezimmer«, nicht Toilette oder, noch schlimmer, Klo. Solche Ausdrücke benutzen nur Fixer und anderes Gesindel. Die Worte, die hier verwendet werden, lassen an idyllische Dörfer denken, an das langsame Schlendern über die Piazza am Sonntag (im Gefängnis ist immer Sonntag), die Händedrücke, die Unterhaltungen, an den Hut, der gezogen wird, wenn man einer wichtigen Persönlichkeit begegnet. Wenn man beim Hofgang neben einem geht, der einem diese Ehre erwiesen hat, muß man aufpassen wie ein Luchs. Wenn man die Umfassungsmauer erreicht hat und der Moment der Kehrtwendung gekommen ist, muß man sich umdrehen, ohne dem anderen den Rücken zuzukehren. Und wenn drei Personen nebeneinander gehen, wird das Ganze ein kompliziertes Ballett. Man muß die Hierarchie beachten und sich daran erinnern, wem man bei der letzten Drehung den Rücken zugewandt hat.

Wenn ein Boß dich in deiner Zelle besucht – das kann schon mal vorkommen, bringt aber meist Unglück –, dann mußt du ihm sofort einen Kaffee anbieten. »Und der Schaum, mein Junge, wo ist der Schaum!« – »Der Schaum?« hatte Alex seinen ersten hochgestellten Besucher gefragt. »Wo, zum Teufel, soll ich den Schaum herkriegen?« Dann haben sie ihm beigebracht, daß man ein paar Tropfen Kaffee in die Tasse gießen und sie mit einem Löffel Zucker schaumig rühren muß. Das sind die Feinheiten, mit denen die Gefangenen den Bossen die Ehre erweisen.

Ein Niemand, so einer wie er, der sozusagen aus Versehen in Pianoro einsitzt, ist verpflichtet, als erster zu grüßen. Er darf einen Gruß nur erwidern, wenn derjenige, der ihm entgegenkommt, in der Mafia-Hierarchie unter ihm steht oder nach ihm im Knast eingetroffen ist, und auch nur, wenn derjenige die Treppe herunterkommt. Wenn er dagegen die

Treppe heraufkommt, ist es wieder Alex, der respektvoll »sei gegrüßt« sagen muß.

Andere Regeln sind noch komplizierter, noch schwerer zu behalten und noch riskanter. Wenn zwei sich zurückgezogen haben und leise im Dialekt miteinander sprechen, dann muß man sofort das Weite suchen und sich in den Hof oder in einen Gang verziehen, bis man nicht mal mehr ein Flüstern hört. Bestimmte Namen dürfen nicht ausgesprochen werden, man darf niemals Fragen stellen, keinerlei Fragen, man darf keine Kommentare zu Nachrichten aus der Zeitung abgeben, die gewisse Ermittlungen betreffen, und es gibt Fernsehsendungen, die man nicht ansehen darf.

Wenn ein Päckchen von der Familie eintrifft, dann muß man den Inhalt verteilen und auch dabei die Hierarchie beachten. Manch einem darf man einen besonderen Leckerbissen schenken, aber hochgestellte Personen dürfen ausschließlich Kleidungsstücke bekommen, und auch nur, wenn sie von bekannten Markenfirmen sind.

Alex fragt sich immer noch, was er falsch gemacht hat, welche Verfehlung er begangen hat, und gegen wen.

Seine Zelle liegt im Erdgeschoß, er teilt sie mit Gonario, einem sardischen Schäfer, der an einer Entführung beteiligt war, und mit Idris, der aber vor kurzem wegen des Prozesses verlegt worden ist.

Das Erdgeschoß dieses Flügels ist für die »herrenlosen Hunde« vorgesehen, die weder Vater noch Mutter haben. Im ersten Stock sitzen die »Napoli«, die Angehörigen der Camorra, die sich früher »Neue Familie« nannten. Heute ist diese Heeresbezeichnung nicht mehr gebräuchlich, jetzt nennen sich die einzelnen Regimenter nach ihrem Herkunftsort: Da gibt es die »Nuvolona« aus Castellammare, die »Sasa« aus Forcella, die »Luciano« aus Poggioreale. Von der »Neuen Familie« zu sprechen macht keinen Sinn mehr, seit die »Neue Organisierte Camorra« den Krieg verloren hat und ihre Mitglieder sogar aus Pianoro verbannt wurden.

Schon seit einiger Zeit sind sie auf kleinere Gefängnisse verteilt, wo sie in Ruhe ihre Strafe absitzen und von vergangenen Ruhmestaten träumen, wie die Japaner auf einer Pazifikinsel. Sie sind längst für immer geschlagen, in den Gefängnissen mit den Fäusten und draußen mit Maschinenpistolen. Man macht sich nicht mal mehr die Mühe, sie umzubringen, die wenigen herrschenden neapolitanischen Familien, die mit der sizilianischen Mafia verbrüdert sind, haben keine Rivalen mehr.

Die Sizilianer, die aus dem Hochsicherheitsgefängnis Ucciardone in Palermo hierher verlegt worden sind, sitzen in einem separaten Flügel. Im obersten Stockwerk des Gebäudes, in dem Alex sich befindet, herrschen über alle die 'Ndranghetisti. Sie haben die ganze zweite Etage für sich, obwohl sie nur wenige sind.

Heute morgen beim Appell hat ein Schließer zu Alex gesagt, daß er seine Sachen packen soll. Um fünfzehn Uhr werde er in den zweiten Stock umziehen. »Was habe ich nur getan?« fragt sich Alex.

Es kommt ihm so vor, als ob er im Begriff sei, eine Reise anzutreten und zum ersten Mal seinen Heimatort zu verlassen. Er hat sich mit militärischer Eleganz gekleidet: schwarzer Blouson, allerdings ohne die Anstecker mit den Porträts von Popstars (alle beschlagnahmt), ein schwarzes T-Shirt mit der Aufschrift I LOVE LOU REED in weißen Buchstaben, graue Wollstrümpfe, die über den Wanderschuhen aufgerollt sind. Der Blouson ist nicht aus Nappa, sondern aus dickem Leder. Er hat ihn bis zum Hals geschlossen, nachdem er sich eine Illustrierte vor die Brust gesteckt hat. Die Dicke des Leders und der Zeitschrift könnten ihn vor einem Messerstich schützen, der nicht gleich tödlich sein muß, sondern bei dem die Klinge nur bis zur Hälfte hineingestoßen wird.

»Wirf dich sofort auf den Boden«, hat Gonario ihm geraten, »tu so, als ob du kotzen müßtest, sabber, soviel du kannst!

Es könnte sein, daß sie dir nur eine Lektion erteilen wollen.«

Aber was für eine Lektion denn bloß? Scheiße, warum?

Sein leerer Spind steht offen. Es gibt drei davon, sie hängen über dem Tisch, auf dem der Gaskocher steht. Gonario schläft oben im Etagenbett, Idris schlief darunter, und Alex hat, dank der Pakete seiner Mutter, die einzelne Pritsche erobert. Zwischen den Betten befindet sich ein weiteres, an die Wand geschraubtes Schränkchen, das als Kommode dient. Alex hat darauf gut sichtbar eine Kassette mit dem Lied *Il bombarolo* von Fabrizio de André gelegt, weil es dem Ägypter so gut gefällt. Auf der Kassette hat er mit Klebestreifen einen Zettel befestigt: »Für Idris Fami«, damit niemand sie ihm wegnehmen kann. Gonario hat versprochen, ein Auge darauf zu haben, er macht sich nichts aus Musik, er ist ein Waldmensch. Er sitzt eine Strafe von fünfundzwanzig Jahren ab. Er ist verurteilt worden, weil er einen jungen Engländer bewacht hat, den Sohn eines bekannten Journalisten, der während seiner Ferien an der Costa Smeralda entführt worden war. »Versaute Ferien. Aber was wollen die Leute auch am Meer?« Wenn man bei Südwestwind in der Zelle das Rauschen der Wellen hören kann, sagt Gonario immer, daß das Meer Unglück bringe. Der Junge war an einen Pfahl in einer Hütte tief im Wald angekettet. Ja, ab und zu hat er ihn geschlagen, sagt Gonario, aber nicht oft, nur wenn er es wirklich nicht mehr ausgehalten hat und der Bengel ihm allzusehr auf die Nerven gegangen ist. Bei der Gegenüberstellung hat der Engländer so getan, als würde er ihn nicht wiedererkennen, aus lauter Angst (Gonario hat genau gemerkt, daß er ihn erkannt hat). Aber die Richter, die haben ihn trotzdem verurteilt. Die waren voreingenommen, man soll halt keinem Richter trauen. »Ich war bei den Schafen.«*

* Wortspiel: Das italienische *stare con le pecore* bedeutet auch: nichts damit zu tun haben.

Damit hat sich Gonario verteidigt. »Ich bin immer dort, bei meinen Schafen, ich hab da schließlich meinen Schafstall. Was hätte ich denn machen sollen, als sie den Jungen in die Hütte gebracht haben, wo ich meinen Käse mache? Hätte ich weggehen sollen? Er sagt, ich hätte ihm zu essen gegeben. Na und? Aus christlicher Nächstenliebe.«

Alex läßt seinen Blick über den grauen Schatten des Spinds schweifen, um zu sehen, ob er nichts vergessen hat. Beim Anblick des leeren Schrankes spürt er ein komisches Gefühl in der Magengegend, als ob er schon auf dem Weg ins Obergeschoß wäre, auf dem Weg ins Unbekannte.

Ach was. Er wird ins Territorium der 'Ndrangheta verlegt, na und? Warum soll er sich von seinen Phantasievorstellungen einschüchtern lassen? Seine Beziehungen zu diesen Leuten sind doch gut. Um ihnen einen Gefallen zu tun, hat er dem Ägypter eine reingehauen. Idris war nicht mal beleidigt deswegen, der Arme, als Alex ihm erklärt hat, warum, hat er eingesehen, daß er nicht anders konnte. Am Tag, bevor Scalzi kommen sollte, ist der Typ mit der Ray-Ban-Brille wieder aufgetaucht. Idris lag auf seinem Bett mit einem nassen Handtuch auf dem Auge. Der Typ hat es ihm behutsam weggenommen und sich das Veilchen betrachtet. »Ganz schön tüchtig, unser Eselchen«, hat er gesagt. Dann ist er gegangen. Alex hat seinen Lohn bekommen. Und seitdem hat er nichts mehr mit den 'Ndranghetisti zu tun gehabt, er hat sie nur beim Hofgang gesehen, wo sie immer unter sich bleiben. Sie rotten sich zusammen und plaudern wie Freunde, mit ärgerlichen, von der Welt angewiderten Gesichtern.

Gonario kommt vom Hofgang zurück. Alex ist nicht mitgegangen, weil der Schließer ihn ja jeden Moment rufen könnte. Gonario macht sich am Kocher zu schaffen, er bereitet einen Kaffee. Alex hofft, daß er nicht anfängt, ihm den Nerv zu töten, das könnte er jetzt wirklich nicht ertragen. Aber da dreht er sich schon um, mit seinem üblichen idiotischen Grinsen im Gesicht, und hält die Espressokanne hoch.

»Möchtest du auch Kaffee?«

»Nein.«

»Mal ist's weiß, und mal ist's schwarz, und es schlüpft dir in den Arsch. Was ist das?«

»Was ist was?«

»Kalabresisches Rätsel. Was ist das?«

Nach all den Jahren, die er schon in Pianoro ist, beherrscht Gonario fast sämtliche Dialekte. Ihm wird nachgesagt, daß er sprachbegabt sei. In den sechs Monaten, die das Entführungsopfer gefangengehalten wurde, soll er sogar etwas Englisch gelernt haben.

»Keine Ahnung.«

»Die Nadel und der Faden! Ha ha! Was hast du denn gedacht? Jetzt noch das hier: Hinten wird's lang, und vorn wird's kurz. Und was ist das?«

»Blödmann.«

»Die Straße, Alex. Sag ehrlich, was hast du gedacht?«

»Ich muß über was ganz anderes nachdenken, du Arschloch.«

»Denk einfach nicht dran. Er reißt schon nicht auf.«

»Aufreißen … was?«

»Ha. Was, fragt er. Mal ist's weiß, und mal ist's schwarz … Nachts im Dunkeln … Ha, ha. Die Kalabrier sind schon Spitzbuben!«

Alex schaut sich um und sucht etwas, das er ihm an den Kopf werfen könnte. Er würde sogar seinen Kassettenrecorder opfern, nur um dieses Grinsen einer gealterten Nutte nicht mehr sehen zu müssen, mit diesen verfaulten, vom Zigarrenrauchen schwarz verfärbten Zähnen zwischen den speichelfeuchten Lippen. Aber er hat ja schon alles in die Taschen und die schwarzen Müllsäcke gepackt.

»Mach bloß keinen Aufstand, verstanden? Hör auf, Gonario, mach keinen Aufstand! Du bist schließlich keine Jungfrau mehr. Seit wie vielen Jahren gehst du im Gefängnis ein und aus? Er reißt schon nicht auf, da kannst du ganz beruhigt sein. Es wird dir sogar Spaß machen.«

Gonario setzt sich neben Alex und kneift ihn in den Oberschenkel. Dieses Sabbermaul stinkt nach altem Schweiß, dieser Sack voller verfaulter Kartoffeln.

Als der Schließer hereinkommt, hat Alex die Hände um Gonarios Hals gelegt und drückt zu, so fest er kann. »Ubaldini!« Der Beamte hat sich auf der Schwelle umgedreht und schaut in den Flur, um nichts sehen zu müssen. »Nimm deine Sachen!«

Der Vollzugsbeamte führt ihn zum Bereichsleiter. Jemand hat ihn verpfiffen. Sie wissen jetzt, daß er es gewesen ist, der Idris geschlagen hat. »Im Gefängnis erfährt man immer alles, hast du gedacht, du würdest ohne Strafe davonkommen?« Der Direktor hat ein Kontaktverbot mit dem Ägypter angeordnet, deshalb wird er ins Stockwerk der 'Ndrangheta verlegt. Alex fühlt sich erleichert, als er die Treppen hochsteigt. Also ist gar nichts dabei: es ist normal, daß zwei, die sich geprügelt haben (na ja, eigentlich hat er ja Idris verprügelt) nicht in der gleichen Zelle wohnen dürfen, nicht mal im selben Flügel. Einfache Vorsichtsmaßnahme, um Raufereien zu vermeiden.

Aber mit der Ruhe und der Stille des zweiten Stockwerks kehrt die Angst von vorhin zurück. Die Zellen sind geschlossen, bis auf eine, die vom Schein eines Fernsehers erhellt wird. Alex schaut in eine Art Wohnzimmer, das muß die Zelle des Bosses sein. Da steht ein gemütlicher Sessel, die Pritsche ist in ein Sofa verwandelt worden, es liegt eine bestickte Decke darüber, und an der Wand lehnen bunte Kissen. Auf dem Boden liegt ein Teppich. Der Boß sitzt auf dem Sessel vor dem Fernseher, die Hand mit der Zigarre entspannt auf die Armlehne gelegt. Alex hat den Eindruck, daß er sich kurz umdreht, um ihn vorbeigehen zu sehen. In der ganzen Abteilung hört man nichts als die Erkennungsmelodie der Nachrichten.

Der Flur biegt rechtwinklig ab. Hinter der Ecke folgt ein kürzeres Stück Korridor. Hier ist eine Zelle, die als Abstellraum benutzt wird, voller Plastikbehälter mit Tavernello, Dosen mit geschälten Tomaten und Bier, Mineralwasserflaschen, in Plastikfolie eingeschweißt.

Alex' neue Zelle ist die letzte am Ende des Ganges, der mit einer unverputzten Wand abschließt. Man sieht das rohe Mauerwerk: große, unregelmäßige Brocken, dunkel von Feuchtigkeit. Eine von weißen Keramikspulen gehaltene Stromleitung verläuft an der Wand, sie speist eine Lampe, die einen Spalt Salpeter aufleuchten läßt.

»Du bist in Einzelhaft. Du hast Kontaktverbot mit allen in diesem Flügel«, sagt der Schließer und öffnet die Zellentür.

»Und wie lange muß der arme Edmond Dantès in diesem Verlies bleiben?« fragt Alex in arrogantem Ton.

»Der arme wer?« Die Wache hält die Zellentür auf.

»*Ici nous sommes dans le Château d'If, n'est-ce pas, monsieur le gardien?*«*

Alex betritt die Zelle, und da er beide Arme voll hat, deutete er mit dem Kinn auf das rohe Mauerwerk, das auch die Seitenwand der Zelle bildet. Das Fenster ist nur eine Schießscharte ganz weit oben. In der Zelle ist es fast dunkel, obwohl es draußen noch taghell ist.

»Du bist schwul, nicht wahr?« Der Wärter schüttelt betrübt den Kopf. »Eine ausgeleierte alte Schwuchtel. Bei mir brauchst du es gar nicht erst zu versuchen.«

»Das muß ein Mißverständnis sein. Sie sind überhaupt nicht mein Typ. Viel zu männlich.«

Alex läßt die Taschen und Mullbeutel zu Boden fallen und fächelt sich mit der Hand Luft zu. Er scherzt, um ihn so

* (franz.) »Wir sind hier im Château d'If, nicht wahr, Herr Wärter?« Anspielung auf Alexandre Dumas' »Der Graf von Monte Christo« und die berüchtigte Gefängnisinsel vor Marseille.

lange wie möglich hinauszuzögern, den Augenblick, in dem der Beamte die Tür verschließen und ihn hier allein im Dunkeln lassen wird. »Eine kurze Frage noch: Wie lange soll diese Einzelhaft dauern?«

»Höchstens einen Monat, glaube ich. Der Bereichsleiter sucht schon nach einer anderen Zelle für dich.«

Der Schließer hat bemerkt, daß Alex nervös ist. Er zündet sich eine Zigarette an und hält ihm das Päckchen hin. »Benimm dich anständig, Ubaldini, okay?«

Alex hört einen mitleidigen Unterton heraus.

»Hau ab. Ich kann selbst auf mich aufpassen.«

Plötzlich ist er wütend und überhaupt nicht mehr ängstlich. Warum hacken sie alle ausgerechnet auf ihm rum? Und was fällt diesem Arschloch eigentlich ein, hier den Mitleidigen zu spielen?

»Ich bitte dich! Ich hab dir doch nichts getan.«

»Hau ab.«

»Jetzt rauch schon, los!«

»*Merci*.«

»Ich lehne die Tür nur an, okay? Nur für heute. Ab morgen wirst du eingeschlossen. Aber ich gebe dir einen guten Rat: Nimm mit niemandem Verbindung auf. Bleib hier schön allein drin.«

Der Wärter geht und läßt behutsam die Hand über die Klinke gleiten, damit die Tür nicht ins Schloß fällt.

»Danke«, ruft Alex hinter ihm her.

Die Zelle ist fast nackt. Pritsche und Spind, kein Tisch, Alex muß den Campingkocher auf den Boden stellen. Es herrscht totale Stille. Hier hört man nicht mal mehr den Fernseher.

ALLE RICHTER UND ANWÄLTE SIND SCHEISSE. Diese Aufschrift ist in einer hübschen rundlichen Schrift in einen der Steine geritzt.

Alex packt nur einen Teil seiner Sachen aus. Er räumt die Dinge in den Spind, die er in einer Woche brauchen wird, aus Aberglauben, weil er hofft, noch vor Ablauf eines Monats hier wieder rauszukommen. Die Schließer sind immer pessimistisch, das gehört zu ihrem Beruf: Man darf einem Gefangenen nie allzu große Hoffnungen machen. Dann will er das Bett richten. Die Decken, Laken und das Kissen liegen in militärischer Ordnung auf der Matratze aufgeschichtet. Er weiß, daß diese Laken aus Hanffasern, wenn sie nicht richtig gespannt werden, unter dem Rücken Falten bilden, so daß man kein Auge mehr zutun kann. Plötzlich fühlt er sich beobachtet. Hinter dem Guckloch der Tür blinkt etwas, dann geht die Tür auf, und der Ray-Ban-Typ kommt mit einem breiten Grinsen herein.

»Wie geht's? Anscheinend bist du jetzt unser Gast.«

Alex grüßt respektvoll.

»Hast du alles, was du brauchst?« fragt der Ray-Ban-Mann, kommt in die Zelle und schaut sich um. »Brauchst du etwas? Kaffee, Zigaretten, Zucker ... Hast du Zucker? Du kannst es ruhig sagen, Alex, du bist hier unter Freunden.«

»Nein, danke. Ich habe wirklich alles, was ich brauche.«

»Ganz schön öde hier drin. Ich bringe dir was, damit es ein wenig gemütlicher wird. Ein paar Kissen. Willst du?«

»Danke. Es geht schon. Ich glaube nicht, daß ich sehr lange hier bleiben werde. Ich bin nur auf der Durchreise.«

Der Mann hebt langsam eine Hand und läßt sie ihm auf die Schulter fallen. Er schaut ihn durchdringend an und flüstert: »Und wie wär's mit einen kleinen Schuß?«

Alex bleibt fast das Herz stehen. »Scheiße. Und ob!«

»Na, dann setz dir doch einen. Kein Problem. Ist doch alles da.«

Der Mann geht zur Tür und deutet mit dem Daumen auf die Pritsche. Das kann nicht mit rechten Dingen zugegangen sein! Wie Geschenke unter einem Weihnachtsbaum liegt alles schön aufgereiht auf dem Bett: die Spritze in einer Zellophantüte, ein kleines Päckchen, ein Löffel, ein Feuerzeug und sogar eine halbe Zitrone. Das nennt man Service!

Ihm zittern die Hände, als er den Stoff in etwas Wasser und zwei Tropfen Zitrone auflöst und dann im Löffel über dem Feuerzeug erwärmt, bis die Flüssigkeit fast kocht. Dann lehnt er die Nadel auf das Filterröllchen einer Zigarette und zieht die Spritze auf, die eigentlich für Insulin gedacht ist. Er findet die Vene und drückt ab. Eins-zwei-drei-vier-fünf-sechs-sieben: Peng! Eine Hitzewelle. Es kommt an, und wie! Guter Stoff, fast zu gut.

Dann beginnt alles zu verschwimmen. Die Müllsäcke auf dem Boden schaukeln wie Schwimmer, die sich rücklings auf der Oberfläche eines aufgewühlten Meeres treiben lassen. Alex spürt, wie er in die Luft gehoben wird, hoch über alles, ruhig und souverän. Wenn er sich mit der Hand an der Wand abstoßen würde, dann würde er davonfliegen, der Schwerkraft zum Trotz. Aber er hat gerade erst begonnen zu schweben, als er im Sturzflug in ein schwarzes Loch fällt. Tiefer und immer tiefer. Im Fallen schießt ihm der Refrain eines Liedes durch den Kopf: *Leb schnell, verpraß alles und hinterlaß eine schöne Leiche.* Sein Kopf setzt aus, er pocht abgehackt, wie ein altersschwacher Motor. Die Musik wird lauter: Ein Schlagzeugsolo in voller Lautstärke, dann wird das Trommeln zu Pfeifen, zum Pfeifen eines Zuges. Die Zellenwände sind verschwunden, aber jetzt sind da andere Barrieren. Wie ist er bloß plötzlich auf ein Hochbahngleis geraten? Er sieht die grauen Dächer einer großen Stadt, unerreichbar jenseits des rostigen Maschendrahtzauns zu beiden Seiten. Vor und hinter ihm sind die aufgesperrten Mäuler der Tunnel, wie von zahnlosen Alten, und aus beiden Richtungen kommen mit Volldampf Züge. Das Pfeifen betäubt ihn, das Geräusch, eben noch gedämpft, wird immer lauter. Wenn er sich nicht schleunigst von den Gleisen entfernt, werden die Züge ihn zermalmen. Er versucht auf den Zaun zu klettern, aber der Maschendraht ist zu fein. Er klammert sich mit den Fingernägeln fest, der Verkehr unter ihm ist merkwürdig langsam und sonderbar leise. Lange

Schlangen glänzend schwarzer Limousinen, wie Küchenschaben. Seine Fingernägel brechen ab. Das Rattern der Züge ist jetzt ganz nah. Er rutscht ab, rutscht und fällt …

Bumm. Der Zug hat ihn erwischt, das ist sicher, aber warum spürt er keinen Schmerz? Er fällt wieder ins Dunkel. Plötzlich sieht er über sich das Gesicht von Maria, größer als sonst, es kommt immer näher, bis ihre Stirn fast die seine berührt. Maria spricht mit ihm, ihre Stimme ist klar und fröhlich: »Alex, erinnerst du dich an damals, als wir auf diesem Trip waren und zusammen einen mentalen Orgasmus hatten? Einen Orgasmus von zwei Stunden, o Alex! Erinnerst du dich daran, mein Schatz? Es war, als ob es nie mehr aufhören würde, und dabei haben wir uns doch nur berührt, nur angesehen: Schauder um Schauder, erschüttert von Liebe, erinnerst du dich, Alex?«

Er würde ihr gerne sagen, daß er sich gut daran erinnert und wie er sich daran erinnert, aber seine Stimme gehorcht ihm nicht, und Maria entfernt sich enttäuscht.

Und jetzt sitzt plötzlich Scalzi neben ihm auf der Pritsche. Alex kann sein Gesicht nicht deutlich erkennen, aber das muß er sein, mit diesen gekräuselten Haaren um die Glatze und dem angeekelten Gesicht eines Menschen, der schon zuviel erlebt hat, wie dieser amerikanische Schauspieler, der immer die Bösewichte spielt. Es ist komisch, er hat eine Brille auf, er hat ihn noch nie mit dieser Ray-Ban-Brille gesehen, diesen irisierenden, funkelnden, bunten Gläsern, die an- und ausgehen wie die Spots in einer Discothek. Was macht Scalzi denn da? Er sitzt ganz ruhig und spitzt seinen Bleistift. Das hat er ihn oft tun sehen. Jetzt prüft er die Spitze mit der Kuppe des Zeigefingers. Er sieht ihn vergrößert durch einen vibrierenden Luftschleier. Scalzi legt ihm eine Hand auf die Wange, wie um ihn zu streicheln, mit der anderen hebt er den Bleistift. Er drückt sein Gesicht nach unten, als ob er ihn zum Schlafen hinlegen wolle. »Still. Halt still, Eselchen!«

28
Unbequeme Schuhe

Dottoressa Ornella Sorce hat beschlossen, in die Stadt zu gehen. Aber nach einigen Schritten über den Kiesweg bleibt sie stehen und überlegt.

Sie kramt in ihrer Jackentasche. Seit einiger Zeit sind ihre Sachen ihr zu eng, sie hat zugenommen. In der rechten Tasche ist die Marlboroschachtel, aber das Feuerzeug ist verschwunden. Das war bestimmt Marino, sie hat nie ein Feuerzeug länger als einen Tag. Sie sucht weiter und findet schließlich ein Wachsstreichholz. Sie tritt in den Schatten der Villa und reißt das Streichholz an der Mauer an. Sie raucht und betrachtet dabei die Bäume seitlich des Weges. Es ist Mittag, die Sonne steht im Zenit, die kurzen Schatten der Bäume streifen kaum die Bänke, die nur noch rostige Gerippe sind. Die Patienten reißen die grünlackierten Holzleisten immer wieder heraus und benutzen sie als Brennholz. Im Winter machen sie kleine Feuerchen auf den Wiesen im Garten, an abgelegenen Stellen, wo die Pfleger sie nicht sehen können. Ein großer Teil der Insassen stammt vom Land, sie setzen sich gern zusammen um ein brennendes Lagerfeuer. Sie wollen einfach nicht kapieren, daß das gefährlich ist. Das Feuer greift oft auf die trockenen Blätter über, die niemand zusammenkehrt, und wenn es windig ist, kann leicht ein Brand ausbrechen, ein paarmal mußte schon die Feuerwehr kommen, bevor die Flammen die Bäume erreichen konnten.

Der Dottoressa ist die Lust vergangen, den schützenden Schatten der Villa zu verlassen. Außerdem tun ihr die Füße weh. Sie wollte ja in die Stadt, deshalb hat sie die Turnschuhe mit Gummisohle, die sie in der Klinik für gewöhnlich trägt, gegen ein paar halbhohe Pumps eingetauscht. Das Leder ist hart geworden, weil sie sie fast nie trägt. Sie hat sie ganz hinten aus einem Schrank herausgefischt. Sie sollte sich wirklich ein Paar neue Schuhe kaufen, aber sie kann ihre Trägheit nicht überwinden.

Schon eine ganze Weile ist sie nicht mehr in der Stadt gewesen. Sie ist in diesem Irrenhaus mehr gefangen als die Verrückten. Um diese Uhrzeit ist die Klinik fast ausgestorben, die Verwaltungsangestellten kommen erst am Abend vorbei, und die Patienten, abgesehen von den schwersten Fällen, haben sich auf dem »Territorium« verteilt. Die meisten gehen nicht weit weg, sie trinken vielleicht etwas in der Bar des kleinen Bahnhofs, wo die Bummelzüge halten.

Die Patienten lieben Züge und Bahnhöfe, aber ihr »Territorium« darf sich nicht bis zum Hauptbahnhof ausdehnen, denn dort lauert die Bahnhofspolizei. Wenn ein Verrückter aus den »Tetti rossi« am Hauptbahnhof auftaucht, schnappen ihn die Polizisten, stecken ihn in ihren Kombi und bringen ihn in die Klinik zurück. Auf der Fahrt versuchen sie, ihn davon zu überzeugen, nicht wieder aus der Pflegeeinrichtung wegzulaufen, und dabei kann es im Eifer des Gefechts schon mal vorkommen, daß sie sich nicht ganz korrekt benehmen.

Dottoressa Sorce schnippt die Kippe in Richtung des Eingangstors. Die Idee, sich die schlechte Laune nach einer dieser endlosen Streitereien mit Giulia zu vertreiben, indem sie in die Stadt geht und im Restaurant zu Mittag ißt, erscheint ihr gar nicht mehr so gut. Um Giulias willen, um sie nicht der Erniedrigung eines Krankensaals auszusetzen, wohnt sie mit ihr zusammen in einem Zimmer der Klinik, und sie hat weniger Mut, diesen Zufluchtsort zu verlassen, als die Dauerinsassen, die schon seit Jahrzehnten unter den roten Dächern leben. Früher oder später wird sie ihn fassen müssen, diesen Mut, aber sie schiebt es von Monat zu Monat hinaus.

Sie bewohnen ein ehemaliges Labor mit angrenzendem Badezimmer. Giulia hat Erinnerungen an ihre prachtvolle Jugend mitgebracht, wertvolle Sachen: Möbel, alte Bilder und Antiquitäten. Ornella kommen diese Stücke deprimierend vor, aber gerade deshalb passen sie zur Umgebung.

Früher, in den zwanziger Jahren, hatte der alte Direktor im zweiten Stockwerk seine Privaträume. Er war ein belesener, gelehrter Mann, experimentierfreudig und Anhänger der positivistischen Lombrosianischen Schule*.

Professor Sadras sezierte die Hirne der Langzeitpatienten, die in der Klinik verstorben waren, er studierte ihre Windungen auf der Suche nach einem Anzeichen für Schizophrenie, das seiner Überzeugung nach in einer doppelten Furche in Form eines Ypsilon in Schläfenhöhe bestand. Ornella hat in einer Schublade seines Schreibtischs ein Manuskript von etwa hundert Seiten mit Unfug dieser Art gefunden. Er hatte wirklich daran geglaubt, der alte Direktor, an das Ypsilon als untrüglichem Zeichen der wahnhaften Bewußtseinsspaltung. Er hatte auf einen günstigen Moment gewartet, seine Entdeckung zu veröffentlichen, war aber leider vorher verblichen. Der große Schrank im Labor war voller konservierter Hirne in Einmachgläsern gewesen, und er riecht heute noch nach Formalin. Der gelehrte Anhänger Lombrosos war verrückter als die bemitleidenswerten Wesen, die ihm in die Hände fielen, der typische Klapsmühlendirektor aus Irrenhauswitzen.

Bevor Ornella und Giulia einzogen, war das ehemalige Labor jahrelang unbewohnt. Mäuse hausten hier, und es regnete hinein. Man mußte schon Nerven haben, um hier einzuziehen, aber dieses Stockwerk ist der einzige Teil der ganzen Klinik, wo keine Patienten hinkommen. Die zweite Etage ruft heftige Ablehnung hervor, es gehen Gerüchte um,

* Cesare Lombroso, 1836–1909, Mediziner und Anthropologe, Begründer der Kriminologie; verfaßte unter anderem eine Untersuchung über »Genie und Irrsinn«.

hier würde der Geist des alten Direktors spuken; doch Ornella vermutet, daß diese Gerüchte von den Pflegern gezielt in die Welt gesetzt werden, damit sie sich hier ungestört ihrem Vergnügen mit den jüngeren Patientinnen hingeben können.

Heute morgen, als sie, noch im Bademantel, aus dem ehemaligen Labor kam, weil sie ein Geräusch gehört hatte, hat Dottoressa Sorce einen Patienten aus dem Nebenzimmer kommen sehen. Einen jungen Mann mit einer knallroten Baseballkappe. Er lächelte sie an, schwenkte ein angebissenes Brötchen in der Luft und entschwand dann summend in Richtung Treppe. Sie hat ihm noch hinterhergerufen, daß, wenn sie ihn noch einmal dabei erwischen sollte, wie er in diesem Flügel der Klinik herumschnüffelt, die Strafe auf dem Fuße folgen würde. Als sie jetzt darüber nachdenkt, fällt ihr auf, daß ihr sein Gesicht völlig unbekannt war. Vielleicht ist er noch nicht lange hier. Ja, sie wird wirklich langsam alt, es kommt immer häufiger vor, daß sie ihre Schützlinge nicht auf den ersten Blick erkennt. Aber von diesem Patienten weiß sie nicht nur den Namen nicht, auch das Gesicht ist ihr ganz fremd.

Die Dottoressa hat das Bedürfnis zu duschen. Dieses Jahr ist es sehr früh heiß geworden. Hoffentlich ist Wasser da. Im zweiten Stock ist der Druck sehr schwach, und je weiter der Sommer voranschreitet, desto geringer wird er. Irgendwann läuft dann das Wasser nur noch in den ganz frühen Morgenstunden.

Das Klappern dieser blöden Stadtschuhe auf der Treppe bricht die friedliche Stille in der Klinik.

Sie betritt das Zimmer. Giulia schläft, auf dem Rücken ausgestreckt, sie hat ein Kissen auf dem Gesicht, das Fenster ist aufgerissen, das Bett steht in der prallen Sonne. Die Dottoressa tritt an das Bett: ihr fällt auf, daß Giulia merkwürdig still daliegt.

Sie hebt das Kissen hoch, aber da kommt aus dem Bad – die Tür ist offen – ein sonderbares Plätschern, als ob jemand eine kleine Handwäsche machen würde. Ornella tritt auf die Schwelle und sieht den jungen Mann von heute morgen, wie er ein Handtuch in die gefüllte Badewanne taucht. Der Patient wendet sich lächelnd um (er hat immer noch diese lächerliche knallrote Kappe bis zu den Augenbrauen in die Stirn gezogen), dreht das Handtuch zusammen, wringt es über der Wanne aus und schwenkt es dann in der rechten Hand. Die Sorce spürt kühle Wassertropfen im Gesicht.

»Du!« sagt Ornella. »Was machst du hier?«

»Wer? Ich?« kichert der Mann und kommt auf sie zu. Dann zieht er mit beiden Händen das Handtuch vor sich auseinander, als ob er es ihr zeigen wolle.

Mit einem unerwarteten Ruck wirft er es ihr über den Kopf und schlingt es um ihren Hals.

Ornella reißt den Mund auf und schnappt nach Luft. Auf der Zunge spürt sie einen leichten Geschmack nach Waschmittel.

29
Ermittlungen

Der neue Mandant hat einen üppigen schwarzen Bart. Aus der Brieftasche zieht er ein Foto seiner Frau und will es Scalzi reichen. Dabei beugt er sich über den Tisch und wirft den Zinnbecher mit den Staedtler-Bleistiften um. Das Foto zeigt eine Frau mit niedrigem Haaransatz, die bestimmt auch kurze Beine hat, das kann man sich denken, auch wenn es sich nur um ein Brustbild handelt. Sie ist dicklich und hat einen bösartigen Blick. Mit diesem Blick hätte der Mandant sich lieber schon früher auseinandersetzen sollen. Von einer Reise nach Apulien, wo sie bei ihren Eltern zu Besuch gewesen war, hatte die Frau dem Mandanten eine Flasche des Parfüms »Rocco Barocco« mitgebracht. Aber noch in derselben Nacht hatte sie ihm mitgeteilt, daß ihre Ehe gescheitert sei und sie sich von ihm trennen wolle. Eine Woche lang war er nett zu ihr gewesen und hatte versucht, sie im Guten dazu zu bewegen, ihre Meinung zu ändern. Dann war ihm die Hand ausgerutscht, und der Krankenwagen hatte kommen müssen. Nun hat die Gattin ihn angezeigt und ist zu einer Freundin gezogen. Ein Notar hat ihr bescheinigt, daß die Trennungsfrist begonnen hat.

Scalzi hat keine Lust, sich mit diesem Ehedrama zu befassen, er schaut aus dem Fenster auf die Steineiche, die mit zunehmender Dämmerung eine aschgraue Farbe annimmt.

Der Bärtige ergeht sich gerade in peinlichen Details aus seinem Eheleben, als Marisa, die Sekretärin, verkündet, daß ein Beamter dem Avvocato eine Nachricht vom Amtsgericht Livorno aushändigen möchte.

Alex ist tot. Seine Mutter hat es ihm gestern unter Tränen

am Telefon gesagt. Signora Degli Ubaldini hat es vom Gefängnisdirektor von Pianoro erfahren, der auf ihre Fragen nach der Todesursache nicht eingegangen sei. Er habe unvermittelt aufgelegt. Für Verbrechen, die im Gefängis von Pianoro geschehen, ist das Amtsgericht Livorno zuständig.

»Ich habe keinen Anlaß, daran zu zweifeln, daß Sie sehr großzügig zu Ihrer Gattin waren«, schneidet Scalzi dem Mandanten das Wort ab, »aber Sie haben sie geschlagen und zwar kräftig, wie aus dem Befund hervorgeht. Das war ein großer Fehler. Dafür können Sie verurteilt werden. Ich rate Ihnen, auf den Vorschlag des Anwalts Ihrer Frau einzugehen. Eine Trennug im beiderseitigen Einvernehmen wird die Lage entspannen. Vielleicht zieht die Dame dann die Anzeige zurück.«

Der Mandant ist den Tränen nahe.

»Trennung? Ich liebe sie, Avvocato, und Pamela liebt mich auch. Auf unserer Hochzeitsreise in Barcelona …«

»Denken Sie über meinen Rat nach. Kommen Sie ein andermal wieder. Jetzt bin ich leider gezwungen, unser Gespräch abzubrechen. Eine wichtige Angelegenheit …«

»Wann soll ich denn wiederkommen?«

»Rufen Sie an.«

Scalzi begleitet ihn zum Ausgang. Im Vorzimmer steht der Beamte. Er scheint es eilig zu haben. Der Mandant fängt wieder an, von seinen Flitterwochen zu erzählen, während Scalzi ihm die Tür zum Treppenhaus aufhält. Liebeskummer ist klebrig.

Der Beamte vom Gericht tritt vor ihm in sein Büro.

»Sind Sie der Anwalt Corrado Scalzi?«

»Ja.«

»Weisen Sie sich aus.«

Der Bursche trägt verwaschene Jeans, einen ausgeleierten Pullover und dreckige Turnschuhe. Er hat einen spärlichen, ungepflegten Bart. Er wirkt ebenso düster und schurkenhaft wie die brutalen Polizisten aus den amerikanischen Krimiserien.

»Man kann ja nie wissen, was?« Scalzi zeigt ihm seinen Anwaltsausweis, der schon recht mitgenommen ist. Seiten fallen heraus, und das Foto ist mindestens zehn Jahre alt. »Ich könnte ja ein Betrüger sein und mich heimlich in diese Kanzlei eingeschlichen haben.«

Der junge Mann bleibt unvermindert schroff: »Ich tue nur meine Pflicht. Haben Sie keinen neueren Ausweis?«

»Nein.«

»Führerschein?«

»Nein.«

Er hebt den Blick von dem Anwaltsausweis, den er immer noch in der Hand hält.

»Haben Sie denn kein Auto?«

»Nein.«

Der grimmige Blick wird zu kaum verhohlener Verachtung. Der Beamte legt die Dokumente auf den Tisch. »Sie müssen hier unterschreiben«, sagt er und deutet mit dem Finger auf eine Stelle, der Fingernagel hat einen Trauerrand, »das ist die Empfangsbestätigung, verstehen Sie?«

Scalzi unterschreibt, das Original bleibt auf dem Tisch liegen, der Beamte faltet den Durchschlag zusammen und steckt ihn in die Tasche. Dann dreht er sich um und geht, ohne sich zu verabschieden.

Die Vorladung ist von einem gewissen Dottor Artuso unterschrieben, einem leitenden Beamten der Staatspolizei bei der Staatsanwaltschaft Livorno. Er erwartet ihn um achtzehn Uhr dreißig im Büro der Mordkommission im Polizeipräsidium von Florenz, um ihn als Zeugen zu vernehmen »in der Ihnen bekannten Hinsicht«.

Vor dem Polizeipräsidium hat sich ein Auflauf von Zigeunerinnen gebildet, die den Eingang versperren. Sie protestieren mit lautem Geschrei, die Aufgebrachteste hält ein rotznasiges Kind auf dem Arm: »Wohin Sie ihn bringen, Signore? Bitte, Signore, Sie sagen: Was Sie mit meinem Mann gemacht?«

Der Wachtposten brüllt in die Gruppe: »Ich lasse euch alle einlochen! Verstanden? Wenn ihr nicht sofort macht, daß ihr weiterkommt, werfe ich euch allesamt in die Zelle!«

Die Zigeunerinnen weichen wie vor einer giftigen Schlange auf den Bürgersteig zurück und stimmen leise einen mehrstimmigen Kanon von Verwünschungen in der Sprache der Roma an.

Der Beamte, der Scalzi erwartet, ist jung, hat einen dichten Schnäuzer, helle Augen, und er trägt einen grauen Anzug. Er richtet den Knoten seiner Krawatte und ergreift Scalzis Hand. Sein Händedruck ist fest und sein Lächeln herzlich. Er deutet auf einen Stuhl vor dem Schreibtisch: »Artuso, Staatspolizei.«

In dem Büro, das man ihm zur Verfügung gestellt hat, nimmt eine Karte von Nord- und Südamerika einen ganze Wand ein. An den übrigen Wänden hängen bunte Emailabzeichen verschiedener amerikanischer Polizeikräfte: FBI, DEA, Bronx-Distrikt …

Artuso ist allein im Büro, die anderen Tische mit ihren Schreibmaschinen und einem eingeschalteten Computer sind verlassen. Aus den verstreuten Papieren und der rauchgeschwängerten Luft schließt Scalzi, daß die anderen Bewohner dieses Büros es erst vor kurzem verlassen haben, um die Unterredung nicht zu stören.

Artuso holt aus seiner Aktentasche einen Umschlag und breitet einige Farbfotos aus.

»Ich frage Sie gar nicht erst, ob Sie diesen jungen Mann kennen. Ich weiß, daß Sie ihn kennen, er war Ihr Mandant.«

Auf dem ersten Foto liegt Alex' Körper ausgestreckt auf einem Tisch. Das Laken fällt über die Kanten herab wie eine Tischdecke. So nackt scheint dieser Körper noch länger, die Füße haben gar nicht mehr aufs Bild gepaßt. Auf dem zweiten Foto sieht man die linke Gesichtshälfte, auf dem dritten die rechte. Etwas ragt aus dem Ohr. Das vierte Bild ist eine Vergrößerung der Ohrmuschel, in der ein blauer Bleistift steckt.

Artuso legt weitere kleinere Farbfotos über die ersten vier. Auf allen sieht man, aus verschiedenen Blickwinkeln, einen blauen Bleistift. Trotz eines Fettfilms über der weißen Schrift kann man die Marke noch lesen: STAEDTLER.

»Erkennen Sie dieses Objekt?«

»Das ist ein Bleistift.« Scalzi zieht die Schultern zusammen.

»Benutzen Sie diese Sorte Bleistifte?«

»Millionen von Leuten benutzen sie.«

»Schauen Sie auf den Härtegrad. Sehen Sie das B auf der schwarzen Linie? Benutzen Sie Staedtler-Bleistifte der Härte B?«

»Worauf wollen Sie hinaus?«

»Ich brauche einen Anwalt ja wohl nicht daran zu erinnern, daß er als Zeuge verpflichtet ist, die Wahrheit zu sagen. Ich frage Sie also noch einmal: Benutzen Sie diese Sorte Bleistift?«

»Ja.«

»Benutzen Sie sie immer? Ich meine, haben Sie solche Bleistifte auch dabei, wenn Sie auf Dienstreise sind?«

»Ich habe auch jetzt ein paar davon in der Tasche.«

»Und Sie haben die Angewohnheit, sie sehr sorgfältig anzuspitzen, nicht wahr? Der Gerichtsdiener hat sich beklagt, daß, wenn Sie an einem Prozeß teilnehmen, unter Ihrem Platz immer ein Häufchen Holzspäne zurückbleibt.« Er lächelt, stolz auf seine sorgfältigen Ermittlungen.

»Haben Sie mich deswegen herbestellt? Weil ich den Fußboden im Gericht verunreinige?«

»Man hat ihm diesen Bleistift ins rechte Ohr gebohrt.« Artuso zeigt auf ein Foto. »Er hat nicht mehr reagiert, er war schon im Koma. Das ist sehr merkwürdig. Er wäre sowieso gestorben, an einer Überdosis. Reinstes Heroin, fast hundertprozentig, also tödlich. Warum hat man sich also soviel Mühe gemacht? Es ist bestimmt nicht einfach, einen Bleistift da einzuführen, ohne ihn abzubrechen, nachdem man ihn sorgfältig angespitzt hatte, bis er so spitz war wie eine Nadel. Der Gerichtsmediziner hat gesagt, einen so raffinierten Mord hätte er noch nie gesehen. Der Bleistift ist in den Gehörgang eingeführt worden, hat die hintere Aurikulararterie durchstoßen, ist durch das Trommelfell gedrungen und dann durch die Paukenhöhle in die Drosselvene. Das hat zu einer starken Blutung geführt. Fast eine chirurgische Operation. Aber wozu? Avvocato Scalzi, können Sie sich denken, warum jemand eine so komplizierte Methode anwenden sollte, um jemanden umzubringen, der sowieso gestorben wäre?«

»Nein.«

»Nun, ich glaube, eine gewisse Ahnung haben Sie schon. Das sehe ich Ihnen an der Nasenspitze an. Sie sind natürlich nicht dazu verpflichtet. Ein Zeuge braucht nur über Fakten auszusagen. Niemand kann ihn zu Mutmaßungen zwingen. Wenn Sie möchten, dann nehme ich nur zu Protokoll, daß der Bleistift Ihnen gehört, und fertig.«

»Wieso mir? Wer sagt denn, daß er mir gehört?«

»Das haben Sie durchblicken lassen …«

»Ich habe nur gesagt, daß ich diese Sorte Bleistifte benutze wie Millionen anderer Menschen auch.«

»Ihr Mandant saß in einem Hochsicherheitsgefängnis, wo solche Objekte nicht zugelassen sind. Die Kontrollen sind sehr streng. Natürlich nur, was die Verwandten betrifft, ein Anwalt muß selbstverständlich auch in einem Hochsicherheitsgefängnis schreiben dürfen, nicht wahr? Es gibt nicht viele Personen, die ein solches Objekt nach Pianoro mitbringen dürfen. Nicht Millionen, wie Sie sagen. Nicht einmal die Vollzugsbeamten. In den Flügeln dürfen die Beamten nicht schreiben. Wissen Sie, welches System sie anwenden, wenn sie die Häftlinge zählen?«

»Nein.«

»Sie stecken sich getrocknete Bohnen in die Tasche, und zwar doppelt so viele, wie es Häftlinge sind. Für jeden Häftling, der auf den Aufruf antwortet, stecken sie eine Bohne in die andere Tasche. Am Ende müssen in beiden Taschen gleich viele Bohnen sein. Wenn die Anzahl nicht übereinstimmt, ist jemand nicht da. Also, die Verwandten nicht und die Vollzugsbeamten auch nicht. Der Kreis engt sich somit auf die wenigen Anwälte ein, die diese mühselige Reise auf sich nehmen. Und von den Anwälten, die in den letzten Monaten Pianoro besucht haben, verwenden nur Sie diese Bleistifte. Ich habe Nachforschungen angestellt.«

»Ich bitte Sie!« sagt Scalzi. »Wollen Sie mir weismachen, daß es in diesem Knast keine Büros gibt? Daß es keinen Ort gibt, wo ein Häftling einen Bleistift klauen könnte?«

»Den gibt es nicht. Das Verwaltungspersonal benutzt zwar Bleistifte, aber keine dieser deutschen Marke. Pianoro wird nur mit Materialien aus nationaler Produktion beliefert wie alle anderen Strafvollzugsanstalten auch.«

Scalzi steckt seine schweißnassen Hände in die Hosentaschen: »Ich weiß nicht, worauf Sie hinauswollen.«

Artuso kichert, als ob er eine amüsante Pointe gelandet hätte. »Ich beschuldige Sie doch nicht der Beihilfe zum Mord, Avvocato Scalzi. Bei Ihrem Besuch in Pianoro vor zwei Monaten hatten Sie eine Schachtel dieser Bleistifte dabei. Anscheinend ist die Schachtel aus Ihrer Aktentasche gefallen. Der Vollzugsbeamte, der bei dem Gespräch anwesend war, kann sich daran erinnern, daß die Bleistifte auf dem Tisch verstreut waren.«

»Und woran erinnert sich dieser Beamte noch?«

Artuso zwirbelt seinen Schnurrbart. Sein Blick wird schärfer. Scalzi gewinnt den Eindruck, daß er es hier mit einem intelligenten Menschen zu tun hat.

»Was meinen Sie?«

»Hat der Beamte Ihnen auch gesagt, mit wem ich gesprochen habe, als die Bleistiftschachtel herausgefallen ist?«

»Ich habe im Besucherregister nachgesehen. Da steht, daß Sie mit Idris Fami gesprochen haben.«

»Das stimmt nicht. Vor meinem Gespräch mit Idris Fami war ich gezwungen, den Besuch eines anderen Häftlings zu empfangen. Ein Mann, den ich nicht kannte und mit dem ich gar nicht sprechen wollte.«

»Das ist nicht erlaubt.«

»Eben. Und im Laufe des Gesprächs mit diesem Mann ...«

»Sie wissen doch bestimmt seinen Namen?«

»Nein. Er hat mir einen falschen Namen genannt. Und es ist mir auch nicht gelungen, herauszufinden, wie er hieß, denn ich mußte dann ganz schnell weg. Das war mein letzter Besuch in Pianoro, ich hatte danach keine Zeit mehr, den Namen herauszufinden. Das können Sie ja jetzt machen.«

»Und was wollte dieser Mann? Worüber haben Sie gesprochen?«

»Er hat mich sozusagen bedroht. Und als Reaktion auf seinen körperlichen Angriff habe ich ihm meine Tasche entgegengeschleudert. Die Tasche ist aufgegangen, und die Schachtel mit den Bleistiften ist auf den Tisch gefallen.«

»Wollen Sie mir erzählen, daß Sie sich mit einem Gefangenen des Hochsicherheitsgefängnisses auf der Insel Pianoro geprügelt haben?«

»Ich habe nicht gesagt, daß wir uns geprügelt haben, ich habe von einem körperlichen Angriff gesprochen. Er hielt mich an den Handgelenken gepackt, und ich habe die Tasche geworfen.«

»Ich werde den Namen ganz bestimmt herausfinden. Aber ich bin mir fast sicher, daß dieser Mann nichts mehr zu verlieren hat. Wahrscheinlich ist es ein Lebenslänglicher. Denen fallen in der Regel solche Aufgaben zu. Und warum hat er sie bedroht, Avvocato? Ich glaube nicht, daß ich Ihnen erklären muß, daß man in bestimmten Kreisen die Dinge auf sehr umständliche Art ausdrückt.«

»Was wollen Sie damit sagen?«

»Damit will ich sagen, daß Sie jetzt schon zwei Drohungen erhalten haben, und die zweite ist die schwerwiegendere.« Artuso nimmt ein Foto vom Tisch. »Dies hier ist kein Bleistift, sondern eine Nachricht, eine ziemlich klare Botschaft, die lautet wie folgt: ›Lieber Avvocato Scalzi, wir haben Sie gewarnt, und zwar deutlich. Aber Sie haben uns nicht verstehen wollen. Jetzt sehen Sie, daß wir niemals sinnlos daherreden. Alex war nur ein armer Fixer, es tut uns wirklich leid. Sie haben ihn auf dem Gewissen. Versuchen Sie so schnell wie möglich zu verstehen, wer der nächste sein wird.‹«

Artuso verstaut die Fotos wieder in dem Umschlag und den Umschlag in einer Aktentasche aus Rindsleder, die schon überquillt. »Was halten Sie davon, Avvocato, sollen wir ein etwas persönlicheres Gespräch führen, Sie und ich? Nicht hier. Hier geht man ja ein vor Hitze. Wir gehen in die Bar. Ich lade Sie auf einen Kaffee ein. Einverstanden?«

Die Bar in der Nähe des Polizeipräsidiums ist voller griesgrämiger, nachlässig gekleideter Beamter. Die grunzenden Stimmen aus den Automaten mit den Videospielen klingen wie erkältete Roboter. Es ist viel zu laut für ein vertrauliches Gespräch. Der Anwalt und der Polizist trinken einen Kaffee und schlendern dann in Richtung Piazza della Libertà.

Sie gehen schweigend nebeneinanderher, plötzlich herrscht eine sonderbare Befangenheit zwischen ihnen, als ob sie beide befürchteten, sich verbündeter zu fühlen, als ihre jeweiligen Positionen es ihnen erlauben. Schließlich bricht Artuso das Eis.

»Ist Guerracci Ihr Freund?«

»Wir haben bei mehreren Prozessen zusammengearbeitet ... Ich kenne ihn, aber ... ein richtiger Freund ...« Scalzi zögert, dann schämt er sich. »Ja, er ist schon ein Freund.«

»Amerigo Guerracci ist eine Persönlichkeit, finden Sie nicht?«

»Persönlichkeit … in welcher Hinsicht?«

»Ein Abenteurer. Ich glaube nicht, daß ich ein Dienstgeheimnis verletze, wenn ich Ihnen sage, daß wir eine so dicke Akte über ihn haben.« Dottor Artuso hebt die rechte Hand und hält die Linke in Kniehöhe, wie Leporello, als er Donna Elvira die Länge der Liste mit den Namen der Damen demonstriert, die sein Herr geliebt hat.

»Auch meine Akte ist wahrscheinlich …«, sagt Scalzi.

»Ich glaube schon, daß es in den Archiven des Präsidiums auch einiges über Sie gibt, das will ich nicht bestreiten. Aber Ihre Akte ist ganz bestimmt wesentlich dünner und weniger ausführlich. Guerracci hat den Bogen wirklich überspannt. Er hat Nachrichten ins Gefängnis geschmuggelt, Flüchtigen Informationen zugespielt …«

»Ganz offensichtlich wissen Sie darüber mehr als ich«, sagt Scalzi. »Aber ich habe nicht die Absicht, meine Zeit damit zu vergeuden, mir Verleumdungen über einen Freund anzuhören.«

Auf der Piazza della Libertà ist der Verkehr so dicht, daß man das Pferd oben auf dem Triumphbogen durch den nebligen Schleier der Auspuffgase kaum noch erkennen kann.

»Wenn ich Ihnen einen Tip gebe, wie Sie dem Staatsanwalt im Prozeß gegen Idris Fami eins auswischen können, sagen Sie mir dann, was Sie wissen?« Artuso schaut auf seine Schuhe. »Aber Sie werden mir schon allerhand sagen müssen, denn mein Tip ist absolut super, und ich verletze damit das Dienstgeheimnis.«

»Fangen Sie an, dann werden wir sehen«, sagt Scalzi.

»Gut, diesen Vorteil gestehe ich Ihnen zu. Die Briefe der ägyptischen Ehefrau: das war doch der Trumpf Rogatis gegen Ihren Mandanten in der Vorverhandlung, nicht wahr? Bei diesen Briefen fehlt etwas, ist Ihnen das nicht aufgefallen?«

»Nun ja«, Scalzi bleibt stehen und sieht Artuso ins Gesicht, »es fehlt das Datum. Vielleicht ist das nicht mit übersetzt worden.«

»Sehr gut. Ich merke, Sie sind ein Profi. Es ist keine Frage der Übersetzung. Die Briefe sind nicht datiert. Es könnte jedoch ein Datum des Poststempels geben. Die Umschläge hat Rogati aber nicht vorgelegt, oder?«

»Nein.«

»Bei der Verhandlung sollte Famis Verteidiger die Umschläge aus dem Hut ziehen. Die Umschläge sind in dem Koffer, und auf den Umschlägen ist sowohl der Poststempel als auch das Empfangsdatum. Sie werden überrascht sein.«

»Es gibt zwei Sorten von Überraschungen«, erwidert Scalzi.

»In diesem Fall handelt es sich um eine gute Überraschung für die Verteidigung und eine böse für die Anklage. So, jetzt sind Sie dran. Wie sagen die Zivilrechtler so schön? *Pacta sunt servanda.*«

Sie gehen die Straße zurück, wieder auf dem Weg zum Präsidium, und Scalzi erzählt von Guerraccis Besuch in den »Tetti rossi« und von Giulias Bericht. Artuso bleibt unvermittelt stehen und packt ihn am Arm: »Die ›Tetti rossi‹? Diese beide Damen sind die Psychiaterin und ihre Patientin?«

Scalzi bestätigt das überrascht. Der Griff ist fest.

»Und von diesen beiden hat Guerracci erfahren, was Sie mir gerade erzählt haben?«

»Ja.« Artuso läßt ihn los und geht weiter. Er rennt fast.

»He!« ruft Scalzi ihm hinterher. Artuso ist schon fast an der Ecke zur Via Zara. »Wo rennen Sie hin?«

»Kommen Sie mit in mein Büro, Avvocato«, Artuso dreht sich kaum um, »ich muß etwas überprüfen.«

In dem Raum, in dem Artuso Gast der Kollegen ist, sind jetzt drei junge Polizisten. Einer sitzt auf der Schreibtischkante und erzählt den anderen etwas Lustiges, denn sie biegen sich vor Lachen. Artuso geht schnurstracks auf seinen

Tisch zu und hebt die Aktentasche hoch: »Hier drunter waren doch die Blätter des Morgenberichts. Hat die jemand genommen?«

»Ich habe sie ins Archiv zurückgebracht«, sagt der Polizist, der eben noch gelacht hat, »warum?«

»Ich will sie sofort zurückhaben. Würdet ihr uns bitte allein lassen, Jungs.«

»Aber natürlich«, sagt einer der Beamten und geht zur Tür, »fühlen Sie sich ganz wie zu Hause, Dottor Artuso.«

Scalzi ist in der Tür stehengeblieben. Er tritt zur Seite, um die Männer durchzulassen. Der letzte, der hinausgeht, kratzt sich in Höhe der Achselhöhle an der Brust.

»Seit heute morgen geht das so«, brummt er, »er kommt, er geht, er wirft uns aus unserem Büro, er schnüffelt in unseren Akten … Ob die in Livorno wohl alle solche Nervensägen sind? Was glaubt er eigentlich, wer er ist? Der liebe Gott?«

Einer der Beamten kommt mit dem Morgenbericht zurück und legt Artuso einen Stapel aneinanderhängender Blätter auf den Schreibtisch, bedeckt mit der blassen Schrift eines Faxgeräts.

»Kommen Sie her, Avvocato«, Artuso läßt die Blätterschlange schnell durch seine Finger gleiten, beide Enden liegen auf dem Boden, »ich bin heute morgen darauf gestoßen, als ich nach etwas anderem suchte … Psychiaterin und Patientin … Psychiaterin und Patientin … wo war das noch? Ich hab's doch gesehen, verdammt noch mal! Es ist gestern passiert. Ah! Da ist es ja: ›Polizeipräsidium Siena: Eine Psychiaterin und ihre Patientin, Dottoressa Ornella Sorce und Signorina Giulia Arrighi.‹ Stimmt das, Avvocato? (Scalzi nickt und starrt mit weit aufgerissenen Augen auf das Blatt Papier.) ›Doppelter Selbstmord durch elektrischen Schlag in der psychiatrischen Anstalt Tetti rossi in Siena.‹ Sehen Sie? ›Tetti rossi‹! Der Name war mir aufgefallen. ›Rote Dächer‹ ist ziemlich komisch für ein Irrenhaus. ›Nach Einschätzung des Gerichtsmediziners muß der Tod zwischen neun und zwölf Uhr vormittags eingetreten sein. Der Staatsanwalt hat keine Autopsie angeordnet.‹ Aber ich glaube, man sollte doch eine Autopsie vornehmen, meinen Sie nicht auch, Avvocato?«

Artuso reißt das Blatt ab und steckt es in die Tasche. »He, du!« ruft er dem lachlustigen jungen Mann zu, der in der Tür stehengeblieben ist. »Frag deinen Chef, ob er mir bis morgen früh einen Wagen zur Verfügung stellen kann.«

Der Beamte bleibt in der Tür stehen: »Kann ich sonst noch etwas für Sie tun, Dottore?«

»Nein. Nur das Auto.« Artuso ignoriert die Ironie. »Haben Sie Lust, mich zu begleiten, Avvocato?«

Der Beamte kommt wieder ins Büro. Sein Gesichtsausdruck schwankt zwischen respektvoll und ungläubig: »Der Herr Polizeipräsident läßt fragen, ob Sie einen Chauffeur wünschen.« Er läßt ein Schlüsselbund baumeln. »Sie können ihn haben, solange Sie wollen.«

In dem Büro, das jetzt wieder von den drei Miami-Vice-Typen mit Beschlag belegt ist, herrscht Stille. Alle schauen Dottor Artuso an und scheinen zu denken: Scheiße, der ist ja wirklich der liebe Gott.

30
Rote Absätze

Artuso setzt sich hinter das Steuer. »Eine schöne Karre haben sie mir da gegeben, ein paar Tonnen Alteisen auf Rädern.«

Seinem Tonfall kann Scalzi jedoch entnehmen, daß Artuso ziemlich stolz auf diese Limousine ist, ein Alfa 2000 mit kugelsicheren Scheiben, ein untrügliches Zeichen der Wertschätzung des Polizeipräsidenten. Es war der einzige Wagen auf dem Hof des Präsidiums, dessen dunkelgrauer Lack auf Hochglanz poliert war, inmitten einer Herde verbeulter Tipos und Unos.

Artuso nimmt die Kurven mit Vollgas. Er bremst kurz an, die Reifen quietschen, und der Wagen gleitet durch die Kurve wie ein Boot auf dem Wasser, mit dem Motor auf Hochtouren.

Ein alter Pfleger geht ihnen voraus. Er trägt einen Kittel über dem Schlafanzug und ausgeleierte Strümpfe, die auf seine Holzpantinen herunterrutschen, so daß er auf der Treppe immer wieder stehenbleiben und sie hochziehen muß. Er schnauft und ist verschlafen, sein ärgerlicher Gesichtsausdruck zeigt deutlich, daß er gern darauf verzichtet hätte, um Mitternacht aus dem Schlaf gerissen zu werden.

»Wer sind Sie eigentlich?« Das fragt er jetzt schon zum zweiten Mal.

»Das hab ich Ihnen doch schon gesagt: Polizei«, antwortet Artuso.

Der Pfleger schlurft weiter und brummelt: »Was wollen Sie denn hier um diese Zeit? Ich glaube, es war gar kein

Selbstmord. Es war ein Unglücksfall. Warum wollen Sie hier herumschnüffeln. Die armen Frauen, nicht wahr? Aber sie wollten es ja nicht anders.«

Bevor sie losgefahren sind, hat Artuso mit seinem Kollegen im Polizeipräsidium von Siena telefoniert, der ihm einen kurzen Abriß der Lage gegeben hat. Der Kollege ist der Überzeugung, daß es sich um einen doppelten Selbstmord handelt. Die beiden Frauen haben die Badewanne vollaufen lassen, sich hineingesetzt, und dann soll Ornella Sorce den Fön genommen, ihn eingeschaltet haben und ins Wasser fallen lassen. Er ist, anders als der Pfleger, davon überzeugt, daß ein Unglücksfall auszuschließen ist. Der Fön ist ein altes Modell, durch das Gitter sieht man den Widerstand, und die Sorce hatte ihn noch in der Hand. Die Hand weist Verbrennungen auf, die Innenfläche ist geschwärzt. Die Toten sind ins Leichenschauhaus gebracht worden, der Tatort ist unverändert.

»Da gibt es nichts zu sehen«, hat Artusos Kollege gesagt, »die Leichen sind weggebracht worden. Was willst du da zu dieser nachtschlafenden Zeit?«

Sie kommen ins zweite Stockwerk, biegen um die Ecke des Flurs und finden sich im Dunkeln. Der Pfleger schaltet eine Taschenlampe an. Er erklärt, daß der Fön, als er ins Wasser fiel, in diesem Flügel des Gebäudes einen Kurzschluß verursacht hat. Im Halbdunkel hört man deutlich ein tiefes Gurgeln, das aus den Wänden des Flurs zu kommen scheint.

Das Stockwerk ist unbewohnt, die Türen führen in dunkle Zimmer, in denen es muffig und abgestanden riecht, die Türrahmen sind abgeschabt und verzogen. Durch ein Oberlicht, an dessen Seiten die Feuchtigkeit die Decke hat aufquellen lassen, kann man die Sterne sehen.

Der Pfleger legt die Taschenlampe auf den Boden des Zimmers. Er geht aber nicht hinein, sondern zieht sich sofort zurück, um den Polizisten und den Anwalt vorbeizulassen. Durch das dicke Glas der Lampe fällt ein bläuliches Licht, das gespenstisch vergrößerte Schatten der Möbel an die Wände wirft. Hier im Zimmer ist das Gluckern der luftgefüllten Rohrleitungen noch deutlicher zu hören, es klingt wie Husten. Scalzi ist von dem Geräusch wie hypnotisiert: Billardkugeln, die über den Fußboden rollen, dann ein heiseres Grummeln, als ob jemand eine Nachricht im Morsealphabet senden würde.

Dieses Zimmer wirkt wie der Schauplatz einer schwarzen Messe: Statt nach Weihrauch stinkt es ekelerregend nach verbranntem Gummi. Die Wände sind weiß gekachelt, der Raum muß einmal ein medizinisches Labor gewesen sein. Die Lampe wirft den Schatten eines großen Leuchters an die Wand hinter dem Bett. Der Leuchter ist aus Schmiedeeisen und hat die Form einer babylonischen Chimäre. Das Bett ist ein Himmelbett, eine der gedrehten Säulen schwankt, der Baldachin weht nach vorne. Der Spiegel mit dem vergoldeten Rahmen, der dem Bett gegenüber auf dem Terrakottafußboden an die Wand gelehnt steht, rundet die Einrichtung ab. Dieser Raum wirkt wie ein Schlafzimmer in einem heruntergekommenen Vorort. In diesem Zimmer hat der Dämon der Verwüstung sein Unwesen getrieben und alles mögliche auf dem Fußboden verstreut: Laken und Decken, eine Flasche, die von einer Kommode gefallen sein muß, Bücher, Nippes, einen Aschenbecher – Zigarettenkippen liegen überall verstreut –, Kleidungsstücke, aus der Kommode und dem Schrank gerissen. Schubladen und Schranktüren stehen offen.

Artuso ist über die Schwelle getreten und hält Scalzi mit der Hand zurück.

»Fassen Sie nichts an. Passen Sie auf, wo Sie hintreten.« Er ruft den Pfleger, der herbeikommt, eine Zigarette im Mund. »Was soll dieses Durcheinander?«

»Sie werden sich gestritten haben«, antwortet der Mann und schüttelt den Kopf, »das haben sie häufig getan. Sie haben sich die übliche Szene gemacht, sind in Rage geraten, und wahrscheinlich haben sie sich danach waschen wollen. Sie haben es sich ordentlich gegeben, wissen Sie? Ich sollte es vielleicht für mich behalten, aber manchmal kamen sie voller blauer Flecken aus diesem Zimmer. Und dann diese Einrichtung. Da wird man doch nicht gesund, im Gegenteil, das macht einen ja verrückt. Das ist ein häßliches Loch, dieses Zimmer. Wirklich ekelhaft. Die Signorina Giulia hat es mit all diesem Zeug vollgestopft, mit all diesen Unglücksbringern. Sie sagte, es wären wertvolle Sachen und daß sie sie aus ihrem Palazzo mitgebracht hätte, es wären alles antike Stücke, hat sie gesagt, aber ich glaube, das ist nur wertloser Krempel. Abgesehen davon, daß sie sich manchmal damit beworfen haben.«

An den Wänden hängen sogar Andachtsbilder: der Mann, der das sich aufbäumende Pferd im Zaum hält, bevor es das kleine Mädchen zertrampeln kann, die Madonna, die das aufgewühlte Meer beruhigt, das Kind, das aus dem Fenster fällt. Aber ein Gemälde wirkt wertvoll, es könnte aus dem 18. Jahrhundert sein. Es ist ein Ouroboros, der aus dem Kopf eines Mannes gebildet ist, in den sich Vogelkrallen klammern. Die Haare werden zum Kopf des Vogels, der den Kreis schließt, indem er dem Mann in die Nase beißt.

Scalzi fühlt sich von dem Bild merkwürdig stark berührt, es erscheint ihm wie ein Vorzeichen, wie das Symbol des toten Punktes, der Kreis, der sich schließt und wieder neu beginnt (das Gesicht des Mannes ist zu einem Grinsen verzogen, und auch der Vogel, der ihn in die Nase beißt, scheint zu lachen). Es ist nichts mehr zu machen, die letzte Spur hat sich in diesem verwüsteten Zimmer verloren.

Artuso bleibt neben der Tür an die Wand gelehnt stehen und läßt den Blick in alle Ecken gleiten. Er ist voll konzentriert, um auch keine Kleinigkeit zu übersehen. Der Pfleger hat nicht den Mut, über die Schwelle zu treten, er steht nachdenklich im Türrahmen und raucht. Die abschreckende

Wirkung zweier eines gewaltsamen Todes gestorbener Menschen ist auch jetzt, wo sie im Leichenschauhaus liegen, noch ungebrochen. Artuso beginnt vorsichtig im Zimmer umherzugehen. Ab und zu beugt er sich hinunter, um etwas aufzuheben, das er dann schnell in die Tasche steckt, als ob er es gestohlen hätte. Der Pfleger sieht ihm vorwurfsvoll dabei zu. Ihm muß das wie ein makabrer, sinnloser Ritus erscheinen. »Sie waren schon sehr komisch, die beiden«, sagt er zu Scalzi und deutet auf den Ouroboros, »würden Sie sich so etwas Schreckliches ins Schlafzimmer hängen?«

»Wo ist das Bad?« fragt Artuso.

Der Pfleger deutet auf eine Tür in der Wand, die ebenfalls weiß gekachelt und daher kaum zu erkennen ist.

»Da. Brauchen Sie noch lange, Dottore?«

»Wenn Sie wollen, können Sie wieder schlafen gehen«, sagt Artuso. »Wenn ich etwas brauche, rufe ich Sie.«

»Ich würde ja gerne, aber ich kann nicht. Wir sind heute nacht nur zu zweit hier, ich und der diensthabende Arzt. Der hat es gut, er schläft. Ich habe die ganze Verantwortung.«

Artuso geht wie auf rohen Eiern auf die Badezimmertür zu. »Avvocato, bleiben Sie bitte, wo Sie sind, und bewegen Sie sich so wenig wie möglich.«

Dann zieht er sich ein Paar Handschuhe an, nimmt die Taschenlampe vom Boden, öffnet die Badezimmertür und läßt sie offenstehen. Scalzi kann sehen, wie sich sein vergrößerter Schatten über die alte Zinnbadewanne beugt, man hört die Luft in den Rohren keuchen und dann ein pfeifendes Gurgeln. Der Lichtstrahl gleitet durch das Zimmer, und Artuso erscheint wieder auf der Schwelle.

»Es läuft kein Wasser. Wieso nicht?«

»In diesem Stockwerk gibt es nur am Vormittag Wasser, nur für ein paar Stunden, zwischen zehn und zwölf Uhr«, sagt der Pfleger. »Dann ist Schluß. Der Druck ist nicht stark genug.«

»Sind Sie sicher?«

»Ich habe Ihnen doch gesagt, bis auf dieses Zimmer ist das Stockwerk unbewohnt. Als sie sie gefunden haben, waren sie in der Wanne, und die Wanne war voller Wasser.«

»Wer hat sie gefunden?«

»Eine Patientin. Eine alte Frau, die ab und zu hier heraufkommt, um ein bißchen sauberzumachen. Sie ist hochgegangen, um nach den beiden zu sehen, weil sie den ganzen Tag über nicht aufgetaucht waren.«

»Wann?«

»Was ist heute für ein Tag? Donnerstag?« Der Pfleger zählt die Tage an den Fingern ab. »Die alte Barbarina hat sie Dienstag abend nach elf gefunden.«

»Avvocato Scalzi«, sagt Artuso, »Sie haben doch nichts dagegen, wenn wir in Siena übernachten? Ich möchte mich morgen gern mit dem Gerichtsmediziner unterhalten.«

Später, es ist schon fast drei Uhr nachts, trinken sie Grappa an der schummrigen Bar eines Motels vor der Stadt. Der Nachtportier bedient sie mit besorgtem Gesicht, denn er hat in Artusos Ausweis gesehen, daß er Polizist ist. Artuso schaut ihn mit einem ironischen Lächeln an, als er zur Theke zurückkommt, nachdem er ein Pärchen auf der Schwelle des Hotels abgewiesen hat. »Was soll das heißen, es sind keine Zimmer frei?« hat die Frau protestiert.

»Die Leute begreifen nicht, daß bestimmte Dinge uns einfach nicht mehr interessieren. Es passiert soviel heutzutage«, sagt der Polizist. »Soll ich mich etwa auch noch um seine Nebenerwerbsquellen kümmern, wenn ich einen Doppelmord am Hals habe?«

»Warum sind Sie so sicher, daß die beiden Frauen umgebracht worden sind?« fragt Scalzi.

»Dieses ganze Durcheinander sah mir doch sehr nach einer Inszenierung aus. Und dann, schauen Sie mal ...«

Artuso öffnet seine Tasche und zieht ein Bündel heraus.

Es ist ein Handtuch. Er öffnet es und legt ein Paar Damenschuhe auf den Tresen. Scalzi nimmt die Schuhe in die Hand. Der Portier schaut mit angeekeltem Gesicht weg.

»Sie werden sich bestimmt an den Fußboden erinnern«, sagt Artuso in schulmeisterlichem Ton. »Nun, dann schauen Sie sich mal die Absätze an.«

Die Schuhe sind unmodern. Sie verströmen einen leichten weiblichen Geruch nach verschwitzen Nylonstrümpfen, der alles andere als erregend ist, im Gegenteil, die Schuhe riechen nach Tod. Unten an den Absätzen fallen Scalzi Spuren roten Staubs auf.

»Der Boden des Badezimmers ist aus roten Tonfliesen«, sagt Artuso. »Die Frau, die diese Schuhe getragen hat, ist über den Fußboden geschleift worden. Und ich würde nicht sagen, von der Wanne ins Zimmer: Es wäre doch komisch, wenn sie sich mit den Schuhen an den Füßen in die Wanne gelegt hätte, finden Sie nicht? Also kann sie nicht von den Leichenbestattern geschleift worden sein, die die Tote abgeholt haben, sie muß vorher in Richtung Badewanne geschleift worden sein. *Die roten Absätze von den Roten Dächern*, könnte das nicht der Titel eines Buches von Agatha Christie sein?«

31
Das Sanktuarium

Der Gerichtsdiener zeigt ihnen Professor Bassi vom Gerichtsmedizinischen Institut. Er sitzt auf einer Bank neben einem geöffneten Fenster. Der Professor wartet darauf, vom Ermittlungsrichter empfangen zu werden, der ein Gutachten in Auftrag geben möchte. Die Anhörung hat noch nicht begonnen, der Vorraum ist ruhig, zwei Anwälte unterhalten sich leise, wie Verschwörer. Die Juristen in Siena haben fast immer nur ein Thema. Aus dem gedämpften Flüstern ist ab und an der Name Aceto herauszuhören, der berühmteste Palio-Jockey der Stadt. Artuso stellt sich und Scalzi vor.

Bassi sagt, er habe den zeitlichen Rahmen für den Eintritt des Todes aus Vorsicht so weit gefaßt, die beiden Frauen seien aber wahrscheinlich gegen zwölf Uhr mittags gestorben, am selben Tag, als die Leichen entdeckt wurden, höchstens eine Stunde früher oder später. Er meint, die Hypostasen hätten sich bereits stabilisiert, was normalerweise zehn oder zwölf Stunden nach dem Tod eintritt.

»Ich habe keine Zweifel hinsichtlich des Todeszeitpunktes. Denn nach Mittag läuft in diesem Bad kein Wasser mehr. Fließendes Wasser gibt es nur vormittags. Allerdings habe ich einige Zweifel, was die Todesursache betrifft. Aber der Ermittlungsrichter hat angesichts der Tatsache, daß es kein plausibles Tatmotiv gibt, beschlossen, den Fall zu den Akten zu legen. Es gibt keinen triftigen Grund, einem eventuellen Mord nachzugehen.«

»In einem korrekten Ermittlungsverfahren geht es erst später um das Tatmotiv«, sagt Artuso. »Was haben Sie denn für Zweifel an der Todesursache?«

»Die Leichen wiesen keine Muskelversteifung auf, was aber bei Tod durch elektrischen Schlag typisch ist.«

Der Professor stützt die Ellbogen auf das Fensterbrett und schaut auf die Dächer, die bis zum Marktplatz hin abfallen. Der schwarz und weiß gestreifte Dom kontrastiert mit der einheitlichen Farbe der Häuser und Dächer aus rotem Backstein. Vom Marktplatz dringt der Lärm der Bauern herauf, die verhandeln, ein alter Klang, nicht übertönt von Autogeräuschen. Die Farben des Doms sind auch die Farben des Stadtwappens. An den Ständen auf der Piazza del Campo läßt eine Bö die Fahnen der Contraden wehen. Diese Stadt hat sich eine vornehme Atmosphäre bewahrt, die ihr auch die Hektik der Gegenwart nicht nehmen kann.

»Als ich sie untersucht habe, trat gerade eine normale Leichenstarre ein, keine Kontraktur der Kiefer, der Füße oder der Hände. Bei einer der beiden Frauen, der älteren, war ein Stück Zahnersatz verschoben. Ein Indiz für die Anwendung von Gewalt.«

»Was für eine Art Gewaltanwendung?« fragt Artuso.

»Es könnte sich um Ersticken durch ein Objekt handeln, gewaltsame Verstopfung der Atemwege. Die Engländer sagen *suffocation* dazu. Ich habe ein feuchtes Handtuch gefunden, das dazu gedient haben könnte.«

»Und was sagen Sie dazu?« Artuso öffnet mit einer theatralischen Geste seine Tasche und zeigt ihm die Schuhe. Mit dem Zeigefinger streicht er über den roten Staub an den Absätzen.

»Das ist die Schuhgröße der Dottoressa Sorce. Ich habe zufällig bemerkt, daß ihre Füße fast so groß wie die eines Mannes sind«, bemerkt der Professor.

»Sie ist erstickt worden, wie Sie sagen, und dann in die Wanne geschleift...«

»Das ist möglich«, nickt der Professor. »Sie wird sich gewehrt haben. Das würde die Verschiebung der Zahnprothese erklären.«

»Die andere, die Arrighi, hat vielleicht geschlafen …«

»Auch das ist wahrscheinlich. Sie könnte im Schlaf erstickt worden sein, man müßte mal das Kissen untersuchen, ob Spuren von im Todeskampf Erbrochenem darauf sind.«

»Wenn meine Vermutung zutrifft«, sagt Artuso, »dann haben wir es mit einem oder mehreren Profis zu tun. Der Fön in der Badewanne: eine meisterhafte Inszenierung.«

»Aber es hat niemand Fremde in der Klinik gesehen. Am hellichten Tag … ist das möglich?«

»Das ist keine Klinik, Professor, das ist ein psychiatrischer Campingplatz. Da ist es nicht verwunderlich, daß sich jemand reinschmuggeln kann, ohne bemerkt zu werden. In jedem Fall muß eine Autopsie gemacht werden.«

»Wenn der Staatsanwalt sie anordnet …«

»Der wird nicht anders können, wenn er meinen Bericht gelesen hat.«

Scalzi und Artuso sind auf dem Rückweg. Der Staatsanwalt in Siena hat keine Einwände erhoben und eine Autopsie beider Leichen angeordnet, die noch in den Kühlräumen des Leichenschauhauses liegen.

Artuso entspricht so gar nicht dem Klischee des wortkargen Polizisten, der gewöhnt ist, seine Pflicht schweigend zu erfüllen. Vielleicht beflügelt ihn diese Wahnsinnsgeschwindigkeit derart, daß er seine Schweigepflicht vergißt. Aber Scalzi bezweifelt das. Er glaubt eher, daß er ihn in seine Ermittlungen hineinziehen will. Er scheint Zeit schinden zu wollen, er zögert es hinaus, ihm endlich klipp und klar zu sagen, was er von ihm will.

Daß Artuso im Mord an Alex Degli Ubaldini ermittelt, ist kein Zufall und auch keine richterliche Anordnung. Er hat darauf bestehen müssen, daß dieser Fall ihm anvertraut wurde, und er konnte dabei auf seinen guten Ruf pochen, den ihm die brillante Lösung einiger anderer Fälle eingetragen hat.

Die Angelegenheit Fami hängt mit Ermittlungen zusammen, mit denen er sich schon seit geraumer Zeit befaßt. Es fing damit an, daß man einen Drogenhändler mit einer riesigen Menge Kokain ertappte. Dieser Mann war, bevor er verhaftet wurde, weil der Kofferraum seines Mercedes randvoll mit Drogen war, in aller Seelenruhe seinen Geschäften in Holland, Spanien, Deutschland und Amerika nachgegangen. Er hatte nie Schwierigkeiten, über die Grenzen zu kommen, weil er mit einem gefälschten Diplomatenpaß wedeln konnte. Eigentlich war er eher Geschäftsmann denn Kurier. Er hatte sich von ganz unten hochgedient und es mit der Zeit zum Experten in Geldwäsche gebracht. Er transferierte Summen per Telefax von einer Bank zur anderen. Er hatte es nicht mehr nötig, sich die Hände an der Ware schmutzig zu machen, um angenehm leben zu können.

»Ein typischer Vertreter von *pecunia non olet*«*, sagt Artuso. »Eines Tages ist er dann mit einem Auftrag nach Italien gekommen, der unter seiner Würde war. Manchmal geben sie solchen Typen eine mühselige Aufgabe, vermutlich, damit sie nicht vergessen, woher sie kommen, aber oft ist das wahre Motiv ein anderes. Sie brauchten angeblich seine Autorität, um eine Ladung Drogen wiederzubekommen, die ein paar Idioten geklaut hatten. Er hat das im Handumdrehen erledigt. Wie es möglich war, daß das so einfach ging, darüber hat er sich später Gedanken gemacht, im Gefängnis in Livorno. Da ist ihm dann plötzlich vieles komisch vorgekommen: der Diebstahl, die Tatsache, daß er mit so großer Dringlichkeit herbeigerufen wurde, die Gefügigkeit der Diebe, die Beamten vom Drogendezernat mit den vorgehaltenen Pistolen, die pünktlich wie zu einer Verabredung erschienen waren, als er an der Zahlstelle der Autostrada dei Fiori in Richtung Genua ankam. Und natürlich ging ihm das Gefängnis auf die Nerven. Nicht nur hatte er den Verdacht, in eine Falle getappt zu sein, die seine ehemaligen Partner

* (lat.) Geld stinkt nicht.

ihm gestellt hatten, um ihn loszuwerden; dazu hatten sie eine Ladung Drogen benutzt, die Kosten für den Killer aber auf den italienischen Staat abgewälzt. Der Mann hatte sich jedoch auch eines zu angenehmen Lebens mit reichlich Geld, Fotomodellen und teuren Restaurants erfreut, um mit stoischer Ruhe die Enthaltsamkeit und den Fraß im Knast ertragen zu können. Also hat er angefangen zu singen wie eine Nachtigall, obwohl er kaum Details kannte und nur ganz wenige Namen. Trotzdem können wir jetzt, wie in einer Luftaufnahme, eine sehr interessante Landschaft sehen. Passen Sie auf, Avvocato Scalzi, ich beschreibe Ihnen diese Landschaft: Da kann von *Toscana felix* nicht mehr die Rede sein! Fangen wir beim Meer an: die Häfen von Talamone und Livorno. Hier kommen die Drogenschiffe aus Sizilien und Kalabrien an, und Waffen der unterschiedlichsten teuflischen Provenienz sind natürlich auch dabei. Was Sie mir über Sovana und die archäologischen Exkursionen erzählt haben, mit denen Idris Fami sich vergnügt hat, paßt zu meinem Mann, denn im Landesinnern, in der Maremma, zwischen Pitigliano, Sovana und Sorano, soll sich dem Händler zufolge ein Lager befinden. Aber seiner Aussage nach ist es mehr als nur ein Drogenlager. Der Ort soll darüber hinaus eine sakrale Funktion haben. Er hat das Wort ›Sanktuarium‹ benutzt. Ihr Freund Guerracci meinte, daß Fami häufig in dieser Gegend unterwegs war, nicht? Ach, wußten Sie übrigens, daß er nicht zum erstenmal in einem italienischen Gefängnis sitzt?«

»Mir hat er das Gegenteil erzählt.«

»Er hat Sie angelogen. Er war schon einmal 1978 in Bologna im Knast. Damals hatte er einen anderen Namen und trug noch einen Bart. Er war sechs Monate im Gefängnis, dann kam er in ein normales Krankenhaus, wo er nicht besonders aufmerksam bewacht wurde, denn es gelang ihm abzuhauen, mit einem Kittel über dem Schlafanzug, nachdem er sich vom Krankenhaustelefon ein Taxi gerufen hatte.

Und jetzt raten Sie mal, mit wem er sich im Knast in Bologna angefreundet hatte?«

»Keine Ahnung.«

»Fabrizio Panteri war sein bester Freund unter den Gefangenen.«

Da hat er aber weit ausgeholt, um endlich auf den Punkt zu kommen. Trotzdem ist Dottor Artuso kein Schwätzer, er hat lediglich eine Vorliebe für die epische Breite.

»Sie wissen, von wem ich rede, Avvocato. Ihr Freund Guerracci hat Panteri verteidigt, und in Bologna war er Zellengenosse des Ägypters, der den politischen Gefangenen, die kurz vor ihrer Haftentlassung standen, erklärte, wie sie in die paramilitärischen Ausbildungslager in Libyen kommen könnten. Auch Panteri gelang es durch einen außergewöhnlichen Glücksfall, aus dem Knast auszubrechen, er ging in eines dieser Lager und ließ sich dort ausbilden. Er kam während der Entführung von Aldo Moro* nach Italien zurück und übernahm die Rolle des Telefonisten bei der Finte mit dem Lago della Duchessa. Durch einen anonymen Anruf war die Polizei aufgefordert worden, in die Eisdecke dieses Sees Löcher zu bohren und nach der Leiche zu suchen, und zwar genau in dem Moment, als die Ermittler kurz davor standen, das Gefängnis aufzuspüren, in dem Aldo Moro, damals noch am Leben, gefangengehalten wurde. Hat Ihr Freund Guerracci Ihnen denn von der Beziehung zwischen Fami und Panteri erzählt?«

»Was soll Guerracci denn darüber wissen«, antwortet Scalzi barsch.

»Wer weiß …«, wirft Artuso ein. »Jedenfalls sollten Sie sich fragen, warum Fami Sie als Verteidiger gewählt hat.«

»Vielleicht, weil ich meinen Job verstehe.«

»Ich glaube, der wahre Grund ist ein anderer.«

»Und welcher?«

* Italienischer christdemokratischer Politiker, lange Zeit Ministerpräsident, der 1978 ermordet wurde.

»Fami braucht jemanden, der bereit ist, sich über seine beruflichen Pflichten hinaus in die Sache hineinziehen zu lassen.«

Artuso bremst abrupt, der Sicherheitsgurt rutscht nach oben und drückt Scalzi die Kehle zu. Mit einer wütenden Handbewegung legt er ihn sich wieder vor die Brust.

»Fahren Sie langsamer, um Himmels willen.«

»Vergessen Sie den Freispruch. Er wird verurteilt werden. Fami ist am Ende, das garantiere ich Ihnen, er hat sich zuviel geleistet. Es geht nicht um Signora Mammoli. Fami hat ganz andere Sachen auf dem Kerbholz. Es wird ein Finale werden wie im Bilderbuch. Es sei denn, Sie nehmen meine Hilfe an.«

»Was für eine Art Hilfe?«

»Stellen Sie Ihrem Mandanten ein paar Fragen, sagen Sie mir, was er geantwortet hat, und ich helfe Ihnen, seinen Freispruch zu erwirken.«

»Fragen Sie ihn doch selber.«

»Das habe ich schon versucht. Er vertraut mir nicht. Ich brauche jemanden, der sich für mich verbürgt. Und da ist niemand geeigneter als der Verteidiger.«

32
Das Haus in den Bergen

»Dein Freund ist ein Egoist«, sagt Olimpia, »er denkt nur dann an die anderen, wenn er was von ihnen will.«

Guerracci ist seit drei Tagen verschwunden, ohne ein Wort zu sagen, weder seiner Mutter noch der Bruschini. Nachdem er in der Zeitung gelesen hat, was in den »Tetti rossi« passiert ist, ist er in seine antiquarische Schrottkiste gestiegen, und seitdem hat niemand mehr etwas von ihm gehört. Er hat nicht mal angerufen.

»Seine Mutter, die arme alte Frau, und Renata machen sich Sorgen und haben Angst, nach dem, was geschehen ist. So etwas tut man einfach nicht. Wie kann man nur so ein unwahrscheinlich egozentrisches Arschloch sein? Erst steckt er seine Nase in alle möglichen dreckigen Angelegenheiten, dann macht er sich in die Hose und haut ab. So etwas tut man einfach nicht!«

Als Guerracci aufwacht, schaut er an eine Decke mit schwarzen Balken. Die Balken erzittern wie bei einem Erdbeben. Er schließt die Augen wieder. Jemand flüstert etwas. Im Zimmer ist es dunkel, aber in der Tür steht im hellen Tageslicht ein Typ mit einer Aktentasche in grauem Anzug, weißem Hemd und Krawatte. Im Gegenlicht glänzt seine würdevolle Glatze.

»Tschüs«, flüstert der Typ, »ich gehe ins Büro.«

Ein Gewicht drückt auf seine rechte Schulter, Guerracci dreht sich um. Die Frau bewegt ihren Kopf, sie sucht eine neue Stütze. Ihre Haare sind zerzaust, fein und flaumig wie die eines Neugeborenen, rötlich und grau an den Wurzeln schauen sie aus dem Laken heraus, in das der Körper eingewickelt ist, wie die Fäden oben an einem Maiskolben. Der ganze Wust stinkt nach Schweiß und Alkohol. Guerracci richtet sich auf und setzt sich auf die Bettkante.

Wer ist diese Frau mittleren Alters, die da neben ihm liegt? Die Tür steht offen, ein Streifen Sonnenlicht erhellt den Raum. Die Frau schläft auf dem Bauch, das Gesicht in ein Kissen gedrückt, dann dreht sie sich auf den Rücken. Aus ihren Lippen strömt kaum wahrnehmbar der Atem. Schöne, rosafarbene Lippen mit winzigen Falten in den Mundwinkeln, die an das ironische Lächeln des Apoll von Vejo erinnern. Guerracci preßt die Finger gegen seine Schläfen und stellt sich vor, ein Strahl aus seinen Händen würde durch seinen Kopf schießen und das Dröhnen verscheuchen. Aber der pochende Schmerz bleibt. Er heftet den Blick auf eine Kommode mit einem Spiegel darüber. Der Spiegel ist blind. Guerracci schaut ihn an, als ob er ihn an etwas Angenehmes erinnern könnte, das ihm das Herz erleichtern würde, das schwer ist vom Alkohol. Er versucht sich zu erinnern.

Die Piazzetta von Pietrasanta, die Bar unter der Festung, der Lichtschein einer Straßenlaterne, die das Halbdunkel kaum erhellen konnte. Da war das lästige Geknatter eines Mofas, das ohne ersichtlichen Grund immer wieder um die Tische im Freien herumfuhr. Ihm gegenüber saß eine Frau. Er beugte sich vor, bis er den Rand des Tisches mit der Brust berührte, und streckte die Hand aus. Sie kletterte unter dem Rock hoch und suchte den Rand des Slips. Die Frau schaute sich um und sah ihn lächelnd an. Da war kein Slip. Guerraccis Finger ertasteten nur Haare und Feuchtigkeit.

Die Serpentinen einer unwegsamen Straße. Die Scheinwerfer des Wagens erhellten erst einen winzigen Augenblick vor dem Unvermeidlichen die scharfen Kurven. Unausgesetztes Streicheln in seinem Hosenschlitz, wie eine Neuralgie, lenkte ihn vom Fahren ab. Die Scheinwerfer auf einem Feldweg und dann das Haus aus Bruchsteinen inmitten eines Olivenhains.

Sie standen neben der geöffneten Autotür, die Frau streichelte ihn weiter, die Ellbogen in die Seiten gepreßt, damit der Rock nicht hinunterfiel, und er berührte sie ebenfalls. Sie standen etwas entfernt voneinander, als ob sie distanziert etwas gewissenhaft erforschen müßten.

Die unaufgeräumte Küche war fast dunkel, ein Schimmer ersten Morgenlichts fiel durch das Fenster über dem steinernen Ausguß herein. Sie räumte in aller Eile das aufgetürmte schmutzige Geschirr beiseite und holte aus einer Rumpelkammer eine halbvolle Flasche, während er sie von hinten umarmte und hierhin und dorthin schwenkte wie eine Marionette. Sie durchschritten langsam das Schlafzimmer bis zum Bett und blieben dabei immer wieder stehen, um zu trinken. Die Flasche, die von Hand zu Hand ging, machte die Bewegungen schwieriger, aber sie befürchteten beide, der Taumel könne nachlassen. Wie Fliegen, die aufeinander über eine Scheibe krabbeln, sind sie auf das Bett gefallen.

Auf dem Nachttisch steht ein Glas, in dem noch ein Fingerbreit einer hellbraunen Flüssigkeit ist. Guerracci trinkt diesen letzten Schluck, der Alkohol schmeckt ganz leicht nach Lippenstift. Für einen Moment läßt der Brechreiz nach, sein Kopf wird klarer, und er erkennt Brigida Startheim, die immer noch schläft.

Das einzige Geräusch ist das eines Flugzeugs. Der Motor setzt immer wieder aus und Guerracci stellt sich vor, wie das kleine Kreuz über die Gipfel der Hügel gleitet. In diesem Zimmer riecht es nach feuchtem Holz.

Brigida ist plötzlich wach und schält sich aus dem Laken. Sie springt nackt aus dem Bett, Guerracci betrachtet ihren etwas verwelkten Hintern. Er beobachtet, wie sie zu einer

Tür dem Bett gegenüber geht und sie öffnet. Das Tageslicht in dem winzigen Badezimmer ist grausam. Brigida hockt sich auf die Toilette, und es ertönt ein heftiges Plätschern, das kein Ende nehmen will. Sie lächelt ihn mit gespreizten Beinen an, die Ellbogen auf die Knie gestützt, eine obszöne Maria Magdalena, verzweifelt und gleichzeitig fröhlich.

»Was tue ich hier?« fragt Guerracci, während sie mit hocherhobenem Kopf und einem triumphierenden Lächeln zum Bett zurückkommt.

»Was fragst du mich? Du kamst auf die Piazzetta, mit einem Gesicht wie ein geprügelter Hund. Fühlst du dich besser?«

»Besser? Ich habe einen so dicken Kopf ... Hör mal, ich glaube, ich habe da vorhin einen Typ gesehen ...«

»Das war Giorgio«, sagt Brigida und lächelt breiter, »mein Mann. Ich habe in der Zwischenzeit geheiratet.« Sie kniet sich aufs Bett, schiebt ein Laken zur Seite und berührt mit einer Hand die Lende des Mannes. »Du bist alt geworden, weißt du das?«

Später sitzen sie in Liegestühlen auf dem vertrockneten Rasen im Garten, zwischen ihnen ein steinerner Tisch mit der gelblichen Flasche Bianco Sarti. Das Haus liegt auf einem Grat der Apuanischen Alpen, in der Ebene sieht man am Horizont die weiße Linie des versilischen Strandes und einen blauen Streifen Meer. In dem ungepflegten Garten liegen hier und da große weiße Marmorblöcke, mit Löchern, wie von unermüdlichen Nagern.

Seit einigen Minuten hören sie ein Motorengeräusch näher kommen, ohne sich gegenseitig die ungute Vorahnung einzugestehen, daß dieses Geräusch die Ruhe und die Sinnlichkeit verscheuchen wird.

Hinter der letzten Kurve taucht ein Renault auf. Gertrud sitzt am Steuer, neben ihr Olimpia und Scalzi auf der Rückbank.

»Ich möchte wirklich gerne wissen, wie du mich hier oben gefunden hast«, sagt Guerracci. Scalzi hat in seinem Auto Platz genommen. Sie werden einen Abstecher nach Livorno machen. Artuso muß Guerracci verhören.

Olimpia und Gertrud sind nicht einmal aus dem Wagen gestiegen, sondern sofort nach Florenz zurückgefahren.

»Och«, sagt Scalzi ausweichend, »das hatte ich mir gedacht ...«

»Ach ja, und woher wußtest du, daß Brigida hier in den Bergen lebt?«

»Ich wußte es eben, okay?«

»Du wußtest es, ach ja. Und ich wette, du kennst auch Giorgio, den Ehemann ...«

»Ich habe ihn ein paarmal gesehen. Ein anständiger Typ.«

Sie brechen beide in Gelächer aus. Guerracci erwürgt es fast, er krümmt sich vor Lachen und kann gar nicht wieder aufhören, er lacht und lacht, wie man mit einem Kater eben lacht.

»Wie gern wäre ich er, wie gern wäre ich Giorgio«, gluckst Guerracci, »stell dir mal vor, was für ein friedfertiger Mensch. Er fährt ständig zwischen diesem Kaff und Pisa hin und her, jeden Tag, den Gott werden läßt, abends kocht er für sie, und Brigida hockt bis in die Puppen mit ihren Bildhauerfreunden auf der Piazza von Pietrasanta. Er holt ihr mit seinem Kleinlaster auch noch die Marmorblöcke aus den Steinbrüchen. Er hat kapiert, was für ein kostbares Wesen die Startheim ist, der gute Giorgio. Stell dir mal vor, Corrado, nur noch ein paar Jahre, und wir sind am Ende des Jahrtausends angelangt, dann ist es aus...«

»Was ist aus?«

»Wir sind am Ende, und die Frauen wissen Bescheid! Denen ist schon lange klar, daß sie sehr gut auf uns verzichten können, aber sie tun so, als hätten sie das nicht gemerkt, aus Mitleid, nehme ich an. Aber im Jahr 2000 werden sie sich nicht mehr verstellen, dann ist Schluß. Bist du dir eigentlich darüber klar, was wir verlieren werden? Dann wird es keine Frauen wie Brigida Startheim mehr geben, die eine Leidenschaft für Männer hegen. Schon jetzt gibt es nur noch ganz wenige davon. Du mußt den Rest des Jahrhunderts noch nutzen, Corrado!«

»Guerracci, werd erst mal wieder nüchtern«, knurrt Scalzi. »Artuso wird dich gleich verhören.«

»Dann soll er mich eben verhören, das ist mir doch egal. Was will er denn herausfinden? Das ist einer vom Geheimdienst, der Dottor Artuso. Er spielt immer den pflichtgetreuen Polizisten, aber in Wirklichkeit ist er ein Herr ›Omissis‹. Übrigens ein lautmalender Name: man hört fast, wie hinter dem Rücken etwas vorbeizischt.«

Dritter Teil

33
Der Zementmann

Das Geräusch erinnert an das Stampfen eines Pferdes. Natale widersteht der Versuchung, sich wieder auf den Boden zu legen. Er geht auf das Geräusch zu.

Er ist über und über mit Zement verkrustet, er kann nur mit allergrößter Mühe laufen, einen Schritt nach dem anderen. Auch im Gesicht ist er mit Zement verschmiert: Er streicht mit den Händen darüber, um es abzuwischen und schaudert beim Kontakt mit der feuchten Luft. Wenn er die Arme ausstreckt, stößt er gegen die Wände des Stollens.

Plötzlich fällt der Gang unter seinen Füßen steil ab. Er versucht, sich an den Wänden festzuhalten, aber seine Finger rutschen ab, er kann sich nicht anklammern. Die Angst schnürt ihm die Kehle zu. Er verliert die Kontrolle und rutscht die kalte Höhle entlang.

Fast wäre er ertrunken, aber mit einem nervösen Zucken, als würde er aus einem Alptraum erwachen, gelingt es ihm, das Gesicht aus dem Wasser zu heben. Er krümmt all seine Gliedmaßen zusammen. So bleibt er liegen, ein Schauer nach dem anderen überläuft ihn, der Schmerz ist unterträglich.

Er stellt sich vor, der Schmerz sei ein Gemisch aus Schlamm. Er streift ihn von seinem Körper ab, angefangen beim Kopf, und arbeitete sich dann langsam nach unten vor, über die Kehle, die Brust … Er stellt sich vor, daß er den Schlamm auf einen Haufen wirft, eine Kugel daraus dreht und die ganz weit wegwirft. Es funktioniert, der Schmerz läßt nach.

34
Im Schwurgericht

Giuliano, der Gerichtsdiener im Schwurgericht, steht in der Tür des Richterzimmers, die in den halbkreisförmigen Verhandlungssaal führt. Er läßt einen kontrollierenden Blick durch den Raum schweifen. Bevor die Verhandlung beginnt, muß er sich vergewissern, daß alles in Ordnung ist. Giulianos ganz besondere Crux ist die Aufnahmeanlage, die seit kurzem die handgeschriebenen Protokolle ersetzt. Es muß sich nur ein Kabel lösen, und er bekommt einen Anpfiff vom Vorsitzenden. Die Kabel verwickeln sich auf dem Boden wie Schlangen. Sie führen da und dort entlang, verschwinden unter Stühlen und Tischen. Es hätte doch nicht die Welt gekostet, sie in verschiedenen Farben herzustellen. So, wie sie jetzt sind, alle grün, muß man ihrem Verlauf einzeln folgen, man muß sozusagen einen gordischen Knoten entwirren, um sicherzustellen, daß die Mikrofone des Vorsitzenden, des Staatsanwalts, des Verteidigers und des Zeugen fest mit dem Aufnahmeapparat und dem Verstärker verbunden sind. Die Putzfrauen haben wirklich keinerlei Verantwortungsgefühl. Sie passen überhaupt nicht auf, wenn sie hier fegen: Ein herausgerissenes Kabel und das Protokoll ist im Eimer.

Bis auf ein leises Rascheln herrscht Stille im Saal: Da ist immer noch eine Putzfrau, die bei den Zuschauerreihen saubermacht, weit genug entfernt von den verdammten Kabeln, daß er ihr keine Anweisungen zubrüllen muß.

Giuliano wirft einen Blick auf die Käfige für die Angeklagten. Ab und zu vergessen sie, hier zu putzen. Manchmal mußte er schon, bevor das Gericht den Saal betrat, in aller

Eile das Papier und die Plastikteller und -becher der improvisierten Picknicks entfernen, die die Gefangenen, wenn sich die Verhandlung bis in den Nachmittag hinzieht, in den Käfigen abhalten wie Zigeuner im Wald. Heute ist alles in Ordnung, und Giuliano zieht sich in die Kulissen zurück.

Jenseits der Tür, die in den Halbkreis führt, befinden sich das Beratungszimmer, ein Abstellraum und eine Reihe kleinerer Räume, in denen die Richter schlafen, wenn sie mehr als vierundzwanzig Stunden für das Urteil brauchen. Giuliano macht Kaffee in einer professionellen elektrischen Espressomaschine, wie in einer Bar. Es ist sein ganzer Stolz, daß es ihm gelungen ist, dem Dienstleistungsapparat des Gerichts ein solch effizientes Gerät hinzugefügt zu haben.

Aus dem Gerichtssaal hört man das Klirren einer Kette. Ist die Eskorte schon da, ist das möglich? Er geht wieder an die Tür. Heute morgen sind sie aber sehr früh dran. Drei Carabinieri, der Eskortenführer und der Häftling an der Kette. Die kleine Prozession mit dem Heiligen in der Mitte kommt durch die Seitentür, die hinter dem Käfig auf den Korridor führt. Giuliano kehrt in sein Königreich zurück und überwacht seinen Kaffee. Er arbeitet gerne hier, weit entfernt von dem Durcheinander in den anderen Richterbüros. In dieser einsamen Hütte muß er niemandem Rechenschaft ablegen, hier fühlt er sich wie zu Hause.

Das in Fertigbauweise erstellte Gebäude, das das Schwurgericht beherbergt, wurde anläßlich des Prozesses gegen eine Gruppe von Terroristen erbaut, die versucht hatten, von außen einen Massenausbruch aus dem alten Gefängnis »Le Murate« zu organisieren. Es hatte in einer der kleinen Gassen in der Nähe eine Schießerei gegeben, einen toten Polizisten und zwei Verletzte. Das verschlafene Stadtviertel, das nicht weit vom Stadtzentrum entfernt liegt, war in diesen wahnsinnigen zehn Minuten zum Schlachtfeld geworden. Fast hundert Angeklagte, Männer und Frauen aus dem

Männergefängnis »Le Murate« und dem Frauengefängnis »Santa Verdiana«, waren daran beteiligt.

Das Gerichtsgebäude wurde an das Frauengefängnis angebaut. Es ist ein Symbol der dunklen Jahre, sie haben es in allerkürzester Zeit hochgezogen, wie eine Kasematte in Kriegszeiten, und zwar im ehemaligen Gemüsegarten der Nonnen. Ein riesiger, Hunderte Jahre alter Feigenbaum erbrachte jedes Jahr eine wundervolle Ernte. Der Gemüsegarten von Santa Verdiana ruft einem die Großmut des Großherzogs Leopoldo I. ins Gedächtnis zurück, der ein ziemlich liberaler Fürst war. Zur Zeit der Großherzöge war das Stadtgefängnis noch eine mittelalterliche Ringmauer ohne Fenster gewesen, mit unterirdischen Zellen. In die »Stinche«, so hieß das alte Gefängnis, brauchten die weniger gefährlichen Häftlinge auf Anordnung des Großherzogs aber nur abends zum Schlafen zurückzukehren. Tagsüber blieben nur Mörder und Gefangene, die sich der Majestätsbeleidigung schuldig gemacht hatten, innerhalb der Mauern der »Stinche«. Betrüger, Gauner, Falschmünzer, kleine Gewalttäter und homosexuelle Zuhälter, die man bei den Bedürfnisanstalten unter den Mauern bei ihren Machenschaften erwischt hatte, wurden mit einem Handwagen ausgerüstet und hatten den Grund, auf dem heute die Markthalle von Sant'Ambrogio steht, zur Verfügung, um dort Obst und Gemüse zu verkaufen. Die durch den Weitblick des Großherzogs Halbfreien versorgten sich bei den Nonnen von Santa Verdiana mit Waren, und abgesehen vom Verdienst taten sie mit ihren Geschäften auch noch ein gutes Werk. Heute ist nur noch der Feigenbaum in einem handtuchgroßen Erdstück zwischen all dem Zement übriggeblieben. Er wird eingehen, er ist schon nahe dran, das gleiche Schicksal wie Judas zu erleiden: die Verdammung, weil er aus einem Verbrechen Profit schlagen wollte.

Als es errichtet wurde, sollte das Gebäude des Schwurgerichts ganz besonders sicher sein. Mauern umgeben eine plumpe, längliche Baracke, die im hellen Sonnenlicht blendendweiß leuchtet und bei bewölktem Himmel grau ist. Der innerste Teil, der für die Gefangenen vorgesehen ist, ähnelt einem dieser Zoos ohne Wiesen und Bäume, wo es nicht einmal falsche Felsen gibt, diesen Zoos, die die heftigsten Proteste der Tierschützer hervorrufen. Wenn es zu viele Angeklagte sind, wird es auf dem Flur, der den Käfig von den Zellen trennt, bei deren Eintreffen lebhaft wie bei einer Raubtierfütterung.

Scalzi betritt den Gerichtssaal viel zu früh, nach einer schlaflosen Nacht, die er damit verbracht hat, den Vortrag zusammenzustückeln, in dem er die Strategie der Verteidigung darlegen soll. Eine amerikanische Neuerung, diese »einleitenden Ausführungen«, in denen Anklage und Verteidigung ihre Karten auf den Tisch legen wie beim Poker. Ja, wenn er denn Karten hätte. Scalzi wird allgemein bleiben müssen, es wird schwierig sein, den Richtern nicht den Eindruck zu vermitteln, daß er gezwungen ist, vage zu bleiben, weil seine Argumente nicht stichhaltig sind. Er wird versuchen, eine erwartungsvolle Atmosphäre aufzubauen, wie in einem spannenden Krimi. Bei den letzten Gesprächen im Gefängnis ist es ihm nicht gelungen, sich mit Idris auf die Strategie zu einigen, mit der sie den Prozeß gewinnen wollen; Idris war zweideutiger und ausweichender denn je.

Weil der Anlaß so wichtig ist, sind die Carabinieri der Eskorte heute ganz besonders früh aufgestanden. Sie haben Idris bereits in dem Käfig, der dem Halbkreis am nächsten steht, eingeschlossen. Keiner von den Richtern wird den Angeklagten sehen können, wenn er ganz hinten im Käfig bleibt, so wie jetzt. Er blättert in einer Akte. Das dichte Gitter seitlich von den Plätzen der Richter schirmt den gesamten Käfig wie eine Jalousie ab. Er ist ungefähr fünfzehn Meter breit und reicht von dem erhöhten Podest, auf dem die Richter sitzen, bis zu den Türen, die auf den Flur führen.

Scalzi hätte nichts dagegen, wenn Idris den ganzen Prozeß über dort bleiben würde, wo er jetzt ist. Dann hätten die Richter nämlich keine Gelegenheit, ihn lächeln zu sehen, dieses höhnische, selbstzufriedene Grinsen eines gealterten Heiratsschwindlers.

Leider ist Idris' Zufluchtsort provisorischer Natur, er wird nur bis zum Eintritt des Gerichts in den Saal im Käfig bleiben, denn die neue Strafprozeßordnung gestattet es dem Angeklagten, am Tisch der Verteidigung Platz zu nehmen, neben seinem Anwalt, auf dem Präsentierteller wie in einem Perry-Mason-Film.

Scalzi stellt seine Tasche auf den Tisch. Idris hebt den Blick von seinem Blatt und ruft ihn. Der Käfig ist gegenüber dem Fußboden des Saals erhöht. Idris kauert sich hin, hält sich am Gitter fest und nähert sein Gesicht den Stäben. Scalzi bemerkt ein Pflaster, das sich schon halb abgelöst hat, und darunter einen Schnitt, der sich über die rechte Augenbraue zieht.

»Was haben Sie denn jetzt schon wieder angestellt?«

Fami senkt den Blick, blättert in seiner Akte und versucht geistesabwesend, das baumelnde Pflaster auf die Haut zu kleben.

»Antworte dem Avvocato«, mischt sich der Carabiniere, der ihn bewacht, ein, »du schämst dich wohl, was?«

»Kümmere dich um deine eigenen Angelegenheiten«, zischt Idris, ohne den Blick zu heben.

Scalzi kennt diesen Carabiniere mit den weißen Haaren schon lange. Seit zwanzig Jahren sieht er ihn kommen und gehen, aus den Gefängnissen in die Gerichtssäle, an der Seite klirrender, angeketteter Gefangener, die er wie Schuljungen behandelt, egal, wie alt sie sind.

»Ich sag es Ihnen, Avvocato. Er hat sich mit dem Koch geprügelt, und wissen Sie warum? Signor Fami spielt sich auf, er markiert den großen Max. Er hat verlangt, daß der Speiseplan für ihn geändert wird. Wie im Restaurant, verstehen Sie? Am Sonntag hatte sich herumgesprochen, daß es statt Käse *Melanzane alla parmigiana* geben würde. Die anderen Gefangenen waren begeistert, das können Sie sich vorstellen. Aber er nicht, er wollte Käse, wie immer. Er hat dem armen Koch gegenüber darauf bestanden. Und jetzt hat er eine gespaltene Augenbraue, und der andere ist im Krankenhaus.«

Scalzi schaut den alten Carabiniere auffordernd an, der versteht sofort und entfernt sich aus der Hörweite.

»Sie mögen keine Auberginen, nicht wahr, Signor Fami?« fragt Scalzi.

Er hatte zwar die Absicht gehabt, Giulias Geschichte nachzuprüfen und mit Idris' Version zu vergleichen, aber die Ereignisse der letzten Tage und die Aufregung über den kurz bevorstehenden Prozeß haben ihn gezwungen, die Gespräche auf die wichtigsten Punkte zu beschränken.

»Nein. Ich finde sie ekelhaft.«

»Warum finden Sie Auberginen ekelhaft?«

»Wir sollten keine Zeit verlieren, das Gericht kann jeden Moment hereinkommen.«

»Es ist noch eine gute halbe Stunde Zeit, seien Sie ganz ruhig. Soll ich Ihnen sagen, warum Sie keine Auberginen mögen?«

»Na gut«, platzt Idris heraus, »dann reden wir also über Gemüse! Der Prozeß fängt gleich an …«

»Reden wir über das paramilitarische Ausbildungslager, wo man Sie gezwungen hat, halbrohe Auberginen zu essen.«

Idris steht auf und schließt die Akte.

»Wer hat Ihnen denn dieses Märchen erzählt?«

»Es ist kein Märchen, und das wissen Sie genau. Und diejenige, die mir davon erzählt hat, kann jetzt mit niemandem mehr sprechen. Wollen Sie mir immer noch weismachen, daß Sie nichts über den Mord an Giulia Arrighi wissen? Daß Sie keine Ahnung haben, wer sie umgebracht haben könnte? Sehen Sie mich an, und sagen Sie es mir noch einmal.«

»Signorina Giulia hat Selbstmord begangen. Und woher soll ich etwas darüber wissen? Sie wissen doch, wo ich mich aufhalte. Worauf wollen Sie eigentlich hinaus, Avvocato?«

»In wenigen Augenblicken muß ich dem Gericht erklären, wie ich Ihre Verteidigung angehen will. Meiner Meinung nach ist es unvermeidlich, auch Ihre Aktivitäten bei den Geheimdiensten zu erwähnen.«

»Nein. Darüber haben wir doch schon geredet. Dieses Thema wird nicht angesprochen, wenigstens jetzt noch nicht. Ich will nicht, daß Sie das Thema anschneiden. Es wird weder über die Geheimdienste meines Landes noch über die anderer Länder gesprochen, noch über Giulia Arrighi und deren Phantastereien einer Fixerin. Und dann wird man sehen.«

»Wann?«

»Je nachdem, wie sich die Verhandlung entwickelt. Nur, falls wir mit dem Rücken zur Wand stehen …«

»Wir stehen aber bereits mit dem Rücken zur Wand, begreifen Sie das doch endlich, Fami.«

»Ich bin nicht Ihrer Meinung. Wir haben gute Argumente. Und was den Vorschlag Ihres Freundes, des Polizisten, betrifft …«

»Er ist nicht mein Freund.«

»Er ist vielleicht nicht Ihr Freund, aber was Sie mir über ihn erzählt haben, hat mir überhaupt nicht gefallen. Ich mache da nicht mit. Ich weiß nichts von dem, was er von mir wissen will. Er muß mich mit jemandem verwechseln.«

»Ich glaube nicht, daß Artuso Sie verwechselt. Er hat mir ein Foto gezeigt. 1978 waren Sie in Bologna im Gefängnis. Streiten Sie das doch nicht ab.«

»1978 war ich in Ägypten. Da hatte ich noch nicht einmal einen Fuß nach Italien gesetzt. Auf dem Foto ist jemand, der mir ähnlich sieht, der Typ, von dem Ihr Freund spricht …«

»Er ist nicht mein Freund.«

»Wir brauchen gar nicht darüber zu diskutieren. Der Vorschlag des Polizisten interessiert mich nicht. Ich bin nicht so pessimistisch wie Sie, was den Ausgang des Prozesses betrifft. Ohne Leiche gibt es keinen Mord. Verfolgen Sie diese Linie. Worüber soll man denn sonst noch reden?«

Scalzi reißt der Geduldsfaden. »Ich will über die Rolle des Hampelmanns reden, die ich in diesem Prozeß spielen soll. Ich hab die Nase gestrichen voll von Ihren Lügen.«

»Und ich überlege mir, ob ich Ihnen das Mandat entziehen soll. Ich habe kein Vertrauen zu Anwälten, die mit Polizisten unter einer Decke stecken.«

»Sehr schön. Einverstanden. Das hätten Sie sich auch früher überlegen können. Was Sie brauchen, ist ein Anwalt vom Typ ›der Mandant hat immer recht‹. Die gibt es nämlich, wissen Sie. Jede Menge davon. Sie möchten, daß ich nach Ihrer Pfeife tanze, wie damals, als sie mich auf Schmetterlingsjagd zum Bahnhof von Terontola geschickt haben. Ich habe mir den Inhalt des Koffers genau angesehen, es hat mir nicht viel gebracht, aber ich habe genug gesehen, um zu begreifen, daß Ihr angeblicher Doktortitel in Archäologie nur Tarnung ist. Ich werde bei Ihrer Verteidigung so vorgehen, wie ich es für richtig halte. Ich werde dem Gericht darlegen, wer Sie wirklich sind. Ich werde über Ihre wahren Betätigungsfelder sprechen, von Archäologie kann da nämlich nicht die Rede sein! So werde ich vorgehen, auch wenn ich nicht ausschließen kann, daß sich daraus weitere Anklagepunkte gegen Sie ergeben werden, wegen aller möglicher Vergehen, die ich mir momentan noch gar nicht ausmalen kann. Und das hat nichts mit dem Vorschlag von Artuso zu tun. Davon habe ich Ihnen nur erzählt, weil ich meine Arbeit gewissenhaft mache; und was sein Versprechen betrifft, so teile ich Ihre Bedenken. Aber in der Verhandlung beabsichtige ich, meine Linie zu verfolgen, ich möchte, daß das klar ist. Wenn Sie nicht damit einverstanden sind, dann können Sie folgendes tun: Als erstes wird der Vorsitzende Sie nach Ihren Personalien fragen. Sie müssen Ihren Namen nennen, den, der in den Akten steht, oder einen von den vielen, die Sie bisher benutzt haben. Das können Sie sich aussuchen, aber Sie sollten wissen, daß es ein Vergehen ist, wenn Sie einen falschen Namen angeben. Gleich danach werden Sie gefragt werden, ob Sie meine Bestellung bestätigen. Wenn Sie also meinen Ansatz nicht akzeptieren, brauchen Sie nur nein zu sagen, und daß Sie einen anderen Anwalt wollen. Dann bekommen Sie einen Pflichtverteidiger, wenn Sie keinen Anwalt Ihres Vertrauens nennen können. Ich ziehe mir die Robe aus und verlasse diesen Platz. Und von diesem Moment an werde ich den Prozeß verfolgen wie jeder beliebige Zuschauer. Aber wenn Sie mich als Verteidiger bestätigen, dann müssen Sie mich machen lassen. Habe ich mich klar ausgedrückt? Haben Sie verstanden?«

»Sie sind als Anwalt wirklich ein Reinfall, wissen Sie? Sie haben den Beruf verfehlt, Sie sind Ihrer Berufung zum Richter nicht gefolgt.«

Fami lächelt sein typisches Lächeln. Der Anflug von Mitleid in seinen honigfarbenen Augen ist irritierend. Scalzi überlegt, ob er vielleicht zu vertraulich gewesen ist, trotz seiner vielen grauen Haare. Aber wem gegenüber? Diesem kleinen Drahtzieher, der davon überzeugt ist, im Olymp der Weltherrscher zu wohnen, wo er doch im Wirklichkeit ein ziemlich erbärmlicher Leporello ist, einer, der die Brosamen vom Tisch des Herrn aufsammelt – wäre er sonst nicht in dieser Situation? Er fühlt sich überlegen, weil er das Spiel mitmacht, und ist bereit, die oberste Regel – das Schweigegebot – zu befolgen, obwohl ihm eine lebenslängliche Haftstrafe droht. Bei der Weltmeisterschaft, an der Signor Fami teilnimmt, muß man sich anpassen, sich in bestimmte Tiere verwandeln können: in einen Fuchs oder einen Steinmarder. Es ist eine Überlebensfrage, sich den Bedingungen der Umwelt anzupassen. Wenn man einmal einen Fuß in den Sumpf gesetzt hat, dann muß man sich mit der Tarnfarbe abfinden. Aber der ironische Gesichtsausdruck Famis ist zu beleidigend, um sich noch weiteren Überlegungen hinzugeben. Scalzi tritt einen Schritt vom Käfig zurück, dann kommt er wieder näher und sagt mit leiser Stimme: »Machen Sie nur so weiter, spielen Sie ruhig den Supermann. Aber, sehen Sie, wenn dieser Tag zu Ende ist, dann verlasse ich das Gerichtsgebäude. Ich mache einen Spaziergang, gehe in die Bar, und wenn ich Lust habe, gehe ich ins Kino. Heute abend gehe ich mit meiner Frau ins Bett. Und Sie, wie lösen Sie dieses Problem? Onanieren Sie, Signor Fami?«

Leporello hört auf zu lächeln. Er holt ein kleines Büchlein mit schwarzem Einband aus der Tasche und fängt an zu lesen. Wahrscheinlich eine Taschenbuchausgabe des Korans. Er bewegt die Lippen und rezitiert leise. Dann dreht er sich um und verschwindet hinten im Käfig wie ein boshafter Menschenaffe, der sich nicht gern vor Publikum zeigt.

Der Saal füllt sich. Rogati tritt an den Tisch neben dem der Verteidigung. Die neue Strafprozeßordnung läßt diese kurzzeitige räumliche Nähe zu. Aus dem Haufen der Leihroben, der an einen Wühltisch auf einem Dorfmarkt erinnert, fischt Scalzi eine Robe heraus, die etwas weniger zerlumpt ist als die anderen.

35
Einleitende Ausführungen

Der Angeklagte gibt stehend seine Personalien zu Protokoll: Idris Fami, geboren in Alexandria in Ägypten, fünfunddreißig Jahre, Archäologe. Scalzi sitzt neben ihm.

»Bestätigen Sie die Bestellung Ihres Anwalts?« fragt der Vorsitzende.

Von unten gesehen scheint Idris noch größer, obwohl er sich vorbeugt, um seinen Mund dem Mikrofon zu nähern. Sein Gesicht glänzt schweißnaß unter dem Kegel des Scheinwerfers einer Videokamera. Ein Blitzlichtgewitter der Fotografen geht los, als er den Kopf wieder hebt.

Schweigen. Angespanntes Schweigen. Nur das Surren der Kameras ist zu hören. Der Vorsitzende lehnt sich in seinem Stuhl zurück und betrachtet Idris. Seine Erfahrung läßt ihn Schwierigkeiten befürchten. Er haßt Komplikationen. Seine Verhandlungen sollen flott ablaufen.

Der vorsitzende Richter Amelio ist von untersetzter Statur. Er verschwindet fast hinter dem Tisch, obwohl er sich sehr bemüht, sich gerade zu halten. Er hat ein breites, grob geschnittenes Gesicht, und wenn er eine Perücke aufhätte, wäre er das Ebenbild von Charles Laughton in dem Film *Der Fall Paradin*. Wenn er wie jetzt das Gefühl hat, daß Probleme auf ihn zukommen, wenn er die Spannung im Gerichtssaal bereits spüren kann, wird er aggressiv.

»Sind Sie taub, Fami? Ihr Verteidiger ist der Herr neben Ihnen, oder ist Avvocato Scalzi etwa heute hier anwesend, weil er nichts Besseres zu tun hat?«

Idris dreht seinen Kopf zur Seite und schaut Scalzi an. Er lächelt wohlwollend, süßlich. Er fixiert ihn geradezu mit seinen Kuhaugen. Dann wendet er sich wieder dem Vorsitzenden zu: »Bitte?« Er steht regungslos da und hält sich die Hand über die Augen, weil der Scheinwerfer ihn blendet.

Läßt er sich mit seiner Antwort absichtlich soviel Zeit, damit es noch verletzender wirkt, wenn er seinem Verteidiger gleich bei der Eröffnung des Verfahrens das Mandat entzieht? Oder ist er wirklich unentschlossen?

»Avvocato Scalzi, verteidigen Sie den Angeklagten?«

»Das müssen Sie ihn selbst fragen«, antwortet Scalzi.

»Wenn Sie glauben, daß Sie so weitermachen können, dann haben Sie sich geirrt«, zischt der Vorsitzende. »Fami, ich habe Sie etwas gefragt! Nachher können Sie schweigen, soviel Sie wollen, sie können ein Nickerchen machen, wenn Sie möchten. Aber diese eine Frage müssen Sie mir beantworten. Wer zum Teufel ist Ihr Verteidiger?«

»Bitte?« murmelt Idris abermals.

»Sie haben mich sehr gut verstanden!« brüllt der Vorsitzende. »Wer verteidigt Sie denn nun?«

»Herr Vorsitzender, mein Anwalt ist dieser Herr«, antwortet Idris verwundert. Er macht einen kleinen Schritt und legt wohlwollend eine Hand auf Scalzis Schulter.

Rogati beginnt mit seinen einleitenden Ausführungen: »Hohes Gericht, die neue Strafprozeßordnung schreibt vor, daß man sich kurz fassen soll. ›Der Staatsanwalt hat in Kürze die Fakten vorzutragen, die zur Anklage geführt haben‹, so steht es in der Prozeßordnung. Aber in diesem Fall ist es schwierig, sich kurz zu fassen.«

»Das ist aber schade«, unterbricht ihn der Vorsitzende.

»Hohes Gericht«, fährt Rogati fort, »wenn ich behaupten würde, daß es sich bei diesem Prozeß nicht um eine heikle Angelegenheit handelt, dann würde ich lügen.«

»Das sind fast alle Prozesse, der eine mehr, der andere weniger«, sagt Amelio. »Und das gibt Ihnen nicht das Recht, das Gesetz zu verletzen. Beherzigen Sie die Strafprozeßordnung und fassen Sie sich kurz.«

»Ich werde mein möglichstes tun«, sagt Rogati.

»Sehr schön. Dann fangen Sie mal gleich damit an und ersparen Sie uns die Präliminarien. Kommen Sie zur Sache.«

»Es beginnt mit einer verschwundenen Frau.«

»Wenn das so ist, dann ist der Prozeß entschieden: Die Anklage beantragt Freispruch«, knurrt Scalzi ironisch.

»Avvocato, sparen Sie sich Ihre Kommentare«, weist der Vorsitzende ihn zurecht.

»Haben Sie gehört? Er hat ›verschwunden‹ gesagt.« Auch Idris ist das Eigentor des Staatsanwalts nicht entgangen.

»Machen Sie sich keine Illusionen, Fami. Schauen Sie sich die Geschworenen an.«

»Ja, und?«

»Es sind sechs Laienrichter, und fünf davon sind Frauen. Sie sind in der Überzahl.«

»Seit dem 20. August 1987«, fährt der Staatsanwalt fort, »ist eine neunundvierzigjährige Frau verschwunden. Nach diesem Datum hat niemand mehr etwas von ihr gehört. Es war so: Diese Frau verschwindet im Laufe einer Reise in Begleitung ihres Gatten. Wenn wir uns näher mit Signora Verena Mammoli beschäftigen, dann werden wir feststellen, daß sie nicht der Typ für spontane Handlungen ist, kein impulsiver Mensch und auch nicht depressiv, weshalb ein Selbstmord auszuschließen ist. Sie ist weder aggressiv noch streitsüchtig, sie ist das genaue Gegenteil eines unsympathischen Menschen. Nein, sie ist mild, furchtsam und gutherzig. Erinnern Sie sich an die Hauptfigur in der Erzählung *Die Sanfte* von Dostojewski?«

»Das Gericht interessiert sich nicht für literarische Vergleiche. Denken Sie bitte daran, daß Sie einen kurzen Abriß der Fakten geben sollen.« Amelio läßt sich die Worte auf der Zunge zergehen, mit halbgeschlossenen Augen. »Das gilt übrigens auch für den Verteidiger. In dieser Phase geht es darum, die Gründe darzulegen, warum Anklage und Verteidigung bestimmte Beweise für notwendig erachten. Das ist alles. Sie sollen jetzt noch kein Plädoyer halten. Mit Ihrer Bildung können Sie später prunken, wenn es denn unbedingt sein muß.«

»Ich beantrage, einige Zeugen anzuhören, die Auskunft über den Charakter und die Lebensumstände des Opfers geben können. Ist es so recht, Herr Vorsitzender?« sagt Rogati finster. »Ist das der Telegrammstil, den Sie wünschen? Reise nach Ägypten also, in Begleitung des Gatten. Der Gatte ist der Angeklagte. Auch ihn sollten wir näher analysieren. Warum er sie geheiratet hat, zum Beispiel. Warum hat er eine Frau geheiratet, die nicht mehr jung war, nicht einmal attraktiv und alles andere als reich? Er ist wesentlich jünger und recht stattlich, wie Sie sich selbst überzeugen können, obwohl er vielleicht etwas Übergewicht hat. Aber ich fürchte, das hängt mit der Kost im Gefängnis zusammen, wo er ja gezwungenermaßen viel sitzen muß. Die Fotos, die wir dank der unfreiwilligen Hilfe des Verteidigers gefunden haben, zeigen den Angeklagten in Bestform, elegant und sportlich. Ein schöner Mann, würde man sagen, und dazu kommt noch die Faszination des Exotischen. Wir wissen auch, daß ihm eine gewisse Begabung auf sexuellem Gebiet nicht abzusprechen ist. Ich werde einige Fotografien vorlegen, die ihn in Begleitung schöner, eleganter Frauen zeigen. Einige davon sind sehr jung. Sie werden Gelegenheit haben, Briefe diverser Freundinnen und Bewunderinnen einzusehen. In einem gewissen Koffer befand sich eine beachtliche Menge davon. Auf diesen Koffer werden wir noch häufiger zurückkommen. Beachten Sie die Daten: Die Ehefrau reist am 20. August 1987 ab. Wir haben die Passagierliste des Alitalia-Fluges Rom-Kairo, die die Abreise Verena Mammolis beweist. Idris Fami ist bereits seit einer Woche in seinem Heimatland. Seit dem 21. August, nach ihrer Ankunft und der Paßkontrolle am Flughafen von Kairo, gibt es keine glaubhaften Informationen mehr über den Verbleib von Verena Mammoli, abgesehen von den Angaben des Angeklagten, der ohne seine Frau am 5. September nach Italien zurückgekehrt ist. Vor ihrer Heirat lebte Verena Mammoli allein. Sie hatte weder Eltern noch Verwandte, abgesehen von einer verwitweten Tante, Flavia Filippi, geborene Mammoli, die ich als Zeugin vorladen werde. Niemand wundert sich über ihre Abwesenheit, nicht einmal Tante Flavia. Und warum? Weil der Angeklagte alle beruhigt, die Tante und die wenigen Freunde: Verena sei in Ägypten geblieben. Sie habe sich in das Land verliebt und einen guten Job gefunden, erzählt Fami. Auch er werde zu Weihnachten dorthin zurückkehren, wenn er die Wohnung verkauft habe, die sie nach der Heirat gemeinsam erworben hatten. Und das tut er dann auch mit wehenden Fahnen. Es ist praktisch eine Art Ausverkauf für einen Preis weit unter dem Marktwert. Und so vergehen sieben Monate, vom August 1987 bis zum März 1988. Am 15. März erstattet Tante Flavia beim Polizeipräsidium eine Vermißtenanzeige. Und der Ehemann? Der Ehemann wird sich hüten. Als er wieder nach Italien kommt, macht er keine Anzeige bei den italienischen Behörden, und auch den ägyptischen Behörden hat nie eine Vermißtenmeldung vorgelegen. Die Polizei verfolgt eine mögliche Spur und verhört eine alte Flamme von ihm, eine gewisse Giulia Arrighi, die im vergangenen Monat in der Nervenheileinstalt ›Tetti rossi‹ Selbstmord begangen hat.«

»Selbstmord?« unterbricht ihn Scalzi.

»Darüber werden wir noch sprechen, Avvocato«, erwidert Rogati. »Der Selbstmord Giulia Arrighis ist ein schwerwiegendes Indiz gegen Ihren Mandanten.«

Scalzi springt auf und greift nach dem Mikrofon: »Sie hat keinen Selbstmord begangen, sie ist umgebracht worden! Und das wissen Sie genau!«

Auch der Vorsitzende springt auf und beugt sich vor, bis er mit den Lippen das Mikrofon berührt: »Avvocato Scalzi!

Erlauben Sie sich nicht noch einmal, den Staatsanwalt zu unterbrechen! Ich sage Ihnen jetzt ein für allemal, das Gericht beschäftigt sich hier mit dem Mordfall Mammoli und nicht mit anderen Geschichten, die nichts damit zu tun haben!«

»Haben Sie verstanden, wie ich vorgehen werde?« fragt Scalzi Idris. »Ist Ihnen jetzt klar, daß ich freie Bahn haben muß?«

Nein, er hat es nicht verstanden. Oder er tut nur so. Idris kaut mit zufriedenem Gesicht ein Bonbon, als ob er im Kino wäre.

»Das erste Verschwinden«, fährt Rogati fort, »ist schon merkwürdig genug. Aber noch verdächtiger ist die Flucht von Idris Fami. Er ist der einzige, der sagen könnte, wo Verena Mammoli abgeblieben ist. Er hat sie bei ihrem Eintreffen am Flughafen von Kairo abgeholt, wahrscheinlich haben sie einige Tage zusammen verbracht. Die ägyptischen Behörden, die wir eingeschaltet haben, haben uns nur mitgeteilt, daß sie in Ägypten eingetroffen ist und daß sie das Land nicht wieder verlassen hat. Wo sie ist, weiß niemand. Außer vielleicht der Ehemann, aber auch der ist verschwunden. Der Richter ordnet die Fahndung nach Signor Fami an. Die Polizei sucht erfolglos nach ihm. Er hat sich in Luft aufgelöst. Und so kommen wir zum 16. November 1990, drei Jahre nach Verenas Abreise. Ein gewisser Signor Martinelli, Buchhalter der ›Manifattura Ricami Fiorentini‹, der Firma, in der Verena Mammoli gearbeitet hat, ruft bei der Polizei an, weil in seinem Büro ein Herr einen Riesenaufstand macht. Die Polizisten fahren hin, und der unverschämte Mensch zeigt ihnen einen französischen Paß auf den Namen Yves Funès. Und warum hat dieser Herr den Buchhalter eingeschüchtert und gedroht, er würde alles kurz und klein schlagen? Er wollte die Abfindung Verena Mammolis abholen, in bar. Keine große Summe, aber auch keine Kleinigkeit: ungefähr dreißig Millionen Lire. Er hatte eine notariell beglaubigte Vollmacht dabei, die gefälscht war. Dem Buchhalter erschien das Dokument verdächtig, er wußte, daß Verena Mammoli verschwunden war, seit drei Jahren hatte niemand etwas von ihr gehört, obwohl sie sehr an der Firma und den Kollegen gehangen hatte. Als der vermeintliche Franzose anfing, die Stimme zu erheben und ihn zu bedrohen, ging der brave Buchhalter unter dem Vorwand, den Scheck zu holen, hinaus und alarmierte die Polizei. Zum Glück – für die Justiz, nicht für den Angeklagten – war unter den Polizisten ein Beamter, der an einer Grenze Dienst getan hatte. Dem kam der Paß auf den Namen Funès verdächtig vor, die Personalien ähnelten allzusehr denen eines berühmten Mimen, und die Schrift darunter schien mit Entfärber behandelt worden zu sein. Der Leiter des Einsatzkommandos ließ die Daten in den Zentralcomputer des Innenministeriums eingeben. Ein paar Faxe wurden hin- und hergeschickt, und das Foto des vermeintlichen Funès rauschte durch den Äther. Aus der Zentrale kamen die Personalien und der Fahndungsbefehl für Idris Fami. Und das alles im Handumdrehen. Wunderwelt des Fortschritts, die sogar Einzug in den Papierkram der Polizei gehalten hat. Die beiden Vermißten, die Frau und der Ehemann, reduzieren sich auf eine Person. Aber Verena Mammoli ist bis heute verschwunden.«

Scalzi hört ihm nicht mehr richtig zu. Der Staatsanwalt ist die Sache weitläufig angegangen. All diese Fakten sind seit langem bekannt, aber sie füllen die Lücken der Beweislage hinsichtlich der Fakten nicht. Er betrachtet die Geschworenen. Als Einzelpersonen bleiben sie rätselhaft, aber im ganzen sind sie nur allzuleicht einzuschätzen. Er hat in der Geschäftsstelle die Namensliste eingesehen: vier Lehrer, eine Hausfrau und ein Bankangestellter.

Der Bankangestellte ist der erste von links. Er ist kahlköpfig und dicklich und scheint sich zwischen all den Damen nicht ganz wohl zu fühlen. Er schaut den Staatsanwalt mit bedrücktem Gesicht an, er wirkt eingeschüchtert. Die Dame zu seiner Rechten hat ein Botticelli-Gesicht mit dem für Florentinerinnen typischen hochmütig-melancholischen Ausdruck. Sie ist blond, frisch vom Friseur, und ganz bestimmt ist sie nicht die Hausfrau. Wenn er richtig liegt, ist die Hausfrau die Dame mittleren Alters, die neben ihr sitzt, mit dem ruhigen Habitus des *Domum servavit et lanam fecit**. Sie hat Platz genommen und sofort angefangen, unter dem Tisch in ihrer Tasche zu kramen. Jetzt stellt sie die Tasche auf den Tisch und holt einen Notizblock und einen Filzschreiber hervor. Sie öffnet den Block, zieht die Kappe des Stifts ab, bereit, sich Notizen zu machen.

Auf der rechten Seite, nach dem beisitzenden Richter und dem Vorsitzenden Amelio, kommen noch drei weitere Frauen. Zwei flüstern miteinander wie Schulmädchen. Man sieht sofort, daß es Lehrerinnen sind, da hätte man gar nicht in die Liste schauen müssen. Die Vorletzte ist die älteste der Gruppe: kurze graue Haare, knochiges Gesicht, dunkle Brille. Sie trägt ein der Gelegenheit angemessenes Kleid, grau, bis zum Hals zugeknöpft, mit langen Ärmeln. Sie hat die Ellbogen auf den Tisch gestützt und hält die gefalteten Hände vor den Mund. Als die beiden Schulmädchen sich über sie hinweg zueinanderbeugen und anfangen zu tuscheln, wendet sie ihre dunkle Brille dem Vorsitzenden zu. Er könnte wetten, sie hat sich absichtlich zwischen die beiden gesetzt, um sie zu trennen und dazu beizutragen, daß die Disziplin gewahrt wird. Scalzi glaubt in ihr eine Führungspersönlichkeit von Natur erkannt zu haben. Diese strenge Lehrerin wird die Anführerin der Geschworenen sein. Es ist diese graue Frau, die er zu überzeugen versuchen muß. Und das wird nicht ganz einfach sein. Die dunkle Brille ist ein schlechtes Zeichen.

Aber sie wird sich überzeugen lassen, o ja. Die Richter,

* (lat.) Sie besorgte das Haus und webte die Wolle.

der Vorsitzende und der beisitzende Richter, werden ihre Erzieher sein. In der Schule lernt man, die Überlegenheit der Technik zu respektieren. In diesem Fall sind die Techniker die beiden Richter in ihren Roben. Sie wird mehr als bereit sein, sich dem Prinzip der Autorität unterzuordnen. Das Schicksal hat ihr den Rausch der höchsten Freiheit, die das Amt eines Richters bietet, zugestanden. Aber sie traut Rauschzuständen nicht.

»Diese Briefe«, sagt Rogati gerade, »lege ich in Übersetzung der kriminaltechnischen Abteilung vor. Das Gericht sollte ein Gutachten anordnen und dazu einen erfahrenen Übersetzer benennen. Diese Dokumente sind aus zwei Gründen sehr wichtig. Einmal, weil sie aus Ägypten kommen, dem Land, in dem Verena Mammoli verschwunden ist. Und zweitens, weil darin eine gewisse Dame, die ägyptische Gattin des Signor Fami – der also, nebenbei bemerkt, Bigamist ist, zumindest nach dem Recht des Landes, in dem er sich aufhält –, ihren Ehemann davon in Kenntnis setzt, daß eine Leiche verlegt worden ist. Gleich wird der Verteidiger das Wort ergreifen. Er wird sagen, daß in diesem Prozeß die Leiche der Ermordeten fehlt. Man kann die Leiche aber durch logische Deduktion entdecken. Sie werden von den Zeugen, die ich vorladen möchte, hören, daß Idris Fami nach seiner Rückkehr nach Italien die Tante beruhigt, die eheliche Wohnung verkauft und überdies versucht hat, eine seiner Frau zustehende Geldsumme einzutreiben. All diese Aktivitäten lassen darauf schließen, daß er sicher war, daß seine Frau ihn niemals daran hindern oder Einspruch gegen sein Tun erheben würde. Aber er hat die Rechnung ohne die Briefe gemacht. Aus ihnen geht nämlich hervor, daß Verena tot ist. Idris Fami weiß das ganz genau, und er weiß auch, daß ihre sterblichen Überreste gut versteckt sind und niemals gefunden werden können. Jemand hat dafür Sorge getragen. Die arabische Ehefrau hat die *amene* versteckt. Was ist diese *amene*, von der in den Briefen die Rede ist? Dieses arabische Wort bedeutet: ›etwas, das man in Obhut bekommen hat‹. Es handelt sich um die Leiche Verena Mammolis. Einige Sätze sind unmißverständlich. In den Schriftstücken, von denen ich spreche, ist von der Arbeit eines Totengräbers die Rede, mit der Fami die bemitleidenswerte Frau beauftragt hat, hörig, wie sie ihrem Mann ist, der sie allen moralischen Widerstands beraubt hat.«

Rogati hat nicht bemerkt, daß die Briefe einen Aspekt beinhalten, der seiner Theorie widerspricht. Vielleicht hat er sich die Frage auch gar nicht gestellt. Er hat sich von der Begeisterung über seine Entdeckung mitreißen lassen und dabei nicht in Erwägung gezogen, daß jeder Fall wie ein Prisma ist – so lehren es die alten Meiser –, das man von all seinen Seiten betrachten muß. Das *quomodo*, das *quibus auxiliis*, das *ubi* und das *quando*.* Und das *quando* hat er nicht berücksichtigt.

»Der Staatsanwalt hat Ihnen den Rahmen des Bildes beschrieben«, beginnt Scalzi, »aber die Leinwand ist weiß. Das Bild fehlt. Der Rahmen mag fein geschnitzt sein, aber was stellt das Bild dar? Ich soll Ihnen die Beweise der Verteidigung darlegen. Hinsichtlich welcher Umstände? Nehmen wir an, Signor Fami sei angeklagt, seine Gattin auf eine bestimmte Weise umgebracht zu haben. Mit einer ganz bestimmten Waffe, was weiß ich, einem Stein vielleicht, wie in dem Fall jenes Angeklagten, der zu einer lebenslänglichen Freiheitsstrafe verurteilt wurde, weil er angeblich seinen Bruder umgebracht hatte. Als er schon seit acht Jahren im Gefängnis saß, sahen die Leute im Dorf den Bruder plötzlich in aller Seelenruhe über die Hauptstraße spazieren. Sie brauchen gar nicht so die Backen aufzublasen, Dottor Rogati. Ich werde mich nicht lange mit diesem Präzedenzfall aufhalten. Da reicht eine Andeutung. In die-

* (lat.) Wie – mit wessen Unterstützung – wo – wann.

sem Fall gab es aber wenigstens einen blutigen Stein. Die Richter – und das waren in den fünf Instanzen dieses Verfahrens nicht wenige – haben den Angeklagten verurteilt, obwohl kein echter Beweis für den Mord vorlag. Ich will sie nicht kritisieren, ich kann sie sogar verstehen, denn es gab ein überzeugendes Indiz für die Tat. Aber kehren wir zu der Annahme von eingangs zurück. Wenn die Anklage sagen würde: Die Waffe, mit der die Tat begangen wurde, ist dieser Gegenstand, dann könnte die Verteidigung versuchen zu beweisen, daß Signor Fami diesen Gegenstand niemals besessen hat. Nehmen wir an, die Anklage würde sagen: Die Tat ist an jenem Ort begangen worden, an jenem Tag, zu der und der Stunde. Dann hätte die Verteidigung die Möglichkeit nachzuweisen, daß an jenem Tag oder zu jener bestimmten Stunde Signor Fami ganz woanders war. Und Sie könnten die Glaubwürdigkeit des Alibis abwägen und entscheiden, ob es Sie überzeugt oder nicht. Stellen wir uns vor, die Anklage würde sich endlich dazu entschließen, darzulegen, welches das Motiv Signor Famis für den Mord an seiner Frau gewesen ist. Dann würde die Verteidigung sich bemühen, Sie davon zu überzeugen, daß dieses Motiv jeder Grundlage entbehrt oder nicht schwerwiegend genug ist, ihn zu einer Tat zu bewegen, die das Endgültigste ist, was ein Mensch einem anderen antun kann. Nehmen wir an, die Anklage hätte einen Komplizen ausfindig gemacht. Dann würde die Verteidigung sich bemühen zu beweisen, daß der Angeklagte diesen Komplizen gar nicht kennt oder keinen Umgang mit ihm hatte und daß weder freundschaftliche noch berufliche, noch familiäre Verbindungen oder eine Liebesbeziehung bestehen. Betrachten wir die Theorie des Staatsanwalts ausgehend vom Punkt der Komplizenschaft, dem *quibus auxiliis*. Sie haben gehört, daß Dottor Rogati von einigen mysteriösen Briefen und einer nicht weniger mysteriösen ägyptischen Gattin gesprochen hat. Seiner Meinung nach soll diese

Dame Idris Fami dabei geholfen haben, die Justiz zu hintergehen, indem sie die Leiche von Verena Mammoli versteckte. Das haben Sie doch gesagt, oder interpretiere ich Ihre Worte falsch? Wenn ich Sie richtig verstanden habe, dann soll diese geheimnisvolle ägyptische Gattin die Komplizin bei einer Tat sein. Und wenn es nicht gleich ein Mord ist, so ist es doch Unterschlagung einer Leiche. Und die Unterschlagung einer Leiche ist strafbar, nicht wahr? Es ist kein so schwerwiegendes Verbrechen wie Mord, aber nach unserem Gesetz eine Straftat. Also gut, und wo ist diese Frau? Warum ist sie bei diesem Prozeß nicht anwesend? Warum hat niemand, und schon gar nicht der Staatsanwalt, sie herbestellt, um Auskunft über ihre Handlungen zu geben? Wir kennen ja nicht einmal ihren Namen! Der Staatsanwalt spricht in diesem Gerichtssaal von Komplizenschaft und macht sich nicht die Mühe, den Namen der Komplizin zu nennen. Gegen welche Hirngespinste sollen wir uns denn verteidigen?«

»Den Namen kann ich Ihnen sagten, Avvocato Scalzi«, mischt Rogati sich ein, »sie brauchen nur meine Akten einzusehen, da steht es schwarz auf weiß, in den Briefen, die in die Prozeßakten aufzunehmen ich beantragt habe.«

»Aber die Person«, ruft Scalzi, »wo ist die Person? Warum sitzt sie nicht auf der Anklagebank neben ihrem Mann?«

»Wenn es notwendig wird ...«

Rogati ist aufgestanden, aber der Vorsitzende wedelt mit der Hand, damit er sich wieder setzen soll.

»Ich will hier keinen Streit! Dottor Rogati, unterbrechen Sie den Verteidiger nicht! Und Sie, Avvocato Scalzi, ich hatte Ihnen doch schon gesagt: Das Gesetz sieht vor, daß Sie in dieser Phase der Verhandlung die Beweise nennen, die zu erheben Sie beabsichtigen, und nicht das Plädoyer am Ende der Verhandlung vorwegnehmen sollen.«

Damit hatte Scalzi gerechnet. Er hat den Bogen absichtlich mehr gepannt als nötig, um eine Zurechtweisung durch den Vorsitzenden zu provozieren. Er holt Atem und senkt den Kopf auf das Mikrofon, als ob er nachdenken müsse, dann hebt er den Kopf wieder. Die Anwesenden sind noch nicht auf einen rhetorischen Höhepunkt vorbereitet. Er spricht in bescheidenem, ja fast unterwürfigem Ton, während er in den Papieren vor ihm auf dem Tisch blättert: »Herr Vorsitzender! Welche denn? Welche gegenteiligen Beweise kann diese Verteidigung denn vorbringen? Fällt Ihnen dazu etwas ein?«

Pause. Er weiß jetzt, was er tun wird. Sein Tonfall ist immer noch unsicher und bescheiden: »Daß Signor Fami das Messer nicht in der Hand hatte? Soll ich versuchen, das zu beweisen?«

Dann fährt er bedrückt fort: »Aber welches Messer? Daß die Pistole ihm nicht gehört? Aber was für eine Pistole? Das Gift … aber welches Gift? Die Würgemale? Die Abdrücke welcher Finger? Und auf wessen Kehle?«

Dann skandiert er immer schneller und aggressiver: »Wo, an welchem Ort hat sich das Verbrechen zugetragen? In der Anklageschrift steht: in Ägypten! In Ägypten? Ägypten ist ein großes Land! Dem Verteidiger wird hier eine geradezu diabolische Aufgabe gestellt: Er soll beweisen, daß Fami sich irgendwo anders befand, nur nicht in Ägypten. Ich könnte versuchen, diese Beweise zu erbringen, aber für welchen Zeitraum?«

Und er spricht weiter, ohne innezuhalten, seine Worte sind wie Hammerschläge. Man muß sie aufrütteln, diese Damen, auch um den Preis, sich eine weitere Zurechtweisung des Vorsitzenden einzuhandeln: »Nehmen wir an, daß es mir gelingen wird, zu beweisen, daß Idris Fami nicht in Ägypen war, als … Wann soll das Verbrechen begangen worden sein? Das wissen wir nicht, weil niemand weiß, ob Verena Mammoli wirklich tot ist. Sie können es glauben, wenn Sie wollen, aber der Beweis ihres Todes, der schon notwendig gewesen wäre, um diesen Prozeß überhaupt anzuberaumen, den hat weder die Anklage, noch kennt ihn die Verteidigung – die deshalb keine gegenteiligen Beweise erbringen kann – und das Gericht hat ihn auch nicht!«

Pause. Er läßt den Blick über das Richterkollegium schweifen. Die blonde Botticelli-Frau macht sich Notizen auf ihrem Block. Die beiden Schulmädchen sehen sich an, eine bewegt die Lippen und flüstert etwas. Was hat sie wohl gesagt? »Recht hat er!« oder: »Was für eine Schmierenkomödie!«? Die graue Dame zuckt nicht mit der Wimper, sie hat die gefalteten Hände vor ihrem Gesicht nicht einen Millimeter bewegt, ihre dunkle Brille absorbiert das Licht, sie sieht aus wie eine Augenbinde.

36
Zwischenspiel im Beratungszimmer

Scalzi reißt sich die Robe von seinem schweißdurchtränkten Hemd. Es ist nicht gesund, sich diesen Beerdigungsüberwurf sofort auszuziehen, denn er schwitzt immer noch. Vor Erregung und vor Wut.

Vor einer Minute hat das Gericht den Verhandlungssaal verlassen. Während sie im Gänsemarsch zur Tür gingen, haben die Richter und die Geschworenen an die Decke und die Wände geschaut und es vermieden, in seine Richtung zu sehen; außer der blonden Frau, die ihm einen kurzen, befremdeten Blick zugeworfen hat.

Es ist etwas eingetreten, was Scalzi schon vorausgeahnt hatte, aber es war ihm unwahrscheinlich erschienen, daß es tatsächlich geschehen würde. Idris hat ihm mitten in der Verhandlung widersprochen.

Nachdem er eine hinreichend spannungsgeladene Atmosphäre heraufbeschworen hatte, holte Scalzi zum letzten Schlag aus. Zuvor hatte er dem Gericht die Dokumentation erläutert, die er vorzulegen beabsichtigte: Fotokopien sämtlicher Briefe auf arabisch, nicht nur die, die Rogati herangezogen hatte, sondern auch andere, alle ohne Datum. Danach hatte er eine entsprechende Anzahl Umschläge vorgewiesen. Auch die befanden sich in dem berühmten Koffer. Fami ist ein pingeliger Typ. Er hat die Briefe wie die Umschläge aufgehoben, allerdings getrennt und bunt durcheinander. Doch Scalzi konnte den Bericht eines wohlbeleumdeten Graphologen vorlegen, der die Originale einer eingehenden Untersuchung unterzogen hatte. In seinem Gutachten ist es dem Graphologen durch Vergleiche der Schrift und der Tinte gelungen, jedem Brief einen Umschlag zuzuordnen. Nicht alle Schreiben sind für die These der Anklage interessant. In manchen spricht die ägyptische Gattin von unwichtigen Dingen, häuslichen Angelegenheiten oder einer geplanten Reise nach Mekka. Aber nur diese Briefe sind nach Ansicht des Experten in dem Zeitraum geschrieben worden, da Verena Mammoli in Ägypten war. Das beweist das Datum des Poststempels auf dem Umschlag. Was aber die Umschläge der beiden anderen Briefe betrifft – und Rogati hatte dem Gericht nur diese beiden vorgelegt –, deren Inhalt in der italienischen Übersetzung die Vermutung nahelegt, daß vom Verstecken einer Leiche die Rede ist, so stehen deutlich lesbar Daten vor dem 20. August 1987 darauf. Wie lange Verena sich auch in Ägypten aufgehalten haben und wann immer sie zu Tode gekommen sein mag, hat der Staatsanwalt nicht präzise angeben können. Nur ein Datum ist sicher: das von Verenas Abreise aus Italien. Die Passagierliste der Fluggesellschaft beweist das eindeutig. Die beiden Briefe, die Rogati vorgelegt hat, sind vor Verena Mammolis Ankunft in Ägypten geschrieben und abgeschickt worden. Wenn man davon ausgeht, daß darin von der Unterschlagung einer Leiche die Rede ist, dann könnten diese Briefe zur Aufdeckung eines Mordes beitragen. Aber bei dem Ermordeten handelt es sich mit Sicherheit nicht um Verena, sondern um eine unbekannte Variable, deretwegen ein weiterer Prozeß angeordnet werden müßte.

Scalzi hatte während der Unterredungen im Gefängnis lange mit Idris über diese Frage gesprochen. Wovon ist in den Briefen die Rede? Um wessen Leiche geht es da? Aber der Ägypter hatte sich wie die Sphinx verhalten, man kennt ihn ja nicht anders. Er hatte behauptet, in dem Koffer sei kein einziger Brief der ägyptischen Gattin gewesen, und basta.

Nachdem Scalzi die Dokumente und den Bericht des Gutachters vorgelegt hatte, erläuterte er seinen Antrag auf gründlichere Untersuchung des Beweismaterials. Das Gericht solle die Umschläge zu den Akten nehmen und ein weiteres graphologisches Gutachten anordnen, um die Einschätzung des von ihm beauftragten Gutachters zu bestätigen oder zu widerlegen.

Da näherte sich Idris dem Mikrofon. Er war schon ein paar Minuten zuvor aufgesprungen und hatte hinter Scalzi gestanden, der sich plötzlich fast Wange an Wange mit ihm zum Mikrofon hinunterbeugte.

»Nein!«, sagte Fami.

Scalzi machte einen Schritt rückwärts und mußte die Versuchung unterdrücken, Fami wegzustoßen.

»Was meint der Angeklagte?« fragte der Vorsitzende höflich lächelnd.

»Ich erlaube mir, Sie darauf hinzuweisen, Herr Vorsitzender«, sagte Idris betont und mit lauter Stimme, ehrfürchtig, aber bestimmt, »daß das ganz unwichtig ist. Was Avvocato Scalzi da beantragt, wird nicht gemacht.«

»Ich verstehe nicht«, der Vorsitzende schüttelte, immer noch lächelnd, den Kopf.

»Ich möchte damit sagen, daß es weder Sinn hat, weiter über diese Briefe zu reden, noch ein Gutachten machen zu lassen und so weiter«, erwiderte Idris. »Die Briefe, von denen der Herr Staatsanwalt gesprochen hat, habe ich nie erhalten. Niemand hat sie mir geschrieben. Sie waren nicht in meinem Koffer, das ist alles. Wir sollten wirklich keine weitere Zeit mit diesen Briefen verschwenden. Und überhaupt, die Frau, die sie geschrieben haben soll, ist gar nicht meine Gattin. Ich weiß nicht, wer das sein soll, aber meine Frau ist sie bestimmt nicht.«

»Ist das eine spontane Aussage Ihres Mandanten, Avvocato Scalzi?« Der Vorsitzende wirkte wie eine Katze, kurz bevor sie nach dem Kanarienvogel schnappt.

»O ja«, gab Scalzi zurück, »überaus spontan, würde ich sagen.«

»Gut. Halten wir fest, daß der Angeklagte das Wort ergriffen und die vorhergehende Aussage spontan gemacht hat. Das ist nur für die Aufnahme. Jetzt haben wir es im Protokoll. Möchten Sie noch weitere Erklärungen abgeben, Signor Fami?«

»Nein. Nur das, was ich eben gesagt habe. Danke.«

Fami setzte sich wieder, wickelte ein Bonbon aus und steckte es sich in den Mund.

»Gut«, der Präsident schien amüsiert, »um die Wahrheit zu sagen, es ist das erste Mal, daß ich so etwas erlebe. Und ich bin immerhin schon seit vierzig Jahren Richter. Avvocato Scalzi, was wollen wir machen? Halten Sie Ihren Antrag aufrecht?«

»Ich bin der Verteidiger«, sagte Scalzi.

»Daran zweifle ich nicht«, stimmte der Vorsitzende zu, »diese Frage habe ich Signor Fami gestellt, und er hat sie bejaht. Aber angesichts dessen, was ihm droht … Ich möchte dem Urteil nicht vorgreifen, um Gottes willen, aber der Angeklagte riskiert eine Verurteilung.«

»Genau«, rief Idris laut dazwischen.

An diesem Punkt unterbrach der Vorsitzende die Verhandlung, um dem Verteidiger Gelegenheit »zu einem Gespräch mit seinem Mandanten« zu geben, »angesichts der bestehenden Meinungsverschiedenheiten«, wie er mit grimmigem Gesichtsausdruck verkündete.

Jetzt lutscht Fami in aller Ruhe an seinem Bonbon und schreibt in geheimnisvollen arabischen Buchstaben etwas in sein Schulheft. Es ist eines dieser Hefte, die die Kontrolle im Gefängnis passieren, mit einem wirklich passend illustrierten Einband: die Sphinx und die Pyramiden von Giseh.

Scalzi wird von Journalisten umringt. Die Wortführerin ist Sandra, die Angesehenste unter den Gerichtsreportern.

»Was willst du jetzt machen, Corrado?« Sandra schaut ihn mitleidig an, es scheint ihr peinlich zu sein, daß sie mit ihrem Notizblock hier vor ihm steht.

»Sobald das Gericht wieder hereinkommt, lege ich das Mandat nieder.«

»Willst du nicht mit Fami reden?«

»Es hat keinen Zweck. Schluß. Aus.«

»Avvocato Scalzi legt die Verteidigung von Idris Fami nieder. Kann ich das schreiben?« fragt Sandra. »Ist das endgültig?«

»Ja, natürlich, schreib es ruhig. Was soll ich denn deiner Meinung nach sonst tun?«

Scalzi setzt sich unter dem Blitzlichtgewitter der Fotografen, mit angespanntem Gesicht, eine Zigarette zwischen den Fingern, mit der er seine Nerven zu beruhigen versucht: das klassische Bild eines Besiegten.

»Avvocato Scalzi«, Giuliano bahnt sich einen Weg durch die Gruppe Journalisten, »der Vorsitzende bittet Sie ins Beratungszimmer.«

Scalzi zieht sich seine Jacke an, drückt die Zigarette aus und folgt ihm.

Der Vorsitzende thront an der Schmalseite des Beratungstischs, die Geschworenen um ihn herum, die Bänder in den Nationalfarben ordentlich um die Schultern gelegt, mit Ausnahme der Dame mit der dunklen Brille, die eine Hand auf ihre Schärpe gelegt hat, die zusammengefaltet auf dem Tisch liegt wie eine Flagge. Der beisitzende Richter steht, immer noch in der Robe, neben dem Tisch. Er raucht eine Zigarre und wendet den anderen den Rücken zu. Er scheint völlig in die Betrachtung des alten Feigenbaums versunken, dessen durchsichtige, an den Rändern gezackte Blätter bis an die Fensterscheibe reichen.

»Nun, Avvocato«, sagt der Vorsitzende in herzlichen Ton, »haben Sie sich mit Ihrem Mandanten einigen können?«

»Nein. Ich habe noch gar nicht mit ihm gesprochen.«

»Und worauf warten Sie?«

»Wir sind unterschiedlicher Ansicht hinsichtlich der Strategie der Verteidigung. Ich sehe keine Möglichkeit einer Einigung.«

»Und was jetzt?«

»Ich lege das Mandat nieder.«

»Das können Sie nicht! Das ist Ihnen doch klar, daß Sie das nicht können?« Der beisitzende Richter tritt an den Tisch, stützt sich mit den Händen darauf und fixiert Scalzi mit Augen wie ein Basilisk.

»Das sagen *Sie*, daß ich das nicht kann«, gibt Scalzi kühl zurück. »Ich habe allen Grund dazu. Das ist alles ins Protokoll aufgenommen.«

»Es ist unzulässig, verstehen Sie, Avvocato? Unzulässig!«

Der beisitzende Richter ist ein sehr junger Jurist, der erst vor kurzem ans Schwurgericht gekommen ist, nachdem er Richter auf Probe an einem Amtsgericht in der Provinz gewesen ist. Er ist ans Schwurgericht berufen worden, weil er hochgebildet und äußerst kämpferisch ist. An jenem kleinen Provinzgericht mitten in der Chianti-Region, wo er die Funktion eines Staatsanwalts innehatte, wie das nach der alten Verfahrensordnung noch möglich war, ist ihm ein Prozeß gelungen, der landesweit Interesse erregt hat. Ein Winzer wurde verurteilt, nachdem die Nachforschungen des jungen Juristen ergeben hatten, daß seine D.O.C.-Weine aus dem Saft aller möglichen Rebsorten der abenteuerlichsten Provenienz zusammengepanscht waren. Um dies zu beweisen, hatte Staatsanwalt Dottor Grandi die Carabinieri des Fälschungsdezernats damit beauftragt, die Rebstöcke der Weinberge dieses Winzers, nach denen der D.O.C.-Wein benannt war, einzeln zu zählen. Die Beamten fluchten zwar, führten den Auftrag aber dennoch aus und stellten fest, daß die Anzahl der Rebstöcke in keinem Verhältnis zur Produktionsmenge stand. Richter Grandi steht in dem Ruf, brillant, kultiviert und geistreich zu sein. Bei der Verkündung des Urteils gegen den betrügerischen Weinbauern hat er Horaz zitiert und den alten Witz von dem Wirt erzählt, der seinen Gästen

Lerchenfrikadellen angeboten hat, die zu gleichen Teilen aus Lerchen- und aus Pferdefleisch bestanden: eine Lerche und ein Pferd.

»Wir haben bereits über diese Frage gesprochen, ich, der Vorsitzende und die Geschworenen«, sagt Grandi jetzt. »Wir haben darüber gesprochen, weil der Herr Vorsitzende sich schon gedacht hatte, daß Sie diese Entscheidung treffen würden. Und wir sind alle derselben Meinung. Sie können jetzt nicht einfach den Prozeß hinschmeißen, nur weil Sie im letzen Moment eine Meinungsverschiedenheit mit Ihrem Mandanten haben. Sie hätten diese Unstimmigkeiten früher aus der Welt schaffen müssen. Genug Zeit haben Sie ja gehabt. Wenn Sie heute morgen als Verteidiger hier erschienen sind, dann bedeutet das doch entweder, daß Sie und Ihr Mandant sich einig waren oder daß die Unstimmigkeit aufgrund von Nachlässigkeit aufgetreten ist. Es gehört zu den Aufgaben eines Anwalts, die Strategie der Verteidigung rechtzeitig vorzubereiten, korrigieren Sie mich, wenn ich etwas Falsches sage. Es könnte natürlich sein, daß der Grund ein anderer ist, in diesem Fall ...«

»Avvocato Scalzi«, unterbricht ihn der Vorsitzende, »reden wir Tacheles: Sie wollen sich doch wohl nicht zum Komplizen eines schlauen Tricks des Angeklagten machen, hoffe ich. Der im übrigen nicht klappen wird. Sagen Sie ihm, daß das nicht klappen wird, und Sie werden sehen, daß alles sich klären wird.«

»Trick?« stottert Scalzi, während ihm eine mögliche Erklärung für Famis Verhalten durch den Kopf schießt, »was für ein Trick?«

»Mein Gott, Scalzi! Sie haben doch in den Gerichtssälen inzwischen graue Haare bekommen!« Der Vorsitzende läßt sich mit halbgeschlossenen Augen die Worte auf der Zunge zergehen. »Sie wollen mir doch nicht weismachen, daß Sie nicht verstanden haben, was ich meine!«

»Herr Vorsitzender, Sie denken doch nicht zufällig ...«

»Genau«, nickt Amelio, »Sie haben es vor einem Augenblick selbst gesagt, daß Sie nicht miteinander gesprochen haben, nachdem diese – äh – diese Unstimmigkeit aufgetreten ist. Natürlich, worüber hätten Sie auch sprechen sollen? Es gibt doch gar keine Meinungsverschiedenheit. Der Verteidiger des Vertrauens legt das Mandat nieder. Das Gericht ist gezwungen, einen Pflichtverteidiger zu ernennen. Der neue Verteidiger beantragt eine Unterbrechung, das ist sein gutes Recht. Es wird ihm die einem Prozeß dieser Größenordnung angemessene Frist zugestanden: mindestens ein Monat, nicht wahr? Dann müssen die Gutachten erstellt werden. Abgesehen von Ihrem abgelehnten Antrag – die Überprüfung, die der Staatsanwalt beantragt hat, ist unbedingt notwendig. Noch mal dreißig Tage. Dazwischen fällt die Sommerpause. Und in Urlaub werden wir ja wohl alle miteinander fahren müssen, bei dieser Hitze! Und in der Zwischenzeit läuft die maximale Frist für die Untersuchungshaft ab. Das Urteil würde erst nach Ablauf der Frist verkündet. Und Signor Fami wäre frei wie ein Vogel. Aber dieser Trick funktioniert nicht, da hat er sich geschnitten.«

»Natürlich funktioniert er nicht!« bestätigt Grandi. »Wenn die Unterbrechung eines Prozesses vom Angeklagten oder seinem Verteidiger verursacht wird, dann läuft die Frist nicht weiter: sie wird eingefroren. Sonst wäre das ja alles viel zu einfach. Abgesehen davon, daß solche Machiavellismen verwerflich sind, Avvocato!«

Sein glühender Eifer entbindet den Klassenbesten offenbar von einem Miminum an Fairneß, er erhebt die Stimme, in dem Bewußtsein, daß der Lehrkörper sein Verhalten billigt. Bis auf die Blonde und den Bankangestellten, die irritiert aussehen, stimmen die Geschworenen ihm bedingungslos zu. Die Dame in Grau setzt mit einer gemessenen Bewegung ihre Brille ab und legt sie neben die dreifarbige Schärpe auf den Tisch, wobei sie hochmütig nickt. Der verhaltensgestörte Schüler, der bei Schweinereien auf der

Toilette erwischt worden ist, ist vor die Klassenversammlung gezerrt worden, in Anwesenheit des Direktors.

»Machiavellismen … verwerflich, haben Sie gesagt. Verwerflich?« Scalzi steigt das Blut in den Kopf. »Suchen Sie etwa nach dem Wahren, Schönen, Guten? In dem Gefängnis, in dem Fami sitzt, wollen Sie danach suchen? Achten Sie auf Ihre Ausdrucksweise!«

»Schon gut, schon gut«, brummt der Vorsitzende und greift mit einer beruhigenden Bewegung nach Scalzis Handgelenk. »Sie wollen sich doch jetzt hier nicht streiten. Wir wissen doch alle, wer Avvocato Scalzi ist. Ich glaube nicht, daß er davon gewußt hat. Ich möchte es wenigstens nicht glauben. Vielleicht unser Kollege, der ja noch neu hier ist … Hören Sie, Scalzi, versuchen wir, die Angelegenheit beizulegen. Irgend jemand, irgendein Typ im Gefängnis, hat Ihrem Mandanten einen Floh ins Ohr gesetzt. Gewisse Geistesblitze taugen eben doch nicht dazu, die Gefängnistore zu öffnen. Nehmen wir den Prozeß in Frieden wieder auf, in Ordnung?«

»Nicht mit mir«, sagt Scalzi. »Es bestehen in der Tat Unstimmigkeiten mit meinem Mandanten. Und nicht nur hinsichtlich der Frage, die eben zur Sprache gekommen ist. Auch was andere Punkte betrifft. Ich kann jetzt hier keine Einzelheiten schildern, das fällt unter meine Schweigepflicht. Wie auch immer, ich habe nicht die Absicht weiterzumachen. Es tut mir leid. Schluß. Aus.«

Scalzi dreht sich zur Tür.

»Was für ein Dickkopf«, flüstert die graue Dame.

»Bedenken Sie, daß wir, wenn Sie das Mandat niederlegen«, brüllt Grandi, »gezwungen sind, Sie anzuzeigen!«

»Nur zu. Wir werden ja sehen.«

Der Vorsitzende folgt ihm auf den Flur und hält ihn am Eingang zum Gerichtssaal auf. Er steht vor Scalzi und putzt mit gesenktem Kopf seine Brille, ein sanftmütiger Mann mit einem lästigen Problem. »Der Kollege da drin hat sich nicht sehr gut benommen. Er ist jung, er wird sich die Hörner schon noch abstoßen. Scalzi, Sie wissen doch, wie unsere Arbeit ist. Wenn einmal der Wurm drin ist, geht alles schief. Die Termine der Strafkammer sind so angesetzt, daß wir das Urteil unbedingt Ende Juli verkünden müssen. Für September ist bereits ein Prozeß mit zwanzig Angeklagten und fünfzig Zeugen anberaumt. Wenn Sie mich zwingen, einen neuen Verteidiger zu benennen, mit Fristen für die Einarbeitung und alles, dann gerät der gesamte Zeitplan durcheinander.«

»Das ist mir klar, Herr Vorsitzender. Aber ich habe keine andere Wahl, das müssen Sie mir glauben.«

Amelio schüttelt den Kopf und seufzt bedauernd. »Dann machen wir es so: Für heute schließe ich die Verhandlung. Ich kann sie auf morgen vertagen. Aber morgen ist Samstag. Wir überspringen die Verhandlung von morgen. Dann haben Sie zwei Tage, um sich die Sache zu überlegen, Sie und Ihr Mandant. Montag werden Sie uns Ihre Entscheidung mitteilen können. Denken Sie beide darüber nach. Sie vor allem. Bedenken Sie, daß Ihre Situation einzigartig ist. Wirklich sehr außergewöhnlich. Mehr sage ich nicht.«

Scalzi betritt den Gerichtssaal. Guerracci, der die Verhandlung zusammen mit den anderen Journalisten verfolgt hat, spricht leise mit Idris Fami, der wieder im Käfig eingeschlossen ist. Ein Carabiniere beobachtet ihn mißtrauisch, aber er läßt ihn gewähren. Als Scalzi hereinkommt, unterbricht Guerracci das Gespräch und geht zu dessen Platz.

»Und, was ist?«

»Die Verhandlung wird auf Montag vertagt. Aber das nützt nichts. Worüber habt ihr gesprochen?« Scalzi wirft Idris einen verärgerten Blick zu; der lächelt versöhnlich zurück.

»Fami hat seine eigene Logik, Corrado. Er will unbedingt dich als Verteidiger. Ich habe ihm versprochen, daß ich versuchen werde, dich zu überreden, das Mandat nicht niederzulegen. Ich habe versucht, ihn auszuhorchen, und er hat ein paar seiner Gründe angedeutet. Wie soll man denn auch reden, wenn ein Carabiniere sich keinen Zentimeter zur Seite bewegt und alles mit anhört?«

»Der, der sich Famis Beweggründe anhören muß, tut mir jetzt schon leid.«

»Artuso will mit uns sprechen«, sagt Guerracci. »Er erwartet uns auf der Piazza Santa Croce.«

37
Der große Vermittler

Guerracci nimmt sein Halstuch ab und fächelt sich damit Luft zu. Während sie Seite an Seite den Borgo Allegri entlanggehen, blickt er vor sich auf den Boden. Auch ihm scheint die Situation peinlich zu sein, wie der Journalistin vorhin. Scalzi grübelt immer noch über die Worte des Vorsitzenden nach. »Weißt du, was Amelio zu mir gesagt hat? ›Abgesehen von Ihrem abgelehnten Antrag – die Überprüfung, die der Staatsanwalt beantragt hat, ist unbedingt notwendig.‹ Das soll wohl die Gleichheit der Parteien sein, verstehst du? Meiner Meinung nach sind diese Briefe völlig unbedeutend, weil sie zeitlich nicht zu dem vermeintlichen Mord passen. Ich beantrage, eben diesen Widerspruch und damit ihre Bedeutungslosigkeit zu beweisen, aber das vom Staatsanwalt beantragte Gutachten ist ›unbedingt notwendig‹, mein Antrag dagegen hat damit offenbar gar nichts zu tun, abgesehen davon, daß er abgelehnt worden ist. Das, was heute morgen geschehen ist, rechtfertigt eine Entscheidung, die ich schon längst hätte treffen müssen. Das ist ein ganz beschissener Prozeß. Der soll doch hingehen, wo der Pfeffer wächst, der Signor Fami.«

Guerracci wischt sich den Schweiß von der Stirn. »Wenn du etwas diplomatischer wärst und ihn zu nehmen wüßtest, dann würde Fami dir bestimmt den Grund für seinen Auftritt verraten. Aber du hast ja von Diplomatie noch nie viel gehalten! Du hast ja nicht mal ein Wort mit ihm gesprochen. Er hat mir erzählt, daß ihr euch von Anfang an immer nur gestritten habt.«

Die Piazza Santa Croce liegt in hellem Sonnenlicht unter

einem steinernen, blaßblauen, fast weißen Himmel. Vor der Kirche lauschen japanische Mädchen aufmerksam einer Fremdenführerin. Sie stehen mit erhobenen Nasen im Halbkreis, es sind mindestens fünfzig, alle gleich groß und alle mit den gleichen Zöpfen, die unter Kappen mit blauem Schirm hervorlugen. Dann stellen sie sich in Zweierreihen auf und gehen sittsam auf die Treppe vor der Kirche zu. Nachdem das Rudel den Platz verlassen hat, sieht man eine Bank, die zuvor von der Gruppe verdeckt wurde. Auf der Bank sitzt Artuso und liest eine Zeitung. Als die Japanerinnen im Kirchenportal verschwunden sind, liegt der Platz wie ausgestorben da. Guerracci hält sich schützend die Hand über die Augen: »Laßt uns aus der Sonne gehen, in eine Bar.«

»Nein«, sagt Artuso, »keine Lokale. Ich möchte nicht gerne im Gespräch mit Famis Verteidiger gesehen werden.«

»Damit wir keine unnötige Zeit verschwenden«, sagt Scalzi, »möchte ich gleich sagen, daß ich Ihrer Aufforderung zu einem Gespräch nur aus Anstand gefolgt bin. Ich bin nicht mehr Famis Verteidiger.«

»Das ist aber neu.«

»Waren Sie nicht bei der Verhandlung?«

»Nein.«

»Scalzi hat das Mandat niedergelegt«, klärt Guerracci ihn auf. »Am Montag wird er es offiziell tun.«

»Das ist aber keine besonders gute Idee.« Artuso schüttelt enttäuscht den Kopf. »Angesichts der Informationen Guerraccis und dessen, was ich herausgefunden habe. Es ist genau, wie ich dachte, wissen Sie? Ihr Freund Guerracci hat Ihnen die interessantesten Aspekte noch gar nicht erzählt.«

»Er hat mich in die Zange genommen«, rechtfertigt sich Guerracci, der einen bösen Blick von Scalzi aufgefangen hat. »Zwei Tage, bevor sie ermordet wurde, hat Ornella Sorce mich angerufen und ausgepackt. Ich habe dir nichts davon erzählt, weil ich nach der Sache in den ›Tetti rossi‹ eigentlich nichts mehr mit dem Fall zu tun haben wollte.«

Artuso spricht in verschwörerischem Ton: »Sie kennen die Landschaft, ich habe sie Ihnen schon einmal aus der Vogelperspektive beschrieben. Wir sind mitten im Reich von Dottor Elvio. Seine berühmte Villa steht zwischen Sovana und Pitigliano.«

»Dottor Elvio wer? Elvio Gambassi?« fragt Scalzi.

»Genau der. Der große Vermittler. Ich bin schon seit Jahren hinter ihm her. Erinnern Sie sich an das ›Sanktuarium‹? Der Ort, von dem mir der Drogenhändler erzählt hatte? Es ist nicht einmal fünf Kilometer von Gambassis berühmter Villa entfernt.«

»Purer Zufall …«, stöhnt Scalzi.

»Folgen Sie mir, Avvocato, wir steigen wieder auf. Wir betrachten eine Art Satellitenfoto. Wir sind in der Stratosphäre, auf dem allerhöchsten Niveau. Man sieht eine Art Gottheit mit ihren Priestern. Auf der ganzen Welt sind das nicht einmal hundert. Es ist eine hochgeheime Struktur, die ihre weltweite Strategie bestimmt, sie ist noch höher angesiedelt als die ›Kuppel‹ der Mafia. Die Pentiti nennen sie ›Entität‹. Ich überspringe jetzt einiges, ich merke schon, daß Sie mir nicht glauben. Aber diese ›Entität‹ existiert, wenigstens das müssen Sie zur Kenntnis nehmen. Und ich bin davon überzeugt, daß Elvio Gambassi in Italien der Pontifex Maximus ist. Möchten Sie wissen, warum?«

»Mein Interesse ist eher gering.« Scalzi macht keine Anstrengungen, zu verhehlen, wie sehr die Ausführungen Artusos ihn langweilen.

»Am meisten überzeugt mich die Tatsache, daß er bisher straffrei geblieben ist. Dieser Herr hat bei den allerübelsten Machenschaften seine Hände im Spiel gehabt. Darüber hinaus gibt er sich nicht besonders große Mühe, sich zu verstecken, im Gegenteil. Er legt viel Wert darauf, sich als großer Vermittler zu präsentieren, er gibt Erklärungen ab,

Interviews ... Und wenn dann alljährlich im Sommer der große Gewittersturm losbricht, streifen die Blitze ihn nicht einmal. Um ihn herum herrscht Schweigen. Er trägt einen undurchdringlichen Tarnmantel. Wenn ich Ihnen sagen würde, auf welche Schwierigkeiten ich bei bestimmten Ermittlungen gestoßen bin ...«

»Ach ja, übrigens«, unterbricht Scalzi ihn, »ich habe Sie schon einmal gefragt, da haben Sie mir eine erbauliche Strafpredigt verpaßt. Aber jetzt möchte ich es wirklich gerne wissen. Sie haben sich mir als ein schlichter leitender Beamter der Staatspolizei vorgestellt, der einen unwesentlichen Vorfall in einem Gefängnis aufklären sollte. Jetzt höre ich plötzlich, daß Sie hinter keinem Geringeren als Gambassi her sind. Wer sind Sie wirklich?«

»Das wissen Sie doch längst«, entgegnet Artuso brüsk, »tun Sie doch nicht so naiv.«

»Was soll ich längst wissen?«

»Ich bin Polizeibeamter. Aber ich gehöre auch dem Staatlichen Dienst für innere Sicherheit an.«

»Soviel ich weiß, ist das eine hochgeheime ...«

»Ja, meine Tätigkeit ist geheim.«

»Und Sie wollen mir weismachen, daß ein Angehöriger dieses Geheimdienstes einem politisch nicht unbedingt integren Anwalt erzählen würde, daß er dazugehört? Das ist doch ziemlich merkwürdig!«

»Ich habe Ihnen das anvertraut, weil ich momentan auf Sie angewiesen bin.«

»Da wir gerade bei den Enthüllungen sind, könnte ich vielleicht Genaueres erfahren? Zu welcher geheimen Einheit gehören Sie denn? Zur militärischen? Zur zivilen? Vielleicht zu den Carabinieri? Oder der Finanzpolizei? Der Postpolizei? Oder zur Waldaufsicht? Wissen Sie, was für einen Eindruck ein Laie haben muß? Daß die nationalen Geheimdienste, wenn sie ein Amateurfußballturnier organisieren würden, mindesten acht Mannschaften aufbieten könnten. Da könnten sie sich dann austoben und müßten nicht ständig gegeneinander kämpfen.«

»Ich bin nicht verantwortlich für die Organisation der Geheimdienste.«

»Aber es war Ihre freie Entscheidung, da mitzumachen, niemand hat Sie dazu gezwungen, nicht wahr?«

»Nein, ich bin nicht gezwungen worden«, schnaubt Artuso, »und ich versuche, meine Arbeit so gut wie möglich zu machen.«

»Und was verstehen Sie unter ›so gut wie möglich‹?«

»Sie lieben große Worte, was? Na schön, dann will ich es mal pathetisch sagen: So, daß das Interesse des Gemeinwesens vertreten wird.«

»Aha. Dottor Artuso, *rara avis**.«

»Versuchen Sie, mich ein wenig objektiver zu beurteilen.«

Scalzi verzieht das Gesicht, er spürt wieder die Bitterkeit der Erniedrigung, die ihm im Gerichtssaal widerfahren ist. »Ich habe einen Mordverdächtigen verteidigt und gehofft, einen Freispruch zu erreichen. Vor ein paar Wochen wurde ich aufs Polizeipräsidium geladen, und Sie haben sich mir als Polizeibeamter vorgestellt. Und dann ist im Laufe von zwei Wochen alles mögliche passiert. Zwei Frauen, wichtige Zeuginnen für meine Verteidigungsstrategie, wurden umgebracht. Und am ersten Tag der Hauptverhandlung demütigt mich mein Mandant derartig, daß ich gezwungen bin, das Mandat niederzulegen, wenn ich mein Gesicht nicht verlieren will. Und heute finde ich dann heraus, daß der Mann, der sich als Mitarbeiter der Justiz ausgegeben hatte, statt dessen ein Dunkelmann ist, einer jener Herren, die dazu beitragen, das Leben in diesem Land unerträglich zu machen.«

»Wissen Sie eigentlich, daß Sie manchmal ganz schön unausstehlich sein können, Avvocato Scalzi?« fragt Artuso.

* (lat.) Der seltene Vogel.

»Warten Sie, ich bin noch nicht fertig. Sie sind vielleicht ein *rara avis*, aber ich erlaube mir, das zu bezweifeln. Sie fahren Auto wie Niki Lauda und sind ein besserer Detektiv als Philip Marlowe. Sie haben mich stundenlang bequatscht wie ein Marktschreier und mich sozusagen gezwungen, Ihre Ware zu kaufen. Sie haben mich überredet, Idris Fami einen gewissen Vorschlag zu machen. Und wollen Sie wissen, was dabei rausgekommen ist? Mein Mandant ist mißtrauisch geworden. Vorher hat er mich lediglich angelogen, aber jetzt hält er mich für einen Bullen. Mit dem Resultat, daß ich nun beim Prozeß nicht mehr mitmache. War es das, was Sie wollten, Sie und Ihre Vorgesetzten?«

»Was unterstellen Sie mir da eigentlich?«

»Ich denke lediglich laut nach. Nehmen wir doch mal den angeblichen Selbstmord der Dottoressa und ihrer Patientin: Ihre Beobachtung mit den roten Absätzen war brillant, das will ich gar nicht bestreiten. Aber bis heute wird nicht wegen Mordes ermittelt. Rogati hat das in der Verhandlung bestätigt. Und jetzt konfrontieren Sie mich mit einem ganz bestimmten Namen. Vielleicht ist Ihnen bekannt, daß ich, wie viele andere auch, rot sehe, wenn ich diesen Namen nur höre. Wahrscheinlich ist das auch wieder nur eines Ihrer Lockmanöver: Der vornehme Name soll mich blenden, und ich soll mich als Hauptdarsteller in einem anspruchsvollen Theaterstück fühlen. Ich soll das alles einfach so hinnehmen und mich am Montag als Verteidiger eines Angeklagten präsentieren, der – und das habe ich Ihnen zu verdanken – mir nicht vertraut und mich heute vormittag vor dem Gericht blamiert hat. Also: Ein Polizist, der sich fälschlicherweise als Mitarbeiter eines Richters ausgegeben hat, verhört mich, und dann muß ich erfahren, daß er auf eigene Faust und im Auftrag des Geheimdienstes vertrauliche Ermittlungen auf metaphysischem Niveau durchführt. Und er sagt, er braucht mich als Überbringer eines Angebots, und ich soll ihm als Informant dienen. Aber das Angebot ist ein Windei. Nein, Dottor Artuso, da mache ich nicht mit. Ich sehe mich nicht als freier Mitarbeiter Ihres Arbeitgebers. Ihr seid aufdringliche Typen. Und mein Exmandant Fami spielt das gleiche Spiel. Andere Breitengrade, vielleicht feindliche Geheimdienste, aber sie stinken genauso. Ich bin wirklich froh, daß ich euch beide endlich los bin.«

»Corrado«, unterbricht ihn Guerracci, »du machst einen Fehler.«

»Halt die Schnauze, Amerigo! Der Fall war trotz allem verdammt gut. Und dann bist du in diesem vermaledeiten Zug aufgetaucht, mit deiner Vorliebe für Geheimnisse, und alles ist den Bach runtergegangen.«

Scalzi dreht sich um und will in Richtung seiner Kanzlei gehen.

»Und die Informationen von Guerracci interessieren Sie gar nicht?« fragt Artuso.

Scalzi bleibt einen Augenblick stehen: »Nein. Und mit dir, Amerigo, werde ich in Ruhe abrechnen. Deine Informationen kannst du jetzt für dich behalten! Ein schöner Freund bist du.«

»Ganz schön schwierig, der Herr Anwalt«, kichert Artuso.

»So ist er halt manchmal«, entgegnet Guerracci.

Er liest eine Seite der *Geschichte der Revolutionen unter der Herrschaft der Römischen Republik.* Es ist eine Ausgabe aus dem 18. Jahrhundert, Autor ist der Abt Renato Vertot. Kleine braune Flecken sprenkeln die Seiten. Vor dem Schaufenster des Antiquariats hat Scalzi dem Verlangen nachgegeben, die goldenen Zierleisten und die Lederrücken zu berühren und den muffigen Geruch des Pergaments einzuatmen. Auf gut Glück hat er eine Seite des ersten Buches aufgeschlagen, das ihm in die Hände fiel, und die Chronik des Abtes hat ihn wieder an die unerfreulichen Ereignisse der Gegenwart erinnert.

»Und so faßten in Rom der Ehrgeiz, die Prunksucht und die Verweichlichung Fuß, alle jene Laster, die vom Reichtum nicht zu trennen sind ... Diejenigen, die sich durch eine Ausgabe in ungewöhnlicher Höhe ruiniert hatten oder die wegen begangener Straftaten vor Gericht gestellt werden sollten, wünschten sich einen Bürgerkrieg, um sich dem harten Arm des Gesetzes entziehen zu können ...«

Es ist wirklich wahr, daß in diesem Land nichts je ein Ende nimmt und alles sich unendlich wiederholt. Der Abt erzählt von der Verschwörung des Catilina, und die Atmosphäre mutet ganz ähnlich an wie die der derzeitigen »schlammigen Jahre«.

Scalzi hebt den Blick und sieht Guerracci, der ein paar Regale weiter in einem Buch blättert und ihn aus den Augenwinkeln beobachtet. Wie hat der ihn bloß hier drin gefunden? Wahrscheinlich ist er ihm gefolgt. Guerracci kann sich sehr geschickt tarnen, offenbar hat Artuso ihn bereits infiziert. Da kommt er auch schon vorsichtig näher, die Nase über das Buch gebeugt. Als er in Hörweite ist, sagt er in verschwörerischem Ton: »Corrado, du machst einen Fehler. Weißt du eigentlich, wer Artuso ist?«

»Nein! Und ich will es auch nicht wissen!« bellt Scalzi.

Der junge Besitzer des Antiquariats hat helle Augen und ein blondes Bärtchen, er ist der typische sanftmütige Intellektuelle, abgesehen davon, daß er unmögliche Preise verlangt. Jetzt hebt er den Kopf vom Katalog und wirft den beiden einen besorgten Blick zu.

»Du weißt es nicht, weil du keine Zeitung liest.«

»Ich lese die verdammten Zeitungen, viel zuviel sogar! Tu mir einen Gefallen: Verschwinde aus meinem Leben, Guerracci.«

»Artuso ist derjenige, der damals die Heroinraffinerie in Sizilien entdeckt hat. Es war die größte in ganz Europa. Er hat dem Ermittlungsrichter die Beweise vorgelegt, daß das Attentat auf Richter Mazzara im Zusammenhang mit

Waffenhandel stand. Und mit diesem Waffenhandel hatte auch ... Das wirst du ja wohl wenigstens wissen, daß dieser Waffenhandel auf Anweisung des Parlamentsmitglieds ...«

»Ja, das weiß ich. Der Politiker, den du meinst, erfreut sich gerade der Annehmlichkeiten des Strandlebens, in seiner Villa in Malindi, inmitten einer Horde von Topmodels, und ich dagegen stehe hier. Ich habe versucht, mich zu beruhigen, indem ich in einem Buch blätterte, dann taucht erst Catilina auf und jetzt auch noch du. Ihr geht mir auf die Nerven ...«

»Was hat denn Catilina damit zu tun?«

»Mehr als du glaubst!«

Der sanftmütige Intellektuelle hebt schon wieder den Kopf. Guerracci macht ein sorgenvolles Gesicht, als ob er befürchten würde, daß hier jemand gleich einen hysterischen Anfall bekommt. Dann spricht er eingeschüchtert weiter. »Sie haben Artuso nach seiner Entdeckung fast zehn Jahre lang eingemottet. Es sind nicht alle so, wie du glaubst. Auch bei ihnen muß man die Spreu vom Weizen trennen. Artuso ist glaubwürdig. Das, was er weiß, paßt haargenau zu dem, was ich weiß.«

»Geht das schon wieder los mit den Übereinstimmungen«, stößt Scalzi hervor.

»Hör mir zu, Corrado. Wir sind kurz davor, im wahrsten Sinne des Wortes einen Stein umzudrehen, unter dem es von Würmern nur so wimmelt. Du wirst bekommen, was du willst, Idris Fami wird freigesprochen werden. Und Artuso bekommt seine Revanche, nachdem so viele seiner Ermittlungen im Sande verlaufen sind. Ich schreibe eine Titelgeschichte. Die brauche ich unbedingt, Corrado, ich versuche schließlich, mir eine zweite Karriere aufzubauen. Ich habe Kontakt zu einer seriösen Tageszeitung aufgenommen, die wären bereit, mich in ihre Redaktion aufzunehmen ...«

»Sehr schön. Dann mal an die Arbeit, Herr Journalist

und Herr Geheimagent. Auf den Anwalt müßt ihr allerdings verzichten. Was soll er denn da noch?«

Aber sein Tonfall ist nicht mehr ganz so abweisend. Guerracci hat die Gabe, sein Mitleid zu erregen. Er trägt das Unglück mit sich herum, es sitzt auf seiner Schulter wie eine Ratte auf der eines Punkers. Mit seinen roten Augen, dem zerrauften Bart und den wirren Haaren sieht er ständig so aus, als sei er gerade eben nach einem Vollrausch aus dem Bett gestiegen. Andererseits hat er eine schöne Baritonstimme, wie ein ausgebildeter Schauspieler, obwohl sie durch den livornesischen Akzent etwas gewöhnlich klingt. Aber gerade das erweckt Scalzis Zuneigung. Diese Art zu sprechen erinnert ihn an die *»von der Salzluft ausgedörrten Tamarisken«** auf der Strandpromenade von Castiglioncello. Vor dreißig Jahren konnte man diesen Geruch noch wahrnehmen: Jetzt schwappt unter dem zwischen die Klippen gegossenen Beton ein schmieriges Meer, und der Gestank nach Abwasser mischt sich mit dem nach aufgewärmten Tomaten, der aus den Pizzerien strömt. Der ehemalige Anwalt profitiert davon, daß er Mitleid erregt: Er ruft Wehmut hervor; er ist jung geblieben; er hat den Träumen seiner Jugend nicht abgeschworen; er sucht immer noch den großen Coup, der ihn ganz nach oben katapultieren wird.

Guerracci kommt näher, den Blick immer noch auf das Buch in seinen Händen gerichtet, als ob er eine großartige Geschichte lese.

Die Hauptquelle sind die Informationen von Giulia, ergänzt durch den letzten Anruf der Dottoressa. Nach dem Treffen mit Guerracci hatte die Sorce Angst bekommen. In der Klinik waren merkwürdige Gestalten aufgetaucht und hatten nach Informationen gefragt, unter den banalsten Vorwänden: Sie wollten ihr eine Enzyklopädie andrehen oder das Formular für die Volkszählung abgeben … Giulia hatte Anrufe erhalten, die sie in helle Aufregung ver-

* Zitat aus einem Gedicht von D'Annunzio, »Pioggia nel Pineto«.

setzt hatten. Die Dottoressa hatte schließlich ihre Skrupel überwunden, Guerracci angerufen und ihm weitere Details über Idris Fami mitgeteilt ...

»Und diese Neuigkeiten hast du lieber für dich behalten«, brummelt Scalzi. »Sehr schön, spiel ruhig weiter den Geheimniskrämer. Zu spät, es interessiert mich nicht mehr.«

Guerracci versucht sich zu rechtfertigen. Das Telefongespräch war konfus und zusammenhanglos gewesen. Er hatte zu den »Tetti rossi« fahren und nochmals persönlich mit ihr sprechen wollen. Doch er hatte zwei Tage verstreichen lassen, weil er unentschlossen war, wie er weiter vorgehen sollte. Dann war das Unglück geschehen, und die Welt war für ihn eingestürzt. Er hatte sich verantwortlich gefühlt. Darauf hatte er sich sinnlos betrunken. Bis heute weiß er nicht, wie er nach Pietrasanta gekommen ist. Er kann sich nur daran erinnern, daß er unbedingt verschwinden, daß er alles hinschmeißen wollte. Artuso war es, der ihn überzeugte, die Spur weiterzuverfolgen. Es wäre entwürdigend gewesen, aufzuhören, wenn man kurz davor war, das letzte Teilchen in ein Puzzle einzufügen. Alle Fakten, die so wirr und zusammenhanglos erschienen waren, nahmen langsam Form an und ließen sich in ein logisches Schema einordnen. Die Sorce hatte ihm erzählt, daß Idris Fami ein Mitläufer sei, mit zu hoch gesteckten Zielen, um lange unbeschadet zu bleiben. In seiner Heimat, in Alexandria im faszinierenden Ägypten, der Stadt an der Grenze zwischen Orient und Okzident, war er, als er noch Archäologie lehrte, Mitglied einer seit Beginn des Jahrhunderts sehr aktiven und einflußreichen kabbalistischen Sekte gewesen, zu der auch die kosmopolitischen Intellektuellen der englischen Kolonie gehörten. Die Führer dieser Sekten hatten ihn in einen Geheimdienst eingegliedert, der gegen die ägyptische Regierung arbeitete und der fundamentalistischen islamischen Strömung zuzurechnen war. Nach seiner Ausbildung hatte er in Italien Aufträge als Lockspitzel ausgeführt.

Die Spitze dieser kosmopolitischen, allmächtigen Sekte hatte gute Verbindungen zu anderen Führungsebenen. Die Stratosphäre, von der Artuso gesprochen hat, ist offenbar ein Gebilde, in dem verschiedene, auf den ersten Blick entgegengesetzte Kräfte zusammenwirken: islamische Fundamentalisten, abweichlerische Freimaurer, Umstürzler von rechts und links, Geheimdienste verschiedener Länder, die sich augenscheinlich bekriegen, und schließlich die Mafia und die 'Ndrangheta als bewaffneter Arm. Die »Entität«, von der Artuso gesprochen hat, kann man sich als mystische rotierende Rose in einer Art metaphysischem Chaos vorstellen.

»Mir kommen Artusos Theorien vor wie die Ausgeburten eines verwirrten Geistes«, sagt Scalzi.

»Aber es ist eine Tatsache, daß die wichtigsten Entscheidungen offenbar von einem gemeinsamen Oberhaupt getroffen werden«, widerspricht Guerracci.

Fami war in Italien wegen Waffenhandels im Gefängnis gelandet, und die Allmächtigen hatten ihn entkommen lassen. Sie hatten ihn mit Geld versorgt und ihm befohlen, sich am Strand in der Maremma seine Wunden zu lecken, sehr wahrscheinlich hatten sie ihm aber auch weitere Aufträge erteilt. Dort hatte er Giulia Arrighi kennengelernt. Die Dottoressa hatte Guerracci erzählt, daß Fami während eines Ausflugs mit Giulia in der Umgebung von Sovana einige zwischen den Schluchten verstreute Steine entdeckt und in ihnen die Initiationssymbole der kosmopolitischen Sekte erkannt hatte. Die Symbole deuteten auf das Vorhandensein eines »Sanktuariums« hin. Fami war ein Fachmann. Er kannte sich mit Ausgrabungen aus. Er hatte angefangen zu suchen wie ein Trüffelschwein. An eingeritzten Inschriften auf den Felsen hatte er sich orientiert und schließlich den Eingang zu einer unterirdischen Höhle gefunden. Er hatte sich viele Meter bis auf deren Grund herabgelassen und war in ein Heiligtum mit Deckengewölbe und Wandfresken gekommen. Nach dem Bericht der Sorce war auch Giulia in der Höhle gewesen und von der Schönheit der Ausschmückung ganz geblendet. Im mittleren Gewölbe war der Mythos des Marsyas dargestellt, der bei lebendigem Leibe gehäutet worden war, weil er es gewagt hatte, Apoll zu einem musikalischen Wettstreit herauszufordern: ein nackter Mann, an einem Baum aufgehängt und von behaarten, mit Messern bewaffneten Wesen umgeben.

Guerracci erzählt weiter, die Augen immer noch auf das Buch geheftet. Scalzi sieht ihn besorgt an: »Was liest du da eigentlich? Einen Artikel über die sogenannte ›psychische‹ Archäologie?«

»Ich setze dich vom Inhalt meines letzten Telefongesprächs mit der Dottoressa Sorce in Kenntnis. Daß es sich nicht um ein Märchen handelt, beweist schließlich das Ende, das Ornella und Giulia genommen haben. Hast du vergessen, daß sie alle beide umgebracht wurden?

Das Sanktuarium war nach Aussage Famis eine uralte Kultstätte, die auf die Falisker zurückging, ein primitives Volk, das die Etrusker unterworfen hatten. In den folgenden Jahrhunderten war das Sanktuarium zunächst von den Etruskern und danach von den Römern verändert worden. Eine weitere Malerei stellte den Mythos von Sappho und Phaon dar ...«

Scalzi gähnt: »Laß wenigstens die Mythen beiseite.«

»Die sind aber wichtig ... Sappho läßt sich, von Cupido ermuntert, einen steilen Felsen hinab, um sich wieder mit dem geliebten Phaon zu vereinigen. Das ist nicht die Geschichte einer unglücklichen Liebe, sondern das Symbol für die Befreiung von den irdischen Leidenschaften, um die Harmonie mit dem Erhabenden, dem Übernatürlichen zu erlangen.

In der Abgeschiedenheit dieser unzugänglichen unterirdischen Höhle hatte im späten 6. Jahrhundert vor Christus eine römische Sekte von Neopythagorikern, Anhängern der

Zahlenmystik, den Kult des Menschen zelebriert, der seine sterbliche Hülle abstreift wie die Schlange ihre Haut, um sich zu erneuern und eine überirdische Seinsform anzunehmen. Der neopythagoreische Mythos der Wiedergeburt war dann das Credo der kosmopolitischen Sekte geworden, zu der, auf einer der unteren Hierarchiestufen, Idris Fami gehörte. Aber die Sekte soll angeblich heute wesentlich profanere und materiellere Ziele verfolgen und ihre Kultstätte für obskure Zeremonien und als Aufbewahrungsort für Einkünfte aus kriminellen Machenschaften nutzen.«

»Ich sehe mich schon vor dem Schwurgericht, wie ich einen Vortrag über Marsyas halte, dem im Rahmen eines Initiationsritus' die Haut abgezogen wird. Na ja, nach der Vorstellung, die ich heute morgen gegeben habe, wird das sicher niemanden mehr wundern«, bemerkt Scalzi deprimiert.

Danach war Fami von seinen Vorgesetzten wieder nach Ägypten beordert worden, und er war zurückgekehrt. Aber der Gedanke an das Sanktuarium und daran, was er dort Kostbares finden würde, wenn er die Möglichkeit hätte, diesen Ort mit mehr Ruhe zu durchsuchen, ließ ihn nicht mehr los. Es gelang ihm schließlich, sich wieder nach Italien schikken zu lassen, diesmal in einer verantwortungsvolleren Mission.

Hier schiebt Guerracci eine persönliche Hypothese ein: »Erinnerst du dich noch daran, was ich dir an dem Abend, nachdem wir uns im Zug getroffen hatten, über die Ustica-Sache gesagt habe?

Famis Vorgesetzte sollen ihn 1984 nach Italien zurückgeschickt haben, um ein paar unangenehme Zeugen des Flugzeugabsturzes von Ustica zu beseitigen. Leute, die in der Nähe von Grosseto wohnten, Zivilangestellte der Flugsicherungsbasis in der Maremma. Und offenbar hatte er den Auftrag ausgeführt; diese Angestellten waren Opfer merkwürdiger Unfälle geworden: ein Angriff durch eine Gruppe anonymer Rowdys am Strand von Follonica; der Absturz eines Touristenflugzeugs, einer fabrikneuen, voll funktionstüchtigen Piper, bei klarem Himmel und völliger Windstille.

Und jetzt kommt zum Tragen, was Artusos Informant, der ehemalige Drogenhändler, der in Livorno einsitzt, berichtet hat. Das Sanktuarium soll heute als Aufbewahrungsort für schmutziges Geld dienen. Nach der Ermordung von Ornella und Giulia hat Artuso seinen Pentito nochmals verhört, und diesmal hat er ihm gesagt, was man sich in seinen Kreisen über das Sanktuarium erzählte, von den Zwecken, denen es diente und von den Verbindungen Gambassis zur 'Ndrangheta: Wer, wenn nicht Gambassi – seine Villa liegt ganz in der Nähe – könnte solch einen Ort mit jahrhundertealter Suggestionskraft ausgewählt haben, um kriminelle Machenschaften zu verschleiern? Vor allen Dingen die Handelsbeziehungen: Kokain aus Kolumbien und Venezuela, Heroin aus Sizilien, ein Umsatzvolumen von mehreren Milliarden Lire pro Jahr. Die neopythagoreische Zahlenmystik hatte mit den Jahren ganz profanen Berechnungen Platz gemacht. Im Sanktuarium gibt es noch andere, versteckter gelegene Schlupfwinkel. Giulia hat von einem ganzen unterirdischen Dorf gesprochen, und der Pentito hat Artuso von einem Raum von mindestens zwanzig Kubikmetern erzählt, der zum Bersten mit Banknoten gefüllt ist, mit amerikanischen Dollars und italienischen Lire – die Beute von einigen Jahren Drogenhandel, exklusiv betrieben von der 'Ndrangheta. Ein Hauptproblem der Drogenschmuggler ist, einen Platz zu finden, wo sie das Bargeld lagern können, bis es über die Banken gewaschen werden kann. Die 'Ndranghetisti hatten Gambassi nach einem sicheren Ort gefragt, und er hatte ihnen die Benutzung des Sanktuariums ermöglicht, trotz des Risikos. Wahrscheinlich verfolgte er dabei auch persönliche Interessen. Fami fand das Geldlager und fuhr mit Giulia nach Wien, um Kontakt mit einer Finanzgesellschaft aufzunehmen, die das Geld waschen sollte. Aber etwas muß dabei schiefgegangen sein. Vielleicht hat Giovannone, der ja damals manchmal als Führer für Fami gearbeitet hat, Gambassi erzählt, daß jemand ins Sanktuarium eingedrungen ist. Und was in Wien passiert ist, wissen wir nicht, abgesehen von dem, was Giulia berichtet hat.«

»Ah, was in Wien passiert ist, wißt ihr also nicht?«

»Nicht genau. Wir können es uns denken.«

»Aber den Rest wißt ihr. Du und Artuso, ihr wißt wohl alles, was?«

»Natürlich keine Details …«

»Mutmaßungen, reine Phantasie!« brummt Scalzi.

»Famis Probleme beginnen nach der Reise nach Wien, das ist keine Mutmaßung. Es wird brenzlig für ihn. Da beschließt er, die Identität zu wechseln. Er schwört der Religion seiner Väter ab und konvertiert zum katholischen Glauben. Um sich noch besser zu tarnen, heiratet er eine Italienerin, beantragt die italienische Staatsbürgerschaft und einen neuen Namen. Dann ist er gezwungen, abermals nach Ägypten zu flüchten. Dort verschwindet Verena. Artuso ist überzeugt, daß die Mammoli auf Anweisung von Gambassi entführt worden ist, der bei den islamischen Fundamentalisten großen Einfluß hat. Er soll ihre Entführung angeordnet haben, damit Fami unter Mordverdacht gerät und eingesperrt wird. Auf diese Weise will er ihn daran hindern, das Geldlager auszuräumen. 1990 kehrt Fami nach Italien zurück. Er ist fest entschlossen, den vergrabenen Schatz in seinen Besitz zu bringen. Da schnappt Gambassis doppelte Falle zu. Idris' Entdeckung ist für ihn das Mittel zum Zweck, sich selbst das Geld unter den Nagel zu reißen und die 'Ndranghetisti aufs Kreuz zu legen. Jetzt paßt auch die Sache mit der Schnellstraße ins Bild. Nach Aussage einiger Verwaltungsbeamter mußte Sovana plötzlich ganz dringend mit zwei kleinen Nestern in der Umgebung verbunden werden. Diese Gegend ist eine der schönsten und ursprünglichsten der ganzen Maremma. Seit ungefähr einem Jahr ist jetzt eine Schnellstraße im Bau, die die Leute dort so dringend brauchen wie einen internationalen Flughafen. Durch diese Straße werden Wälder und Hügel verunstaltet, etruskische und noch ältere Ruinen zerstört, es soll dort sogar prähistorische Fundorte geben. Die örtliche Verwaltung, die Kunsthistoriker und die Umweltschützer protestieren seit Beginn der Bauarbeiten gegen diese Straße und versuchen, die Arbeiten zum Stillstand zu bringen, aber es ist nichts zu machen. Und jetzt rate mal, wer das Zepter führt und wem es bis jetzt gelungen ist, alle zum Schweigen zu bringen?«

»Der große Vermittler«, seufzt Scalzi.

»Sehr gut. Du fängst langsam an zu begreifen. Dottor Elvio Gambassi, genau der! Das alles ist sein Werk, er hat das Projekt vorgeschlagen, die Rädchen geölt, er hat einem Unternehmen seiner Gruppe den Auftrag zugeschanzt, und er überwacht die Bauarbeiten Meter für Meter. Das ist nicht schwer für ihn, denn seine Villa steht auf einem Hügel über der Gegend. In allerkürzester Zeit haben sich die geographischen Gegebenheiten rund um Sovana völlig verändert. Gerade in diesen Tagen wird ein Viadukt errichtet, das in Wirklichkeit dazu dient, den Eingang zum Sanktuarium zu versiegeln. Erinnerst du dich an die Bemerkung dieses Typen, der mit den orientalischen Antiquitäten handelte, dieses Giovannone: ›Pinocchio ist auf das Wunderfeld gegangen, um die Goldmünzen auszugraben, aber er hat nur Schotter für eine Schnellstraße gefunden‹?«

»Dummes Zeug«, unterbricht ihn Scalzi. »Ich kann das alles nicht glauben. Als die Arbeiten an der Schnellstraße begonnen wurden, hatte Fami den Schatz doch längst entdeckt.«

»Er hatte herausgefunden, wie man in das Sanktuarium hineingelangt, und vielleicht hatte er sich auch die Taschen mit Geldscheinen vollgestopft, aber um alles abzutransportieren, hätte er einen Lastwagen gebraucht. Zwanzig Kubikmeter Geldscheine! Doch die Bauarbeiten an der Schnellstraße sollen nicht Idris daran hindern, das Sanktuarium zu betreten. Die dienen dazu, die 'Ndranghetisti für immer fernzuhalten. Deshalb auch mußte Fami in den Knast. Der Eingang, den er gefunden hat, ist nicht derselbe, den die 'Ndranghetisti kennen, es ist ein anderer, und das ist auch der geheime Schlüssel Gambassis. Der möchte nämlich jetzt das Lager leerräumen. Leider hat sich in der Zwischenzeit die Situation geändert. Die Tricks des höchsten Vermittlers sind in den vergangenen Monaten wenigstens teilweise ans Licht gekommen. Die Polizei in ganz Europa ist damit beschäftigt. Gambassi ist in seiner Villa sozusagen im Belagerungszustand, er wird überwacht, er kann das Geld jetzt nicht abtransportieren lassen, das wäre eine viel zu auffällige Aktion.«

»Und Verena Mammoli?« fragt Scalzi. »Im Plot eurer Seifenoper habt ihr eine Rolle vergessen.«

»Artuso ist der Ansicht, daß sich Verena Mammoli noch in Ägypten befindet. Die Gruppe islamischer Fundamentalisten soll sie immer noch gefangenhalten, als Geisel, um Fami dazu zu zwingen, in seine Heimat zurückzukommen und seine Rechnung zu bezahlen. In den Kreisen, in denen Idris Fami verkehrt, kann man nicht einfach abhauen, ohne sich des Verrats verdächtig zu machen.«

»Ich bin ganz deiner Meinung«, sagt Olimpia, »die Geschichte ist völlig abstrus. Aber es geschehen doch noch viel merkwürdigere Dinge. Später, wenn man in der Zeitung davon liest, kommt es einem dann praktisch ganz unmöglich vor.«

»Tatsache ist, daß Artuso und Guerracci sich für Erleuchtete halten«, sagt Scalzi. »Sie nehmen einen Hinweis von hier und einen von da, die Aussagen eines Drogenhändlers, die Geschichte von Giulia ... und schwupp, sind sie illuminiert, vom göttlichen Blitz getroffen. Aber wenn du dich runterbeugst, um die Schußfäden des Gewebes zu betrachten, dann fällt dir auf, daß es voller Löcher ist.«

»Was wollen die beiden eigentlich von dir?«

»Daß ich die Verteidigung von Idris nicht niederlege. Daß ich mir von ihm sagen lasse, wie man in dieses berühmte Sanktuarium kommt. Dann will Artuso einen Großeinsatz durchführen. Er sucht gar nicht so sehr das Lager mit dem schmutzigen Geld, Artuso interessiert sich mehr für die metaphysische Ebene. In diesem Sanktuarium werden auch die Listen mit den Namen der Mitglieder aufbewahrt, chiffrierte Dokumente und die Abrechungslisten. Also das Material für den Prozeß des Jahrhunderts. Und er könnte endlich Gambassi einlochen.«

»Schön wär's.«

»Bisher ist es noch niemandem gelungen, Gambassi hinter Schloß und Riegel zu bringen, trotz der stichhaltigen Beweise für die Riesenschweinereien, die er überall begangen hat. Und jetzt soll ein vergrabener Schatz in einer Kultstätte für Initiationsriten ihm zum Verhängnis werden?«

»Aber wenn Idris sich entschließen würde, auszupakken ...«

»Was soll er denn auspacken? Etwas, das es gar nicht gibt? Und selbst wenn es existieren würde – meiner Meinung nach ist da jetzt gar nichts mehr in dem sagenhaften Sanktuarium. Glaubst du wirklich, daß ein Typ wie Gambassi keine Möglichkeit gefunden hätte, alles beiseite zu schaffen?«

»Aber dieser Alex ist auf so fürchterliche Art und Weise umgebracht worden, um dich zu bedrohen. Und die beiden Frauen haben sterben müssen, damit sie nicht reden konnten. Wenn Gambassi das Geld verlegt hätte, dann wüßten die 'Ndranghetisti doch davon, und diese Morde wären nicht nötig gewesen. Schließlich hat das Verschwinden von Verena ...«

»Ach, jetzt soll sie plötzlich verschwunden sein? Warst du nicht davon überzeugt, daß Idris Fami sie umgebracht hat?«

»Ich habe meine Meinung geändert.«

»Das Verschwinden von Verena paßt nicht ins Bild. Mal angenommen, daß die Rekonstruktion von Artuso und Guerracci nicht jeglicher realer Grundlage entbehrt, die Sache mit Verena fügt sich einfach nicht ein. Eine Entführung, damit Idris Fami ins Gefängis kommt … Gambassi hätte ihn doch umbringen lassen können.«

»Vielleicht hat er das ja versucht. In Wien zum Beispiel. Aber Idris ist nicht dumm, es ist ihm immer gelungen, sich von den Fallen fernzuhalten – bis er dann auf einer Bananenschale ausrutscht, die ihn ins Gefängnis bringt. Was wirst du am Montag machen? Legst du das Mandat nieder?«

»Ich weiß es nicht. Ich muß darüber nachdenken. Ich werde mich im letzten Moment entscheiden.«

Am Samstagabend ist schon Wochenende, es herrscht nur wenig Verkehr, die Stadt ist seit Freitag fast ausgestorben. In Olimpias Wohnung wird die Stille nur durch das Rauschen weniger Fahrzeuge unterbrochen. Scalzi und Olimpia lenken sich mit einem Spezialprogramm alter Schwarzweißfilme auf Video ab: Robert Mitchum, Barbara Stanwyck, Edward G. Robinson, Lana Turner: die gesunden Kriminellen und die unglückseligen heiligen Frauen aus den amerikanischen Krimis der vierziger Jahre.

38
Zoe

»Also, Avvocato Scalzi«, der Vorsitzende läßt sich auf seinem Richterstuhl nieder und blickt in die Runde, um sich zu vergewissern, daß alle Richter Platz genommen haben, »das Gericht hat das Problem gelöst. Ob die Einholung von Gutachten angeordnet wird, das von Ihnen beantragte und das des Staatsanwalts, hängt jetzt von uns ab. Das Gericht ist von gewissen Umständen in Kenntnis gesetzt worden und hat die Briefe zu den Akten genommen. Die Entscheidung ist aufgeschoben: wir werden später darauf zurückkommen, je nachdem, wie sich die Verhandlung entwickelt. Also gibt es keinerlei Konflikt zwischen Ihnen und Signor Fami.«

»Der Angeklagte«, sagt Scalzi, »hat bewiesen, daß er kein Vertrauen zu seinem Verteidiger hat.«

»Nun übertreiben Sie nicht. Es hat eine kleine Meinungsverschiedenheit gegeben. Ob hier mangelndes Vertrauen vorliegt, werden wir gleich sehen. Signor Fami, stehen Sie bitte auf.«

Idris kritzelt arabische Schriftzeichen in sein Schulheft. Er hebt nicht einmal den Kopf.

»Fami, ich rede mit Ihnen! Wollen Sie wieder so anfangen wie letzten Freitag? Stehen Sie auf!«

Er springt mit militärischem Eifer auf die Füße. »Bitte?«

»Haben Sie die Absicht, Ihrem Anwalt das Mandat zu entziehen?«

»Nein.«

»Haben Sie gehört, Avvocato?« Der Vorsitzende breitet

lächelnd die Hände aus. »Wir haben gar kein Problem, sehen Sie.«

»Sie müssen auch mir eine Frage stellen, Herr Vorsitzender«, sagt Scalzi.

Der Vorsitzende lächelt nicht mehr. Er schaut Scalzi so eindringlich an, daß es aussieht, als würde er schielen. Dann wendet er sich an die Protokollführerin.

»Ist der Apparat eingeschaltet? Nehmen wir schon auf?«

»Ja«, sagt die Protokollführerin.

»Sehr gut. Avvocato Scalzi, legen Sie die Verteidigung von Idris Fami nieder?«

Scalzi hatte sich die Robe nur über die Schultern gelegt. Er steht auf und zieht sie vollends an, indem er auch die Arme durchsteckt.

»Nein, Herr Richter.«

»Giuliano«, sagt der Vorsitzende, »rufen Sie den ersten Zeugen auf.«

Man soll niemals Journalisten mit literarischen Ambitionen trauen. Aus der Aussage von Zoe Barozzi, der besten Freundin von Verena, ergibt sich ein völlig anderes Bild, als Scalzi sich nach der Lektüre des Zeitungsartikels und den Fotos von der Frau gemacht hatte.

Zoe selbst ist weniger knochig und bleich, als sie in der Zeitung erschien. Sie ist dreist und voller Energie. Sie kommt von den hinteren Stuhlreihen, die für das Publikum reserviert sind, schnellen Schrittes heran und bleibt vor dem Tisch der Verteidigung stehen. Mit breitem Lächeln: »Idris! Wie geht es dir? Nicht so gut, was?«

Sie streckt eine Hand aus und kneift ihn in die Backe. Der Vorsitzende sieht sie entsetzt an. Dann tätschelt sie Fami die rechte Hand, die auf seinem Schulheft liegt, und deutet mit ausgestrecktem Arm, wie das fleischgewordene Schicksal, auf die Decke. Idris schaut auf die Birnchen an der Deckenleuchte.

»Da oben, Idris! Da oben ist jemand, der an uns denkt!«

»Signora«, mischt der Vorsitzende sich ein, »kommen Sie hier herüber. Lassen Sie den Angeklagten in Ruhe.«

»Du bist ganz schön pummelig geworden, Idris. Ich komme, Herr Vorsitzender!«

Mit drei elastischen Sprüngen nimmt sie die Stufen des Halbkreises, und da steht sie schon vor dem Richtertisch, eine Hand auf dem Herzen, und sagt auswendig, ohne eine Silbe zu verschlucken, die heilige Eidesformel auf: die Wahrheit zu sagen und nichts als die Wahrheit …

Von wegen die »Sanfte« von Dostojewski: mit der hat Verena ja nun gar nichts gemein, diese literarische Anspielung kann Rogati jetzt vergessen. Verena war ein fröhlicher, unternehmungslustiger Typ. Sie und ihre Freundin Zoe haben immer viel gelacht. Beide waren die Seelen der religiösen Gemeinschaft, am liebsten haben sie sich über ihre Betbrüder und -schwestern lustig gemacht, die nicht in der Lage waren, an Jesus zu denken, ohne ein betrübtes Gesicht zu machen. Die beiden dagegen … natürlich waren auch sie wohl in dieser frommen Gruppe, um Gottes Wort zu hören und darüber nachzudenken, aber doch mit Freude, denn Gott ist doch Freude, das vor allem, Freude und Glück.

»Und Verenas Verhältnis zu Idris Fami?« fragt der Staatsanwalt ein wenig entmutigt.

Das war gut und heiter. Sie waren ein ruhiges Paar, ohne viel Elan, aber sie haben sich gut verstanden. Nie eine Meinungsverschiedenheit, keinerlei Streit … Idris ist ein guter Kamerad und ein nie versiegender Quell des Wissens. Bei Ausflügen waren die beiden immer zusammen, wie die Turteltäubchen, er wußte immer alles über die Sehenswürdigkeiten, die Geschichte, er war ein wunderbarer Reiseführer.

»Ich meinte eigentlich das … äh … das Liebesverhältnis!« Der Staatsanwalt scheint indigniert.

»Also, die Intitative ging von Verena aus. Ja, Hohes Gericht, von Verena. Sie hatte angefangen, ihn ein wenig auf den Arm zu nehmen. Er war ihr zu ernst, er schien sich viel zu sehr auf seine Konvertierung zu konzentrieren. Sie hatte versucht, ihn aufzumuntern, so eine tragische Sache war das ja nun auch wieder nicht. Sie hatte seine innere Qual verstanden und ihm Trost spenden wollen, indem sie ihn aufzog. »Wie wird Mohammed das wohl finden«, hatte sie zum Beispiel gesagt, »wenn du dich taufen läßt? Und was ist, wenn sie recht haben, deine ehemaligen Freunde, deine Muezzins, deine Heiligen, wenn der Prophet recht hätte? Na schön, hatte sie gesagt, laß dich nur taufen, dann wartest du einfach eine Weile ab und schaust, was passiert. Du mußt auf die Anzeichen achten. Du wirst schon merken, ob Allah es dir übelgenommen hat: ein kleiner Verkehrsunfall, ein Kurzschluß am Rasierapparat. Wenn es schlecht läuft, heißt das, daß es dir vor der Behandlung besser ging. Dann schmeißt du einfach alles hin – Jesus ist nicht nachtragend, er wird nicht beleidigt sein – und wirst wieder Moslem. Wer weiß, vielleicht könnte ich auch zum Islam übertreten.«

Rogati schnappt nach Luft. Das ist ja eine schöne Zeugin der Anklage. Am Anfang hat sie etwas gezögert, welche Zeitform sie denn nun wählen soll, dann hat sie sich für das Präsens entschieden: Verena scherzt, Verena lacht, Verena reist, Verena hat Spaß. Verena ist neugierig, sie interessiert sich für alles und jeden. Bei den Ausflügen und Reisen der Gemeinschaft hat sie sich immer am liebsten alles allein angesehen. Einmal, im Sudan, da kannte sie Idris noch nicht, war sie drei Tage lang verschwunden. Die Gruppe war in einer Missionsstation zu Gast gewesen. Don Squarcini und alle anderen hatten sich die Haare gerauft. Sie hatten überall gesucht, eine Schwester vom Orden Mutter Teresas wurde sogar auf einem Kamel losgeschickt, um in einem etwa fünfzig Kilometer entfernten Dorf mitten in der Wüste nach ihr zu suchen. Schließlich stellte sich heraus, daß Verena sich einem Nomadenstamm angeschlossen hatte, weil sie sich mit einem Kind angefreundet hatte. Die Schwester vom Orden Mutter Teresas fand sie schließlich, wie sie durch die Wüste wanderte, eingehüllt wie Lawrence von Arabien …

»Diese Details interessieren uns nicht!« unterbricht Rogati sie entsetzt. »Das ist keine Antwort auf meine Frage.«

»Diese Details interessieren Sie nicht!« Scalzi geht in die Luft. »Lassen Sie sie reden! Herr Vorsitzender! Die Zeugin berichtet überaus wichtige Fakten!«

Dennoch verfehlt die Einmischung des Staatsanwalts ihre Wirkung nicht. Zoe begreift, daß sie zu weit ausgeholt hat. Ein Zeuge, auch wenn er noch so guten Glaubens ist, ist sich seiner Rolle immer bewußt, und wenn er Zeuge der Anklage ist, weiß er, daß er im Grunde der Anklage nutzen soll. Zoe Barozzi macht die Schotten dicht, ihr Redefluß versiegt. Sie streicht den Rock ihres staubblauen Kostümchens mit dem weißen Kragen eines Schulmädchens glatt und faltet die Hände im Schoß: »Nun ja, wenn bestimmte Dinge nicht von Interesse sind …«, flüstert sie verwirrt. »Ich habe geglaubt …«

Jetzt stellt Rogati ein paar mittelmäßige Fragen und erfährt, wie sehr Verena an ihrer Arbeit gehangen hat und daß sie ein freundschaftliches Verhältnis zu den Geschäftsführern und den Kolleginnen in der Weißnäherei hatte. Daß sie ihrer alten Tante sehr zugetan war und sie von der Firma aus häufig anrief und auch, wenn sie mit der religiösen Gemeinschaft für längere Zeit auf Reisen war. Mindestens ein Anruf pro Woche und viele Postkarten. Natürlich schrieb sie Postkarten, alle haben Postkarten geschrieben …

An diesem Punkt scheint die Aussage der Zeugin beendet, und der Vorsitzende entläßt sie, nachdem Scalzi, der darin einen Vorteil für die Verteidigung sieht, auf ein Verhör verzichtet hat.

Aber Zoe, die immer noch im Zeugenstand sitzt, dreht

sich um und betrachtet Fami mit fragendem, mitleidigem Gesicht. »Ich möchte noch eine Sache sagen, Herr Vorsitzender«, sagt sie. »Eigentlich zwei Sachen.«

»Ja, bitte.«

»Zu Anfang des Jahres 1988 habe ich Idris zufällig auf der Straße getroffen. Ich wußte, daß Verena nicht aus Ägypten zurückgekehrt war, er hatte allen gesagt, daß sie dort geblieben sei und daß es ihr gut ginge ... Trotzdem machte ich mir Sorgen. Es war schon fast ein Jahr vergangen, und sie hatte sich bei niemandem aus unserer Gruppe gemeldet. Also frage ich ihn: ›Was macht Verena?‹ und er antwortet mir: ›Gott möge vergeben.‹«

»Sehr gut!« platzt Rogati heraus. »Vielen Dank, Signora! Mit dieser Zeugin sind wir fertig, Herr Vorsitzender.«

»Da ist noch etwas«, sagt Zoe. »Aber ich weiß nicht, ob ...«

»Danke, Signora! ›Gott möge vergeben‹, was? Vielen Dank.« Rogatis Ton ist brüsk, er hat wohl den mitleidigen Blick bemerkt. In einer Verhandlung wird er zum Tier, und man muß zugeben, daß ihm kaum etwas entgeht.

»Also wirklich! So hätte der Herr Staatsanwalt es wohl gerne? Nur das, was der Anklage dient, und Schluß?« brüllt Scalzi ins Mikrofon. »Und dann schneidet er der Zeugin einfach das Wort ab.«

»Die Verteidigung hat die Gelegenheit gehabt, Fragen zu stellen, aber sie hat darauf verzichtet«, sagt Rogati.

»Ich stelle ja gar keine Fragen«, gibt Scalzi zurück, »ich möchte lediglich hören, was die Zeugin spontan zu sagen hat!«

»Sie haben recht«, interveniert Amelio. »Signora Barozzi, fahren Sie fort.«

»Na ja, ich weiß nicht, ob es wichtig ist. Es ist etwas, das ... Ich weiß gar nicht, wie ich es sagen soll, eigentlich ist es mehr ein Gefühl.«

»Wenn es sich um ein Gefühl handelt«, legt Rogati los,

»sind wir gezwungen, darauf zu verzichten, Signora. Das sage nicht ich, das sagt das Gesetz.«

»Aber dieses Gefühl wird doch wohl auf einer Tatsache beruhen«, gibt Scalzi zurück. »Hören wir uns diese Tatsache an!«

»Die Tatsache?« Zoe zögert. »Ich soll über eine Tatsache sprechen?«

»Ja, Signora«, sagt der Vorsitzende, »erzählen Sie uns davon.«

»Die Tatsache … ist ein Anruf. Im Herbst 1990, genauer kann ich es nicht sagen, aber es war nach dem Sommer, und es war nicht mehr heiß, daran kann ich mich erinnern … Also, da erhielt ich einen Anruf …«

»Von wem?« bellt Rogati.

»Von wem? Ich weiß nicht, von wem.«

»Dann interessiert uns das nicht! Wenn wir nicht wissen, wer der Gesprächspartner war, können wir nicht nachprüfen, was auch immer er gesagt hat, daher interessiert es uns nicht.«

Rogati will einen Zwischenfall provozieren, das ist jetzt klar, vielleicht weiß er schon, was die Zeugin sagen will, und versucht, sie daran zu hindern. Will er Krieg? Den kann er haben.

»Der Staatsanwalt versucht, die Zeugin einzuschüchtern!« brüllt Scalzi. »Das, was hier vorgeht, ist unzulässig! Ich möchte, daß mein Protest ins Protokoll aufgenommen wird! Dottor Rogati behindert absichtlich eine Aussage!«

»Avvocato Scalzi«, mischt Amelio sich ein, »Ihr Protest ist im Protokoll. Wir nehmen alles auf, seien Sie unbesorgt. Diese Verhandlung leite ich, und von jetzt an stelle ich der Zeugin die Fragen. Sie beide halten bitte den Mund. Ich will hier keine Wortgefechte. Signora Barozzi, wer hat Sie angerufen?«

»Das weiß ich nicht. Eine sehr weit entfernte Stimme hat gesagt: ›Hallo, Zoe?‹ Sonst nichts. Dann …«

»Wessen Stimme war das?«

»Ich weiß nicht, wessen Stimme es war … Na ja … Ich kann nicht sagen, daß es die Stimme von … Ich bin nicht sicher, daß ich die Stimme kannte … Aber…«

»War es eine männliche oder eine weibliche Stimme?«

»Das weiß ich, sie war weiblich, da bin ich sicher.«

»Und was hat sie gesagt?«

»Nichts. Nur: ›Hallo, Zoe‹, dann nichts mehr. Dann ist da ein Geräusch gewesen, und es wurde lauter, aber es war nicht die Stimme … dieser Frau … es war eher wie ein Chor. Ein Chor von Kinderstimmen, wissen Sie? Helle Stimmen, die zusammen sangen, wie in der Schule … Ich habe nicht verstanden, was sie sangen … Es war, als ob sie im Chor singen würden, es war sehr schön …«

»Ich verstehe«, grinst Rogati, »ein Engelchor.«

»Engelchor?« wiederholt Zoe. »Das würde ich so nicht sagen, nein, eher nicht. Nicht wie die Engel, nein. Aber sehr laut, ja, und sehr fröhlich … Und dann hat der Gesang sich in einer einzelnen Note aufgelöst. Wie soll ich sagen? Einer Art Vibration … Es ist noch etwas weitergegangen, und dann ist es langsam leiser geworden, die Vibration wurde metallisch, irgendwie unangenehm. Und dann ist die Leitung zusammengebrochen.«

»Ist das alles?« fragt Rogati. »Schön, vielen Dank.«

»Das ist alles«, sagt Zoe pikiert. »Aber ich hatte den Eindruck …«

»Also, nein«, sagt der Vorsitzende, »nicht den Eindruck. Da hat der Staatsanwalt recht. Sie dürfen uns keine Eindrücke schildern. Das ist verboten. Möchten Sie uns noch etwas erzählen? Fakten, meine ich.«

»Fakten nicht. Aber ich hatte das Gefühl …«

»Jetzt reicht es aber!« Rogati scheint sie mit Gewalt vom Stuhl zerren zu wollen, er macht sogar einen Schritt in ihre Richtung. »Was Sie zu sagen hatten, haben Sie gesagt. Mehr als genug.«

»Einspruch! Ich protestiere!« brüllt Scalzi. »Er versucht schon wieder, die Zeugin einzuschüchtern.«

»Abgelehnt«, sagt Amelio. »Jetzt haben Sie unrecht, und der Staatsanwalt hat recht. Die Zeugin wollte uns von einem Eindruck, einem Gefühl berichten. Subjektive Wahrnehmungen von Zeugen können wir nicht zulassen. Jetzt ist Schluß. Signora Barozzi, Sie können gehen.«

»Aber so ist die Aussage unvollständig. Ich protestiere!« Scalzi ist verzweifelt. »Die Richter haben das Recht …«

»Ihr Protest ist im Protokoll«, unterbricht ihn der Vorsitzende. »Die Zeugin kann gehen.«

Zoe steht auf, streicht sich den Rock glatt und steigt die Stufen des Halbkreises hinunter. Ihr Gesicht ist gerötet, das alles war bestimmt nicht einfach für sie. Als sie an ihm vorbeigeht, fragt Scalzi: »Wessen Stimme war es?« Er spricht laut genug, daß die Richter ihn hören können.

Zoe bleibt verunsichert stehen: »Die Stimme? Ich hatte den Eindruck, es sei Verenas Stimme …«

Aber die Richter haben nichts gehört. Sie war schon zu weit vom Mikrofon entfernt und stand dem Saal zugewandt. Rogati hat es natürlich mitbekommen, sein Tisch steht neben dem der Verteidigung, höchstens einen Meter entfernt. Aber er hat nicht mit der Wimper gezuckt. Scalzi sieht ihn an, er versucht seinen Blick einzufangen, um ihm eine giftige Bemerkung an den Kopf zu werfen. Aber Rogati, hart wie er ist, blättert weiter in seinen Akten, als ob er nicht gerade von einem Kinderchor gestreift worden wäre, in dessen Mitte vielleicht Verena war, wer weiß wo.

39
Alias Rauf

Ein weiterer Zeuge der Anklage ist dabei, seine Aussage zu machen. Scalzi blättert im Gesetzbuch, er bereitet einen Widerspruch vor. Er will, daß Zoe Barozzi noch einmal aufgerufen wird. Daß Rogati und der Vorsitzende ihr nicht gestattet haben, weiter auszusagen, ist reiner Formalismus. Dem Gesetz nach dürfte Zoe sehr wohl sagen, daß sie den subjektiven Eindruck hatte, Verenas Stimme am Telefon gehört zu haben.

Scalzi ist ganz in seine Tätigkeit vertieft. Er hat einen Blick auf die Liste von Rogatis Zeugen geworfen, auf der auch der Name eines gewissen Yussef Quardhaoui auftaucht, Vorsitzender der religiösen Vereinigung »Nofretete« mit Sitz in Livorno, deren sozialer Zweck die »moralische Unterstützung« ägyptischer Einwanderer ist. Yussef Quardhaoui wird beschrieben als »Person, die Kontakte zu Idris Fami unterhielt und darüber berichten kann«. Das scheint Scalzi nicht besonders interessant, deshalb hört er der Aussage des Zeugen kaum zu, der mit monotoner Stimme spricht, sehr leise, kaum hörbar.

Plötzlich spürt er, wie ihn jemand am Arm packt. Guerracci steht an seiner Seite und schüttelt ihn. »Corrado! Hast du gesehen?«

»Was?«

»Der Zeuge. Erkennst du ihn nicht?«

Yussef sitzt mit dem Rücken zum Tisch der Verteidigung und hält den Kopf gesenkt.

»Sieh ihn dir doch an, Corrado! Das ist Rauf!«

Scalzi steht auf und tritt an die Seite des Richtertischs.

Jetzt sieht er den Mann im Profil, und er erkennt ihn wieder, auch wenn Quardhaoui das Kinn auf die Brust gedrückt hat, um einen Teil seines Gesichts hinter dem offenen Hemdkragen zu verbergen. Ja, es ist ganz zweifellos Rauf, der Kellner aus der »Torpedine«.

Rogati verhört ihn ziemlich zerstreut, als ob seine Vernehmung eine vollkommen irrelevante Routinesache sei. Mit dieser Taktik hat er Scalzi schon einmal hinters Licht geführt. Dieses Schwurgerichtsungeheuer entwickelt seine teuflische Begabung immer weiter. Gott sei Dank hat Guerracci aufgepaßt, ja er ist sogar vom Pressetisch aufgestanden, um besser sehen und hören zu können.

Yussef oder Rauf oder wie zum Teufel er auch immer heißen mag, berichtet, daß er Idris Fami im Gefängnis besucht habe, um ihm die Unterstützung seiner Vereinigung anzubieten. Und geistlichen Trost natürlich, denn Yussef ist eine Art Priester. Im Laufe dieses Besuchs habe sich Idris dann auch wieder zum moslemischen Glauben bekehrt und feierlich dem Christentum abgeschworen.

»Und haben Sie während dieser religiösen Sitzung auch über Verena Mammoli gesprochen?« fragt Rogati, immer noch in diesem gleichgültigen Tonfall.

»Ja, Herr Staatsanwalt«, nuschelt Yussef zerknirscht, »ich habe ihm gesagt, er solle sein Gewissen erleichtern.«

»Und hat er das getan, was Verena betrifft?« fragt der Staatsanwalt. »Hat er sich ausgesprochen? Hat er sein Herz ausgeschüttet?«

»Ja, Herr Staatsanwalt. Er hat sogar angefangen zu weinen. Was geschehen war, tat ihm sehr leid. Aber es war nicht nur Bedauern, er machte sich auch Vorwürfe, würde ich sagen.«

»Vorwürfe? Weswegen?« Rogati spricht jetzt lauter und läßt langsam den Blick über das Richterkollegium schweifen, um zu sehen, ob er auch den gewünschten Effekt erzielt.

»Na ja, er hat gesagt, er hoffe, Gott möge ihm vergeben. Allah, meine ich natürlich.«

»Den gleichen Satz hat er auch zu der Zeugin Barozzi gesagt!« ruft Rogati. »Und warum sollte ihm vergeben werden?«

»Weil er sich verantwortlich fühlte. Das hat er jedenfalls gesagt.«

»Verantwortlich wofür?«

»Für den Tod von Verena Mammoli, das ist doch klar.«

»Sind Sie sicher? Hat Idris Fami wirklich von Tod gesprochen? Sind Sie ganz sicher, daß er sich auf die Vermißte bezogen hat?«

»Ja, ich bin sicher.« Yussef spricht so leise, man hört ihn kaum.

»Wie-der-ho-len Sie das!« skandiert Rogati. »Sprechen Sie lauter. Hat Fami gesagt, daß Verena tot ist?«

»Ja, Herr Staatsanwalt, tot.«

»Tot. Und wie? Auf welche Weise ist sie zu Tode gekommen? Hat Idris Fami Ihnen das auch gesagt?«

»Ja, Herr Staatsanwalt. Er hat gesagt, sie sei umgebracht worden.«

»Und daß er dafür verantwortlich ist, hat er das auch gesagt?«

»Er hat gesagt, daß er sich verantwortlich fühle … daß er verantwortlich war … Was er wörtlich gesagt hat, weiß ich jetzt nicht.«

»Sehr gut, danke.« Rogati wirft Scalzi, der inzwischen wieder zu seinem Platz zurückgekehrt ist, einen triumphierenden Blick zu. »Ich bin fertig. Keine weiteren Fragen.«

»Avvocato Scalzi«, sagt der Vorsitzende, »möchten Sie den Zeugen vernehmen?«

»Ja, sicher«, antwortet Scalzi und winkt Guerracci, sich neben ihn zu setzen.

Guerracci nimmt Platz und fühlt sich dabei sehr unbehaglich. Scalzi registriert, daß er die Augen auf den Tisch geheftet hat, wie ein Schüler, der abgekanzelt worden ist.

»Wer ist der Herr, der da neben Ihnen sitzt, Avvocato Scalzi?« fragt der Vorsitzende.

»Das ist der Anwalt Amerigo Guerracci«, antwortet Scalzi, »aus Livorno.«

Dann flüstert er dem Freund zu: »*Semper abbas*, nicht wahr? Du hast dich doch wohl nicht aus der Liste der Rechtsanwälte streichen lassen?«

»Nein«, antwortet Guerracci, »ich habe meine Zulassung immer noch.«

»Sehr gut«, sagt Scalzi. »Ich bitte darum, ins Protokoll aufzunehmen, daß der Anwalt Corrado Scalzi den Anwalt Amerigo Guerracci zum weiteren Verteidiger ernennt. Wenn der Angeklagte einverstanden ist, wird der Kollege Guerracci von jetzt an seine Verteidigung mit mir zusammen übernehmen.«

»Signor Fami«, sagt der Vorsitzende mit amüsiertem Lächeln, »in diesem Prozeß jagt eine Überraschung die andere. Vor zwei Tagen sah es noch so aus, als hätten sie gar keinen Anwalt, heute haben Sie gleich zwei. Was sagen Sie dazu?«

Fami steht auf, geht zum Mikrofon und sieht Scalzi fest an. Dieser gibt den Blick zurück und macht eine einladende Geste, als ob er sagen wolle: Jetzt kannst du deine Großmut beweisen. Idris räuspert sich.

»Geht das jetzt schon wieder los mit dieser Zögerei?« fragt der Vorsitzende.

»Nein. Ich erkläre, daß ich neben Avvocato Scalzi … den Anwalt …?« Er sieht Scalzi fragend an.

»Guerracci aus Livorno«, souffliert Scalzi.

Idris beendet seine Erklärung und setzt sich.

»Sehr schön«, sagt der Vorsitzende, »dann legen sie bitte die Robe an, Avvocato Guerracci.«

Amerigo nimmt die schwarze Uniform aus den Händen des Gerichtsdieners entgegen; er hat leichte Schwierigkeiten mit den Ärmeln. Alle im Saal beobachten ihn. Er setzt sich mit gesenkten Augen, dann hebt er den Kopf. Er trifft Scalzis Blick und verzieht den Mund zu einem angedeuteten Lächeln. Seine Augen sind feucht vor Rührung.

»Kann ich jetzt gehen?« fragt Yussef-Rauf.

»Davon kann nicht die Rede sein«, sagt Scalzi. »Im Gegenteil, drehen Sie sich bitte um, damit Sie mir nicht den Rücken zuwenden. Ich möchte gerne Ihr Gesicht sehen, während ich Ihnen Fragen stelle.« Scalzi schaut auf die Liste der Zeugen, die Guerracci vor ihn hingelegt hat. »Sie behaupten, Sie heißen Yussef Quardhaoui, stimmt das?«

ZEUGE: »Das ist mein Name, ja.«

SCALZI: »Und Sie sind Vorsitzender der Vereinigung ›Nofretete‹, trifft das zu?«

ZEUGE: »Ja, Herr Verteidiger.«

SCALZI: »Und womit beschäftigt sich diese Vereinigung, würden Sie das dem Gericht bitte erklären.«

ZEUGE: »Wir unterstützen ägyptische Einwanderer. Es handelt sich um moralische Unterstützung, da wir keine großen finanziellen Möglichkeiten haben.«

SCALZI: »Wo hat diese Vereinigung ihren Sitz, Signor Yussef?«

ZEUGE: »In Livorno.«

SCALZI: »Bitte, etwas genauer: In welcher Straße in Livorno?«

ZEUGE: »In der Via Gherardi del Testa.«

SCALZI: »Noch genauer bitte. Welche Nummer?«

ZEUGE: »Via Gherardi del Testa, Nummer 21.«

»Via Gherardi del Testa 21 ist die Adresse der ›Torpedine‹«, füstert Guerracci. »Bist du sicher?« fragt Scalzi. »Ganz sicher.«

SCALZI: »Signor Yussef, schließt die Unterstützung, die Sie den ägyptischen Einwanderern zuteil werden lassen, auch Cacciucco* ein?«

* Die auf Seite 87 erwähnte berühmte Livorneser Fischsuppe.

ZEUGE (kaum hörbar): »Was?«

SCALZI: »Cacciucco! Das Wort stammt aus dem Türkischen, es bedeutet ›Durcheinander‹. Also?«

ZEUGE: »Nein. Keinen Cacciucco.«

Idris flüstert Guerracci etwas ins Ohr, dann schreibt er in sein Heft und reißt die Seite heraus.

ROGATI: »Herr Vorsitzender, ich verstehe den Sinn dieser Fragen nicht. Wir beschäftigen uns hier schließlich nicht mit Gerichten für robuste Mägen, soviel ich weiß. Einspruch.«

VORSITZENDER: »Einspruch stattgegeben. Avvocato Scalzi, bitte wechseln Sie das Thema. Ich werde keine weitere Frage hinsichtlich dieser Fischsuppe zulassen. Das Thema erscheint mir bereits mehr als eingehend behandelt.«

SCALZI: »Signor Yussef, befindet sich in der Nummer 21 der Via Gherardi del Testa in Livorno zufällig eine Trattoria, die ›La Torpedine‹ heißt?«

ZEUGE: »Ja, da ist eine Trattoria. Aber ich wohne im Stockwerk darüber.«

SCALZI: »Also ist der Sitz der Vereinigung ›Nofretete‹ bei Ihnen zu Hause, trifft das zu?«

ZEUGE: »Ja, Herr Verteidiger.«

SCALZI: »Und wenn die moralische Unterstützung der Einwanderer Ihnen etwas Freizeit läßt, dann arbeiten Sie als Kellner in der Trattoria ›La Torpedine‹?«

ZEUGE: »Nein.«

Guerracci reicht Scalzi den Zettel von Idris. Scalzi liest.

SCALZI: »Signor Yussef, kennen Sie die Werke Ihres Namensvetters, des Scheichs Yussef Quardhaoui? Können Sie mir eines davon nennen?«

ZEUGE: »Nein.«

SCALZI: »Das ist merkwürdig. Vor kurzem haben Sie noch gesagt, Sie seien sehr gläubig. Wir kann es da sein, daß Sie nicht ein einziges Werk des Scheichs Quardhaoui kennen, der doch schließlich Ende des vorigen Jahrhunderts einer der bedeutendsten moslemischen Weisen war, Autor einer

Koranexegese, und der auch den gleichen Namen trägt wie Sie?«

ROGATI: »Von der livornesischen Küche zur Koranexegese. Würden Sie die Güte haben, dem Gericht endlich einmal zu erklären, was Sie mit diesen Fragen bezwecken, Avvocato Scalzi?«

SCALZI: »Ich werde Ihrem Wunsch umgehend entsprechen. Ich versuche, Sie bei Ihrer Arbeit zu unterstützen, Dottor Rogati. Wenn ich mich nicht irre, ist es doch Ihre Aufgabe, Verbrechen zu verfolgen. Ich bin dabei, die Lügen, die dieser Herr erzählt hat, ins Protokoll aufnehmen zu lassen, damit Sie, nachdem Sie in aller Ruhe Ihre Ermittlungen angestellt haben, Anklage wegen falscher Zeugenaussage gegen ihn erheben können. Dieser Herr ist nämlich alles andere als ein gläubiger Moslem. Ich bezweifle, daß er sich zu irgendeiner Religion bekennt. Dieser Herr ist Kellner in der Trattoria ›La Torpedine‹ in Livorno, wo man einen ausgezeichneten Cacciucco essen kann, sofern man einen robusten Magen hat. Ich bezweifle, daß es in Livorno eine Vereinigung ›Nofretete‹ zur moralischen Unterstützung und so weiter gibt. Ich bezweifle, daß dieser Herr Ägypter ist, meines Wissens ist er Libanese. Und nach meinen Informationen heißt er Rauf und nicht Yussef. Ich behalte mir vor, entsprechende Nachforschungen anzustellen. Und ich behalte mir vor, Anzeige wegen falscher Zeugenaussage zu erstatten.«

Rogati steckt merkwürdigerweise alles schweigend ein, der Vorsitzende schaut verblüfft, und Scalzi meint auch bei den anderen Richtern ein gewisses Erstaunen zu bemerken. Die Verhandlung wird für die Vormittagspause unterbrochen.

Während man auf die Rückkehr des Gerichts in den Saal wartet, ist Idris wieder in den Käfig gesperrt worden. Scalzi und Guerracci stehen diesseits der Gitterstäbe. Guerracci hat die Prozeßakten in der Hand und liest die Verhandlungsprotokolle.

»Sie haben ja nette Freunde, Signor Fami«, sagt Scalzi, »wirklich, sehr sympathische Menschen. Der hat es Ihnen ja schön gegeben, Ihr Rauf.«

»Gelogen von A bis Z.« Guerracci hebt kaum den Kopf. Er trägt immer noch die Robe und blättert fieberhaft in den Akten. »Ich möchte wetten, daß auch die Geschichte von dem Besuch im Gefängnis erstunken und erlogen ist. Stimmt's, Idris?«

»Er hat mich besucht, aber aus einem anderen Grund«, sagt Fami.

»Würden Sie uns diesen Grund bitte nennen?« fragt Scalzi.

Er sieht, daß Fami versucht, sich wie üblich aus der Affäre zu ziehen, indem er sein Schulheft öffnet. »Amerigo, versuch du es mal. Du bist jetzt kein Zuschauer mehr. Vielleicht kriegst du etwas raus aus diesem Stockfisch. Ich habe die Nase voll. Aber sei diplomatisch, wenn ich bitten darf.«

Guerracci tut sein Bestes: Trotz der Anstrengungen der Verteidigung bleibt die Aussage von Yussef alias Rauf sehr ungünstig für Fami. Er hat eine Art Beichtgeheimnis gelüftet und damit dem Staatsanwalt ein schwerwiegendes Indiz geliefert, das die Ermordung von Verena Mammoli bestätigt. Es ist ein falsches Indiz, gewiß, aber das muß erst einmal bewiesen werden. Ohne eine stichhaltige Anzeige, die den Staatsanwalt zwingt, ein Strafverfahren einzuleiten, kann der Beweis nicht erbracht werden. Fami muß seinen Verteidigern die Möglichkeit geben, diese Anzeige mit überzeugenden Fakten und Argumenten zu untermauern, sonst wird es aussehen wie ein Notbehelf, den sie sich ausgedacht haben, um den Zeugen in Mißkredit zu bringen. Was für eine Beziehung verbindet Rauf alias Yussef also wirklich mit ihm, Idris? Warum hat er ihn im Gefängnis besucht?

Guerracci hat sehr professionell alles dargelegt. Die plötzliche Entscheidung Scalzis scheint ihn nicht überrascht zu haben. Er rafft die Robe zusammen, als ob ihm kalt wäre, trotz der brütenden Hitze in diesem Schuppen.

Er hat seinen Glauben wiedergefunden, der abtrünnige Priester, denkt Scalzi. Er ist froh, daß er seiner plötzlichen Eingebung gefolgt ist, einem dieser Geistesblitze, die einem manchmal in Strafverhandlungen, in der Aufregung eines dialektischen Wortgefechts, unvermittelt durch den Kopf schießen. Hinterher denkt man dann: Warum bin ich bloß nicht früher darauf gekommen? Wie er ihn da so konzentriert sieht, keimt in Scalzi der Verdacht, Guerracci könnte es darauf angelegt haben, Idris gemeinsam mit ihm zu verteidigen, vielleicht schon seit ihrer ersten zufälligen Begegnung im Zug.

Scalzi ist erleichtert angesichts von Guerraccis Engagement. *Semper abbas*: Was sind Anwälte denn anderes als Äbte, wenn auch vielleicht schismatische, die ein Priesteramt ausüben und dabei die andere Seite des Bildes verehren, jenes, das das Schwert statt der Waage zeigt? Er hat mich angesteckt, beschließt Scalzi seinen Gedankengang. Wenn das keine theologische Spitzfindigkeit à la Rogati ist.

Endlich redet Idris, ohne daß man ihm jedes Wort einzeln aus der Nase ziehen muß.

Rauf – soviel er weiß, ist das sein richtiger Name, mit Familiennamen heißt er Kechrid, ist im Libanon geboren, in Baalbek – war einer seiner Mitarbeiter. Hier zögert Idris ein wenig, aber dann gibt er zu, daß Rauf mit ihm im Rahmen »gewisser geheimer Aktivitäten im Auftrag einer politisch-religiösen islamischen Gruppe« zusammengearbeitet hat. (Dieses Eingeständnis ruft einen Begeisterungssturm bei Guerracci hervor: »Siehst du, Corrado! Er ist endlich zur Vernunft gekommen!«) Rauf hatte ihn im Gefängnis besucht, bevor Fami Scalzi zu seinem Verteidiger bestellte, um zu fragen, was er mit den Briefen machen solle.

»Welchen Briefen?« fragt Scalzi.

»Den Briefen in dem Koffer.«

»Was hat denn Rauf damit zu tun?«

»Er hat insofern damit zu tun, daß er die Briefe in Händen hatte.« Idris schaut sich um, um sich zu vergewissern, daß keiner der Beamten der Eskorte im Raum ist und zuhört.

»Das ist ja ganz was Neues«, sagt Scalzi. »Rauf hatte die Briefe? Sie waren gar nicht in dem Koffer?«

»Er hat sie in den Koffer getan«, sagt Idris.

»Und obwohl es um einen so wichtigen Umstand geht«, knurrt Scalzi, »warten Sie ab, bis ein Zeuge seine Aussage gemacht und den Saal verlassen hat, bevor Sie mir davon berichten?«

»Corrado«, mischt Guerracci sich ein, »erlaubst du, daß ich weitermache?«

»Einen Moment«, Scalzi klammert sich an einen der Gitterstäbe, »jetzt werden Sie uns sicher gleich erzählen, daß Rauf diese verdammten Briefe geschrieben hat, das haben Sie doch vor, nicht?«

Idris schaut sich wieder um, er sieht sogar im Halbschatten des Käfigs nach. »Nein. Ich habe sie geschrieben.«

»Sie? Machen Sie Witze?«

»Ich mache keine Witze. Ich habe die Briefe in Ägypten geschrieben und sie mir dann selbst geschickt.«

»Hörst du, was er sagt, Guerracci?« Scalzi erstickt fast vor Wut. »Merkst du jetzt, was für Bären er seinen Verteidigern aufbindet? Er wird mir noch das Genick brechen, Amerigo, dieser Typ nimmt mich ununterbrochen auf den Arm.«

»Ganz ruhig«, Guerracci schiebt Scalzi behutsam etwas von dem Käfig weg. »Dieser Umstand ist doch erst jetzt zur Sprache gekommen, weil Signor Fami nicht wissen konnte, daß Rogatis Zeuge Yussef Soundso und Rauf ein und dieselbe Person sind.«

»Aber weißt du denn nicht, was er bis letzten Freitag behauptet hat? Dieser unsägliche Mensch hat sogar eine spontane Aussage zu Protokoll gegeben und gesagt, daß diese Briefe gar nicht existieren. Ich kann dieses Schlitzohr nicht mehr ertragen.«

Scalzi tritt einen Schritt zurück, entfernt sich vom Käfig und zündet sich eine Zigarette an.

»Also, Signor Fami«, Guerracci legt das Ohr an die Gitterstäbe wie ein Beichtvater, »jetzt erzählen Sie uns mal alles über diese Briefe und über Rauf. Aber bitte wirklich alles. Es ist unbedingt notwendig. Er hat ja nicht ganz unrecht, der Kollege …«

»Was heißt hier ›nicht ganz‹?« ereifert sich Scalzi.

»Okay. Du hast recht, Corrado. Aber laß mich nur machen, ja? Also, Idris? Klären Sie uns bitte auf. Ich frage Sie im Namen des allmächtigen und barmherzigen Gottes, so sagt man doch bei Ihnen …«

Fami fängt an zu wispern, und Scalzi legt ebenfalls ein Ohr an das Gitter. Gleichzeitig fängt er einen neugierigen Blick von Rogati auf, der sie beobachtet. Wer weiß, was er dafür geben würde zu erfahren, wovon sie reden, die beiden Beichtväter und ihr reuiger Sünder.

Die Briefe hat Idris Fami selbst geschrieben, sie mit dem Namen seiner Frau, Laila, unterzeichnet und an seine eigene Anschrift in Italien geschickt. »Avvocato Scalzi, wenn Sie bemerkt hätten, daß sie im Abstand von wenigen Tagen abgeschickt wurden …«

»Das habe ich bemerkt, natürlich habe ich das bemerkt«, sagt Scalzi, »aber es ist doch sinnlos, Ihnen irgendwelche Fragen zu stellen. Ihre Erklärungen verwirren mehr, als sie klarstellen. So wie jetzt …«

»Fang nicht wieder an, Corrado«, sagt Guerracci.

»Aber wenn Sie sie selbst geschrieben haben«, zischt Scalzi, »würden Sie uns dann bitte mal erklären, warum sie Unfug sind, mit dem Sie sich selbst belasten. Diese *amene*, die Ausgrabung, das stinkende Objekt, die Fliegen …«

»Das kann ich nicht sagen«, entgegnet Fami mit dem üblichen versteinerten Gesichtsausdruck.

»Ich kann nur noch hinzufügen, daß das Schicksal seine Finger im Spiel hatte. Die eigentliche Bedeutung der Briefe muß geheim bleiben. Das ist auch der Grund, weswegen ich gegen das Gutachten war, das Sie beantragt haben. Es darf auf gar keinen Fall die Aufmerksamkeit Dritter auf diese Briefe gelenkt werden. Der Staatsanwalt hat schon genug Wirbel darum gemacht. Das ist gegen meine Interessen. Mehr kann ich nicht sagen.«

»Die alte Leier. Ich wußte es«, sagt Scalzi.

»Dann verraten Sie uns wenigstens«, interveniert Guerracci, »wie sie in diesen verdammten Koffer in Terontola gekommen sind.«

»Bevor ich nach Ägypten gefahren bin, hatte ich Rauf gebeten, aus meinem italienischen Haus alle Dokumente zu holen und bis zu meiner Rückkehr aufzubewahren. Ich konnte ja nicht ahnen, daß Rauf der dreckige Verräter ist, als der er sich heute erwiesen hat.«

Scalzi wechselt einen Blick des Einverständnisses mit Guerracci. Was diesen Punkt betrifft, so wissen sie beide wenigstens einmal mehr als der unnahbare Idris. Mit dem Koffer hat Rauf nichts zu tun. Als Verräter hat er sich erst später erwiesen, wer weiß aus welchem Grund. Daran, daß Rogati den Koffer in die Finger gekriegt hat, ist das »Arschloch« schuld.

»Eines müssen wir aber noch wissen«, sagt Guerracci. »Sind Sie sicher, daß nicht doch Ihre ägyptische Frau die Briefe geschrieben hat?«

»Natürlich bin ich sicher«, bestätigt Idris entschlossen. »Ich habe Ihnen doch gesagt, daß ich sie geschrieben habe. Laila weiß nichts davon.«

»Das Gericht!« verkündet der Gerichtsdiener.

Während die Richter Platz nehmen, beratschlagen Scalzi und Guerracci fieberhaft.

»Hoffen wir mal, daß unser Freund nicht wieder die gleiche Nummer abzieht wie am Freitag und uns nicht widerspricht«, sagt Scalzi. »Den Antrag stellst du. Ich habe mich schon genug blamiert.«

Dann wendet er sich an Fami, den die Carabinieri zum Tisch der Verteidigung zurückbegleitet haben: »Signor Fami, hören sie gut zu, was Avvocato Guerracci in Kürze dem Gericht vorschlagen wird. Wenn Sie nicht einverstanden sind, dann entziehen Sie uns beiden das Mandat, ein für allemal und ohne zu zögern, in Ordnung? Wir sind jetzt an dem Punkt angelangt, an dem es kein Zurück mehr gibt.«

Guerracci richtet sich seine Robe und räuspert sich: »Herr Vorsitzender, ich bitte um das Wort. Ich möchte einen Antrag stellen.«

»Was für eine Art Antrag?« fragt Amelio.

»Einen Beweisantrag«, sagt Guerracci.

»Das wird ja hoffentlich kein Antrag auf ein Gutachten über diese Briefe sein. Das Gericht hat sich mit dieser Frage schon befaßt und sich eine Entscheidung vorbehalten.«

»Nein, Herr Vorsitzender. Es geht um die Briefe, nicht um ein Gutachten.«

»Dann sprechen Sie bitte.«

»Beim vorigen Verhandlungstermin«, beginnt Guerracci, »hat der Angeklagte eine spontane Aussage gemacht. Er hat bestritten, daß die Briefe von Laila Mubathashi, die dem Staatsanwalt zufolge die ägyptische Gattin des Angeklagten sein soll, sich in dem Koffer befanden, den die Polizei auf dem Bahnhof von Terontola beschlagnahmt hat. Diese Aussage können wir jetzt widerlegen. Vielleicht beruhte sie auch auf Unkenntnis des Angeklagten. Jedenfalls waren besagte Briefe in diesem Koffer, das ist eine Tatsache, die unmöglich bestritten werden kann. Die Verteidigung hat darüber hinaus nicht die Absicht, zu unterstellen, daß irgend jemand diese Briefe in den Koffer gelegt hat. Es ist weder meine Art noch die des Kollegen Scalzi, in einem Gerichtssaal solche Mutmaßungen zu äußern. Aber Idris Fami hat noch eine andere Aussage gemacht. Er hat gesagt, daß die Briefe nicht von seiner Frau geschrieben worden seien, so hat er sich ausgedrückt, und damit eine ganz neue Perspektive eröffnet. Der Autor dieser Schreiben ist also nicht die Person, die der Staatsanwalt genannt hat. Das bedeutet, bevor eine neue Übersetzung angeordnet wird, um den genauen Inhalt dieser Briefe zu erfahren, muß man prüfen, ob diese Dokumente nun von der Gattin stammen, oder von jemand anderem, der in welcher Verbindung auch immer zu dem Angeklagten steht –, und von wem. Andernfalls müssen diese Schreiben als Schriftstücke ungeklärter Provenienz behandelt werden, sie dürfen nicht Bestandteil der Prozeßakten sein, und das Gericht darf sie in keiner Weise berücksichtigen. Daher muß Laila Mubathashi als Zeugin vorgeladen, oder aber die Dokumente müssen herausgenommen werden. Das ist mein Antrag.«

Guerracci setzt sich. Er hat sehr konzentriert gesprochen und immer wieder auf seinen Notizzettel geschaut. Unter dem Bart ist sein Gesicht gerötet. Er wirft Scalzi einen unsicheren, fragenden Blick zu. Scalzi antwortet mit einem Lächeln und einem Augenzwinkern. Während Guerraccis Rede hat Amelio ein paarmal genickt, obwohl er dabei den Mund verzogen hat.

»Was sagt der Staatsanwalt dazu?«

Rogati steht auf und antwortet verbittert: »Die Staatsanwaltschaft hat sich diese Frage selbstverständlich auch schon gestellt. Ich habe mehrmals versucht, Laila Mubathashi vorzuladen. Aber über die italienische Botschaft in Ägypten hat die Dame uns wissen lassen, daß sie nicht bereit ist, nach Italien zu kommen. Wir haben auch keine Möglichkeit, sie dazu zu zwingen. Es ist völlig zwecklos, daß das Gericht einen weiteren Versuch unternimmt, der von vornherein zum Scheitern verurteilt wäre. Ich erkenne jedoch an, daß in diesem Fall die Verteidigung recht hat: Angesichts des Verhaltens des Angeklagten ist es notwendig, die Provenienz dieser Briefe zu überprüfen. Es bleibt uns daher nichts anderes übrig, als ein internationales Rechtshilfeersuchen auf diplomatischem Wege anzuordnen. Ich fürchte, das Gericht wird sich nach Ägypten begeben müssen, um Signora Mubathashi als Zeugin zu vernehmen.«

»Das fürchte ich auch«, brummt der Vorsitzende. »Soviel ich weiß, ist es Ende Juli ziemlich heiß in Ägypten.«

»Nicht sehr«, sagt Rogati, »jedenfalls nicht in Alexandria. In Reiseführern wird das Klima in der Gegend um Alexandria immer als angenehmes Mittelmeerklima beschrieben.«

»Na, hoffentlich ist auf diese Reiseführer auch Verlaß.« Amelio läßt den Kopf sinken.

Nach zehn Minuten im Beratungszimmer ordnet das Gericht das internationale Rechtshilfeersuchen an. Der Vorsitzende Amelio, der beisitzende Richter Grandi und einer der Schöffen, die Lehrerin Adelina Barbagli, werden nach Ägypten reisen.

»Sehr schön«, flüstert Scalzi, »eine Sonnenbrille hat sie ja wenigstens schon.«

Den Verteidigern, fügt der Vorsitzende hinzu, stehe es frei, an der Vernehmung der Zeugin Mubathashi teilzunehmen, natürlich nur, wenn sie auf eigene Kosten reisen.

Vierter Teil

40
Der Park von Montazah

Im Taxi, das sie vom Flughafen zum Hotel bringt, reibt Guerracci sich ständig die Augen. Sie sind um sieben Uhr abends gelandet, die Sonne geht gerade unter. Der Transfer dauert ziemlich lange, der Taxifahrer hat gesagt, daß es mindestens zehn Kilometer sind. Man muß durch die ganze Stadt fahren, am Meer entlang, von einem Ende zum anderen.

Am äußersten Ende der Bucht scheint eine Flotte im Begriff zur Ausfahrt zu sein. Die Hafengebäude spiegeln sich vibrierend im Wasser. Die Strandpromenade ist kein Park, dort steht nicht ein einziger Baum. Die ganze Küste ist eine ununterbrochene Reihe von Häusern, weißlich, grau oder in schmutzigem Ocker. Vor dem Hintergrund eines rosafarbenen Himmels heben sich die horizontalen Linien verfallener Balkons ab, wellenförmig verschobene Fensterrahmen und Friese, die mit den Wänden verschmelzen, zerschlissen wie alte Spitzen. Guerracci befürchtet, er hat sich in den Augen ein Virus geholt.

Guerracci und Scalzi steigen vor dem Hotel Sheraton Montazah aus dem Wagen und gehen zu Fuß die Rampe zum Eingang hoch.

Es weht ein heftiger, böiger Wind, der rötlichen Staub aufwirbelt. Dieser Staub setzt sich zwischen die Zähne, auf die Lider, zwischen Finger und Zehen, er legt sich vor die Augen und verschleiert die Sicht, wie ein falsches Brillenglas. Es ist, als würde man langsam erblinden.

Abgesehen von dem Hotel, einem Hochhaus, das erst vor kurzem errichtet worden sein kann, ist der Putz an den

Wänden der Gebäude entlang der Uferstraße, die ständig dem Wind ausgesetzt sind, von einer krätzeartigen Krankheit befallen.

Guerracci und Scalzi verabschieden sich und suchen ihre jeweiligen Zimmer auf. Sie haben beschlossen, auf das Abendessen zu verzichten. Im Flugzeug wurde ein Tablett mit den üblichen zellophanverpackten Speisen gereicht, die fröhliche Farben und merkwürdige Bezeichnungen haben – Lachs, russischer Salat, Plumcake –, aber alle identisch nach Plastik schmecken. Guerracci hat die Aufgabe übernommen, für den nächsten Morgen ein Taxi zu bestellen. Die Verhandlung wird in einem Gericht im Stadtviertel Attarin stattfinden, der Staatsanwalt Selim Alwan erwartet die Richter, den Vertreter der Anklage und die Verteidiger um neun.

Guerracci tritt auf den Balkon. Sein Zimmer befindet sich im zwölften Stockwerk des Hotels. Das Sheraton steht an der äußersten Spitze der Bucht, eine Seite geht auf den Park und das Schloß von Montazah, die ehemalige Sommerresidenz des sagenumwobenen Königs Faruk. Auf der anderen Seite beherrscht das Hotel mit seinen achtzehn Stockwerken den Halbkreis der Bucht; sie verschwimmt am Horizont in einem rosafarbenen Dunst, in dem sich Himmel, Meer und irdische Konstruktionen auflösen.

Das Sonnenlicht wird immer schwächer und färbt sich rötlich. Auf der Seite des Parks von Montazah, am Rande eines kleinen Strandes – nicht mehr als ein Sandhäufchen – schwanken die Kronen einiger Pinien, von der Salzluft ausgedörrte, zerzauste Schöpfe, im Wind. Auf der anderen Seite schaukelt die Stadt scheinbar schwerelos über den Wellen. Die ganze Anlage, der Park mit seiner zinnengekrönten Mauer, die Palmen, die sich im Wind biegen und das Licht der untergehenden Sonne reflektieren, und jenseits der Mauer die schachbrettartig angelegten Wege mit ihren geometrisch geschnittenen Hecken, erinnert an das von Renaissance-Humanisten ersonnene Idealtheater, in dem die historischen Ereignisse ihre Ordnung fanden.

Auf dem Gehweg, der am Park entlangführt, steht eine mollige kleine, schwarzgekleidete Frau, die aus dieser Höhe so platt erscheint wie eine Küchenschabe. Das könnte Verena Mammoli sein, die auf ein *Mashrua*-Taxi wartet, um an einen unbekannten Ort zu fliehen. Der große, kräftige Mann, der die Straße überquert und zu ihr hinübergeht, könnte Idris Fami sein und der Park ein Ort, in dem vielleicht interessante Hinweise zu finden sind. Vielleicht ist hier die Zeit stehengeblieben und hat nicht nur die Spuren, sondern auch die Ereignisse selbst bewahrt, die nun von neuem ihren Lauf nehmen.

Abgesehen von der Frau und dem Mann sind die Straßen, die das Hotelhochhaus umgeben, wie ausgestorben. Es ist Ramadan, und um diese Uhrzeit sind die Leute alle zu Hause, um das Fasten zu brechen.

Guerracci öffnet die Minibar, dann schließt er die Tür wieder. Im Flugzeug hat er schon den von der Stewardeß angebotenen Champagner getrunken, und Scalzi hat ihm einen Blick von der Seite zugeworfen, als er das zweite Glas hinunterkippte. Corrado hat sich als Freund erwiesen, er hat ihn zu seinem Mitverteidiger in einem wichtigen Fall gemacht; diesen Fall müssen sie unter allen Umständen gewinnen. Also, diesmal keine Sauftouren, keine Abenteuer. Eine Dusche, und dann gleich ins Bett, morgen wird ein schwerer Tag, morgen entscheidet sich der Prozeß. Er schließt die Balkontür, damit die Klimaanlage wieder eine erträgliche Temperatur im Zimmer erzeugen kann.

Der Park wirkt irgendwie europäisch. Neben dem Eingangstor steht ein Schilderhäuschen und davor ein bewaffneter Soldat. In einem der Briefe der ägyptischen Gattin steht, daß die Leiche in der Nähe des Hauses von Ovasan begraben gewesen sei. Laut Reiseführer ist Ovasan ein Feriendorf im Innern des Parks. Es ist unwahrscheinlich, daß

Fami oder wer auch immer einen so gepflegten, ja bewachten Ort gewählt haben soll, um dort eine Leiche zu vergraben.

Im Reiseführer hat er auch gelesen, daß der Sitz des Exkönigs heute ausländischen Diplomaten als Sommerresidenz dient. Dem müßte man mal auf den Grund gehen. Vielleicht sollte man Fotos von den asphaltierten Alleen und den überaus gepflegten Hecken machen (im Park soll es außerdem einen wundervollen Magnolienhain geben, steht im Führer), auch von dem durch das Militär bewachten Eingangstor. Doch warum sollte er nicht einfach hinuntergehen? Es sind nur wenige hundert Meter, ein kleiner Spaziergang würde ihm helfen, einen klaren Kopf zu kriegen, und vielleicht kann er dabei die eine oder andere interessante Beobachtung machen.

Guerracci leert das Glas. Wieso hat er plötzlich ein Glas in der Hand, und warum sind die beiden kleinen Whiskyflaschen leer? Manche Automatismen verheißen nichts Gutes. Seine Kehle ist trocken: es muß am Wind und am Wüstenstaub liegen, der zwischen den Zähnen knirscht …

Guerracci öffnet von neuem die Minibar, gießt den Inhalt zweier weiterer Mignonflaschen ins Glas und trinkt es in einem Zug aus. Dann wuchtet er den Koffer aufs Bett, öffnet ihn und holt eine Styroporschachtel hervor, die in ein Handtuch eingewickelt ist. Darin befindet sich eine Beretta Kaliber zweiundzwanzig. Er steckt sie in die Tasche und geht zum Lift.

Ein kleines Schlößchen im maurischen Stil unterbricht den Mauerring. Guerracci überquert seinen Hof und gelangt zum Eingangstor des Parks. Die Wache vor dem Schilderhäuschen beobachtet ihn interessiert.

Es wird langsam dämmerig, die Parkwege sind menschenleer, im Schatten der Palmen und der Eukalyptusbäume ist es schon sehr dunkel. In großen Abständen stehen gelbe Glaskugeln auf gußeisernen Pfählen und verbreiten Kreise milden Lichts.

Das dichte grüne Dämmerlicht unter den Bäumen und der schwere, niedrige Himmel darüber, mit einem Wolkenfetzen, der von angetrocknetem Blut befleckt zu sein scheint, erzeugen eine unheimliche Atmosphäre. Gar kein so unpassender Ort, um eine Leiche zu verstecken, denkt Guerracci.

Er dringt weiter ins Innere des Parks vor, folgt dabei der leicht ansteigenden Hauptallee, die zu einem beeindrukkenden Gebäude führt, mit Fialen, Wasserspeiern und zinnenbewehrten Türmchen, die über die Bäume lugen, ein Mischmasch gotischer und maurischer Stilelemente aus Tausendundeiner Nacht.

Eine Hecke umgibt einen Garten voller Pflanzen, dahinter erhebt sich das Schloß mit seinen Biforenfenstern, kein einziges davon erleuchtet. Das muß die Sommerresidenz von König Faruk sein, dem korrupten Genußmenschen, der in der Nachkriegszeit die Seiten der Regenbogenpresse mit seinen Gaunereien, seinem Harem mit den unzähligen gefangenen Geliebten und seinen Affären mit berühmten Sängerinnen und Schauspielerinnen gefüllt hat.

Hier ist es völlig windstill. Je weiter er die leichte Anhöhe hinaufsteigt, desto mehr weicht der böige Meereswind mit seinem Salzgeruch einer drückenden, von Jasminduft geschwängerten Schwüle.

Ein riesiger, jahrhundertealter Ficus bricht die Dunkelheit des Gartens mit dem hellen Grau seiner ineinander verschlungenen Zweige, verdreht wie die Windungen eines geheimnisvollen Labyrinths, erstarrt wie durch einen Zauber.

Aus dem Schatten der Allee tritt plötzlich ein Mann an Guerraccis Seite. Weißes Hemd, schwarze Hose, dunkler Teint; seine Stimme scheint aus dem hellen Fleck seines Hemdes zu kommen, das einzige, was sich in der Dunkelheit bewegt.

»Do you want a car?«

Guerracci lehnt ab. Der Mann schlägt eine Rundfahrt durch die Altstadt vor: »In the taxi very comfortable. Very, very beautiful: the Ramadan break in the old town. All the people eat in the road. They make fires. Much animation. Very interesting. Beautiful girls.«

Abgesehen vom letzten Satz hat Guerracci so gut wie nichts verstanden. Er kann nicht besonders gut Englisch, und er hat den Eindruck, daß der Mann mit einem merkwürdigen Akzent spricht. Er zuckt die Schultern und macht eine ablehnende Handbewegung.

»You french? … American? … Usted es español? … Oh, Italiener!« ruft der Mann und breitet die Arme aus, wie um ihn zu umarmen, nachdem Guerracci zustimmend genickt hat. »Sehr gut, Italiener! Ich spreche Italienisch! Ich Italien kenne. Sind Sie Richter?«

»Richter?«

»Sie wohnen in Sheraton Hotel? Italienische Richter im Sheraton Montazah: strenge Richter, sehr geheime italienische Richter …«

Man hört das schrille Pfeifen eines Lautsprechers, wie ein überirdisches Signal, dann ertönt die Stimme des Muezzins. Der Mann wendet Guerracci den Rücken zu und bleibt regungslos mit gesenktem Kopf stehen. Die Litanei legt sich über den Park wie die Wolke, die jetzt nicht mehr scharlachrot, sondern preußischblau ist. Der Mann wendet sich wieder um, sein Gesicht liegt im Schatten, die Zähne leuchten noch heller als das weiße Hemd. Er lächelt und deutet auf die Spitze des Minaretts: »Muezzin betet. Er sagt: ›Die Allmacht des Herrn sei gelobt, der Erhabene, der Einzige, der Wahrhaftige, der Höchste. Ich lobe die Allmacht des Herrn, des Einzigen, des Wahrhaftigen: die Allmacht dessen, der sich weder einem Mann noch einer Frau hingibt und der keinen anderen neben sich hat, weder Stellvertreter noch Nachfolger. Seine Allmacht sei gepriesen.‹«

Dafür, daß er Taxifahrer ist, kann er ganz schön schnell übersetzen. Er hat »Stellvertreter« und »Nachfolger« gesagt, ohne überlegen zu müssen, mit dem angeberischen Ton eines Intellektuellen.

»Wer sind Sie?« sagt Guerracci barsch.

»Gestatten Sie?« Der Mann streckt ihm die Hand entgegen, aber Guerracci reagiert nicht. »Abbas al-Helwu, Taxifahrer, sehr guter Chauffeur.«

Blitzschnell hat er wieder seinen komischen Akzent angenommen, doch seine Eitelkeit hat ihn längst verraten.

»Von wegen Taxifahrer«, sagt Guerracci. »Was wollen Sie?«

»Sie von der italienischen Polizei?«

Guerracci dreht sich um und will ins Hotel zurückgehen. Der Eingang mit dem Wachtposten ist mindestens zwei Kilometer entfernt. Er hat gar nicht bemerkt, daß er so weit gelaufen ist. Mit einem Schlag ist es stockdunkel geworden, der Schein der gelben Lampen erinnert an ewige Lichter auf einem Friedhof. Eine Zeitlang vernimmt er nur seine eigenen Schritte, er rennt so schnell, daß es ihm schon fast peinlich ist. Das ist das einzige Geräusch in der Totenstille des Parks. Dann hört Guerracci, daß der Mann ihm nachläuft.

Er hält an, dreht sich um, und sie stehen sich gegenüber, beide ein bißchen außer Atem.

»Also, was wollen Sie?«

»Sie sind Anwalt, nicht wahr? Der Anwalt von Idris Fami.«

»Mach, daß du wegkommst«, sagt Guerracci.

Mit der einen Hand packt er den Mann am Hemdkragen, während er mit der anderen, um sich Mut zu machen, in die Hosentasche langt und den Griff der Beretta berührt.

Der Mann lächelt einfältig und beugt sich ein wenig nach hinten, als ob er fliehen wolle.

»Ich bin ein Freund, ein Freund«, murmelt er, »hundert

Prozent, ich bin auch hundert Prozent ein Freund von Idris Fami. Ich stehe zu Ihrer Verfügung …«

Er hat lange klopfen müssen, bis Scalzi endlich die Tür aufmacht, im Pyjama und mit schlaftrunkenen Augen. Er erzählt ihm von der Begegnung im Park.

»Wir haben abgemacht, daß er mich morgen früh um acht Uhr anruft«, schließt Guerracci seinen Bericht. »Ich wollte nur wissen, ob du damit einverstanden bist. Ein Auto brauchen wir so oder so, nicht wahr? Und ein Führer…«

»Es wäre besser, du würdest ihn zum Teufel schicken«, sagt Scalzi. »Taxifahrer ist er mit Sicherheit nicht, das hast ja sogar du bemerkt. Und die Art und Weise, wie er sich an dich herangemacht hat, ist verdächtig. Ich glaube, er hat uns seit dem Flughafen verfolgt.«

»Das kann sein. Er ist im höchsten Maße verdächtig, das bestreite ich nicht. Aber er hat gesagt, er hätte Informationen über die ›Dame‹. ›Welche Dame?‹ habe ich gefragt. ›Die Dame, die verschwunden ist‹, hat er geantwortet. Ich denke, wir sollten der Sache nachgehen. Ich behaupte ja nicht, daß das völlig ohne Risiko ist. Aber, Corrado, wer nichts wagt … Wir sind zu zweit, und ich habe zur Bedingung gemacht, daß er allein kommt. Und für den Fall der Fälle haben wir auch noch das hier. Ich war schon drauf und dran, sie ihm unter die Nase zu halten.« Guerracci holt die Beretta aus der Tasche und hält sie Scalzi hin.

»Aber …«, Scalzi ist völlig schockiert, »ist die echt?«

»Natürlich ist die echt«, grinst Guerracci. »Es ist zwar nur eine Kaliber zweiundzwanzig, aber wirklich ein Juwel. Neun Schuß, und wenn man damit umzugehen versteht, ist jeder Schuß ein Treffer.«

»Und du … du hast sie einfach mitgenommen … Wie bist du denn durch die Kontrollen am Flughafen gekommen?«

»Da habe ich so meine Tricks …«

»Du willst doch wohl morgen nicht mit diesem Ding ins Gericht gehen?«

»Es ist alles in Ordnung, Corrado, ich habe einen Waffenschein.«

»Guerracci, du bist betrunken, wie üblich. Wir sind hier in Ägypten. Hier herrscht der dauernde Ausnahmezustand. Wenn sie die Waffe finden, stecken sie dich ins Gefängnis und werfen den Schlüssel weg. Machst du dir das eigentlich klar? Du bist wirklich total durchgeknallt.«

»Artuso hat sie mir mitgegeben. Mit einem hochoffiziellen Waffenschein. Er hatte noch eine zweite für dich, aber ich habe ihm gesagt, daß du nicht der Typ dafür bist, daß du Waffen noch weniger ausstehen kannst als Autos.«

»Ihr seid beide total durchgeknallt, du und Artuso. Amerigo, ich entziehe dir das Mandat.«

»Das ist mir total gleichgültig.« Guerracci steckt die Pistole wieder in die Tasche. »Idris Fami hat mich persönlich zu seinem Verteidiger bestellt. Eine unauflösliche berufliche Verbindung.«

41
Die ägyptische Ehefrau

Der olivgrüne Militärlaster kommt langsam näher. Der Wagen bleibt auf der linken Spur, vor einem Kilometer ist er ausgeschert und seitdem nicht wieder nach rechts gegangen. Der Laster stößt ein kurzes Kläffen aus, es klingt wie eine verwunderte Frage. Für den Fahrer ihres Wagens scheint es eine Frage der Ehre zu sein, auf der linken Spur zu bleiben. Scalzi, der vorne sitzt, beugt sich hinüber, greift nach dem Lenkrad und zieht es mit einem Ruck nach rechts. Das Auto gerät ins Schleudern, als der Laster es streift, und schlingert mehrmals hin und her. Dann bremst der Fahrer und hält an der Bordsteinkante.

»I am the driver!« brüllt er und schlägt mit beiden Fäusten auf das Lenkrad.

»Er hat recht«, sagt Guerracci lethargisch vom Rücksitz, »der Fahrer ist er.«

»Von wegen!« schreit Scalzi. »Der bringt uns noch ins Grab, der hat vom Fahren keine Ahnung!«

Der Chauffeur schüttelt den Kopf und fährt weiter, wobei er wütende Bemerkungen und kehlige Geräusche in seinen Bart brummelt.

Was das für ein Wagen sein soll, ist nicht auszumachen. Auf jeden Fall ist er sehr alt und ein amerikanisches Modell, vielleicht ein Buick, aber er ist so verrostet, daß es auch jede andere Marke sein könnte. Die Rückscheibe besteht aus Packpapier und Klebeband, die Windschutzscheibe ist mit klirrenden Kettchen und baumelnden Girlanden verhängt sowie mit dem Foto einer Bauchtänzerin. Der Chauffeur ist gezwungen, sich hinter dem Steuer zu ducken, wenn er etwas sehen will.

Sie fahren von der Uferstraße ab und kommen auf einen nichtasphaltierten kleinen Platz, den ein Mittelstreifen teilt. Dort wirbelt ein Windstoß Staub und einen Mückenschwarm über einem Müllhaufen durcheinander. Der Fahrer fährt mit der Stoßstange in den Müllhaufen, parkt den Wagen auf dem Mittelstreifen und macht den Motor aus.

»Nur ein paar Schritte«, sagt er.

Die Straße hat die Form eines Eselsrückens, auf der einen Seite fällt sie jedoch tiefer und steiler ab als auf der anderen, bis zu einer Reihe weißer Häuser, in deren Mitte sich die Tür einer überfüllten Taverne öffnet. Fast alle Kunden tragen die *gabliah*, hier und da sieht man aber auch graue Anzüge, weiße Hemden und schwarze Krawatten. Ein alter Mann kommt aus der Taverne und überquert torkelnd die Straße, wobei er über Haufen von Unrat steigen muß, die überall verstreut liegen. Er geht auf das Gebäude vor ihnen zu, das höchste in dieser Straße; sein Putz bröckelt ab und gibt große Flecken grauen Mauerwerks frei. Aus der Fassade ragen Balkongeländer, geschwungen wie Fragezeichen, Buchstaben eines nicht zu entziffernden Alphabets. Wenige Meter vom Eingang des hohen Gebäudes entfernt – das sei das Gericht, hat der Fahrer gesagt – ist der Gestank nach Urin so stechend, daß einem die Augen tränen.

Scalzi deutet auf einen Wachtposten, der seinen Pistolengürtel wie ein Cowboy um die Hüfte geschlungen hat. Er hat den Alten aus der Taverne aufgehalten, bevor dieser die Schwelle übertreten konnte, und jetzt durchsucht er ihn, indem er seine Hände an beiden Seiten des Körpers und an den Innenseiten der Beine entlanggleiten läßt.

»Sieh zu, daß du dieses Ding loswirst, zum Teufel!« zischt Scalzi.

Guerracci geht zum Auto zurück. Auf dem Mittelstreifen steht ein Baum mit einem Steinhaufen daneben. Scalzi wartet mitten auf der Straße auf ihn, und auch der Fahrer beobachtet, was Guerracci vorhat. Sie sehen, wie er sich hinhockt und ein paar Steine aufnimmt.

»Was macht Ihr Freund da?« fragt der Chauffeur.

»Er hat wohl etwas verloren«, antwortet Scalzi in nichtssagendem Ton.

»Alles klar«, grinst Guerracci, als er zu den beiden zurückkommt. »Wir können gehen.«

Der Fahrer betritt das Gebäude und bedeutet ihnen, ihm zu folgen.

»Gar nichts ist klar«, sagt Scalzi. »Du bist wirklich unverantwortlich, Amerigo.«

Jetzt irren sie schon seit über eine Viertelstunde ziellos umher. Scalzi wirft einen Blick auf die Uhr: es ist halb zehn. Er tippt dem Fahrer auf die Schulter, der eine weitere der zahllosen Treppen hinaufsteigt. »Wollten Sie uns nicht führen? Ich glaube, Sie kennen sich genausowenig aus wie wir.«

In den Ecken des Treppenhauses liegen meterhohe Müllhaufen. Der Handlauf ist schwärzlich, dreckverkrustet. Alles ist in braunes Dämmerlicht getaucht. Der Uringestank und die Hitze sind unerträglich.

Sie gehen eine Balustrade entlang, die um einen Hof herumführt. Unten steht eine graue, flüsternde Menge. Es könnte ein Markt sein. Hinter wackligen, von Böcken gestützten Tischen sitzen Männer und kritzeln auf winzige Zettel, die dann von Hand zu Hand gehen.

»Verhandlungssaal«, sagt der Fahrer und deutet nach unten.

Die Gefangenen auf einer Bank an der Wand eines Korridors sind durch Ketten miteinander verbunden. Fast alle rauchen, und die Fesseln klirren jedesmal, wenn einer die Zigarette zum Mund führt. Die Wachen stehen an die gegenüberliegende Wand gelehnt und rauchen ebenfalls. In der Mitte bleibt ein enger Durchgang frei. Die Gefangenen senken ihre Augen, als zwei schwarzgekleidete Frauen Hand in Hand vorbeigehen. In diesem Flur riecht es nach einer Mischung aus Schweiß und starkem Tabak. Aus den langen Röcken der Frauen steigt kaum wahrnehmbar ein Duft nach welkem Jasmin, so zart, daß man meinen könnte, man habe ihn nur geträumt.

Sie kommen in einen etwas gepflegteren Flügel. Von einem großen, quadratischen Vorraum gehen mehrere Türen ab. Eine Gruppe Menschen, Männer und Frauen, drängelt sich auf der Schwelle vor dem Eingang. Der Fahrer bleibt unvermittelt stehen und blickt mit schreckgeweiteten Augen auf einen Mann, der vor einer der Türen steht.

»Das Büro von Doktor Alwan ist dort«, sagt er halblaut. »Ich warte im Wagen auf Sie.«

Eine schnelle Kehrtwendung, und er verschwindet in der Menschenmenge. Scalzi bemerkt einen knochigen, hochaufgeschossenen Typ in schwarzer Kleidung, mit schwarzer Krawatte und schwarzer Sonnenbrille, der dem Fahrer nachschaut und dann auf sie zukommt. Der Mann stellt ihnen unwirsch einige Fragen auf arabisch und sucht dabei mit den Augen die Menge ab, in der der Fahrer verschwunden ist.

Scalzi zeigt das Fax von Staatsanwalt Alwan mit der Vorladung. Der Mann zögert einen Augenblick, dann macht er ihnen ein Zeichen, ihm zu folgen. Er öffnet die Tür zu einem Büro, tritt ein und schließt sie hinter sich. Aber er ist auch sofort wieder da und hält ihnen die Tür auf.

Der Raum liegt im Halbdunkel, die Jalousien sind heruntergelassen, und die Lampe auf dem Schreibtisch brennt nicht. Die Flügel eines Ventilators drehen sich langsam an der Decke und knacken bei jeder Runde. Abgesehen von dem Geräusch des Ventilators und einzelnen Worten eines sehr ernsten jungen Mannes in dunkler Jacke und Krawatte, der hinter dem Schreibtisch sitzt und telefoniert, herrscht bedrückende Stille. Scalzi hat den Eindruck, das Zimmer eines Schwerkranken betreten zu haben.

Der Vorsitzende Amelio, der beisitzende Richter Grandi und die Schöffin Barbagli sitzen auf einem Sofa an der Wand, im Halbdunkel kaum zu erkennen. Alle drei grüßen mit einem Kopfnicken. Amelio lächelt merkwürdig, ironisch und amüsiert zugleich. Sie scheinen sich unbehaglich zu fühlen, wie ungebetene Gäste, die überraschend vorbeigekommen sind.

Das Sofa steht ein paar Meter vom Schreibtisch des Staatsanwalts entfernt. Der junge Mann am Telefon muß Alwan sein. Der Raum ist groß, fast so groß wie ein Verhandlungssaal, aber völlig kahl. Die Einrichtung besteht lediglich aus dem Schreibtisch, dem Sofa, drei Holzstühlen und zwei roten Stühlen aus geflochtenem Plastikband, wie sie in manchen Bars zu finden sind. Auf einem dieser Stühle, seitlich des Schreibtischs, hat Rogati Platz genommen, auf dem anderen sitzt ein hübsches Mädchen. Sie hat kurze Haare, die naß wirken, als ob sie gerade aus der Dusche gekommen wäre. Das Mädchen flüstert Rogati etwas ins Ohr und beugt sich dabei zur Seite. Man kann ihr in den Ausschnitt gucken und zwei kleine, feste Brüste sehen. Rogati lauscht ihr mit geschlossenen Augen. Er ist blaß und mager, er macht einen leidenden Eindruck.

Staatsanwalt Alwan legt leise den Hörer des altmodischen Telefons auf die Gabel und sagt mit gesenkter Stimme einige Worte. Das Mädchen flüstert heftiger. Rogati dreht sich zu Scalzi und Guerracci um. »Ah, da sind ja die Verteidiger, wir sind vollzählig.« Und er grüßt mit einem Kopfnikken. »In Absprache mit seinem Vorgesetzten hat Dottor Alwan gestattet, daß wir zugegen sein dürfen, aber wir sind gebeten, uns in keiner Weise einzumischen, weder Fragen zu stellen noch Kommentare abzugeben. Die Dolmetscherin darf sich Notizen machen, aber auch sie muß schweigen. Die Vernehmung wird auf arabisch geführt, ohne konsekutive Übersetzung. Hinterher wird ein Protokoll in beiden Sprachen erstellt, auf arabisch und italienisch. Haben die Herren Verteidiger verstanden? Wenn Sie auch nur ein Wort sagen, wird der Staatsanwalt die Vernehmung abbrechen, und wir können alle nach Hause fahren.«

»Dann hätte er uns auch ein Fax schicken können«, meint Amelio und fügt ironisch hinzu: »Dottor Rogati, sagen Sie Ihrem Kollegen, daß wir, wenn er die Zeugin zu sehr ausquetscht, unsererseits diesen gastlichen Ort verlassen werden.«

Alwan sieht das Mädchen fragend an.

»Nein, nein, übersetzen Sie nicht«, beeilt Rogati sich zu sagen, »Dottor Amelio hat nur einen Scherz gemacht.«

Alwan setzt sich und macht eine Handbewegung. Hinter ihm bewegt sich ein Mann, der bis zu diesem Augenblick reglos und unsichtbar an der Wand gestanden hat. Auch er ist, wie der Mann im Vorraum, ganz in Schwarz gekleidet. Der Mann geht hinaus und schließt vorsichtig hinter sich die Tür. Ein paar Minuten lang hört man nur das Rascheln von Papieren auf dem Schreibtisch und in regelmäßigen Abständen das Knacken des Ventilators. Alwan, die italienischen Richter, Rogati und Guerracci wirken in diesem Krankenzimmer wie Gespenster. Die Lehrerin Barbagli sieht nicht ganz gesund aus, sie stützt sich mit den Ellbogen auf den Knien ab und hat die Hände an die Schläfen gelegt. Ihre Brille ist noch dunkler als die, die sie bei der Verhandlung trug, aber man kann ahnen, daß sie die Lider geschlossen hat, als ob sie schreckliche Kopfschmerzen hätte. Sie hat die Lippen so fest zusammengepreßt, daß sich lauter winzige Fältchen bilden.

Lautlos ist Laila Mubathashi in den Raum getreten, ohne zu grüßen und ohne auch nur das geringste Geräusch zu machen. Scalzi hat sich entspannt, vielleicht ist er sogar ein wenig eingedöst. Er sieht sie erst, als sie sich auf den einzigen freien Platz vor dem Schreibtisch setzt. Sie ist groß, hat breite Hüften und trägt ein graues Kleid mit knöchellangem Rock. Der Tschador läßt sie aussehen wie eine Frau vom Lande. Sie wendet den Kopf zur Seite und zeigt ein kindliches, blasses Gesicht. Ihre Hände liegen im Schoß und halten eine große Stofftasche mit knallrotem Rosenmuster, der einzige Farbtupfer.

Staatsanwalt Alwan verhört sie mit gesenkter Stimme, ohne sie anzusehen, seine Augen hat er auf die gegenüberliegende Wand geheftet, die fast in ihrer ganzen Breite von einer Schriftrolle mit arabischen Zeichen eingenommen wird; vielleicht ist es eine Sure aus dem Koran.

Die Frau antwortet leise, nach langem Zögern, als ob sie die Fragen erst verdauen müsse, bevor sie etwas erwidern kann. Sie stößt kurze, einsilbige Wörter hervor. Die Dolmetscherin hat ihr Notizbuch auf eine Ecke des Schreibtischs gelegt und schreibt fieberhaft. Rogatis Blick ist auf ihre Aufzeichnungen geheftet.

Scalzi nimmt seinen Stuhl und setzt sich auf die andere Seite der Dolmetscherin. Auch er schaut auf ihre Notizen: Sie hat die Personalien aufgeschrieben, Geburtsdatum und -ort. Laila Mubathashi hat Idris Fami 1977 geheiratet, sie haben einen neunjährigen Sohn namens Kamil. Sie ist nicht berufstätig, sie kümmert sich zu Hause um ihren Jungen.

Plötzlich steht Signora Barbagli vom Sofa auf, geht auf die Dolmetscherin zu und flüstert ihr etwas ins Ohr. Das Mädchen macht ein besorgtes Gesicht und sagt etwas zum Staatsanwalt, der zustimmend nickt und auf den schwarzen Beamten deutet.

»Er wird Sie begleiten, Signora«, sagt die Dolmetscherin.

Guerracci nutzt die Pause, um seinen Stuhl neben den Scalzis zu rücken.

»Tutanchamuns Rache«, flüstert er.

Scalzi grinst. Die Lehrerin kommt etwas fassungslos zurück. Sie hat ihre Brille abgenommen und hält sie in den Händen. Sie wirft dem Vorsitzenden einen vorwurfsvollen Blick zu, der mit einem versöhnlichen Lächeln antwortet und ihr Platz auf dem Sofa macht, viel mehr, als nötig wäre.

Die Befragung geht weiter. Alwan breitet Fotokopien der Briefe auf dem Tisch aus und zeigt sie Laila Mubathashi. Scalzi registiert, daß die Zeugin nur einen kurzen Blick darauf wirft, als wüßte sie schon, worum es sich handelt. Auch Alwans geflüsterte Frage klingt so, als stellte er sie nicht zum ersten Mal.

Die Dolmetscherin notiert Fragen und Antworten. Scalzi schaut ihr über die Schulter, und es gelingt ihm mitzulesen. Sie schreibt deutlich, in großen Druckbuchstaben.

»Haben Sie diese Briefe geschrieben?«

»Ja.«

»Wann haben Sie sie geschrieben?«

»Ich weiß nicht mehr.«

»Wo haben Sie sie abgeschickt?«

»Hier, in Alexandria.«

»An wen?«

»An meinen Mann. An Idris Fami.«

»Wohin haben Sie sie geschickt?«

»Nach Italien.«

»Sehen Sie sie bitte genau an.«

Laila wirft einen flüchtigen Blick auf die ausgebreiteten Schriftstücke und blättert sie schnell durch. Es ist offensichtlich, daß sie sie nicht liest.

»Was haben Sie Ihrem Mann geschrieben?«

»Neuigkeiten.«

»Was für Neuigkeiten.«

»Über das Haus ... über unseren Sohn.«

»Und sonst nichts?«

»Ich weiß nicht mehr.«

Als ob ihn diese Bewegung unsägliche Mühe kosten

würde, nimmt Alwan die Blätter auf und legt sie vor sich hin.

»Kannten Sie Verena Mammoli?«

»Nein.«

»Sie sind ihr nie begegnet?«

»Nein.«

»Wußten Sie, daß Verena Mammoli hier war, in Alexandria?«

»Nein, das wußte ich nicht.«

»In diesem Brief ist von etwas die Rede, das vergraben worden ist. Haben Sie das geschrieben?«

»Die Briefe, die ich hier sehe, habe ich geschrieben.«

»Was ist da vergraben worden?«

»Das weiß ich nicht mehr, ich kann mich nicht erinnern.«

»Versuchen Sie sich zu erinnern.«

»Es ist sinnlos, ich kann mich nicht erinnern.«

»Aber Sie sind sicher, daß Sie diese Briefe geschrieben haben?«

»Ja, ich bin sicher.«

»Aber Sie möchten uns nicht sagen, worum es sich bei dieser vergrabenen Sache handelt, nicht wahr?«

»Nein.«

Alwan bündelt die auf dem Tisch verstreuten Blätter und steckt sie in einen Umschlag voller Stempel. Dann wendet er sich mit ein paar abgehackten Worten an die Dolmetscherin, diesmal mit ziemlich lauter Stimme.

Das Mädchen wendet sich Rogati zu: »Der Herr Staatsanwalt sagt, daß ihm das genügt. Er kann nicht weiterfragen, weil er sonst gezwungen wäre, ein Verfahren gegen Signora Mubathashi zu eröffnen. Er behält sich diesen Schritt vor, er wird es tun, wenn er es für angebracht erachtet; dann aber wird er sie in Anwesenheit einer Verteidigers befragen. Die Zeugenvernehmung ist beendet.«

»Danken Sie bitte Dottor Alwan in unserem Namen für

seine Freundlichkeit und die gute Zusammenarbeit.« Rogatis Lächeln ist förmlich und zufrieden. »Auch für uns ist es ausreichend. Nicht wahr, Herr Vorsitzender?«

»Wenn Sie meinen …«, erwidert Amelio.

42
Schwarz und Weiß

Guerracci nimmt einige der Steine unter dem Baum hoch, holt die Pistole hervor und steckt sie sich in die Tasche.

Die Straßen sind wie ausgestorben, wieder ist Ramadan. Als sie aus dem Büro von Alwan kommen, ist das Gerichtsgebäude leer, die Taverne mit einem Vorhang geschlossen, der sich im Wind bläht wie ein Segel und auf der Schwelle von einer Reihe Steine gehalten wird. Auch der Wagen ist verschwunden.

Scalzi legt sich ein Taschentuch auf den Kopf, das der Wind sofort wegblasen will. Die Sonne brennt unbarmherzig. »Und was machen wir jetzt?«

»Wir gehen zur Uferstraße, winken uns ein Taxi und fahren zurück ins Hotel«, antwortet Guerracci.

Aber auf der Uferstraße fahren nur wenige Autos und schon gar keine Taxis. So weit das Auge reicht, sieht man nicht eine einzige offene Tür, nur eine endlose Reihe heruntergelassener Gitter. Während Guerracci am Bordstein steht und versucht, einen vorbeifahrenden Wagen anzuhalten, hat Scalzi an einer Mauer Schutz vor der Sonne gesucht.

»Von hier bis zum Hotel sind es bestimmt sechs oder sieben Kilometer, das schaffen wir niemals zu Fuß, daran ist nicht im Traum zu denken. Es sind mindestens vierzig Grad im Schatten, und dann dieser Staub in den Lungen!« Scalzi hustet und spuckt aus. »Es wird so enden, wie Artuso gesagt hat. Keiner von den Richtern achtet mehr auf die Daten der Briefe, und von einem Gutachten wollen sie nichts wissen. Dabei würden sie dadurch die Bestätigung erhalten, daß die Briefe vor Verenas Eintreffen in Ägypten geschrieben wurden. Famis Aussage ist widerlegt, und damit basta. Die Briefe hat seine Frau geschrieben, darin ist von einer Leiche die Rede, und er ist der Mörder. Genau wie Artuso gesagt hat: Es riecht nach lebenslänglich. Es wurmt mich wirklich, daß Fami uns schon wieder angelogen hat. Jetzt sind wir so weit gereist, um uns das klassische Eigentor zu schießen. Schon als ich ihn das erste Mal im Gefängnis besucht habe, war mir klar, daß ich den Fall nicht übernehmen sollte. Warum habe ich mich nur nicht auf mein Gefühl verlassen?«

Guerracci reißt sich fast die Arme aus beim Winken nach einem Taxi, das mit unverminderter Geschwindigkeit an ihm vorbeirauscht. »Er hat mich nicht gesehen, so eine Scheiße. Es war leer.«

»Und warum muß ich mir jetzt hier einen Sonnenstich holen? Weil mein abenteuerlustiger Herr Kollege, anstatt ein normales Taxi zu bestellen, wie wir abgemacht hatten, sich von einem zwielichtigen Halunken hat bequatschen lassen.«

»He, Scalzi, los, renn!«

Guerracci rast die Straße hinunter. Der rostige Buick hat sie überholt und fährt langsam am Bordstein entlang. Wenn man vom Teufel spricht … Da ist der Halunke, er beugt sich aus dem Fenster und winkt ihnen zu. Guerracci macht die Beifahrertür auf und springt in den Wagen. Scalzi fängt auch an zu rennen und ignoriert die Proteste seiner über fünfzigjährigen Knie und die Vorwürfe seiner inneren Stimme, daß er nie Sport treibt und zehn Kilo Übergewicht hat.

Der Chauffeur fährt langsam und klopft mit dem Fingern im Takt des Klagelieds aus dem Radio auf das Lenkrad.

»Nein!« protestiert Scalzi. »Ich will ins Hotel zurück! Ich will etwas Eiskaltes trinken und mich aufs Bett legen, mit dem Bauch in Richtung Klimaanlage.«

»Was willst du im Hotel?« gibt Guerracci zurück. »Da sitzen sie bestimmt alle in der Halle, wie heute morgen, als wir herunterkamen und sie uns kaum gegrüßt haben. Stell dir vor, wie zufrieden Rogati sein wird. Als wir aus Alwans Büro kamen, hat diese Lehrerin mir einen Blick zugeworfen, sage ich dir. Triumphiert hat sie. Tutanchamuns Rache war vergessen. Abbas sagt, sein Cousin hat ein kleines Restaurant an der Nilmündung …«

»Nein. Ich will den Zimmerservice bestellen und schlafen, bis wir zum Flughafen müssen!«

»Ich glaube, daß es sich ganz bestimmt lohnt, einen Blick auf die Nilmündung zu werfen. Wir sind schließlich in Ägypten, und wenn wir schon keine Pyramiden und keine Königsgräber sehen, weil wir uns statt dessen in ein Scheißhaus von Gericht stürzen müssen …«

»Du hast doch schließlich beschlossen, daß du wieder Anwalt sein willst«, sagt Scalzi. »Was beklagst du dich dann? Das ist dein täglich Brot: Scheißhäuser von Gerichten, Gerichtsscheißhäuser …«

»An der Küste weht ein schöner, frischer Wind, nicht wahr, Abbas? Und der Cousin grillt Fische, die ein anderer Cousin erst letzte Nacht gefangen hat, das Lokal ist direkt am Strand. Und der Nil, Corrado, ist der Vater aller Flüsse …«

Vier Pfosten mit einem Dach aus Rohrgeflecht, drei wacklige Tische und Stühle, die im Sand einsinken. Man hat das Gefühl, der Wind würde das bißchen Schatten ständig wegwehen. Hier bringt er noch mehr Staub mit als in Alexandria, dazu eine neblige Feuchtigkeit, die die Wimpern verklebt und einen zwingt, die Augen halb geschlossen zu halten. Vom Nil keine Spur. Das Meer ist nicht blau, sondern schlammig braun. Die Wellen spülen Plastik und anderen Abfall an Land, den der Fluß in Tausenden von Dörfern und Städten aufgelesen hat.

Aus einer Hütte ohne Schornstein, die innen und außen

gleichermaßen schwarz ist, dringen die Rauchschwaden des glühenden Grills bis unter den geflochtenen Sonnenschutz.

Guerracci sieht dermaßen beschämt aus, daß Scalzi, der vor einem lauwarmen Bier sitzt, es nicht übers Herz bringt, ihm Vorwürfe zu machen, und sich darauf beschränkt zu seufzen.

Der Fahrer ist wer weiß wohin verschwunden, er wollte nichts essen und trinken, er befolgt das Fastengebot des Ramadan. Er hat sie in der Obhut des Cousins gelassen, der ihnen einen Korb Fische von der gleichen schlammigen Farbe wie das Meer präsentiert hat. Aber es waren Flußfische, Karpfen oder Schleie, und ihre bedrohlichen Augen deuteten auf Rachsucht hin: wahrscheinlich sind sie voller Gräten. Jetzt brutzeln sie auf dem Grill und verströmen einen beißenden Geruch. Als sie auf den Tisch kommen, sind sie von einer verkohlten Kruste bedeckt, unter der helles Fleisch zum Vorschein kommt, so weiß wie der Bauch eines Frosches und ebenso weich und glibberig.

Nachdem sie in den Fischen herumgestochert haben, bekämpfen sie die Hitze und die Langeweile mit Bier. Scalzi wirft einen Blick auf die Uhr. Schon drei Uhr vorüber, der Cousin ist verschwunden, niemand ist mehr da, nur der Wind spielt mit kleinen Sandwirbeln.

»Wo ist Abbas eigentlich hin?«

»Er wollte sich mit jemandem treffen. Er kommt sicher bald zurück«, antwortet Guerracci zögernd. Dieses Zögern macht Scalzi mißtrauisch.

»Worüber habt ihr vorhin gesprochen?«

»Wann?«

»Vorhin, vor diesem uppigen Mahl?« Scalzi deutet auf die Gräten. »Als ihr auf und ab gegangen seid und du ihm ein Zeichen machtest, daß er leiser sprechen soll. Was war das, was ich nicht hören sollte?«

»Das sage ich dir später, ja?« Guerracci nimmt einen

Schluck Bier. »Warum ruhst du dich in der Zwischenzeit nicht ein bißchen aus?«

»In welcher Zwischenzeit?«

»Bis Abbas zurückkommt.«

»Wann kommt er denn zurück?«

»Bald. Er wollte jemanden treffen.«

»Wen denn?«

Guerracci seufzt: »Jemand ... jemand der uns helfen könnte.«

»Wobei?«

»Verena zu finden.«

»Verena ist tot, Guerracci. Sie ist ermordet worden. Wer soll dieser Jemand denn sein?«

Guerracci sagt, daß es sich um einen Offizier handelt, einen Freund und Mitarbeiter von Fami, Major der Armee, wie Abbas sagt, und im höchsten Grade vertrauenswürdig; er wisse, wo die Mammoli sei, in einer psychiatrischen Klinik nämlich, seit drei Jahren. Sie sei verrückt geworden und habe das Gedächtnis verloren. Das Irrenhaus soll eine Art Lazarett mitten in der Altstadt sein, im ärmsten Teil von Alexandria.

»Diese Geschichte«, sagt Scalzi und versucht, seine Kopfschmerzen zu lindern, indem er sich die Schläfen reibt, »ist erstunken und erlogen, sie stinkt von hier bis zur Quelle des Nils. Aber du hast natürlich alles geschluckt. Und in all diesen Jahren soll niemand davon erfahren haben?«

Guerracci erläutert, daß Fälle, in denen Leute sich verirren und dann, nachdem ihnen ihre Ausweispapiere abhanden gekommen sind, ohne Identität und ohne Gedächtnis in einem Irrenhaus landen, öfter vorkommen, als man glaubt. »Manchmal verlieren sie sogar die Sprache. Es ist nicht unwahrscheinlich, daß Verena dem Stendhal-Syndrom ...«

»Was für einem Syndrom?«

»Dem Stendhal-Syndrom. Es heißt so, weil er es als erster beschrieben hat. Es ist eine Form geistigen Verfalls, der bei Reisenden auftritt. Das Gefühl der Entfremdung, das die neue Umgebung hervorruft, und das Reisefieber führen zu einer Art Panik. Manchmal läßt die Störung nach ein, zwei Tagen nach, aber sie kann auch chronisch werden …«

»Gute Idee. Widmen wir uns der Literatur, uns bleibt ja ohnehin nichts anderes übrig. Die arme Verena«, Scalzi ist ganz betrübt, »Rogati hat schon Dostojewski bemüht, jetzt fügen wir auch noch Stendhal dazu, aber ich fürchte, Edgar Allan Poe würde viel besser zu ihr passen. Wie auch immer, keine Indiana-Jones-Abenteuer, verstanden? Es ist ja nicht allzu schwierig, unsere Neugier zu befriedigen. Wir lassen uns die Adresse des Krankenhauses geben« – Scalzi schaut Guerracci warnend in die Augen – »und dann benachrichtigen wir das Konsulat und bitten darum, daß der Sache nachgegangen wird.«

»Das habe ich Abbas auch vorgeschlagen, aber er sagt, das sei zwecklos, weil in bestimmten Krankenhäusern – und das, in dem Verena ist, ist so eines – die Gegner der Regierung gefangengehalten werden. Aufrührerische Studenten, intellektuelle Staatsfeinde, Leute, die nicht so gefährlich sind, daß man sie eliminieren müßte. Und das stimmt, ich habe es in einem Bericht von Amnesty International gelesen. Die Krankenhäuser, in denen diese Leute gefangengehalten werden, sind streng geheim. Das Konsulat könnte sich nur an die örtlichen Behörden wenden, wie das ja übrigens schon geschehen ist, die Behörden aber würden antworten, daß es dieses Lazarett gar nicht gibt.«

Abbas habe ihm einen Vorschlag gemacht. Guerracci zögert, bevor er davon berichtet. Er gewinnt Zeit, indem er sich eine Zigarette anzündet, dann spricht er in ganz normalem Ton: Es sei alles ganz einfach, im Grunde sei es ja nichts weiter als ein Krankenbesuch. Sie werden den Offizier, diesen Bekannten von Alwan, im Hotel Mamaya, wo er wohnt, abholen (er soll ein ganz hohes Tier sein und viel Einfluß haben), und er wird ihnen die Türen zu diesem

Krankenhaus öffnen. Abbas wird eine Kamera mitbringen und Verena fotografieren. Wenn sie dem Konsul dann das Bild zeigen …

Scalzi wirft Guerracci einen wütenden Blick zu und macht eine ausladende Geste, die den Strand, den Sonnenschutz und die Hütte einschließt: »Sag die Wahrheit, du findest das alles wohl komisch? Du willst dich Hals über Kopf in ein Abenteuer stürzen, nicht wahr? Ich gehe zurück ins Hotel, du kannst dich amüsieren, mit wem du willst. Hier wird es ja wohl ein Telefon geben …«

»Nein, hier gibt es keins. Aber was kostet es dich denn, entschuldige mal?«

»Ich traue dem Braten einfach nicht!« Seine Stimme übertönt die Brandung. »Wir wissen immer noch nicht, was Abbas eigentlich von uns will, außer, daß er uns praktisch entführt hat.«

»Okay«, sagt Guerracci, »wenn er wiederkommt, dann bringen wir dich zurück ins Hotel. Niemand will dich zu irgend etwas zwingen. Aber ich werde den Versuch wagen. Ein Krankenhaus, meine Güte, das ist doch schließlich nicht die Front. Also wirklich! Wir sind doch nicht hierhergekommen, um uns die Nase an einer weiteren geschlossenen Tür zu stoßen. Es handelt sich doch lediglich um einen Krankenbesuch.«

Guerraccis Ausführungen sind überzeugend. Scalzi läßt den Kopf auf die Brust sinken, streckt die Beine aus, rutscht im Stuhl nach unten und überläßt sich seiner Benommenheit.

Da spürt er ein leichtes Kratzen auf dem Handrücken und öffnet die Augen: Ein kleines, sehr mageres Mädchen, nicht älter als zwölf Jahre, in einem knöchellangen tresterfarbenen Kittel, mit nackten Füßen und riesengroßen, sehnsüchtigen schwarzen Augen lächelt ihn an und zieht an seinem Hemdärmel.

Scalzi schaut sich um, aus der Tür der verräucherten

Spelunke lächelt der Cousin herüber und macht eine einladende Geste, daß Scalzi dem Mädchen folgen soll.

Seine Beine sind schwer wie Blei. Das Kind führt ihn hinter die Hütte, wo ein Feigen- und ein Eukalyptusbaum wohltuenden Schatten spenden. Hier ist es windstill, und das Rauschen der Wellen ist nur ganz gedämpft zu hören. Zwischen den beiden Bäumen baumelt eine Hängematte, auf die das Mädchen freundlich deutet. Scalzi setzt sich in die Hängematte, streckt sich aus und ist einen Moment erschrocken, weil die Matte so stark schaukelt, daß er befürchtet, herauszufallen. Dann lassen die Schwingungen nach, der Eukalyptus schwenkt seine Krone, Scalzi schließt die Augen und schläft sofort ein.

Ein Pfeifen durchdringt die Stille, gefolgt von einem langen Brummen. Tief über dem Horizont – das Meer ist jetzt grau und sieht aus wie gepflügt und mit glitzernden Schuppen besät – scheint unter einem blauen Vorhang ein feuerroter Streifen hervor. Die dunkle Decke wird immer wieder von Blitzen erhellt, als ob da unten ein Heer andauernd Kanonen abschießen würde.

Guerracci sitzt, an den Stamm des Feigenbaums gelehnt, im Sand, raucht und kratzt sich den Bart.

»Wie spät ist es?« fragt Scalzi.

»Fast sieben.« Guerraccis Stimme mischt sich mit dem Rauschen des Windes.

Scalzi kann gar nicht glauben, daß er so lange geschlafen haben soll. Ruckartig setzt er sich auf, er hat vergessen, daß er in einer Hängematte liegt, die sofort heftig zu schaukeln beginnt. Er hat sich mit einem Fuß verheddert und versucht sich zu befreien. Und wieder hält das Mädchen die Matte mit der Hand an und hilft ihm aufzustehen. Dann rennt sie in die Hütte, kommt aber gleich darauf wieder und bedeutet ihm, sich herunterzubeugen. Lachend legt sie ihm eine Kette aus duftenden Jasminblüten um den Hals.

Ein Schatten wie von einer Wolke, die der Wind herangetragen hat, legt sich über die Wand der Hütte. Und inmitten einer Staubwolke taucht der rostige Buick auf.

Die Gassen der Altstadt von Alexandria sind dunkel und verlassen. Abbas trägt eine schwarze Nikon um den Hals. In der Leuchtschrift am Hotel Mamaya fehlt das Ypsilon, der Schriftzug wirkt wie ein Hilferuf. Halbblinde Spiegel reflektieren Palmen in Kübeln, die an Fächer vor zerschundenen Gesichtern erinnern. In der Halle sitzen ein streng wirkender Mann und zwei katholische Nonnen. Eine der Schwestern ist weiß und alt, die andere schwarz und noch sehr jung. Die Junge hat die Beine über die Knie der Älteren gelegt und schläft, ihr Schleier hat sich gelockert, eine Strähne dunklen Haars ist herausgefallen. Der Mann trägt einen weißen Anzug, schwarze Krawatte und auf Hochglanz polierte schwarze Schuhe. Der Schleier der Schwestern ist weiß. Der Mann hat eine entfernte Ähnlichkeit mit dem Schauspieler Vincent Price: er ist hochgewachsen, hat einen Schnurrbart und eine arrogante Ausstrahlung. Er reicht ihnen die Hand, ohne aufzustehen. Abbas begrüßt ihn ehrerbietig und übersetzt einen zwischen den Zähnen hervorgestoßenen Satz: »Major Al Husseini sagt, daß er nichts versprechen kann.«

Der Offizier sagt noch einen Satz, und Abbas beeilt sich zu übersetzen: »Aber eine Ausländerin ist da in dem Krankenhaus, in das er uns führen wird. Er hat sie selbst noch nicht gesehen, aber er weiß, daß sie da ist.«

Der Schatten des Buick streift die Mauern der engen Gassen. Ab und zu gibt der Major mit einer Handbewegung die Richtung an. Endlich läßt er den Wagen auf einem von Mauern umgebenen Hof halten. Grobes Mauerwerk mit ein paar hellen Putzflecken.

Als die Scheinwerfer ausgeschaltet sind, wird das Dunkel

nur noch vom Schein einiger Feuer auf einem Erdwall erhellt. Der Anzug des Majors schwebt scheinbar schwerelos über die ins Erdreich gegrabenen Stufen. Das ungepflasterte Gäßchen führt zwischen Häusern aus rötlichem Lehm hinauf, an den Wänden sieht man die blau gefärbten Abdrücke von Handflächen. »Gegen den bösen Blick«, sagt Abbas. Hinter jeder Straßenecke stoßen sie auf brennende Feuer, um welche dunkle Gestalten kauern. Abbas erklärt, daß es in den armen Vierteln üblich ist, sich während der Unterbrechungen des Ramadan zum Essen auf der Straße zu versammeln. Dies ist ein armes Viertel, hier wohnen vorwiegend Nubier. Auf den Feuern liegen Roste mit brutzelnden Sardinen, die ihren Geruch im ganzen Viertel verströmen.

Die Gasse geht in einen steinigen Weg über und mündet schließlich auf einen luftigen Platz über dem Häusermeer, das sich terrassenförmig hinabzieht, so weit das Auge reicht. Der Wind wirbelt Funkenschwärme aus den Feuern auf, die sich mit dem Staub des Platzes vermischen, hinabfallen und verlöschen.

Ein riesiger Mond ist aufgegangen. Ein langgestrecktes Gebäude mit langen Reihen kleiner, hoher Fenster sieht aus wie ein Zug auf einem Abstellgleis.

Schwarz und weiß, wie ein Dominikaner auf der Schwelle seines Klosters, steht der Major da und flüstert etwas in eine Wechselsprechanlage im Türrahmen. Die Tür öffnet sich langsam in kleinen Rucken, dann bleibt sie stehen. Der Spalt ist gerade breit genug, um einen Körper durchzulassen. Der Offizier quetscht sich hindurch, gefolgt von Guerracci, Scalzi bleibt unsicher auf der Schwelle stehen. Abbas' Händedruck auf seiner Schulter ist freundschaftlich, aber der Stoß bestimmt.

Scalzi dreht sich um, als er hört, wie die Tür ins Schloß fällt. Im Lichtkegel aus einem Raum am Ende des Korridors sieht er Abbas' Gesicht. Es hat den Ausdruck eines Steinmarders; das Herz will ihm stehenbleiben, wie vor einer Erscheinung. Der Chauffeur ist nicht mehr derselbe Mensch. Er hält sich kerzengrade und scheint plötzlich viel größer zu sein. Er lächelt, aber nicht so dienstbeflissen wie zuvor, sondern wie ein arroganter Hausherr. Er gibt dem Major einen Befehl. Sie haben offenbar die Rollen getauscht, jetzt scheint er der Boß und der andere sein Untergebener zu sein. Der Offizier öffnet den obersten Knopf seines Hemdes, lockert die dunkle Krawatte, zieht das Jackett aus, legt es sich über den Arm und tritt an den Tisch in der Mitte des Raumes.

Aus einem alten Radio ertönt sehnsüchtig schluchzende arabische Musik. Vier Männer mit nacktem Oberkörper sitzen da und essen, um die Hüften Pistolengürtel wie Cowboys.

Der Major setzt sich an den Tisch und flüstert einem der Männer etwas ins Ohr. Dieser sieht Scalzi und Guerracci an und nickt. Auf dem Tisch liegen Gräten, Krabbenschalen und Kanten ungesäuerten Brotes verstreut. Abbas deutet auf halbvolle Flaschen mit einer milchigen Flüssigkeit und erklärt, daß es sich dabei um Palmwein handelt, ein leicht alkoholisches Getränk, das der Koran gestattet. Denn diese Männer würden niemals Alkohol trinken, nicht mal nach den zwanzig Fastenstunden des Ramadan. Seine Stimme klingt nicht mehr wie die des Fahrers, sie ist voller Stolz.

Ein Mädchen in engen Jeans, die ihr auf der Hüfte sitzen, läßt ihren Bauchnabel und die nackten Brüste unter der geöffneten Bluse sehen. Sie tanzt um den Tisch herum, schwenkt die Hüften und läßt sich ihre platinblond gefärbten Haare ins Gesicht fallen. Der Major beugt sich nach hinten und versucht, das Mädchen anzufassen, das eben seinen Nacken gestreift hat. Er verliert das Gleichgewicht und droht umzukippen. Allgemeine Heiterkeit. Abbas bricht in höhnisches Gelächter aus. Er nimmt die Nikon vom Hals, die jetzt etwas lächerlich wirkt, und legt sie auf den Tisch.

Dann läßt er wie zufällig eine Hand an der Seite eines Soldaten entlanggleiten und nimmt ihm die Pistole aus dem Halfter. Mit dem Lauf deutet er auf den Tisch: »Bitte, nehmen Sie doch Platz.«

»Das hier ist kein Krankenhaus, das ist ein Gefängnis, Signor Abbas.« Scalzi zeigt auf den Korridor: »Lassen Sie uns unverzüglich gehen, andernfalls zeige ich Sie wegen Entführung und Freiheitsberaubung an.«

»Entführung?« Abbas grinst. »Sie sind doch freiwillig mitgekommen. Sie wollten Verena Mammoli sehen, deshalb sind Sie hergekommen.«

Die Männer am Tisch sind plötzlich ganz still geworden. Das Mädchen ist außer Atem, sie stützt sich mit dem Hintern am Tisch ab. Alle fixieren die beiden Besucher. Abbas grinst immer noch und deutet mit einer leichten Bewegung der Pistole auf die Tür: »Die Hände hinter den Kopf, wenn ich bitten darf. Hier entlang. Wir wollen mal sehen, ob Madame Verena zu Hause ist.«

Scalzi hebt die Hände und legt sie in den Nacken. Es kommt ihm vor, als hätte man ihm das Gesicht zerschlagen und seine Kleider zerfetzt. Das ist der dramatische Höhepunkt dieses Films. Die blonden Haare der Tänzerin und ihr kaltes Marlene-Dietrich-Lächeln bilden einen merkwürdigen Kontrast zu ihrer dunklen Haut.

Auf eine Geste von Abbas hin springt einer der Soldaten auf und nähert sich Scalzi. Die Hand in der Mitte seines Rückens ist hart wie ein Stück Holz.

Abbas geht ihnen voraus in einen weiteren Flur hinein. Mit einem Schlüssel öffnet er das Schloß einer rohen Holztür. Scalzi sieht seine einladende Handbewegung. Er richtet den Lauf der Pistole nach oben. Scalzi betritt den Raum nach Guerracci, hinter ihnen knarrt mehrmals das Schloß. Das Bild einer Zelle, die bis auf eine Pritsche an der Wand völlig leer ist, wird plötzlich dunkel, dann verlischt auch das helle Quadrat des Gucklochs auf den Korridor.

Guerraccis Stimme ist ganz schwach, kaum ein Flüstern: »Es tut mir leid, Corrado. Wir sind in einem Vipernnest gelandet, bei abtrünnigen islamischen Integralisten. Sie hassen alle Fremden und entführen sie, das habe ich in einem Bericht von Amnesty International gelesen. Wir sind die Verteidiger eines Verräters. Fami ist der Verräter. Sie sind der Ansicht, daß wir ihn repräsentieren, und das ist ja auch die Quintessenz des Anwaltsberufs. Es ist alles meine Schuld. Meine Mutter hat doch recht gehabt. Ich hab dir nichts davon erzählt, weil ich es so albern fand, doch meine Mutter hat mit allen möglichen Mitteln versucht, mich von dieser Reise abzuhalten. Sie hat sogar geweint, und ich habe sie noch nicht oft weinen sehen.«

»Guerracci, laß dir was einfallen, aber schnell. Du bist schließlich der Abenteurer von uns beiden.«

Durch die Bretterwände fallen dünne Lichtstreifen. Eine Tür knarrt, dann ist kurz Musik und ein Lachen zu hören. Darauf füllt die Stille sich mit einem Rauschen, das von unterhalb des Fußbodens zu kommen scheint.

Guerracci tritt gegen einen blanken Gegenstand aus Metall, etwas Rundes, das wie der Reflex eines kleinen Mondes im Wasser eines Brunnens aussah, und stößt ihn weit weg. Auf dem Boden erscheint ein Muster aus strahlenförmig angeordneten kleinen braunen Rauten.

»Scheiße. Hier ist alles voller Kakerlaken.«

Jemand spricht mit gedämpfter Stimme. Während er sich auf eine Wand zubewegt, spürt Scalzi unter seinen Schuhsohlen etwas Klebriges. Durch die Ritzen zwischen den Brettern kann er in die benachbarte Zelle blicken.

Eine nackte Glühbirne flackert. Ein alter Mann und ein kleiner Junge sitzen einander gegenüber auf einem Teppich. Der Junge ist sehr mager, halbnackt und hat ein zerlumptes Handtuch zwischen den Beinen. Den Kopf hat er auf eine Schulter gelegt, als ob es ihn Mühe kosten würde, ihn aufrecht zu halten. Der alte, bärtige Mann trägt eine weiße *gabliah* unter einem knallgelben Kaftan. Er schreibt mit einem Griffel auf eine Tafel, dann reicht er die Tafel und den Griffel dem Jungen, der mit einer schlaffen Bewegung seines Halses den Kopf nach vorne neigt (er sieht aus wie eine Stoffpuppe, die ihr Sägemehl verloren hat) und kraftlos die Hand über das Wachs der Tafel gleiten läßt, ohne aufzudrücken. Der Alte spricht mit tiefer Stimme und nimmt ihm behutsam den Griffel aus der Hand. Dann piekst er den Jungen ebenso behutsam mit dem Griffel in die Fingerkuppe, wobei er ihn dreht, damit er eindringt. Auf den nackten Beinen des Jungen sind schwärzlicher Schorf und frische Wunden zu sehen.

»Corrado, hier entlang«, flüstert Guerracci.

Scalzi geht durch die Zelle zu Amerigo, der kniet und durch einen Spalt in der Trennwand schaut.

Auf der anderen Seite befindet sich nahe der Wand eine Art Kasten auf dünnen Brettern. Zunächst kann Scalzi gar nichts erkennen, eine matte Glühbirne baumelt von der Decke der Nachbarzelle, die leer zu sein scheint. Im Inneren des Kastens bildet sich ein Muster aus hellen Lichtstreifen. Etwas in dem Kasten bewegt sich inmitten eines Lumpenhaufens, der sich aufzublähen scheint. Das Etwas flüstert ununterbrochen: »La gelada … yo quiero la gelada con la veste nigra … prego la gelada … prego … el yelo e cioccolato …. voglio la gelada … prego …«

Guerracci hämmert mit aller Kraft mit der Waschschüssel gegen die Tür und brüllt dabei, so laut er kann. Die Schüssel fällt ihm aus den Händen, schlägt gegen die Tür und fliegt dicht an Scalzis Gesicht vorbei, der bäuchlings auf dem Boden liegt. Das Licht geht an und läßt den Emailkreis aufleuchten.

Scalzi hat sich ausgestreckt, eine Wange berührt den Boden. Zwei Kakerlaken mit zitternden Fühlern und flinken Beinchen krabbeln ohne merkliche Anstrengung auf ihn zu, wie Sportler beim Training, seine Nase beginnt zu jukken, als ob sie ihr Ziel schon erreicht hätten. Guerracci brüllt immer noch. Das Schloß geht auf. Die linke Kakerlake ist stehengeblieben, die rechte wechselt die Richtung und krabbelt aus seinem Blickfeld. Scalzi verdreht die Augen, um ihre Bewegungen zu verfolgen. Der Boden ist eine graue Wüste, gesprenkelt mit rötlichen Klümpchen, und hinter einem Haarbüschel lauert schon eine weitere, ganz besonders lange und bedrohliche, ambrafarbene Kakerlake.

Guerracci spricht aufgeregt und fleht in vorwurfsvollem Ton: »Mein Freund, o Gott! Ihm ist schlecht! Ein Herzinfarkt, ihr Scheißkerle!«

Jemand antwortet ihm auf arabisch, Scalzi erkennt die Stimme von Abbas.

Eine Strähne fettigen Haars, die sich weich von der Stirn abhebt, taucht in Scalzis Blickfeld auf. Ruckartig hebt er die Hände und legt sie dem Mann um den Hals, der auf ihn fällt und ihn ebenfalls an der Kehle packt. Dann wird der Griff schwächer, Scalzi hebt den Kopf. Er sieht Guerracci, wie er Abbas die Beretta an die Wange hält, dann bellt er einen Befehl und drückt mit dem Lauf so fest zu, daß der Unterkiefer hervortritt. Ein Soldat im Türrahmen wirft seine Pistole in die Zelle. Scalzi hebt sie auf und richtet sie auf den Mann. Guerracci schubst ihn in die Zelle, wo Abbas schon reglos mit erhobenen Händen steht.

Das Flugzeug gleitet mit leisem Rauschen über die Wolken. Scalzi befindet sich immer noch in einem traumartigen Betäubungszustand, und er versucht, die einzelnen Sequenzen des Films zu entwirren. Die erste Szene, die ihm einfällt, spielt im Freien, kurz vor dem glücklichen Ende: Das Sandhäufchen in der Nähe des Sheraton, Guerracci, der das Auto unter den von der Salzluft ausgedörrten Bäumen parkt. Scalzi rennt ans Ufer, und eine Welle durchnäßt ihn bis an die Knie, während er die Cowboypistole ins

Wasser wirft, die er dem Soldaten weggenommen hat. Das Meer ist bewegt, die Wellen blinken blau, und am Horizont steigt ein rosafarbener Dunst auf.

Dann die Halle des Sheraton. Nachdem sie am Strand entlang zum Hotel gerannt sind, stoßen sie zu der Gruppe der Richter und ihrer Begleiter, die schon zum Aufbruch an den Flughafen bereit sind und mit ihrem Gepäck im Kreis in der Halle sitzen. Die Lehrerin macht ein entsetztes Gesicht, der Vorsitzende kichert, Rogati prustet und heftet seinen Blick gleich wieder auf die Zeitung, Grandi springt auf und kriegt vor Verblüffung den Mund nicht wieder zu. Amerigo hat ein Veilchen am rechten Auge, seine Hose und seine Jacke strotzen vor Dreck, und auch Scalzi kann kaum glauben, daß er der Typ sein soll, den er in einem der Spiegel sieht. Ein Penner. Ein Ärmel seiner Jacke ist abgerissen und baumelt herab, seine Hosen sind naß bis zu den Knien und von den Knien aufwärts voller rotem Sand.

Jetzt, wo die Maschine endlich ihre Flughöhe erreicht hat, wird er sich langsam seiner selbst wieder bewußt und kann die Ruhe nach der ausgestandenen Gefahr genießen. Guerracci schnarcht leise wie ein Kind, den Kopf auf die Schulter gelegt, mit offenem Mund.

Aber da sind immer noch ein paar dunkle Stellen, als wäre der Film geschwärzt. Wie sind sie aus diesem Gefängnis herausgekommen? Jemandem muß es gelungen sein, den elektrischen Mechanismus der Eingangstür auszulösen, vielleicht war es Guerracci, der Held des Ganzen ist ja er, oder haben sie vielleicht einen Hinterausgang gefunden? In seinen heftig schmerzenden Beinen spürt er immer noch die Nachwirkungen der wilden Jagd durch die Gasse. Und dann der Hund, an den kann er sich sehr gut erinnern, ein gelber Köter, der ihm nicht mehr von der Seite wich, man konnte seine Rippen einzeln zählen, und sein Rückgrat war ganz krumm. Er sieht ihn noch deutlich vor sich, wie er an seine Seite sprang, während in der Gasse Pistolenschüsse knallten und er sich kopfüber in einen Müllhaufen fallen ließ. Da müssen Guerracci und er sich verloren haben. Er weiß noch genau, daß Amerigo laut nach ihm rief und er sich daraufhin Hals über Kopf ins Dunkel stürzte. Die Feuer waren erloschen, aber manchmal trat er in etwas Glut, weil diese mit Asche bedeckt war. Die Gasse war ausgestorben, abgesehen von den schnellen Schritten, die er hinter sich hörte.

Wie soll er diesen Abenteuerfilm nur Olimpia erzählen? Guerracci dreht sich um und schießt sein gesamtes Magazin leer, Blitze im Dunkeln, denen andere Blitze antworten. Und der Hund, der ihm weiter folgt, mit heraushängender Zunge. Er bleibt stehen, wenn er stehenbleibt, sieht ihn aus treuen Augen an und wedelt mit dem Schwanz. Er folgt ihm bis zum Auto, will sogar mit hinein. Er hätte ihn gern mit nach Italien genommen, als lebendigen Beweis für das Abenteuer, ein wirklich treuer Kamerad, aber Guerracci vertreibt ihn mit einem Brüllen. Schon sitzt er hinter dem Steuer des Buick, der Motor ist angelassen, sie haben ihm sein Auto geklaut, dem Signor Abbas, und falls er es jemals wiederfindet, dann wird es in wesentlich schlechterem Zustand sein als zuvor, und Guerracci gibt Vollgas und stürzt sich auf gut Glück in das Gewirr gespenstischer Gassen und Straßen, gesäumt von geisterhaften Gebäuden. Er fährt wie ein Verrückter, schneidet die Kurven, fährt über Bordsteine, läßt Müllhaufen in die Luft fliegen, und dabei sagt er immer und immer wieder: »Es war Verena, Corrado, ich bin sicher, es war Verena.« Aber in Wirklichkeit haben sie nur einen Haufen Lumpen gesehen, der sich bewegte, na ja, vielleicht war da eine Frau unter den Lumpen, aber wer weiß, ob sie Italienerin war, denn ihre wirren Sätze waren in der komischen Sprache gesprochen, die in Mexiko *Cocoliche* heißt, eine sonderbare Mischung aus Spanisch und Italienisch. Und endlich erscheinen die Lichter eines Frachtschiffes und ihre Reflexe im Hafenbecken.

Aber war das alles nicht vielleicht nur ein Alptraum, hervorgerufen durch die elektrisierende Atmosphäre dieser Stadt, die glücklicherweise jetzt da unten liegt?

Scalzi fängt noch mal ganz von vorne an. Das Lokal am Strand und Guerracci, der ihm von einem gewissen Offizier erzählt. Das war real, er kann sich gut an seinen zögernden Tonfall erinnern. Dann ist er eingenickt, und ein kleines Mädchen mit großen, sehnsüchtigen Augen hat ihn geweckt. Er kann das Kratzen ihrer Fingernägel auf seinem Handrücken immer noch spüren. Auch an das Mädchen kann er sich gut erinnern: Sie war aufgetaucht wie ein kleiner, freundlicher Kobold und hatte ihm höflich die Hängematte gezeigt. Ja, auch die war real. Und dann ist er eingeschlafen, ein Schlaf wie Blei, so tief hat er seit Jahren nicht geschlafen ... Also muß es doch ein Alptraum gewesen sein: Er hat geschlafen ...

Scalzi bewegt die Hand und berührt die Jasminblüten. Sie fühlen sich an wie Papier.

Die Jasminkette hatte er bekommen, nachdem er von seinem Nickerchen in der Hängematte erwacht war. Mit dieser Kette hat das Abenteuer angefangen, er hat die ganze Zeit diesen Duft in der Nase gehabt: im Hotel Mamaya, in der Zelle, während der Flucht. Scalzi will die Kette abnehmen, aber er überlegt es sich anders, und sie bleibt, wo sie ist. Dann nickt er ein und schläft den ganzen Flug über.

43
Grabräuber

Quadratische Brocken haben die Felsen abgelöst. Das bemerkt er, als er mit den Händen über die Wände streicht und die Ritzen spürt. Die Steine schwitzen, aus den Zwischenräumen quillt eiskaltes Wasser. Nach einer Weile ist er nicht mehr in der Lage, die Wände zu beiden Seiten mit den Händen zu berühren, der Gang wird breiter. Er kriegt jetzt besser Luft, aber in der bedrohlichen Dunkelheit fühlt er sich sehr verloren.

Er hört den Widerhall seiner Schritte, ihm wird klar, daß der Raum sehr groß sein muß, und das erschreckt ihn. In ihren leeren Höhlen erscheinen seine Augen als graue Vertiefungen. Er versucht die Zementkrusten aus seinem Haar zu entfernen, seine Finger fühlen sich an wie mit gefrorenem Rauhreif bedeckte Bäumchen.

Er zündet ein Streichholz an. An der Decke der hohen, riesigen Grotte wimmelt es von Schatten. Diese Schatten bewegen sich, lösen sich von ihrem Hintergrund, steigen hinab. Er läßt das Streichholz fallen, er hat sich die Finger verbrannt. Mit eiskalten Händen entzündet er ein neues. Im Schein der Flamme leuchten rot die Augen einer Fledermaus auf, die ihm gerade ins Gesicht fliegen wollte. Weitere Fledermäuse lösen sich von der Decke. Mit einem Arm schützt er seinen Kopf, er läßt das Streichholz auf dem feuchten Boden ausgehen. Weiter vorn sieht er einen Lichtschein, und schließlich kommt er in einen großen Saal, in den Licht von draußen fällt.

Er hat jegliches Zeitgefühl verloren. Manchmal meint er, daß er erst eine Nacht hier ist, die etwas länger war als gewöhnlich, dann wieder hat er den Eindruck, daß er schon einen Monat hier unten festsitzt. Er hat geschlafen und gehofft, aus diesen Träumen nie wieder zu erwachen. Er hat aus dem Bach getrunken, dessen Lauf er über leicht abfal-

lendes Gelände gefolgt ist. Er hat gegessen. Einmal war es eine Maus, ein andermal hat er ein größeres Tier gejagt. Lange hat er das Rascheln verfolgt. Das Tier hatte versucht, ihn zu beißen, während er ihm den mageren Hals umdrehte. Dann hat er Pilze gefunden. Ganze Büschel, die sich an die Felsen klammerten. Sie waren klebrig und geschmacklos, kratzten im Hals und blähten den Bauch.

Er hat es geschafft zu überleben, er hat sich an seine Erfahrungen aus dem Bergbau erinnert. In seiner Jugend hat Natale in den Zinnoberminen des Monte Amiata gearbeitet. Er kennt das Leben als Maulwurf. Und vor nicht allzu vielen Jahren hat er sich in diesem Teil der Maremma als Grabräuber betätigt und aus den etruskischen Nekropolen Buccherogefäße, Vasen, Urnen und Münzen gestohlen. Obwohl er gezwungen war, diese Fundstücke zu einem Zehntel ihres Wertes zu verkaufen, hatten sie ihm den Erwerb des Landes, des Hauses und der Pferde ermöglicht.

Als die Fledermäuse weggeflogen sind, wird die freskengeschmückte Wölbung des Saals sichtbar. Einem kopfüber aufgehängten Mann wird bei lebendigem Leibe die Haut abgezogen, von Schlächtern, die behaart sind wie wilde Tiere. Die Gier des Grabräubers erwacht.

Selbst wenn schon jemand hier drin war – und das ist sicher –, muß diese Höhle noch voller Schätze sein.

Von dem Saal zweigt ein weiterer Gang ab, der in die Richtung führt, aus der er gekommen ist wie eine Maus aus der Wand, wenn sie sich in einen gewaltigen Kornspeicher verirrt hat.

Es bedarf einigen Mutes, sich wieder dort hineinzuzwängen. Er leuchtet sich mit einer Fackel, die er in einem Ring an der Wand des Saals gefunden hat. Es ist eine moderne Fackel, eine von denen, die die Polizei benutzt, um Unfallstellen abzusichern. Er durchquert ein Labyrinth von Gängen, hundertmal gepeinigt von der Angst und der Versuchung umzukehren. Schließlich gelangt er an eine verzogene Tür.

Er überlegt sich, daß er unter dem Bosco dei Cappucci sein muß, in der Nähe des Punktes, wo der Erdrutsch ihn hinabgerissen hat. Die Planierung des Geländes da oben, die ihn endgültig begraben sollte, muß die Metalltür herausgerissen haben, die erst vor kurzem hier ange-

bracht worden sein kann, das sieht man am Lack. Sie verschließt nur noch halb ein Grab in Form eines Tempels, das in den Tuff gehauen ist. Die Tür ist an der einen Seite aus den Angeln gehoben.

Natale beleuchtet das Innere der Decke. Er sieht die Geldscheinbündel, in durchsichtige Plastikfolie eingeschweißt wie Mineralwasserflaschen. Es sind sehr viele, sie liegen übereinandergestapelt, und Natale glaubt, daß es sich um gefälschtes Geld handelt. Aber ein Päckchen hat sich geöffnet, einige der Bündel liegen auf dem Boden verstreut. Er betrachtet eine Handvoll der Scheine im Licht der Fackel. Es sind Scheine zu fünfzigtausend Lire und zu zehn Dollar. Echte Scheine, nicht alt, ein wenig abgenutzt, mit dem Duft des Geldes, dem Geruch von fettiger Haut, der sich an das Papier heftet, wenn die Geldscheine eine Weile von Hand zu Hand gegangen sind.

Plötzlich verspürt Natale einen Riesenhunger. Er bekommt weiche Knie. Er kann sich nicht mehr auf den Beinen halten. Das Gewölbe des alten, tempelförmigen Grabes scheint nach vorn zu kippen, die Geldscheinpäckchen lösen sich von ihren Stapeln, sie werden ihn zerquetschen. Natale fällt hin. Mit dem Hinterkopf schlägt er gegen die gepanzerte Tür.

Als er wieder zu Bewußtsein kommt, ist Natale nicht mehr derselbe. Der Zauber des Sanktuariums hat ihn auseinandergenommen und die Teile neu zusammengesetzt. Eine unwiderstehliche Erregung durchdringt ihn. Jetzt kann er alles sein, was er will: Maus, Wildschwein, ein Salamander, der im Feuer nicht verbrennt, ein wühlender Maulwurf …

Er wird den Ausgang finden, er weiß, wie man das macht. Er wird weitere Fackeln suchen. Es sind bestimmt welche da, sie müssen dasein, das Mörderschwein braucht sie, wenn es hierher kommt, um an seinem Geld zu schnüffeln. Er wird sich vom Rauch der Fackeln leiten lassen. Er weiß aus Erfahrung, daß Flammen sich, wenn es einen beständigen Luftzug gibt, in die Gegenrichtung bewegen. Dann wird er über der Öffnung einen Flaschenzug konstruieren, aus Rollen und überkreuzten Stangen. Solche Flaschenzüge hat er schon oft gebaut, wenn er aus einem Grab schwere Urnen heraufholen mußte. Er wird so viel hochziehen, wie er im Lauf einer Nacht schaffen kann. Das wird nur ein Teil sein, aber das Geld wird ihm für zehn Leben reichen. Den Rest wird er verbrennen. Dem Mörderschwein wird nicht das Schwarze unter dem Fingernagel bleiben. Er wird auch den Bosco dei Cappucci anzünden. Ein großes Feuer wird die Nacht erhellen. Man wird es von Sovana und Pitigliano aus sehen können, und auch er und sein Schwesterchen in ihrer Scheißvilla werden es sehen.

44
Briefe oder Testament

Der Prozeß wird am 31. Juli wiederaufgenommen, der Vorsitzende hat die Wochenendpause um zwei Tage verlängert, um sich auszuruhen und über die Ergebnisse der Reise nachzudenken. Artuso muß jeden Moment eintreffen. Scalzi hat ihn im Polizeipräsidium von Livorno angerufen. Er wollte schon am Telefon sagen, worum es ging, und es ist ihm komisch vorgekommen, daß Artuso, der doch immerhin in einem Büro der Polizeibehörde sitzt, ihn unterbrochen, ihm das Wort abgeschnitten hat: »Ich komme nach Florenz. In einer Stunde bin ich in Ihrer Kanzlei. Wir sprechen persönlich darüber.«

Wenn er in den folgenden Monaten über die Ereignisse im Zusammenhang mit dem Prozeß Fami nachdachte, hatte Scalzi Schwierigkeiten, die Fakten zu ordnen, die sich ab einem bestimmten Punkt überlagert und ineinander verstrickt hatten. Wie komplex sie auch immer waren, bis zu diesem Zeitpunkt hatten sich die Ereignisse in einem Rhythmus abgespielt, der von einer vorher festgelegten Taktik bestimmt schien, die zur Verurteilung von Idris führen sollte. Aber seit dem Augenblick, in dem er im Flugzeug gedacht hatte, das ganze Abenteuer in Alexandria sei nichts als ein Traum gewesen, beschlich ihn der Verdacht, daß vielleicht alles längst ein schlimmes Ende genommen habe, daß der gordische Knoten bereits mit der Schere zerschnitten worden sei, und zwar von jemandem, der keine Lust mehr hatte, sich den Kopf zu zerbrechen und der das Durcheinander mit einem Schlag entwirren wollte.

Während er im Flugzeug schlief, hatte sein Hirn Daten und Schlußfolgerungen verarbeitet. Vielleicht war sein Geist durch die Erschöpfung feiner und schärfer geworden. Als er aus dem Flugzeug stieg und auch auf der Fahrt im Zug vom Flughafen Fiumicino nach Florenz war ihm die Lösung klar erschienen. Noch im Zug hatte er aus einer dünnen Mappe den wunden Punkt des Prozesses hervorgeholt, die Briefe, die angeblich die ägyptische Ehefrau geschrieben haben sollte. Sein Blick war auf einige Sätze gefallen, einfach so, er hatte nicht danach gesucht: »Während Deiner Abwesenheit sind die Kanäle zerstört worden. Ich habe lange graben müssen, um den verschlossenen Brunnen zu öffnen, in dem die *amene* versenkt war. Der Verwesungsgestank zog Fliegen und andere Insekten an. Der kosmische Körper wird sie auch weiterhin anziehen, obwohl er schon fast ans Licht gekommen ist, und ich weiß, daß er existiert. Er wird durch den Einfluß der Parasiten immer weiter abnehmen, bis er, fürchte ich, vollkommen verschwunden ist. … Man muß ihn so bald wie möglich verlegen.«

Das waren die Sätze, in denen, Rogati zufolge, von einer versteckten Leiche die Rede war. Laila Mubathashi, die das Versteck kannte, war bereit gewesen, sie woanders hinzubringen, da die Gefahr immer größer wurde, daß jemand sie entdeckte. Aber wenn es so war, warum mußte sie dann »fürchten«, daß die Leiche sich selbst zerstörte, durch die Verwesung und durch Einwirkung von Parasiten? Darauf hätte sie doch im Gegenteil hoffen können.

Auch im folgenden Brief war von einem »kosmischen Körper« die Rede, und es folgten einige Angaben zum Ort. Aber der Stil der Briefe paßt so gar nicht zu der Laila, die beim Verhör im Gericht von Attarin aufgetreten war: eine bescheidene Frau, fast eine Bäuerin, wortkarg, schüchtern und alles andere als gebildet. Was an Fakten fehlt, muß man durch Phantasie ersetzen. Giulia hatte von einem Plan gesprochen. Aus Wien war Idris, angesichts der Gefahr, geschnappt zu werden, nach Ägypten geflohen. Aber auch dort war er in Gefahr, vielleicht mehr als anderswo. Also hatte er beschlossen, den Plan zu zerstören, aber weil er fürchtete, zu vergessen, wie man an den besagten Ort gelangte, hatte er, für sich selbst und für den Fall, daß man ihn umbringen würde, für seine Frau und ihren Sohn diese Briefe geschrieben und dabei die Sprache der Kabbala benutzt: »die Kanäle«, »die *amene*«, »der kosmische Körper« – das alles waren Beschreibungen des Ortes oder markanter Punkte.

Wenn die Dinge so lagen, waren die Briefe nicht von der Hand der ägyptischen Gattin, dann hatte Idris sie sich wirklich selbst geschrieben.

»Das Schicksal hat seine Hand im Spiel gehabt ...«, hatte Fami gesagt. Das Schicksal hatte ihm einen Streich gespielt, und die Geheimsprache enthüllte, genau das, was sie hätte verbergen sollen.

Samstags ist es ruhig in der Kanzlei im Borgo Santa Croce, und auch das Telefon schweigt.

»Was ist das Anagramm von Ovasan?«

Scalzi weist auf einen der Briefe, den ersten in der zeitlichen Abfolge.

»Ganz einfach«, antwortet Artuso, »Sovana«.

»Genau«, sagt Scalzi, »und da müssen wir anfangen. Der Ausgangsort ist das ›Haus von Ovasan‹, also Sovana. ›Unser Haus‹ scheint mir eindeutig ein Ädikulagrab zu sein, also ein Grab, dessen Fassade die Form eines Häuschens hat. Weiter unten wird dann gesagt, daß der Ort, das ›Kiesbett des Flusses in der Nähe des Hauses von Ovasan‹ durch eine ›Überschwemmung und eine Windhose‹ verändert worden sei. Eine Windhose ist eine Art Synonym für Taifun, nicht wahr. Und das schönste Beispiel für ein Ädikulagrab in Sovana mit einer bildlichen Darstellung auf dem Tympanon ist die Tomba del Tifone, das Grab des

Typhon*. Dieses Grab heißt so aufgrund eines Irrtums des Archäologen Dennis, der es entdeckt hat. Er sah in dem Blättergewirr um den Kopf des Mannes Schlangenschwänze. Und was die Überschwemmung betrifft, die den Ort verändert haben soll, so ist es nicht allzu schwierig, darin die Arbeiten an der Schnellstraße zu sehen, die Gambassi bauen läßt, um die geographischen Gegebenheiten zu modifizieren und den Zugang zum Sanktuarium zu verbergen.«

»Großartige Lektion, die ich bei Ihnen erhalte«, meint Artuso.

»Ich habe mich schlau gemacht.«

Scalzi hat in der Nationalbibliothek – nur wenige Schritte von seiner Kanzlei entfernt – einige Bücher über etruskische Ausgrabungen in Sovana eingesehen sowie weitere Publikationen über Themen wie Kabbala, ägyptisches Tarot und Okkultismus.

»Ausgangspunkt ist also die Tomba del Tifone in Sovana. Von dort muß man zu einem Wasserlauf gehen. Das Grab liegt über dem Bach Folonia, und ich möchte wetten, daß ein in den Tuff gehauener Weg vom Grab zum Bach führt.«

»Sehr schön«, strahlt Artuso, »geht es noch weiter?«

»Nein«, Scalzi schüttelt den Kopf, »es ist zwecklos. Nach der Tomba del Tifone wird die Wegbeschreibung zu kompliziert für mich, denn ich habe nur die Übersetzung, die die kriminaltechnische Abteilung angefertigt hat. Diese Übersetzung ist fehlerhaft, viele Ausdrücke werden in einem Sinn übersetzt, der günstig für die Anklage ist. Von hier ab werden die Briefe so gut wie unverständlich. Ich glaube, daß sie Andeutungen enthalten, die sich auf Symbole beziehen, die in bestimmte ›Statuensteine‹ eingeritzt sind, wie die Leute aus der Gegend sie nennen. Ich habe nur so-

* Ein Ungeheuer, ein hundertköpfiger Drache, der von Zeus unter dem Berg Ätna begraben wurde und seither Feuer speit.

viel verstanden, daß man dem Flußlauf nach Westen folgen muß – es gibt da eine romantische Andeutung auf die untergehende Sonne –, dann aber werden die Ausdrücke immer rätselhafter, und die Übersetzung des Staatsanwalts ist keine Hilfe mehr, im Gegenteil, sie führt in die Irre. Nehmen Sie die Kopien der arabischen Briefe mit, Dottor Artuso, und lassen Sie sie vollständig neu übersetzten, ohne auch nur eine einzige alternative Bedeutung auszulassen. Um Ihnen ein Beispiel zu geben, sehen Sie hier?« Scalzi deutet auf eine unterstrichene Stelle. »Rogatis Übersetzer hat sich auf die Angabe: ›Es folgen jetzt genauere Beschreibungen dieser Örtlichkeit‹ beschränkt. Eine junge Frau, die Arabisch kann, hat an dieser Stelle, über die der Übersetzer der Polizei hinweggegangen ist, einen Namen ausfindig gemacht: Lilith. In der kabbalistischen Tradition ist Lilith ein Geist. Ich glaube, daß sich irgendwo auf dem Weg das symbolische Zeichen der Lilith finden wird: eine Art Amphore mit Augen, Mund und zwei dünnen, verschränkten Griffen.« Scalzi zeigt Artuso eine Zeichnung, die er in der Bibliothek kopiert hat. »Ein anders Bild in einem dieser Briefe wird mit einem Traum von Laila Mubathashi in Verbindung gebracht: ein aufgehängter Mann, dem bei lebendigem Leibe die Haut abgezogen wird. Es könnte sich um den ›Gehängten‹ handeln, eine der geheimnisvollsten Karten im Tarot, die zwölfte, das ist die kabbalistische Zahl, die unserer Dreißig entspricht. Ich denke, man sollte vielleicht in dreißig Metern Entfernung von dem Punkt, an dem sich dieses Bild befindet, in westlicher Richtung suchen, oder …«

»Haben Sie nicht den armen Guerracci gehänselt, als er von seinem Plan mit dem Schatz sprach?« grinst Artuso.

»Aber es könnte sich auch auf eine Darstellung des Marsyas beziehen«, fährt Scalzi fort. »In jedem Fall, ob es nun ein ›Gehängter‹ oder ein ›Gehäuteter‹ ist, ich bin der Ansicht, daß diese Figur sich an einem Punkt des Weges befindet, der dem Ziel recht nahe ist. Soweit ich verstanden habe, gibt es nicht viele andere Hinweise. Lassen Sie eine neue Übersetzung anfertigen. Ich bin sicher, daß die Briefe, wenn man sie unvoreingenommen und ohne eine Leiche im Hinterkopf interpretiert, direkt zu dem berühmten Sanktuarium führen.«

45
Saro

»Hier ist es aber nicht besonders gemütlich.«

»Nein, aber es ist sicher. Die lieben Eltern können uns nicht hören, und falls doch …«, bemerkt Gambassi zynisch, »dann können sie nichts mehr ausplaudern. Und wo ist es denn überhaupt heutzutage noch gemütlich?«

Der Colonnello läßt den Blick durch die Krypta schweifen, von der Bronzetür mit den mit Totenschädeln verzierten Platten, durch die sie eingetreten sind, über die in die Wände eingelassenen Gräber. Es gibt nur zwei Grabsteine, die anderen Nischen sind leer. Ein Alpha und ein Omega stehen von dem Geburts- und dem Todesdatum, und eine Aufschrift erinnert an »ZELINDA MONGIO GAMBASSI, zärtliche Mutter und treue Gattin«. Eine weitere Aufschrift auf dem Grab daneben preist »GUALBERTO, reich an italischen Tugenden … sorgender Vater, unbesiegter Kämpfer, über alles geliebter Gatte, im Tode vereint mit seiner angebeteten Frau … Ihrem Andenken in aller Ewigkeit von ihren Kindern Elvio und Magda«.

»Daß sie mein Telefon abhören«, sagt Gambassi, »weiß ich schon lange. Und seit einiger Zeit ist es ja auch Mode, Abhörgeräte im Hause zu installieren, aber hier drinnen können sie keine Wanzen angebracht haben, da bin ich ganz sicher. Die Krypta ist immer abgeschlossen, und den Schlüssel habe ich. Also, Colonnello, was haben Sie mir so Dringendes zu sagen?«

»Ihr habt da etwas Schönes angerichtet, lieber Gambassi, man möchte kaum glauben, daß das Euer Werk ist.«

Gambassi gefriert das Blut in den Adern. Der Colonnello

benutzt die zweite Person Plural, eine alte, völlig überholte Form der Anrede. Das bedeutet ernsthafte Probleme.

»Angerichtet? Was habe ich denn angerichtet?«

»Na, na, Dottore …«, der Colonnello sucht erfolglos einen Platz, wo er sich setzen kann. Er lehnt sich mit einer Schulter an die Wand, und eine Spinnwebe bleibt an seinem Anzug aus hellblauem Gabardine kleben, »Ihr werdet den Brand doch wohl gesehen haben, oder irre ich mich? Es muß doch ganz schön hell gewesen sein, schließlich ist ein ganzer Wald abgebrannt.«

»Na und?« sagt Gambassi und versucht, den Gesichtsausdruck seines Gegenübers zu erkennen, in dem bläulichen Licht, das durch die farbigen Scheiben der Glaskuppel dringt, die die unterirdische Krypta überspannt. »Ein Waldbrand, na und? Bis zum Ende des Sommers werden noch viele Wälder abbrennen, hier und anderswo.«

»Unter … Kameraden verarscht man sich nicht.« Auch die vulgäre Ausdrucksweise und das Zögern vor der Bezeichnung ihres Verhältnisses sind ganz schlechte Zeichen. »Es ist nicht irgendein Wäldchen abgebrannt. Ein ganz bestimmter Wald ist abgebrannt. Und das Feuer ist unterirdisch ausgebrochen. Dann hat es sich an der Oberfläche verbreitet, nachdem unter der Erde schon alles in Flammen aufgegangen war. Erst unten und dann oben: Versteht Ihr, was ich damit sagen will?«

»Nein.«

Aber Gambassi weiß natürlich alles, auch, wer den Ursprung des Brandes entdeckt hat. Gestern ist Saro in die Villa gekommen und hat ihm einen Stein gezeigt, den er im Bett des Baches Folonia gefunden hat, der durch den Bosco dei Cappucci fließt. »Von unten bis oben schwarz von Rauch«, hat Saro gesagt. All die anderen Steine drumherum und ein Teil der Grabmauer seien ebenfalls geschwärzt, als ob der Rauch unter der Erde hervorgedrungen wäre, aus Löchern, die wie Kamine in den Tuffstein geschlagen sind.

»Irgend jemand ist unter die Erde gegangen, um sich aufzuwärmen«, meinte Saro,« aber es war ihm wohl nicht warm genug. Er mußte Feuer machen.« Dann hat er Dottor Elvio den Stein fast auf die Füße geworfen, ist auf sein schlammverkrustetes Moped gestiegen und davongefahren.

»Sie haben erfahren«, der Colonnello zuckt mit den Schultern, »daß der Brand in dem unterirdischen Heiligtum ausgebrochen ist. Sie meinen, das wäret Ihr gewesen.«

»Ich? Bin ich denn von allen guten Geistern verlassen? Und warum hätte ich so etwas tun sollen?«

»Also, Gambassi«, der Colonnello wedelt angeekelt mit der Hand und versucht, sich von dem Spinnenfaden zu befreien, der an seinen Fingern klebt, »reden wir nicht länger um den heißen Brei herum. Ihr habt das Lager ausgeräumt und dann einen Haufen Altpapier angezündet. Und den Wald habt Ihr in Brand gesteckt, damit es so aussieht, als ob das Feuer sich von oben nach unten ausgebreitet hätte.«

»Glauben Sie wirklich, daß ich so etwas tun würde?« Gambassi faltet die Hände wie zum Gebet und versucht zu lächeln, aber das Lächeln ist gequält, und entgegen seiner Absicht wirkt er mitleiderregend. »Colonnello, ich frage Sie: Glauben Sie wirklich, daß ein Mann in meiner Position sich zu Tricks dieser Art herablassen würde?«

»Möchtet Ihr wissen, was ich glaube, Elvio? Der Colonnello sieht Gambassi aufrichtig an. »Soll ich Euch ganz ehrlich meine Meinung sagen?«

»Ganz ehrlich, ja, natürlich.«

»Als ich von der Bewegung erfahren habe, und daß Ihr Euch als Verwahrer angeboten hättet ... wollt Ihr wissen, was ich da gedacht habe? Irgendeinen Weg, sie anzuschmieren, wird Gambassi schon finden. Der Magnet kann nicht in der Nähe des Eisens liegen, ohne es anzuziehen. Ich habe vorhergesehen, daß Ihr es auf diese oder jene Weise schon schaffen würdet, am Schluß das Lied der diebischen Elster zu singen: ›Alles meins, alles meins!‹«

»Aber ich habe es nicht getan! Colonnello! Der Schlag soll mich treffen! Ich habe es nicht getan!«

»Hört zu, Gambassi, ich habe mich informiert, und ich kenne die Bewegung in allen ihren Einzelheiten. Unsere … Freunde, nennen wir sie mal so, haben sich an Euch gewandt, weil widrige Umstände eingetreten waren. Aus Unachtsamkeit war das Geld aus dem Drogenhandel, das man in Umlauf hätte bringen können, mit Lösegeld aus einer erpresserischen Entführung vermischt worden und durcheinandergeraten. Es war zwar nur ein sehr geringer Prozentsatz, ein Schein von tausend, soviel ich weiß. Aber alles gekennzeichnete Scheine, deren Nummern in jeder Bank bekannt waren. Und der Entführte war nicht irgend jemand, es war der Sohn einer sehr wichtigen Persönlichkeit, eines Mannes mit ganz persönlichen Schutzheiligen. Der Junge ist tot, und der Vater hat den Entführern Rache geschworen. Die Spreu von Weizen zu trennen war unmöglich, weil die 'Ndranghetisti die Seriennummern nicht kannten, die Polizei und Banken kontrollierten. Deshalb mußte man abwarten, bis etwas Zeit vergangen war, bevor man das Geld wieder in Umlauf bringen konnte. Und deshalb haben sie sich an Euch gewandt. Seht Ihr, ich weiß alles. Es ist dumm, Versteck mit mir zu spielen. Ein moralisches Urteil steht mir nicht zu. Außerdem kenne ich Eure Großzügigkeit. Uns genügt es, zu wissen, daß Ihr der Sache treu ergeben und, wenn es darauf ankommt, sehr großzügig seid. Der Rest geht uns nichts an. Ob Ihr die Regeln der Revolutionsethik respektiert, interessiert uns nicht. Mit diesen Leuten kann man nicht einmal stehlen. Überhaupt, was ich nicht verstehe, ist, warum Ihr so lange gewartet habt … Aber diese Leute sind unbarmherzig«, der Colonnello schüttelt betrübt den Kopf. »Vielleicht habt Ihr sie unterschätzt. Aber dies ist jetzt leider ein Zeitpunkt, an dem auch wir auf sie angewiesen sind. Ja, es gereicht mir zwar nicht zur Ehre, das sagen zu müssen, aber wir brauchen vor allen Dingen sie. Es tut mir leid. Niemand kann etwas dafür. Daran ist der Kriegszustand schuld.«

»Vergessen Sie den Kriegszustand. Kommen wir zu meinem Fall.«

»Wir haben Euch unseren Schutz entzogen. Seit gestern müßt Ihr allein mit ihnen klarkommen. Es schmerzt mich, aber Ihr müßt ohne unsere Hilfe mit ihnen fertig werden. Das heißt, wenn sie etwas gegen Euch im Schilde führen, werden wir nicht in der Lage sein, Euch zu schützen.«

Die Tankstelle wenige Kilometer vor der Grenze ist klein und nur schwach frequentiert, nur von Leuten, denen unvorhergesehenerweise das Benzin ausgegangen ist. So kurz vor der Schweizer Grenze, wo eine Tankfüllung die Hälfte kostet, tankt kaum jemand in Italien.

Mario ist gegangen, um ein Brötchen zu essen. Er ist seit neun Stunden ununterbrochen gefahren und kam fast um vor Hunger.

Hinter dem Trailer, in dem sich die Bar befindet, sind die Toiletten und eine Mauer, die die Autobahn von einem Maisfeld trennt. Die Mauer, vor der der Mercedes geparkt ist, ist grau, und auf ihr bewegt sich eine dunkle Kette. Gambassi schaut genauer hin: Es sind Mäuse, große, schwarze Mäuse. »Wo kommen nur all diese Mäuse her?« fragt sich Gambassi.

Signorina Magda sitzt auf dem Beifahrersitz und schläft tief. Sie hat schon während der Fahrt geschlafen und nicht einmal bemerkt, daß sie angehalten haben.

Nach dem Gespräch mit dem Colonnello hat er abgewartet, bis es dunkel wurde.

Als die Behörden beschlossen haben, seine Villa Tag und Nacht zu überwachen, hat Gambassi für alle Fälle genau auf die Zeiten der Wachablösung geachtet. Irgendwann in der Nacht gibt es eine Lücke. Gegen drei fährt der Kombi der Wachen am Ausgang des Parks ab, und es vergeht eine halbe bis eine Stunde, bevor die Patrouille von der Tagschicht eintrifft.

Ohne Magda etwas davon zu sagen, hat er die Wartezeit dazu genutzt, seinen Safe auszuräumen und das Geld und den Schmuck in einem Aktenkoffer zu verstauen. In eine größere Tasche hat er die Geheimdokumente gepackt, die er in der Villa aufbewahrte. Das sind nicht sehr viele, der größte Teil befand sich im Sanktuarium. Er hofft, daß die auch in Flammen aufgegangen sind, wenigstens das. Kein Unglück ist so groß, es hat ein Glück im Schoß. Er hat zwei Koffer mit ein paar Kleidungsstücken für sich und für Magda gepackt, die natürlich nichts bemerkt hat, weil sie in der Bibliothek saß und einen ihrer Romane las. Beim Abendessen war sie schweigsam und schlecht gelaunt; wenn das Wetter umschlägt, nehmen ihre Depressionen zu. Deshalb ist sie auch fast sofort ins Bett gegangen. Zum Glück, denn wenn sie ihn bei den Vorbereitungen angetroffen hätte, hätte sie ganz bestimmt angefangen, Fragen zu stellen, sich aufgeregt und sich Sorgen gemacht, bevor es ihm gelungen wäre, ihr das Maul zu stopfen und sie daran zu erinnern, daß höchstwahrscheinlich im ganzen Haus Wanzen seien.

Um halb drei ist Gambassi aufgestanden. Er hat das Ohr an den Fensterladen gepreßt und das Geräusch des abfahrenden Kombis gehört. Über die Wechselsprechanlage hat er Mario gerufen und ihm befohlen, in die Garage zu gehen und den schwarzen Mercedes klarzumachen: Volltanken, Öl und Reifendruck kontrollieren und all das. Der Chauffeur hat seinen Befehl schweigend entgegengenommen, weder Fragen gestellt noch einen Kommentar abgegeben. Er ist seit zwanzig Jahren in seinen Diensten und daran gewöhnt, immer auf Abruf bereitzustehen.

Das schwierigste war natürlich Magda. Er war gezwungen, sie schlafend aus dem Bett zu heben, völlig benebelt von ihren Schlaftabletten, wie immer. Er hat sie mit Gewalt in die Badewanne verfrachtet. Gott sei Dank ist sie leicht geworden, bei all ihren Diäten. Und als sie unter der Dusche, die ihr Nachthemd durchnäßte und es durchsichtig werden ließ (kein besonders erfreulicher Anblick), den Mund aufsperrte, um Luft zu holen und zu brüllen, sagte Gambassi ihr mit wildem Gesichtsausdruck: »Still-still-still. Wir müssen weg. Sei still.«

Und obwohl er ihr unter der rauschenden Dusche ins Ohr geflüstert hat, daß sie sich beeilen müßten, ohne Lärm im Dunkeln zu verschwinden (»Wie damals in Rumänien, erinnerst du dich? Du hast fünf Minuten, um dich anzuziehen...«), hat sie von diesem Augenblick an die ganze Sache verkompliziert. Sie wollte einen Koffer mit Krempel pakken: Bücher, Kleinigkeiten, Nippes, das ganze Arsenal indischen Unfugs, das sie für ihre transzendentalen Meditationen benutzt. Der Koffer fiel ihr aus der Hand, als sie die Treppe hinunterging, und machte ein Riesengetöse. Das war der Startschuß zu einer Reihe kleinerer Unfälle. Sie ist hinter dem Koffer her die Treppe hinuntergerutscht, und um ein Haar hätte sie sich den Knöchel verstaucht. Er, Gambassi, hat sich in der dunklen Garage das Schienbein gestoßen. Federico, der Hund, fing an zu bellen, und Magda brach in Tränen aus, weil sie ihn nicht zurücklassen wollte. Dann ließ sie den Wagen mitten auf der Parkallee halten und schickte den armen Mario drei Rosen pflücken (»Weiße, wenn ich bitten darf!«), um sie nach ihrer Ankunft der Madonna darzubringen. Mario, der sich an einem Dorn gestochen hatte, ließ das Lenkrad los, um an seinem blutenden Finger zu lutschen, und fuhr gegen einen Zaun.

Alles in allem sind diese kleinen Mißgeschicke Gambassi als böse Vorzeichen erschienen. Trotzdem dürfte eigentlich niemand bemerkt haben, daß sie abgefahren sind: Sie haben die Villa noch im Dunkeln verlassen, die schwarze Limousine ist mit ausgeschalteten Scheinwerfern durch das Tor geglitten, auf dem Feldweg, der zur Landstraße führt, sind sie keinem anderen Wagen begegnet, und der Mercedes mit den getönten Scheiben hat ein Nummernschild des Vatikanstaats, es wird niemandem in den Sinn kommen, ihn anzuhalten. Abgesehen davon weiß überhaupt niemand von der Existenz dieses Mercedes, der für alle Fälle immer ganz hinten in der Garage versteckt gestanden hat, mit einer Plane bedeckt wie ein Oldtimer.

Die Mäuse laufen immer noch auf der Mauer entlang. Wie viele mögen es sein? Gambassi beobachtet sie fasziniert, fast hypnotisiert, er hat den Eindruck, den Vorbereitungen eines unglückseligen Ereignisses beizuwohnen, einer fürchterlichen Invasion. Der Platz, auf dem der Wagen steht, ist leer, Mittag ist vorbei, aber es ist dunkel, als ob sie immer noch im Dämmerlicht der bewölkten Morgenröte reisen würden, die sich kurz vor Bologna hinter den Bergen abgezeichnet hatte. Und wieder fängt es an zu regnen.

»Schau mal, Elvio, der Herr dort sieht aus wie Saro.«

Sie ist aufgewacht, jetzt wird er auch noch auf sie warten müssen. Sie wird auf die Toilette gehen, einen Kaffee trinken wollen ... Wieso braucht der Fahrer eigentlich so lange?

Der Mann ist wirklich das Ebenbild von Saro. Abgesehen von dem Zweireiher: Der typische Anzug eines Hinterwäldlers, aus einem steifen, schweren Stoff. Er behindert den Mann, als er den BMW abschließt, er ist ihm auch zu eng, offenbar trägt er nicht oft Anzüge. Er schaut herüber, lächelt, kommt auf den Mercedes zu, nickt ...

Die Angst lähmt Gambassi, er glaubt sich in Zeitlupe zu bewegen. Er beugt sich über die Vordersitze, um die Türknöpfe herunterzudrücken und streift dabei mit der Wange die Wange von Magda, die ihn erstaunt ansieht. Dann befällt ihn die Angst wieder, sein Magen ballt sich zu einem Stein zusammen: Er sieht, daß das Fenster auf der Fahrerseite zur Hälfte offengeblieben ist. Mit zitternder Hand drückt Gambassi den elektrischen Fensterheber, langsam fährt die Scheibe nach oben, aber Saro (Saro im Zweireiher!) preßt sie mit seinen Händen hinunter. Er steht auf Zehenspitzen und drückt mit seinem ganzen Körpergewicht dagegen. Der Fensterheber surrt ins Leere, die Scheibe hebt sich nicht mehr, die Knöchel an Saros schwieligen Händen sind weiß von der Anstrengung, mit der Linken läßt er das Glas los und streckt sie ins Wageninnere. Saro steckt seine Schulter durch die Öffnung, er lächelt immer noch, er schnauft ein wenig, dann findet er den Knopf der Zentralverriegelung und zieht ihn hoch.

Saro sitzt hinter dem Steuer, wischt sich die Hände an den Hosen ab, knöpft erleichtert aufatmend seine Jacke auf und dreht sich um. Gambassi auf dem Rücksitz ist versteinert.

Saros Mondgesicht ist ungewöhnlich blaß, und so aus der Nähe ist er häßlicher denn je. Links hat er ein Glasauge, dank eines Spritzers ungelöschten Kalks, seine Lippen sind wulstig, und auf der glänzenden Haut seinen kahlen Schädels kleben vereinzelte fettige Haare. Er neigt den Kopf ein wenig zu Magda: »Wie geht's denn unserer Signorina Magda?« Beim Aussprechen ihres Namens betont er das »g«.

»Mir? … Oh, gut, danke«, stammelt Magda ängstlich. »Aber … aber … was wollen Sie? Das ist Saro! Elvio! Es ist wirklich Saro.«

Saro bricht in höhnisches Gelächter aus, seine Schultern zucken.

»Na klar bin ich das. Wer soll es denn sonst sein?«

»Saro«, flüstert Gambassi, »du weißt, wie sehr ich dich immer geschätzt habe …«

Auch diese Bemerkung findet Saro sehr erheiternd, er fängt wieder an zu lachen, nur leiser diesmal.

»Wieviel?« Gambassi beugt sich nach vorne. »Ich gebe dir, soviel du willst. Heute ist dein Glückstag, Saro.«

»Haha, mein Glückstag!« Saro schüttelt den Kopf und

holt aus der Innentasche des Zweireihers die Pistole mit Schalldämpfer. »Das Glück hat verbundene Augen. Es kommt und geht …«

»Nein … Saro … hör zu, Saro … Das wirst du dein Leben lang bereuen.«

»Ja, ja, das Leben …«, nickt Saro. »Sie haben Ihres doch genossen. Schnauze, Dottore. Alle beide, haltet die Schnauze. Ihr wißt, was wir tun müssen.«

Magda fängt an zu schreien. Saro dreht den Lauf des Schalldämpfers und läßt einen Schuß los, einen leisen Knall, nur einen, und Magdas Kopf sinkt gegen die Scheibe.

»Schnauze«, sagt Saro, »halt die Schnauze, Dottore. Wenn du den Mund aufmachst, dann steck ich dir das hier zwischen die Zähne, und bevor ich dir in die Fresse schieße, renke ich dir noch die Kinnlade aus, du Arschloch.«

Magdas Absätze klappern zitternd gegen das Glas der Windschutzscheibe, das Zucken ihrer obszön erhobenen Beine wird immer schwächer. Saro schaut Gambassi an, der ihm einen flehentlichen Blick zurückwirft.

Dann ändert sich Gambassis Gesichtsausdruck. Saro ist kein nachdenklicher Mensch, aber später wird er oft an dieses Gesicht denken müssen. Er wird niemandem davon erzählen, nicht einmal seinen Freunden, die sich, wenn sie zusammen in Situationen wie dieser sind, die Zeit mit wahren Geschichten vertreiben: von dem, der sich in die Hose gemacht hat, oder dem, der sämtliche Heiligen angefleht hat … Wenn er von diesem Gesicht erzählen würde, würden die Freunde das für eine Art moralisches Alibi halten. Aber Saro braucht kein Alibi. Dottor Elvio kommt ihm vor wie eine mit Blut vollgesaugte Mücke, Sekunden bevor man sie auf dem Jochbogen zerquetscht. Er ist schon fast auf der anderen Seite angelangt, er ist auf der Schwelle stehengeblieben, sein Leben zieht wie ein Film an ihm vorbei, und er sieht nichts als Scheiße. Auf seinem Gesicht liegt ein Anflug von Ekel, es ist eher einladend als resigniert, als ob der Dottore sagen wolle: Na mach schon, Saro, worauf warten wir noch? Und Saro nickt, bevor er den Lauf des Schalldämpfers der Beretta Kaliber neun Modell vierunddreißig auf Gambassis Jochbein richtet, bis er es fast berührt. Die Mücke ist sofort hinüber, Blut und gelblicher Schleim quellen hervor, der Körper des Dottore fällt nach hinten, schlägt gegen die Lehne, schnellt wieder nach vorne, dann bleibt er mit gekrümmtem Oberkörper in Richtung auf die Heckscheibe liegen, die Beine in Sitzposition.

In aller Seelenruhe richtet Saro die Schultern in die normale Lage, drückt Magdas Beine herunter und bedeckt sie mit dem Rock, wischt mit dem Ärmel seiner Jacke einen Blutspritzer von der Windschutzscheibe, durchsucht den Dottore, nimmt seine Brieftasche, greift nach Magdas Handtasche und leert beides auf ein Taschentuch aus, das er auf dem Sitz ausgebreitet hat. Er kehrt die Dollarscheine, den Schmuck und die goldene Rolex, die er Gambassi vom Handgelenk gezogen hat, zusammen, faßt die Zipfel des Taschentuchs und macht ein Bündel daraus. Mit dem Bündel schlenkernd, betritt er die Bar.

Der Chauffeur verzehrt gerade langsam sein zweites Brötchen. In Marios geöffnetem Mund sieht man gelbes Rührei. Saro wirft ihm einen gleichgültigen Blick zu, begleitet von einer kaum wahrnehmbaren zustimmenden Geste. Mario kaut weiter, wartet, bis Saro seinen Kaffee getrunken hat und wieder in seinen BMW gestiegen ist. Dann verläßt er die Bar und geht auf die getönten Scheiben des Mercedes zu. Ab und an bleibt er stehen, um in seinen Zähnen zu stochern.

46
Letzte Feuer

»Glaubst du, daß er kommen wird?«

»Ich denke doch«, antwortet Scalzi. »Ich habe den richtigen Ton getroffen.«

»Und der wäre?« fragt Olimpia.

»Ich habe mich auf das einzige Terrain begeben, auf dem man mit einem Typen wie ihm gut klarkommt. Die Grauzone, in der ist es einfacher, überzeugend zu wirken. Eher Musik als Worte. Man sagt es nicht klipp und klar, aber man versucht zu suggerieren: Paß auf, ich könnte dir gefährlich werden …

»Also eine kleine Erpressung«, schneidet Olimpia ihm das Wort ab.

»Eher ein Bluff.«

»Hast du den Ort des Treffens vorgeschlagen?«

»Ja. Das bin ich Guerraccis Mutter schließlich schuldig.«

»Was hat denn Guerraccis Mutter damit zu tun?«

»Habe ich dir nicht erzählt, daß sie mir den Hinweis gegeben hat? Sie hat mich in der Kanzlei angerufen: ›Reden Sie mit diesem Giovannone, Avvocato Degli Scalzi. Er weiß, wo Verena ist.‹«

»Ich finde es komisch, daß er sich darauf eingelassen hat, zu den Guerraccis nach Hause zu kommen. Er und Amerigo waren doch drauf und dran, sich zu schlagen. Und wenn das eine Falle ist?«

»Die Fallen sind schon alle zugeschnappt.« Scalzi schaut melancholisch aus dem Fenster. »Es bleibt nichts als verbrannte Erde.«

Die Stimmen der jungen Leute, ein paar Ausländer auf

Reisen, sind gedämpft. Das Gepäcknetz ist mit ihren Rucksäcken in knalligen Farben vollgestopft. Ein Mädchen schläft, die anderen drängeln sich vor den Fenstern.

Der Zug von Florenz zum Flughafen nach Pisa fährt ein Stück am Arno entlang. Heute vormittag ist der Himmel klar – obwohl es in den letzten Septembertagen viel geregnet hat –, der Fluß ist schmutzig, schlammig, aber die Weinberge mit ihren gelben und roten Blättern bilden einen reizvollen Kontrast zum Grün der Pinien und dem Weiß der Oliven.

Scalzi beneidet die jungen Leute um das wehmütige Gefühl am Ende ihrer Reise. Es sind wohl Amerikaner, die da an den Fenstern kleben, um sich von ihrem Urlaubsland zu verabschieden. Scalzi und Olimpia haben wegen des Fami-Prozesses auf ihre alljährlichen Sommerferien verzichtet und einen außergewöhnlich heißen August in der Stadt verbracht. Fast jeden Abend sind sie ins Open-Air-Kino gegangen, unter der Festungsanlage, die der Medici-Villa auf dem Forte Belvedere als Sockel dient.

Während Scalzi die jungen Leute so betrachtet, bedauert er, auf seinen gewohnten Sommerurlaub verzichtet zu haben. Jedes Jahr bei der Rückkehr, auf der Fahrt in die entgegengesetzte Richtung, diese Landschaft wiederzufinden, nachdem man einen Monat lang exotische Panoramen aufgenommen und sich der reizvollen Wunschvorstellung eines endgültigen Ausstiegs hingegeben hatte, erzeugt in ihm immer wieder ein keineswegs unangenehmes Gefühl der Wehmut. Es wird immer schneller Herbst, und Scalzi hat den Eindruck, daß die Jahreszeiten in diesem unglückseligen Jahr, anstatt voranzuschreiten, an ihren Anfang zurückkehren, als ob das Jahr sich verdoppeln wolle und alles wieder von vorn beginnen würde, auch der Fami-Prozeß, um ihm von neuem den Sommer zu rauben.

»Und wenn wir auch in den Flieger steigen würden?« seufzt Scalzi.

»In was für einen Flieger?« fragt Olimpia geistesabwesend. Sie liest eine Zeitung, die sie in letzter Minute am Bahnhof gekauft hat, bevor sie in den Zug gestiegen sind.

»Das gleiche Flugzeug wie diese jungen Leute. Wir fliegen mit ihnen.«

»Hier steht, daß es gar nicht sicher ist, ob er mit verbrannt ist.« Olimpia faltet die Zeitung auseinander und zeigt auf einen Artikel.

Scalzi betrachtet demonstrativ weiter die Landschaft. Hinter einer Biegung des Arno ändert sich das Bild plötzlich, und es erscheinen die traurigen grauen Türme der forensischen Klinik von Montelupo.

»Hier steht, daß die Leiche durch das Feuer so entstellt war, daß keine Möglichkeit einer eindeutigen Identifizierung bestand.«

»Ich glaube, sie fliegen nach London.« Scalzi spricht lauter, er will das Thema wechseln. »Und dort steigen sie dann nach New York oder San Francisco um. Laß uns nach Amerika fliegen, Olimpia. Was hindert uns daran?«

»Das geht nicht, weil du mit diesem Giovannone im Haus von Guerraccis Mutter verabredet bist.« Olimpia liest mit gerunzelter Stirn weiter. »Hör dir das an! Hier steht, daß die Eskorte vielleicht aus vier Männern bestand und nicht nur aus dreien. Es scheint, daß sie in Pianoro die Dienste durcheinandergebracht haben. Im letzten Moment soll noch ein Vollzugsbeamter dazugekommen sein, der kurz vor seiner Pensionierung stand und nach Sardinien gehen wollte. Und da es fünf verbrannte Leichen sind, inklusive dem Fahrer, würde in diesem Fall eine Leiche fehlen, und das könnte die von Fami sein.«

»Ich wüßte wirklich gerne, warum manche Leute, obwohl niemand sie dazu zwingt, sich so sehr für gewaltsame Tode interessieren«, brummt Scalzi und nimmt Olimpia die Zeitung aus der Hand.

31. Juli, elf Uhr. Im Verhandlungssaal des Schwurgerichts übertönt das laute Geräusch der Klimaanlage das Flüstern der Menschen, die schon seit zwei Stunden warten.

Für die Zeit des Aufenthaltes des Gerichts in Ägypten war Fami nach Pianoro verlegt worden, und heute vormittag soll er wieder überführt werden, damit der Prozeß fortgesetzt werden kann. Schon zweimal ist der Vorsitzende aus dem Halbkreis getreten, um Giuliano von weitem fragende Blicke zuzuwerfen. Aber der hat nur den Kopf geschüttelt. Eskorte und Angeklagter sind noch nicht eingetroffen.

Um halb elf kam Artuso mit verquollenen Augen, schlammverkrusteten Schuhen und verknautschten, beißend nach Rauch riechenden Klamotten. Er berichtete Scalzi und Guerracci vom verhängnisvollen Ausgang seiner Reise.

Die neue Übersetzung der Briefe hatte konkrete Hinweise ergeben. Man mußte von der Tomba del Tifone ausgehen und dem Bachlauf bis ins Dickicht des Bosco dei Cappucci folgen. Die geheimnisvollen Metaphern der Briefe verwiesen auf eine Folge von Darstellungen, die in die »Statuensteine« eingeritzt waren und den Weg ausschilderten, wie die Zeichen des Alpenvereins. Wenn man die Briefe erst einmal richtig entschlüsselt hatte, konnte es nicht allzu schwer sein, den Weg zum geheimen Eingang des Sanktuariums zu finden.

Aber Artusos Vorgesetzte und Kollegen hatten ihn nicht unterstützen wollen. Lauwarmes Interesse, ironische Bemerkungen über den »vergrabenen Schatz«. Niemand war besonders überzeugt von seiner Vorgehensweise.

Als er endlich am Ziel war, kam zu der Enttäuschung noch der Zorn darüber, daß ihm jemand zuvorgekommen war. Artuso befürchtete, verraten worden zu sein: Von den Statuensteinen keine Spur, weil das Gelände durch den Bau einer Hilfsstraße aufgewühlt worden war, die man halbfertig liegengelassen hatte. Der Wald war nur noch Asche, der Brand war in der Nacht zuvor ausgebrochen. Den Feuerwehrleuten war es gelungen, die Flammen auf den Bosco dei Cappucci zu beschränken, bevor sie auf den Hügel übergreifen konnten, aber das ganze Gebiet um die Tomba del Tifone und ein großer Teil jenseits des Baches Folonia war nur noch verbranntes Gestrüpp. Es war sinnlos geworden, den Hinweisen in den Briefen zu folgen. Artuso hatte sich an einer Rauchsäule orientieren können, die unter der Erde hervorkam wie aus einen Kamin um einen Einstieg zu finden, der nach unten führte. Aber man konnte nicht hinein, man wäre im Rauch erstickt.

Er würde wieder hinfahren, wenn es ihm gelänge, die nötigen Männer und Mittel für eine Operation zu bekommen, die ziemlich kompliziert werden würde. Man brauchte Sauerstoffgeräte, Experten für Höhlenkunde, weil das Feuer die tragenden Strukturen der Höhle zerstört hatte und Einsturzgefahr bestand. Ohne angemessene Vorsichtsmaßnahmen in die unterirdische Höhle zu steigen war zu riskant.

Artuso würde von seiner Behörde die nötige Hilfe bekommen können, wenn Idris Fami sich endlich dazu durchringen würde, in einer öffentlichen Verhandlung die Wahrheit zu sagen, so daß Artuso seinen Vorgesetzten das Protokoll unter die Nase halten könnte. Jetzt konnte Signor Fami die Katze doch aus dem Sack lassen, nachdem die Möglichkeit, den Schatz selbst in die Finger zu kriegen, für immer in Rauch aufgegangen war.

Die Glocke von der benachbarten Kirche Sant'Ambrogio hatte erst vor kurzem Mittag geläutet, als ein Motorradcarabiniere eintraf. Scalzi und Guerracci meinten, den Leutnant Gianferrotti wiederzuerkennen, das »Arschloch«, aber vielleicht war es nur Einbildung, denn der Carabiniere durchquerte den Verhandlungssaal fast im Laufschritt, ohne auch nur den Helm abzunehmen. Man empfing ihn im Beratungszimmer, und wenig später trat das Gericht in den Saal.

In eine bedrückte Stille hinein (Giuliano hatte die Nachricht schon vor dem Eintreten des Gerichts verbreitet) las der Vorsitzende den Bericht, den der Leiter des Polizeireviers in Paganico verfaßt hatte:

»31. Juli. Wir setzen Sie davon in Kenntnis, daß heute um 7.30 Uhr, auf Höhe des Kilometers 62 der Schnellstraße Siena-Grosseto, an der Gabelung nach Roselle, ein Gefangenentransporter seitlich von einem Lastwagen erfaßt wurde, der Baumaterialien transportierte und von links kam. In dem Gefangenentransporter befand sich der Häftling Idris Fami, der derzeit im Hochsicherheitsgefängnis auf der Insel Pianoro in Erwartung seines Urteils in Untersuchungshaft sitzt, in Begleitung einer Eskorte von drei Carabinieri und dem Fahrer. Nach dem Unfall wurde die Schnellstraße drei Stunden für den Verkehr gesperrt, was das umgehende Eingreifen des Unterzeichneten und seines Stabes verhinderte. Sowohl der Gefangenentransporter als auch der LKW gingen in Flammen auf, nachdem der Tank des Gefangenentransporters durch die Wucht des Aufpralls explodiert war. Ein Beamter der Motorradeinheit auf Routinepatrouille hat sofort Not- und Rettungsdienstfahrzeuge angefordert, die jedoch, bevor sie sich dem Unfallort nähern konnten, abwarten mußten, bis es der Feuerwehr, die ebenfalls umgehend alarmiert worden war, gelungen war, den Brand einzudämmen. Da der LKW Baumaterialien transportierte, geteerte Planen zum Abdichten von Dächern, entwickelten sich ein außerordentlich heftiges Feuer und dichter Rauch. Dies läßt die Mutmaßung zu, daß es keine Überlebenden gibt, abgesehen vom Fahrer des LKW, dem es offenbar gelungen ist, wenige Sekunden vor dem Aufprall aus der Fahrerkabine zu springen und zu Fuß oder mit anderen Mittel zu fliehen. Zum gegenwärtigen Zeitpunkt läßt sich nicht feststellen, auf welche Weise dem Verursacher des Unfalls die Flucht gelungen ist. Nachforschungen beim computergestützten Zentralarchiv haben ergeben, daß der LKW mit der Nummer SI 3287931 der GmbH FORNACE LATERIZI CARDELLINI aus Pienza gehört. Einer Anzeige zufolge, die diesem Polizeirevier vorliegt, wurde dieses Fahrzeug in der Nacht des 29. Juli dieses Monats gestohlen. Nachforschungen nach den Dieben sind im Gange, ebenso hinsichtlich der Identität des LKW-Fahrers.«

»Wie wäre es, Signora, wenn Sie ein für allemal mit diesem ›Wer-ist-das-schöne-Mädchen-mit-den-roten-Haaren‹ aufhören würden? Sie wissen ganz genau, wer ich bin. Ich gehe seit zwei Jahren mit Ihrem lieben Kleinen ins Bett.«

Als Scalzi und Olimpia den Salon betreten, ist die Atmosphäre geladen. Die Bruschini ist in die Luft gegangen, weil Guerraccis Mutter ihr eine Frage gestellt hat. Gertrud sitzt auf der Kante eines Sessels, in den Händen eine dampfende Tasse. Sie wirkt ängstlich und bedrückt. Amerigo und ein Unbekannter von kräftiger Statur sehen sich mißtrauisch an. Der Unbekannte dreht aufsässig die Platte eines Marmortischchens im Empirestil, in deren Mitte ein Bronzemädchen einen Haufen Äpfel im Rock trägt. Nur Signora Guerracci scheint sich wohl zu fühlen, sie sitzt auf dem Sofa unter dem großen Gemälde von Viani. Sie lächelt die Bruschini nachsichtig an und richtet sich ihren perlfarbenen plissierten Rock. Bei Scalzis Erscheinen versucht sie, die Falten an ihrem Hals zu verbergen, indem sie ihren Seidenschal fester zuknotet.

Der kräftige Mann läßt die Tischplatte mit der Kleinbronze schneller rotieren. »Der große Avvocato Scalzi, I presume. Sie hätten mir mitteilen sollen, daß ich vor einer Art Gericht erscheinen soll. Ich habe nur auf Sie gewartet, um Ihnen eines zu sagen: Ich haue ab, diese Versammlung hier interessiert mich nicht ...«

»Dieser berühmte Giovannone ist nicht besonders gut erzogen«, flüstert Signora Guerracci Amerigo zu.

»Also dann, auf Wiedersehen«, sagt Scalzi und reicht der Signora die Hand, die ihm ihr Lächeln aus einem alten Fresko schenkt. »Dann sehen wir uns vor Gericht. In den nächsten Tagen wird Ihnen die Vorladung zugehen.«

»Was für ein Gericht«, knurrt Giovannone. »Der Prozeß ist doch vorbei, wissen Sie nicht, daß Ihr Mandant in Flammen aufgegangen ist?«

»Sie lesen noch weniger Zeitung als ich«, sagt Scalzi, nimmt Olimpia die Zeitung aus der Hand und deutet auf den Artikel, den sie im Zug gelesen hat.

Giovannone nimmt das Blatt und setzt sich an den Tisch in der Mitte des Raumes. Die Überschrift und die Unterzeile ziehen sich über vier Spalten: *Idris Fami entkommen? Ägypter möglicherweise aus brennendem Wagen geflohen.*

Giovannone runzelt die Stirn und trommelt mit den Fingern auf den Tisch.

»Haben Sie gesehen?« sagt Scalzi und läßt sich neben Signora Guerracci auf dem Sofa nieder. »Ich möchte wetten, daß er Sekunden vor dem Aufprall aus dem Wagen gesprungen ist. Sie sollten doch wissen, über was für Mittel die Organisation verfügt, der Signor Fami angehört. Es ist gut möglich, daß diese ganze lästige Angelegenheit noch einmal von vorne losgeht. Derjenige, der weiß, wo Verena Mammoli sich befindet, täte gut daran, es zu sagen, um Komplikationen zu vermeiden.«

»Haben Sie mich deshalb herkommen lassen?« fragt Giovannone. »Weil Sie glauben, daß ich weiß, wo die Mammoli ist?«

»Ich bin mir sicher, daß Sie es wissen«, sagt Scalzi. »Und ich kann mir auch denken, warum Sie es bis jetzt nicht gesagt haben. Sie wollten, daß Ihr Freund Fami mindestens so lange im Gefängnis blieb, wie Sie brauchten, um den Eingang zum Sanktuarium zu finden. Auch Sie haben an dem

Wettlauf zum Schatz teilgenommen. Nach dem verstorbenen Gambassi und Idris Fami waren Sie am nächsten an dieser wunderbaren Geldquelle dran. Aber jetzt haben Sie keinen Grund mehr, den Mund zu halten. Jemand hat das Geld genommen, dann hat er Feuer gelegt. Das waren nicht zufällig Sie?«

»Reden Sie keinen Quatsch.«

»Nein, ich glaube auch nicht, daß Sie es waren. Dann wären Sie nämlich nicht hier …«

»Ich war es nicht«, schneidet Giovannone ihm das Wort ab, »und ich weiß nichts über Verena Mammoli. Das ist alles. Viele Grüße an alle.«

»Schauen Sie, ich gebe Ihnen eine Gratis-Information. In einem Punkt haben Sie recht: Der Prozeß ist abgeschlossen. Das Gericht hat das Verfahren wegen Todes des Angeklagten eingestellt. Und ich bezweifle trotz allem, was in der Zeitung steht, daß es jemals fortgesetzt werden wird. Angenommen, Fami ist noch am Leben, so ist er längst über alle Berge. Und wenn er jetzt denen, die seine Flucht ermöglicht haben, Rede und Antwort stehen muß, dann möchte ich nicht in seiner Haut stecken. Wenn überhaupt jemand etwas davon hat, daß Sie reden, dann sind das doch Sie. Wenn sich herausstellen sollte, daß Verena noch am Leben ist (und es ist sehr gut möglich, daß das früher oder später der Fall sein wird) und Sie schon lange davon gewußt haben, könnte ein Richter Ihnen die eine oder andere sehr unangenehme Frage stellen. Ich aber könnte dann bezeugen, daß Sie es mir und diesen Herrschaften bereits gesagt hatten.«

Giovannone grinst nachdenklich: »Wenn ich Sie richtig verstanden habe, bitten Sie mich darum, Ihnen bei Ihrem beruflichen Selbstmord behilflich zu sein. Wenn ich den Mund aufmache, dann machen Sie die schlechteste Figur Ihrer ganzen Karriere.«

»Über dieses Risiko habe ich bereits nachgedacht, aber

ich sehe keines. Im Vergleich mit jemand anderem habe ich überhaupt keinen Fehler gemacht. Ich habe Idris Fami nicht verhaftet. Ich habe die Anklage gegen ihn nicht erhoben. Ich habe die berühmten Briefe nicht falsch interpretiert. Wenigstens was die Briefe betrifft, habe ich klargesehen. Derjenige, der dieses Verfahren fortsetzen könnte, wird das nicht tun, weil dann herauskommen würde, daß er unsauber gearbeitet und die Voraussetzungen für einen Justizirrtum geschaffen hat. Geld des Steuerzahlers ist verschwendet worden. Natürlich ist ein Unrecht geschehen, und was für eines, aber in ganz anderer Hinsicht.«

»Signor Giovannone«, mischt sich Guerraccis Mutter ein, »machen Sie sich doch nichts vor. Ich glaube, Sie sind weniger skrupellos, als Sie erscheinen wollen. Sie haben zugelassen, daß einer Ihrer Freunde wegen eines Verbrechens, das er nicht begangen hatte, ins Gefängnis gesteckt wurde. Aber Sie haben seinem Verteidiger eine Nachricht zukommen lassen. Um Ihr Gewissen zu beruhigen, nehme ich an. Sie können nichts dafür, wenn Ihrem Hinweis nicht nachgegangen wurde.«

»Ich soll einen Hinweis gegeben haben?«

»Beppino konnte keinen Frieden finden ...«, sagt Guerracci, »er saß immer noch unschuldig hinter Gittern ... Erinnern Sie sich? Man muß sich um Verena kümmern, das haben Sie doch zu mir gesagt, erinnern Sie sich? Und daß bestimmte Personen an bestimmten Orten enden.«

»Sehen Sie, lieber Giovannone«, sagt Scalzi, »der Fall Idris Fami ist einer der seltenen Fälle, in denen es eine Wahrheit gibt und diese Wahrheit noch lebendig ist. Gerade darum war er so schwierig zu verstehen – auch wenn jedermann die Lösung hätte finden können, wenn er eine ziemlich strapaziöse Reise auf sich genommen hätte. Es war keine göttliche Eingebung nötig, um die Wahrheit zu finden. Wir sind alle in die Irre geführt worden, Dottor Rogati vor allem, aber auch ich selbst, weil dieses Phänomen so selten ist. Wir sind daran gewöhnt, uns mit toten Fakten zu beschäftigen, auch wenn manche Leute meinen, sich an einem metaphysischen Ort zu befinden. Ich nicht, dazu bin ich nicht in der Lage. Aber auch ich bin irregeleitet worden, weil ich so daran gewöhnt bin, mich mit Dingen zu befassen, die der Vergangenheit angehören. Stellen Sie sich einen Entomologen vor, der einen ganz seltenen Käfer gefunden hat. Meine Neugier ist absolut gratis, wenn ich das wiederholen darf.«

»Und wenn mir Ihre Neugier nun ganz egal ist?« Giovannone kramt in seiner Tasche und holt einen Umschlag hervor.

»Dann bin ich gezwungen, die strapaziöse Reise anzutreten, von der ich sprach. Und wenn ich zurück bin, werde ich Ihnen die Rechnung präsentieren, oder der Richter wird Sie Ihnen präsentieren. Ich bin als Jurist nicht besonders spitzfindig, aber ein Typ wie Rogati würde ganz bestimmt ein Vergehen finden, das man Ihnen vorwerfen kann.«

»Eine Reise«, lacht Giovannone, »wohin würden Sie denn fahren wollen?«

»An einen Ort, an den Sie alljährlich fahren, um sich mit den orientalischen Antiquitäten einzudecken, die Sie auf den Flohmärkten verkaufen. Dieser Ort heißt Laxmaniula und liegt in Indien, ein paar hundert Kilometer von Neu-Delhi entfernt. Das Loch für die Billardkugel, wie Sie sich meinen Freund Guerracci gegenüber ausgedrückt haben.«

»Also schön«, knurrt Giovannone mit finsterem Gesicht, »dann stillt mal eure Neugier …«

Der Umschlag, den er in den Händen hielt, fliegt durch die Luft, und auf dem Teppich verstreuen sich ein paar Farbfotos. Giovannone geht zur Tür, das Parkett knarrt unter seinen schweren Schritten.

»Nicht besonders gut erzogen …«, flüstert Signora Guerracci, nachdem Giovannone den Raum verlassen hat. »Aber im Grunde kein schlechter Mensch.«

Gertrud sammelt die Fotos auf und breitet sie auf dem Tisch aus. Auf dem ersten sieht man Giovannone, der eine über einen Fluß gespannte Hängebrücke überquert und sich dabei an einem Geländer aus Stricken festhält. Am anderen Flußufer liegt am Hang eines üppig bewachsenen Hügels ein zyklamfarbenes, von Türmchen gekröntes Märchenschloß. Auf dem zweiten Foto sieht man den Eingang zu diesem Schloß: Eine Treppe führt zum Flußufer, wo fröhliche Kinder in weiten weißen Unterhosen baden. Auf dem folgenden Bild sind weitere Kinder unter dem Bogen des Eingangstors zu sehen, sie lachen und winken in die Kamera. Dann kommt ein von vier weißen Pferden gezogenen Karren vor dem Portal an, auf dem eine buntbemalte Göttin die Fahrt genießt. Im Garten des Schlosses sind die Wege von roten Lilien gesäumt, und eine riesige Zeder erreicht fast die Höhe eines der Türmchen. Auf einem aus größerer Nähe aufgenommenen Foto steht vor dem Stamm der Zeder ein Tisch, um den sich ein Haufen Kinder mit Tassen in den Händen scharten. Zwei buddhistische Nonnen in gelben Saris gießen Milch in die Tassen. Die Kinder schauen lachend in die Kamera, und auch die beiden Nonnen lachen. Am glücklichsten lacht Verena Mammoli. Auf der Rückseite des Fotos steht das Datum: 22. November 1989.

Der Lastwagen fährt hundertzehn. Nach einem erfolglosen Versuch hat Olimpia das Überholmanöver aufgegeben. Gertruds keuchender Renault fährt bis zur Abfahrt nach Lucca hinter der LKW-Kolonne her. Sie sind fast an der Zahlstelle Florenz Nord. Über dem Nummernschild des Lasters klebt das Emblem eines Amateurfunkervereins. C. B. STERMINATOR 2000 steht da in großen Buchstaben. Da kann man sich vorstellen, über was diese Funker reden. Als sie während des Überholversuchs auf Höhe des Führerhauses waren, haben sie gesehen, wie der Fahrer ins

Mikrofon grinste, nur eine Hand nachlässig auf dem Lenkrad.

»Jetzt ist es einfach zu sagen: ›Das war mir klar.‹ Aber ich habe die ganze Zeit den Eindruck gehabt, daß Verena nichts mit alledem zu tun hatte.«

Scalzi erzählt, wie es ihm gelungen ist, Verenas Zufluchtsort ausfindig zu machen. Signora Guerracci hat ihn auf die Spur gebracht, indem sie ihn daran erinnerte, was Giovannone zu ihrem Sohn gesagt hat.

»Zoe«, fügt Scalzi hinzu, »wußte es auch. Nicht erst seit diesem Telefonat, sondern weil sie Verena kannte. Die wirkliche Verena, nicht das Heiligenbildchen, das Rogati gemalt hat. Eine fröhliche Frau, lebenslustig, offen in Glaubensfragen und voller Lebensfreude. Wenn ein solcher Mensch erniedrigt wird, reagiert er. Verena hatte an Idris' Bekehrung geglaubt. Die Vorstellung, daß ein materialistisch eingestellter Mann durch sie den Weg zum Glauben findet, hatte sie begeistert. Sie hatte sich ernsthaft in ihn verliebt. Aber im Laufe der Reise nach Ägypten wurde ihr klar, daß der Übertritt zum Katholizismus nur ein Trick gewesen und daß sie für ihren Ehemann nur Mittel zum Zweck war, sein Ziel zu erreichen: seine fixe Idee, den Riesenhaufen Geld, wie wir wissen. Vielleicht bekam sie inmitten der betrunkenen Menge des Hochzeitsgelages ein mulmiges Gefühl, vielleicht kontrastierte die Wirklichkeit zu stark mit der folkloristischen Vorstellung, die sie sich von ihr gemacht hatte; das war der Gnadenstoß. Ich glaube, daß Idris uns die Wahrheit erzählt hat. Verena hatte wie geplant an der Hochzeitsfeier teilgenommen. Vielleicht hat sie da beschlossen zu fliehen. Mit einem Mal muß ihr die Welt unerträglich schmutzig erschienen sein.«

»Aber dieser Ort, Laxmaniula, wie hast du herausgefunden, daß Verena dorthin gegangen ist?« Gertrud, die neben Olimpia sitzt, dreht sich um und wirft ihm einen Blick zu, der Scalzis Eitelkeit schmeichelt.

»Ich kenne ein paar kleine Antiquitätenhändler, die regelmäßig auf den Markt nach Arezzo gehen«, erklärt Scalzi. »Ich habe erfahren, daß Giovannone immer wieder nach Laxmaniula fährt, jedes Jahr, um sich dort bei einem Händler, der die Einrichtungsgegenstände des ehemaligen Königspalastes verkloppt, mit Nachschub einzudecken. Dieser Königspalast ist heute ein buddhistischer Aschram. Zoe hat ausgesagt, daß Verena wohl sehr gläubig, aber auch sehr tolerant sei. Gott kann sich auch gelb kleiden. Und außerdem konnte Verena unmöglich in ein katholisches Kloster geflohen sein. Das hätten wir erfahren, dort hätte man sie gefunden. Und warum konnte Giovannone so sicher sein, daß sie noch am Leben war? Seine Bemerkung über die Billardkugel, die ins Loch fällt, mußte irgend etwas bedeuten.«

»Und was wirst du jetzt machen?« fragt Olimpia.

»Ich werde Artuso die Fotos geben. Er wird nach Indien reisen. Verena ist eine intelligente Frau. Ich glaube, daß sie eine Menge über ihren Mann herausgefunden hat. Artuso wird das Protokoll bekommen, daß er braucht, um seine Vorgesetzten zu überzeugen. Dann kann er seine Nachforschungen wieder aufnehmen und das Geheimnis des Sanktuariums lüften.«

»Da habe ich so meine Zweifel …«, meint Olimpia.

»Ich auch, wenn ich darüber nachdenke«, seufzt Scalzi. »Aber Gambassi ist ermordet worden, seine Bosse und Beschützer sind nicht mehr so allmächtig. Es sieht fast so aus, als würden die Zeiten sich ändern …«

»Glaubst du das wirklich?« fragt Olimpia.

»Und das«, sagt der Immobilienmakler und öffnet ein Tor, »ist der Stall. Im Moment sind erst zwei Pferde hier, aber fünfzig bringen Sie bequem unter. Sehen Sie, wie groß er ist? Und es ist alles da. Und wenn Sie an die hundert Hektar Weideland denken, die zehn Hektar Weinberg und die zwanzig mit Oliven … Ohne den Gemüsegarten, das Ge-

wächshaus und die Limonaia mitzuzählen ... Und haben Sie gesehen, wie sorgfältig die Gebäude restauriert worden sind, das Herren- und das Bauernhaus? Für zwei Milliarden Lire bekommen Sie hier etwas, das gut und gern das Doppelte wert ist.«

»Ja, wenn man zwei Milliarden hätte!« sagt Natale scheinheilig.

»Die Hälfte kann ich Ihnen besorgen. Wir nehmen eine Hypothek auf und einen Kredit zu einem günstigen Zinssatz ...«

Den kannst du dir sonstwohin stecken, denkt Natale, den brauch ich nicht, du Arschloch. Ich gerate niemals wieder in die Klauen der Banken.

Inhalt

Vorbemerkung 5

Erster Teil

1 Natale 9
2 Scalzi 14
3 Olimpia 18
4 Idris 21
5 Gambassi 36
6 Die Feldflasche 45
7 Guerracci 46
8 »Die nackte Wahrheit« 57
9 Die Insel 63
10 Der Ray-Ban-Mann 68
11 Heimlicher Briefwechsel 73
12 Alex 80
13 Crespelli und Cacciucco 89
14 Die Bruschini 96
15 Im Gewächshaus 102
16 »Locus veritatis« 105
17 Das zweite Gesicht 113
18 Vor dem Richterzimmer 125
19 Vorverhandlung 128
20 Rosen aus der Picardie 144

Zweiter Teil

21 Streichhölzer 153
22 Morgendämmerung. 154
23 Rote Dächer 159
24 Auberginen in der Wüste 167
25 Auf dem Antiquitätenmarkt 181
26 Der falsche Poet 190
27 Der blaue Bleistift 203
28 Unbequeme Schuhe. 216
29 Ermittlungen 221
30 Rote Absätze 234
31 Das Sanktuarium 241
32 Das Haus in den Bergen 248

Dritter Teil

33 Der Zementmann 257
34 Im Schwurgericht 258
35 Einleitende Ausführungen 268
36 Zwischenspiel im Beratungszimmer 282
37 Der große Vermittler 293
38 Zoe. 313
39 Alias Rauf. 322

Vierter Teil

40 Der Park von Montazah 339
41 Die ägyptische Ehefrau 348
42 Schwarz und Weiß. 358
43 Grabräuber 376
44 Briefe oder Testament. 380
45 Saro 386
46 Letzte Feuer. 397